Ross Leckie

*Ich, Hannibal*

D1917849

SERIE PIPER

## Zu diesem Buch

Zwei Jahrtausende hindurch hat die Gestalt Hannibals die Menschen fasziniert. Der listige Karthager Hannibal galt als größter Feind Roms, als genialer Feldherr, als nationaler Freiheitsheld und weitsichtiger Politiker. Mehr als sechzehn Jahre führte er Krieg gegen das römische Weltreich und brachte es an den Rand des Zusammenbruchs. In einem fesselnden Roman in Form eines autobiographischen Berichts schildert Ross Leckie diese markante Persönlichkeit und entwirft ein lebendiges Bild von den Lebensumständen der Menschen im dritten vorchristlichen Jahrhundert. Er läßt Hannibal in den letzten Stunden vor seinem Selbstmord von seinen militärischen Siegen wie der Schlacht bei Cannae erzählen, von dem Zug seiner Armee samt Elefanten über die Alpen, aber auch von seinen Niederlagen. Und er erinnert sich an seine Frau Similce, die er im Jenseits wiederzusehen hofft. Als die Römer sein Haus im bithynischen Exil umstellen, finden sie Hannibal tot vor.

*Ross Leckie*, geboren 1957, war Dozent für Altphilologie an der Universität von Oxford. Er hatte mehrere Gelegenheitsjobs, ehe er sich als freier Schriftsteller in Edinburgh niederließ. »Ich, Hannibal« ist nach vier wissenschaftlichen Werken sein erster Roman.

Ross Leckie

# *Ich, Hannibal*

*Roman*

Aus dem Englischen von
Ursula Wulfekamp

**Piper München Zürich**

Ungekürzte Taschenbuchausgabe
Piper Verlag GmbH, München
Januar 1999
© 1995 Ross Leckie
Titel der englischen Originalausgabe:
»Hannibal«, Canongate Books, Edinburgh 1995
© der deutschsprachigen Ausgabe:
1997 Eugen Diederichs Verlag, München
Umschlag: Büro Hamburg
Simone Leitenberger, Susanne Schmitt, Annette Hartwig
Umschlagabbildung: Archiv für Kunst und Geschichte, Berlin
Satz: SatzTeam Berger, Ellenberg
Druck und Bindung: Clausen & Bosse, Leck
Printed in Germany ISBN 3-492-22604-3

*Für Sophia*

## Anmerkung der Übersetzerin

Der besseren Verständlichkeit halber wurden die antiken Bezeichnungen für Länder, Städte usw. teilweise durch moderne Begriffe ersetzt. Im übrigen wird auf das Glossar und die Karte am Ende des Romans verwiesen.

# Inhalt


| | | |
|---|---|---|
| | Prolog | 9 |
| I | Karthago | 11 |
| II | Söldner | 35 |
| III | Spanien | 65 |
| IV | Oberbefehl | 97 |
| V | Krieg | 121 |
| VI | Anmarsch | 151 |
| VII | Italien | 189 |
| VIII | Verzug | 227 |
| IX | Niederlage | 249 |
| X | Tod | 277 |
| | Epilog | 287 |
| | Nachwort | 289 |
| | Glossar | 291 |
| | Karte | 297 |

*Nullus amor populis nec foedera sunto . . .*
*Litora litoribus contraria, fluctibus undas*
*Imprecor, arma armis: pugnent ipsique nepotesque.*

*Nie soll Liebe die Völker vereinen und nimmer ein Bündnis . . .*
*Strand sei Gegner dem Strand, und Woge der Woge, so bitt ich*
*Waffen den Waffen, und Kampf entzweie sie selbst und ihre Enkel.*
*Der Fluch Didos, der Königin Karthagos, gegen die Römer*
*Vergil, Äneas* IV, 624 ff.

*Bellum maxime omnium memorabile quae unquam gesta sunt . . .*
*Hannibale duce Carthaginienses cum populo Romano gessere.*

Der Krieg, den die Karthager unter Hannibal gegen die Römer führten, war der denkwürdigste, der jemals geführt wurde.
Livius, *Ab urbe condita,* XXI, 1

# Prolog

Ich bin alt, und die Zeit meines Volkes ist vorüber. Nie mehr wird das Geschlecht der Barkiden die Römer, unsere verhaßten Feinde, bekämpfen. All jene, die ich liebte, sind im Paradiese Mithras; es sind Seelen, denen der Fluß der Qualen nichts anhaben konnte. Bald werde ich zu ihnen gehen.

Raben und Geier kreisen über Karthago. Es ist dem Untergang geweiht. Schon vor langer Zeit wurden unsere Schiffe versenkt oder erbeutet. Die eichenen Ruder aus Baschan und Assyrien sind zerbrochen und verstummt. Mein Heer ist in alle Winde verstreut. Ich bin in weiter Ferne.

Nun sitze ich hier, nackt vor der Hitze, in einem Raum, der nicht der meine ist. Sie haben nach mir geschickt. Ich weigerte mich zu gehen. Bald werden sie kommen. Es ist ihnen zu mühsam, zu gefährlich, auf den Tod eines alten Mannes zu warten.

Meine Glieder werden steif. Meine Wunden pochen. Einer alten, knorrigen Eiche auf dem Felde gleiche ich, an der sich schon zu lange Rinder das Fell gerieben haben. Ich werde noch meine Geschichte erzählen, mehr bleibt mir nicht zu tun. Ich sehe meinen Körper mit den vielen, vielen Narben – keine davon ist auf dem Rücken. Die Römer werden mich nicht bekommen.

I

# KARTHAGO

Seltsam sind unsere Erinnerungen an die Kindheit, und tief vergraben. Ein alter Mensch muß die Vergangenheit überwinden, um sie zu erreichen und zu verstehen. Am besten tut man das, solange man noch lebt, denn zögert man es hinaus, kommen sie unweigerlich mit oder nach dem Tode. Das habe ich oft erlebt; ich habe allzu viele Menschen sterben sehen. Mein Freund Maharbal, mit einer Schwertwunde im Unterleib, brauchte drei Wochen, um zu sterben. Wir waren in Campanien, hoch oben in den Bergen, als ein römischer Spähtrupp uns überraschte. Ich war der einzige, der bis zum Ende bei ihm blieb. Kein anderer konnte den Gestank seiner eiternden Wunde ertragen. Im Todesfieber kehrte er zum Spanien unserer Kindheit zurück und rief nach mir, während wir auf unseren kleinen Pferden am Strand vom Gades um die Wette galoppierten. Viele solcher Erinnerungen gingen ihm im Verlauf der letzten Nacht durch den Sinn. Im Morgengrauen gab er seinen Geist auf, aber er starb in Frieden.

Tanit-pene-Baal, der Gott der Träume und des Todes, will es so. Zuerst müssen wir den Fluß der Qualen überqueren, dann den Fluß des Vergessens, Ashroket in unserer punischen Sprache, und uns an all unsere Leben erinnern, ehe unsere Geister freigesetzt werden. Andernfalls treiben wir in alle Ewigkeiten mit den Untoten am Ufer des Ashroket. Dort steht eine mächtige Ulme, ihre Zweige wie Arme ausgebreitet, behängt mit Jahren. Hier finden die Untoten ihr Zuhause; allüberall klammern sie sich an die Zweige, unzählig wie das Laub des Waldes, das im Frost des Herbstes zu Boden fällt, und strecken die Hände sehnsüchtig nach dem jenseitigen Ufer aus.

Jetzt schicke ich mich an, den Fluß zu überqueren. Ich, der ich immer gekämpft habe, zolle dem Gott seinen Tribut. Für mich ist die Zeit gekommen, und auch für die Tausende, die um meinetwillen gestorben sind und mich jetzt brauchen, damit ich von ihren Erinnerungen berichte, so daß auch sie in Frieden dahingehen mögen. Es gibt so viel Blut.

Blut. Und Haß. Ich muß wohl drei gewesen sein, fast vier. Zusammen mit meinem Bruder Mago spielte ich mit Murmeln im Hof unseres Hauses in Karthago. Eine Brise fuhr durch die Blätter der Palmen. Plötzlich erfüllte das Heulen der Korynx, der karthagischen Kriegstrompete, die Luft. Meine Mutter, die mit einem Kind schwanger war, kam zu uns gelaufen. »Kommt schnell. Euer Vater ist zu Hause. Er hat nach euch geschickt. Kommt.«

Wir folgten ihr in den Saal meines Vaters; ein Raum, der aus gewaltigen Fundamenten in einen terrassierten Bau überging. Die Wände aus Bronze waren mit Diamanten eingelegt, mit Beryllen, den drei Arten des Rubins, vier Arten von Saphir, zwölf Smaragdarten, mit Topazen vom Berg Zabakra, Opalen aus Baktrien, Glossopetri, die vom Mond herabgefallen sind. Noch nie zuvor war ich durch diese scharlachroten Türen gegangen, unterteilt mit einem schwarzen Kreuz, hatte noch nie die Gitter aus gehämmertem Gold überschritten, die als Schutz vor Skorpionen dienen.

Innen herrschte Stille, trotz der vielen Menschen. Neben Karthagern hatten sich Ligurer und Balearen eingefunden, Neger, Numider, Lusitaner, Kantabrer, Kappadokier, Lydier, Keltiberer, Dorer, Menschen aus allen vier Himmelsrichtungen der Erde; so war es immer schon bei uns gewesen. Sie bildeten eine Gasse, ließen uns passieren. Auf einem Podest am anderen Ende des Saals stand Hamilkar, mein Vater, müde und staubbedeckt von der Reise; dort, wo ihm der Schweiß über die Stirn gelaufen war, hatten sich helle Rinnsale gebildet.

Vor meinem Vater stand ein Mann mit fremdartiger Kleidung und fremder Hautfarbe. »Ich frage dich, Marcus Atilius Regulus, welche Gnade du von uns erwartest. Antworte mir!« Die Erwiderung des Mannes war in der Stille deutlich zu hören: »Ich antworte dir, Hamilkar Barkas, wie viele es tun werden, die größer sind, als du je sein könntest: Summa sedes non capit duos. Verfahre mit mir, wie es deine Pflicht gebietet.«

Natürlich konnte ich damals noch nicht genügend Latein, um die Worte zu verstehen. Erst später klärte mein Lehrer Silenus von Caleacte mich auf: »Die höchste Macht kann nicht geteilt werden« – Worte, die, wie ich fürchte, jetzt mehr denn je die römische Politik bestimmen. Ich muß lächeln, wenn ich daran denke, wie ich diesen Satz des Regulus mit gleicher Münze heimzahlte, mit dem Entsetzensschrei »Hannibalis ad portas, Hannibal ist an den Toren«, der die Römer jahrelang mit Furcht erfüllte, Jahre, in denen ich sie tanzen ließ.

Was ich damals jedoch verstand, war der wütende Aufschrei, der auf die Antwort des Mannes folgte. Mein Vater blieb reglos stehen, hob die Hand, und Stille trat ein. »Karthager, Verbündete, Freunde. Ihr habt die Worte dieses Mannes gehört. Ihr kennt ihn, es ist Regulus, der römische Konsul, den wir besiegten und gefangennahmen, als er vor zehn Jahren in unser Afrika eindrang. Vielleicht hätten wir ihn kreuzigen sollen, damals. Doch wir schickten ihn nach Rom zurück, um einen Frieden auszuhandeln, unter der Voraussetzung, daß er zurückkehre. Denn was anderes wollten wir seit jeher von den Römern, als daß sie uns in Frieden lassen – wir, die die Grenzen der Welt kannten, lange bevor sie ein Volk waren? Wann hätten wir jemals einen Krieg begonnen, außer wenn diese Vipern, diese Eroberer in ihrer Gier unseren Handel beeinträchtigten und sich unserer Länder bemächtigten? Dreimal hat Karthago feierlich einen Friedensvertrag mit Rom geschlossen. Dreimal haben die Römer ihr Wort gebrochen. Wir widersetzen uns ihnen, da uns keine andere Wahl bleibt.«

Ein Murmeln der Zustimmung, der Wut stieg auf und verebbte wieder.

»Diesen Regulus haben wir nach Rom gesandt. Und was hat er dem Senat empfohlen? Nicht Frieden, nein, sondern weiteren Krieg. Diesen Krieg soll er haben. Als Sufet von Karthago spreche ich im Namen des Rats der Ältesten und sage: Tut dem Brauch Genüge.«

Zwei Männer traten vor und packten Regulus an den Armen. Ein dritter reichte meinem Vater ein kurzes, scharfes Messer und drehte Regulus, so daß er in unsere Richtung sah. Mit einer raschen Bewegung seiner Linken ergriff mein Vater die lange Nase des Römers und schnitt sie mit dem Messer in der Rechten ab. Regulus schrie auf und sank zu Boden. Die rote Lache, die sich neben ihm im Staub bildete, war das erste römische Blut, das ich sah. Ich empfand nichts. Mago, der neben mir stand, begann zu weinen. Meine Mutter packte ihn an den Haaren und zwang ihn zuzusehen.

Mein Vater kniete nieder. Der Römer wurde von den Männern am Boden gehalten, konnte sich nicht regen. Ich wußte, was geschehen würde, sobald mein Vater die Hand ausstreckte. Ich sollte später selbst Zungen herausschneiden. Die Schreie des Römers erstickten in seinem eigenen Blut. Mein Vater erhob sich und sagte: »Schickt ihn wieder nach Rom. Dort wird er weder um Frieden noch um Krieg nachsuchen.« Dann ging er.

Meine Mutter schickte uns auf unser Zimmer. Mago weinte. Ich lag auf meinem Bett. Ich verstand nichts. Aber irgendwie begriff ich, daß das auch gar nicht nötig war. Die Tür ging auf. Es war mein Vater, gewaschen und in sauberen Kleidern. Rasch setzte ich mich auf. »Hannibal, Mago«, sagte er, »ihr seid jung. Aber was ihr heute gelernt habt, könnt ihr nicht früh genug lernen. Komm herein, Hamilax.«

Hamilax war der Hofmeister meines Vaters. Ich weiß nicht, wie lange schon er unserem Haus gedient hatte. Aber er war alt, sein Gesicht von Falten zerfurcht. »Meine Söhne«, fuhr mein Vater fort, »es gibt viele Dinge, die sich mit Worten nicht sagen lassen. Was ihr heute gesehen habt, ist ein Beispiel dafür. Hier ist ein weiteres. Hamilax, leg deine Tunika ab.«

Vor unseren Augen zog Hamilax sein Hemd aus. Von der Taille aufwärts war seine Haut gerötet und verworfen wie die Oberfläche des Meeres, wenn es sich im Wind der untergehenden Sonne kräuselt. Er drehte sich um. Sein Rücken sah genauso aus, entstellt von vernarbten Wülsten. Wir starrten. »Danke, Hamilax. Und jetzt geh«, befahl mein Vater. Ich bemerkte, daß der Hofmeister das Gesicht verzog, als er niederkniete, um seine Tunika aufzuheben. Die Haut klebte ihm an den Rippen.

»Das haben die Römer ihm angetan.« Mein Vater setzte sich auf mein Bett. »Er hat schon meinem Vater Hasdrubal gedient und wurde bei der großen Seeschlacht von Mylae von den Römern gefangengenommen. Mein Vater schlug einen Austausch vor: zehn ihrer Gefangener gegen Hamilax. Sie willigten ein. Als das Schiff, das ihn nach Karthago brachte, in den Hafen kam, stand ich zusammen mit meinem Vater an der Mole. Aber wir sahen Hamilax nicht an Deck. Er wurde auf einer Bahre an Land getragen.

Das müßt ihr wissen: Die Römer hatten ihn freigesetzt, in der Tat, doch zuvor hatten sie ihm noch die Haut mit heißem Sand verbrannt. Erst nach Wochen sollten wir wissen, ob er überleben würde. So lernte ich, was das Wort der Römer bedeutet. Was Regulus angetan wurde, ist rechtens. Die Götter verlangen es. Vergeßt das nicht.« Dann ging er. Nur das Knarzen des großes Wasserrades war zu hören, es drehte sich, drehte sich ohne Unterlaß.

Als ich heranwuchs, fühlte ich mich oft allein, vor allem, weil mein Vater selten bei uns war. Er war fort, in Sizilien, um gegen die Römer zu kämpfen. So oft es ihm möglich war, kam er zu uns, vielleicht dreimal im Jahr, manchmal für nur einen Tag und eine Nacht, manchmal auch für länger. Doch selbst dann hatte er keine Zeit. Unbekannte Männer wurden auf prachtvollen Sänften zu unserem Palast getragen. Sie und mein Vater redeten und debattierten bis spät in die Nacht. Ich hörte Bruchstücke ihrer Unterhaltungen über Handel, über Geld, denn ich schlief in einem Zimmer über dem Raum, in dem sie zusammensaßen. Einer, den ich als Gisko kannte, sprach immer mit lauter Stimme. »Sollen die Römer Sizilien doch haben, und Sardinien dazu. Das einzige, was wir von ihnen brauchen, ist die Freiheit, Handel zu treiben wie die Väter unserer Väter und deren Väter. Blicken wir doch nach Süden, nach Afrika.«

»Und die Römer?« fragte mein Vater verächtlich. »Werden sie

sich mit Sizilien begnügen? Was ist mit Spanien und unseren Bergwerken dort?«

»Das können sie alles haben, solange sie uns Afrika lassen...«

Ich fiel in einen unruhigen Schlaf.

Während eines dieser Besuche – ich mag vier, fünf gewesen sein – weckte mein Vater mich auf. Es war noch dunkel, doch vom Garten hörte ich die Rufe der Störche, die die Morgendämmerung ankündigten, und durch das Fenster trug eine sanfte Brise das Wiehern von Eschmouns Pferden herein, die geschützt in ihrem heiligen Hain lebten und die Sonne begrüßten. »Hannibal, steh auf.« Zitternd schlüpfte ich aus dem Bett, zog mir Tunika und Sandalen an. »Komm mit.«

Durch das schlafende Haus folgte ich meinem Vater nach unten. Wir schritten durch die großen Vordertüren aus Porphyr, stiegen die Treppe aus Ebenholz hinab; in der Ecke jeder Stufe lag die Bugspitze einer besiegten Galeere. Der mit schwarzem Sand und zerstoßenen Korallen bestreute Hauptweg führte die Allee mit doppelten Zypressenreihen entlang, die sacht in der Brise wehten. Wir durchquerten den Garten, vorbei an den Feigen- und Granatäpfelbäumen, den weißblühenden Baumwollbüschen, den Rosen und Weinranken, kamen zu den Fischteichen und den großen Kasematten, wo die Elefanten untergebracht waren; sie witterten uns und wurden unruhig.

Die Mauer, die gewaltige Mauer von Karthago, zu der ich nie gehen durfte, ragte in der Dunkelheit vor uns auf. Sie war, das wußte ich bereits von Silenus, ein Wunder dieser Erde. Die Mauer bestand aus verkleidetem Stein, war vierzig Fuß hoch, dreißig Fuß tief und führte zweiundzwanzig Meilen weit um Karthago herum. Ihre beiden Stockwerke boten im Innern Platz für dreihundert Elefanten mit Lagerräumen für ihre Schabraken, ihr Zaumzeug und Futter. Darüber lagen weitere Stallungen für viertausend Pferde, deren Geschirr und Decken. Es gab auch Unterkünfte für zwanzigtausend Soldaten und viertausend Reiter. Es war eine Stadt innerhalb der Stadt, über der Türme aufragten, ein jeder mit gewaltigen Zinnen bewehrt und mit Bronzeschilden verhüllt. Meine Bediensteten behaupteten, die Mauer sei das Werk unseres Gottes Baal, ich aber wußte, daß sie von Menschenhand errichtet war.

In der Dunkelheit streckte mein Vater die Hand aus und fuhr über die großen, glatten Quader. Dann hielt er inne und drückte kräftig. Zu meiner Überraschung schwang einer der Steine auf. Mein Vater trat in die Mauer hinein. Ich folgte ihm. Er drehte sich um und schloß den Stein hinter uns. »Diesen Weg, Hannibal, kennt außer mir nur noch Hamilax. Du wirst zu niemandem davon sprechen.« Ich folgte ihm in der Dunkelheit, wie ich ihm später noch durch weitaus größere Dunkelheit folgen sollte.

Dann schob mein Vater einen weiteren Quader beseite und stieg auf die Brustwehr, ich hinter ihm. Kein Wachtposten hielt uns auf. Wir befanden uns auf einem Abschnitt der Mauer, die uneinnehmbar durch das Meer geschützt war. »Ich habe dich an diesen Ort gebracht, Hannibal, damit du schaust und lernst. Sag nichts, und halt die Augen offen.«

Im Osten verfärbte sich der Himmel rosafarben. Weiße Gischt umspülte die Halbinsel, das Meer war ruhig. Hunde bellten. Vögel riefen. Im anbrechenden Tageslicht entfalteten die Wassergräben der Megara unten in der Stadt ihre weißen Spiralen wie Schlangen vor den grünen Gärten, die sie bewässerten. Häuser tauchten aus der Dunkelheit auf, nahmen rechts und links der immer länger werdenden leeren Straßen allmählich Gestalt an. Die Wasserbehälter auf den Dächern fingen die Strahlen der aufgehenden Sonne ein und glitzerten wie Sterne. Der Leuchtturm auf dem Felsvorsprung Hermaeum verblaßte. Baal Hammon vergoß den goldenen Regen seiner Adern über Karthago.

Unten an der Mauer konnte ich jetzt den mit Gras bewachsenen Wall ausmachen und jenseits davon den großen Graben, ein tiefes, breites, dunkles Band. Im Schatten des Walls lag Malqua, das Viertel der Matrosen und Färber, ein schäbiger Stadtteil mit häßlichen Hütten. An seinem Rande lebten die Namenlosen, Menschen, die nicht punischen Blutes waren; sie gehörten einer fremden Rasse an, und von ihrer Herkunft war nichts bekannt. Stachelschweine und Meeresgetier, Hyänen und Schlangen bildeten ihre Nahrung, und ihre aus Tang und Schlick erbauten Hütten klebten wie Vogelnester an den Felsen. Seit Menschengedenken hatten sie so gelebt, ohne Herrscher und ohne Religion, ausgestoßen, nackt, verkommen und wild.

Wenn ich mich umdrehte, sah ich über die von der Mauer umschlossene Stadt. Würfelförmige Häuser stiegen in Stufen zur Akropolis hinauf. Hier und dort gab es geebnete öffentliche Plätze. Die Vegetation der Tempelbezirke unterbrach das einheitliche Grau der Stadt. Als erstes fingen die goldenen Ziegel auf Khamons Dach die aufgehende Sonne ein, dann die Koralle von Melkarth. Mein Blick wanderte weiter, zum Akropolis-Berg im Zentrum der Byrsa hinauf. Im heller werdenden Tageslicht erstrahlten seine kupfernen Kuppeln, die Kapitelle aus Bronze, der weiße parische Marmor der Architrave, die Obelisken mit den azurblauen Streifen, die Strebepfeiler aus Babylon. Hier lag die Seele Karthagos, zusammengetragen aus aller Welt.

Als der Tag anbrach, erwachte die Stadt zum Leben. Große Wagen und beladene Dromedare näherten sich den Toren. Von dort bewegten sie sich schaukelnd über die Pflastersteine zum Markt. An den Kreuzungen rollten die Geldwechsler die Markisen ihrer Stände auf. In Mappalia, dem Töpferviertel, stieg erster Rauch aus den Öfen. Aus dem heiligen Hain der Göttin Tanit klangen die Gesänge und Tamburine ihrer heiligen Huren herüber.

Mein Vater sprach. »Du bist ein Barkide, Hannibal, und mein Sohn. Du siehst, wie diese große Stadt sich vor dir ausbreitet. Hörst du ihren Ruf?« Ich nickte. »Sie ruft dich, weil ihr Leben auch das deine ist. Deine Vorväter kamen aus Tyros in Phönizien hierher und fanden nichts als armselige, gedrängte Hütten vor. Sieh, was wir daraus gemacht haben. Unsere Familie hat unter den Karthagern immer eine führende Rolle gespielt.

Aber laß dich nicht täuschen. Karthago hat keine Freunde.

Wir herrschen durch Furcht und Gier, nicht durch Liebe. Was du vor dir siehst, ist eine Insel, die allein gegen den Strom der Welt steht. Um zu leben, müssen wir Handel treiben, und die Römer würden uns« – seine Stimme wurde heiser und wütend – »wie Vieh einsperren. Ich, der ich zu den Ratsältesten gehöre, erkenne das und rüste mich zum Kampf. Wenn ich nicht mehr bin, wird es dein Kampf sein.« Er griff nach meinen Schultern. Noch immer sehe ich seine flammenden Augen. »Verstehst du?«

Ich hielt seinem Blick stand. »Ja, Vater.« Mehr sagte ich nicht. Das genügte.

»Gut. Dann beginnt jetzt dein Unterricht. Geh in dein Zimmer. Hamilax wird dich holen.«

Eine Stunde später war ich mit Hamilax unterwegs; wohin, das wußte ich nicht. Wir verließen Karthago durch eine verborgene kleine Pforte, wandten uns nach Osten und kamen durch Terrassen mit Olivenbäumen und Weinstöcken. Ein Mann erwartete uns. Wir stiegen auf Esel, die Reise ging weiter.

Die nun folgenden Monate waren sehr friedlich. Hamilax brachte mich zu einem abgelegenen Strand, drei Tagesritte von Hadrumetum entfernt, wo es Schildkröten gab und hohe Palmen. Hinter dem Strand lagen Sandsteinklippen, Höhlen. In einer davon richteten wir uns ein, und das Lernen begann.

Hamilax brachte mir alles bei, was ich wissen mußte; so war es ihm aufgetragen worden. Ich erfuhr von unseren Göttern, zuerst von Melkarth, den die Phönizier, unsere Vorfahren, verehrten, und von dem großen Krieg, den er gegen Masiasbal führte, um die Schlangenkönigin zu rächen. Vierzig Jahre bekämpften sie sich, vereint in einer bitteren Schlacht, und noch vierzig Jahre mehr. Sie kämpften von den Tiefen von Tartessus bis zu den hohen Bergen von Ersiphonia und erreichten endlich die äußersten Grenzen der Erde. Dort, vor den flammenden Mauern der Welt, wurde das weibliche Monster Masiasbal gestellt und unter einem blutroten Mond, unter den Augen drachenschwänziger Frauen, von Melkarth erschlagen.

All dies lernte ich und noch vieles mehr. Griechisch sollte mir erst Silenus beibringen, aber Hamilax war mit der alten kanaanitischen Sprache meines Volkes vertraut, und so lehrte er mich auch diese, wie es in den Büchern von Sakkun-yathon geschrieben steht.

*Aesneth karith nago*
*Walkhah um ubefo*
*Karith an shem . . .*

Da ich ein bloßer Mensch bin, gehe ich allein,
Suche in der Dunkelheit
Unter dem Auge der Götter . . .

Tagsüber erfuhr ich von den Gewohnheiten der Tiere und wie man sie fängt, lernte den Umgang mit dem Wurfspieß und dem Schwert. Ich ging barfuß wie ein Schäfer. Dies waren die goldenen Tage meiner Kindheit.

Hamilax war stets wortkarg. Eines Abends saßen wir am Strand und beobachteten, wie die Sonne riesengroß und brennend am Himmel unterging. Ich fragte ihn, was das sei, die Sonne, und warum sie uns verlasse. »Frag dein eigenes Herz, Hannibal«, antwortete er. »Vieles wird klar für den, der lernt, schweigend sein eigenes Herz zu befragen.«

Wortlos kehrten wir nach Karthago zurück, so, wie wir die Stadt verlassen hatten. Zu Hause hatte sich nichts verändert. Die Bediensteten gingen ihren Pflichten nach. Die Bäcker backten, die Weber webten. Zuerst sah ich meine Mutter nicht, denn sie hatte entbunden. Ich erfuhr, daß ich nun einen weiteren Bruder hatte, Hasdrubal, aber er war bei einer Amme. Meine Mutter mußte das Bett hüten. Mein Bruder Mago schien sich vor mir zu fürchten. Wir spielten nicht mehr. Irgend etwas war zwischen uns gekommen. Wir gingen getrennter Wege. Mein Vater war fort. Ich fühlte mich einsam.

Aber Silenus hatte Anweisungen erhalten, und eine neue Art von Unterricht begann. Tag um Tag saß ich mit ihm zusammen. Sein Auftrag lautete, daß ich nicht nur Lateinisch lernen sollte, sondern auch Griechisch, die Befehlssprache der karthagischen Armeen seit der Zeit, als der Söldner Xanthippus aus Sparta Heerführer gewesen war.

Beide Sprachen fielen mir schwer, aber nachdem ein Jahr vergangen war, und dann ein weiteres, begann ich, die Strenge der einen und die Schönheit der anderen zu erkennen. Ich habe Silenus viel zu verdanken, diesem runzeligen, gebeugten alten Mann, der so vieles wußte, so vieles gesehen hatte. Und er gab sich alle Mühe, damit der Unterricht mir Freude bereitete. Einmal befaßten wir uns mit dem lateinischen Imperativ. »Der Imperativ, Hannibal, ist die Stimme des Befehlens. Studiere ihn mit Bedacht, denn du bist zum Befehlen geboren. Er ist ein klarer Teil der lateinischen Sprache. Die Befehle der Römer sind immer klar und einfach.«

Ich aber fand ihn keineswegs klar. Die unregelmäßigen Imperativformen machten mir Mühe. Silenus wurde nicht ärgerlich, sondern blieb geduldig. Er erfand Mnemonike für mich – ich wußte bereits, daß dieses Wort vom griechischen »erinnern« abstammte –, und ich weiß sie noch heute.

»Dic, duc, fer, fac, springt die Katze aus dem Sack – sag, führ, trag, tu«, die unregelmäßigen lateinischen Befehlsformen. Und wir machten kleine Gedichte. Damals dachte ich, das sei nur zum Spaß, aber natürlich lernte ich dabei. Ich weiß noch, daß ihm einer meiner kleinen Verse besonders gefiel:

*Puella Carthaginis ridebat*
*Quam tigris in tergo vehebat.*
*Externa profecta*
*Interna revecta*
*Sed risus in tigre manebat.*

Es war eine junge Karthagerin,
Die ritt lächelnd auf einem Tiger herum.
Auf dem Rückweg nach Hause
War die Maid in dem Tier
Und auf dessen Gesicht lag ein Lächeln.

Was lernte ich noch, das mich formte? Ich erfuhr von Alexander, dem großen, goldenen Alexander. Als ich Griechisch besser beherrschte, ging Silenus zu seiner Truhe und gab mir die wertvollen Papyrusrollen, eine Kopie des Werkes von Eumenes von Kardia, Alexanders *Ephemeriden*. Die lasen wir viele Male.

Immer wieder beschäftigten wir uns mit Alexanders Siegen: Wie er bei Issos die Perser zwang, auf ungünstigem Gelände zu kämpfen, und sie dann, seine goldene Rüstung in der Sonne glänzend, mit seiner Reiterei vernichtete. Wie er am Hydaspes sogar die großen indischen Elefanten von König Porus bezwang oder sich bei Gaugamela in der Tugend der Geduld übte, bevor er tödlich zuschlug. Bei Tyros bewies Alexander erneut Geduld, und so fiel diese gewaltige Stadt trotz ihrer mächtigen Mauern schließlich doch.

Einmal, als wir die *Ephemeriden* lasen, kam mein Vater ins Zimmer. »Liest du schon wieder, Hannibal? Silenus, ich will einen Sohn, der handelt, nicht einen, der liest.« Aber ich wußte, ich las, um das tun zu können, was ich zu tun hatte, und was ich tat, hätte nicht einmal Alexander tun können. Ich verfügte nicht über Alexanders Mazedonier. Ich hatte ein Söldnerheer, Männer, die aus allen Reichen der Welt stammten, und band sie durch Angst und Liebe zusammen. Oft litten sie Hunger und erhielten kein Geld, aber sie verrieten mich nicht. Sechzehn Jahre lang kämpften wir so, allein in Italien.

Aber meine Geschichte soll sich von selbst entfalten. Noch bin ich in Karthago. Ich bin sechs oder sieben Jahre alt. Silenus unterrichtet mich. Ich lerne. Jene Tage erscheinen mir friedvoll. Ein jeder vergeht wie der vorherige. Nach der Morgenmahlzeit sitze ich mit Silenus zusammen. Mittags bringt uns ein Sklave zu essen. Es folgen zwei weitere Unterrichtsstunden, dann mein Ausritt. Eine Stunde Unterricht von Abdolonim, dem ersten Stallmeister meines Vaters, und ich bin frei, in die Weite hinauszugaloppieren.

Wie gut Silenus zu mir war! Durch das Reiten machte er mich mit Xenophon vertraut. »Man kann nie zuviel Xenophon lesen«, pflegte er zu sagen. »Das hilft dir im Griechischen und noch mehr in dem Leben, das dir bevorsteht.« Also lasen wir die *Schriften über die Reitkunst*. »Bei der Prüfung sollte man sehr aufmerksam die Hufwände untersuchen. Dicke übertreffen die dünnen in jeder Beziehung. Man achte auch darauf, ob die Hufe sowohl vorn wie hinten hoch, nicht flach sind.« Silenus erzählte mir, Xenophon habe dies als Anweisung für seine Söhne Gryllus und Diodorus geschrieben. Das gefiel mir. Ich fragte mich, wie diese Söhne wohl gewesen waren. Einer fiel in der Schlacht bei Mantinea im Kampf gegen die Theber. »Aber wie ist er gestorben?« fragte ich Silenus. Er wußte es nicht. Tapfer, davon war ich überzeugt.

Diese Tage verstrichen ohne Sorgen. Beim Einschlafen dachte ich manchmal über meine Einsamkeit nach. Aber schon in meiner Jugend wußte ich, daß etwas kommen würde, worauf all dies mich vorbereitete. Ich stellte keine Fragen. Und dann kam der Bote.

Ich hatte den Gong noch nie gehört, obwohl ich jeden Tag an ihm vorüberging. Er stand unterhalb der Terrasse des großen Saals. Morgens, wenn ich den Hof zu meinem Unterrichtszimmer durchquerte, polierten zwei Sklaven die Bronzefläche, mehr als mannshoch, bis sie glänzte wie ein Spiegel. Über den Querbalken aus Bekiholz, an denen er hing, war ein großer Hammer, der angeblich so alt war wie Karthago selbst. Dieser Gong ertönte, als Aeneas Dido, die Königin von Karthago, verließ und sie, beinahe wahnsinnig vor Kummer, selbst auf den Scheiterhaufen stieg. Niemand wußte, wer ihn zum Klingen gebracht hatte.

Als ich ihn an jenem Nachmittag dröhnen hörte, stellten sich mir die Haare im Nacken auf, so rein war der Ton. Ich lernte gerade mit Silenus. Plötzlich stürzte Mago, mein ungestümer Bruder, herein. Wenn er aufgeregt war, machte sich sein Stottern noch stärker bemerkbar. »H-H-H-annibal! Ein-ein B-Bote ist gekommen!« Der ganze Haushalt war bereits im Hof versammelt. Unterhalb der Gärten trompeteten die Elefanten meines Vaters in ihren Gehegen; der Gong hatte sie aufgeschreckt. Hamilax eilte geschäftig hin und her, wies den vielen Menschen Plätze zu, denn bei dem wundersamen Klang des Gongs waren sie alle herbeigeströmt, die Küchensklaven, die

Gärtner, die Bäcker, die Wasserträger, alle. Auf einer behelfsmäßigen Trage in einer Ecke lag ein Mann mit zerrissenen, schmutzigen Kleidern; sein Bart war von Salz verfilzt, und sein Gesicht verriet einen Menschen, der eine lange Reise hinter sich hatte.

Hamilax stand auf den Stufen zum großen Saal neben der Statue eines Kabirers namens Aletes, dem Entdecker der Minen in Spanien, und sah, wie ich, gefolgt von Silenus, aus dem Studierzimmer trat. Hamilax führte mich durch die Menge. »Wir warten auf die Ratsältesten«, sagte er mir. »Sie sind verständigt worden. Das ist gut so, denn der Mann, dessen Worte wir hören werden, braucht noch etwas Zeit.« Er verließ mich, um sich um den Boten zu kümmern. Ich stand, wo er gestanden hatte, allein auf der Treppe, umringt von der drängenden Menschenmenge.

Als die Ältesten eintrafen, stellten sie sich einfach zu mir auf die Stufen, obwohl ich doch nur ein Junge war. Aber war ich nicht Hannibal, der Sohn Hamilkars, aus dem Geschlecht der Barkiden, ja sogar der Dido? Noch jetzt erinnere ich mich an den Geruch Giskos, des Sufeten von Karthago und Oberhaupts des Rates, dessen schweißnasser Körper nach Weihrauch und Moschus stank. Nur wenn mein Vater im Krieg weilte, wurde Gisko zum Sufeten ernannt. Seine Kinnfalten fielen herab wie die Ohren eines Esels. Sein Bauch quoll über und verbarg die scharlachrote Kniehose auf seinen Oberschenkeln. Seine Schweinsaugen blitzten mich aus dem Fett seines Gesichtes an.

Den rechten Arm um Hamilax' Schultern gelegt, humpelte der Bote zu uns. Die Menge verstummte erwartungsvoll. Diese Erinnerung liegt in weiter Ferne. Seiner genauen Worte entsinne ich mich nicht mehr, und doch weiß ich noch deutlich, wie er sie aussprach. Mit stockender Stimme begann er: »Älteste, Volk Hamilkars, Karthager, ich komme von Hamilkar zu euch geeilt, aus Sizilien, um euch zu sagen ...«

»Sprich, Mann!« befahl Gisko ärgerlich.

»... daß unsere Flotte verloren ist.«

Ein Murmeln ging durch die Menge, wie Wind, der durch das Laub fährt. Gisko zerbrach den Aloe-Spatel, den er stets bei sich trug, um seine skrofulöse Haut zu kratzen. »Weiter, Mann, weiter!«

Wir alle wußten von der Flotte, die wir zwei Monate zuvor zur Unterstützung des Feldzugs meines Vaters gegen die Römer in Sizilien ausgeschickt hatten. Auch wenn er in seinem Stützpunkt auf dem Berg Eryx in Sicherheit war, hatte er doch nicht genügend Vorräte – und nicht genügend Sold. Seine balearischen Schleuderer wurden mit Frauen bezahlt, von denen es wenig genug gab, da das Heer von den Römern umzingelt war, die den Rest der Insel besetzt hielten. Die anderen Truppen, vor allem die Numider, wurden in Gold entlohnt. Gold besaß mein Vater gar keines.

All das wußten wir von den Boten, die mein Vater regelmäßig zu uns schickte. Und so wurde schließlich eine Sondersteuer erhoben; Silenus hatte mir berichtet, daß der Rat ihr nur mit Widerwillen zugestimmt hatte. Es mußte sein. Nach dreiundzwanzig Kriegsjahren waren unsere Reserven erschöpft. Der Handel, dem wir unseren größten Wohlstand verdankten, war stark eingeschränkt, weil Galeeren fehlten, die die fernen Küsten der Tartessiner und der Ostrymner bis zu den Inseln der Kassiteriden und ihren Zinnbergwerken ansteuern konnten. Durch die Aufstände an der Grenze zu Kyrene war unser Handel mit der kostbaren Heilpflanze Silphion fast zum Erliegen gekommen. Für rebellische Stammesvölker konnten wir keine Soldaten erübrigen. Sizilien, woher so viele unserer Sklaven stammten, war uns fast völlig verschlossen.

Die Steuer wurde erhoben, nahezu ausschließlich von den Kaufleuten, und eine neue Flotte wurde gebaut und ausgestattet als Ersatz für die Schiffe, die wir bei den Seeschlachten von Mylae und Ecnomus verloren hatten. Beladen mit Vorräten, machten sich einhundertfünfzig Penteren auf den Weg nach Sizilien. All dies wußte ich; Silenus hatte es mir geduldig erklärt. Seither hatten wir keine Nachricht mehr erhalten.

Der Bote fuhr fort: »Der Plan unseres Admirals Hanno war eindeutig gewesen, besprochen und gebilligt von vielen der hier Anwesenden. Da er viele Vorräte für Hamilkar mit sich führte, sollte er ein Zusammentreffen mit der römischen Flotte vermeiden, zum Eryx segeln und die Vorräte an Land bringen. Dort sollte er Hamilkar an Bord nehmen, deinen Vater, Hannibal« – er deutete mit schwacher Handbewegung auf mich, und ich war ganz von Stolz erfüllt – »dazu die besten Truppen, mit deren Hilfe er die römische Flotte vernichten wollte.

Das war der Plan, ein guter Plan. Ich selbst war auf Hannos Galeere als Quartermeister, denn auch wenn wir arm sind, hat meine Familie diesem Staat...«

»Hör auf, Mann!« schrie Gisko. »Das interessiert uns nicht. Die Flotte, Mann, die Flotte!«

Der Bote hob den Kopf und fuhr in einer monotonen Stimme fort, die beim Sprechen an Klarheit und Kraft gewann. »Wir versammelten uns auf der Heiligen Insel. Von dort wollte Hanno in einem Zug bis zur Küste Siziliens segeln, bevor die verfluchten Römer von unseren Absichten erfuhren. Doch bei Melkarth, die Römer wußten von unserem Plan. Der Wind war hinter uns, und unsere Schiffe kreuzten rasch übers Meer. Ich war an Deck, und durch die Gischt, durch den frühen Morgennebel hielt ich Ausschau nach der Küste Siziliens. Dann rief der Ausguck: ›Dort vorne! Schaut!‹ Ich sah, wie Hanno auf dem Achterdeck über mir die Reling umklammerte und nach vorne starrte. Mit jedem Augenblick wurde deutlicher, was da vor uns auftauchte: Direkt vor den Aegatischen Inseln lag ein zweigeschossiger Halbmond – von römischen Schiffen.

Aber das Meer war hinter uns. Um uns anzugreifen, hätten die Römer geradewegs in die bewegte See hinausrudern müssen. Unsere Segel waren gefüllt. Wären die Römer vor der Küste geblieben, hätten wir trotz unserer schweren Last an ihnen vorbeisegeln können. Es war nur rechtens, daß Hanno diesen Befehl gab. Die Spitze unserer Flotte lavierte in enger Formation der See zugewandt, wendete seitwärts, um der Katastrophe auszuweichen. Aber, aber...« Dieses Mal fuhr Gisko ihn nicht an. Hamilax brachte ihm Wasser. Der Mann trank und fuhr dann fort.

»Aber die Katastrophe kam auf uns zu. Durch das Meer, das

sich über ihren Bugen brach, das ihre Soldaten durchnäßte, kamen ihre Galeeren heran. Es war unglaublich, unmöglich, daß die Römer auf uns zusteuerten, ihre Ruder in die schäumende See tauchten. Gegen den Wind war nur das Bumm-Bumm-Bumm ihrer Trommeln zu hören, das den Ruderern den Takt gab. Dann gellten Trompeten, um die Soldaten anzufeuern.

In geordneter Formation fuhren sie direkt auf uns zu. Hanno sah die Katastrophe voraus, ließ zuerst unser Schiff beidrehen, dann drei weitere. Der Rest segelte weiter – in den Tod. Wir sahen, wir sahen« – Tränen erstickten seine Stimme –, »wir sahen alles. Bug voraus rammten Schiffe die Galeeren. Bronzene Sporne bohrten sich in Holz, verbissen sich. Ruder zerschmetterten, Hecks stürzten ein. Ein Schiff ums andere kenterte. Anfangs hielt unsere Flotte stand in der Hoffnung, sich einen Weg durch die Angreifer zu erzwingen. Doch dann versuchte eines nach dem anderen, sich fortzustehlen, wurde aber von den Römern abgefangen. Überall im Meer trieben Wrackteile, Leichen, Vorräte für Hamilkar. Die römischen Soldaten sprangen auf unsere fast unbewaffneten Schiffe und töteten wie wild, mit Fischhaken, Schwertern, Keulen, bis das Meer von gellenden Todesschreien widerhallte. Von unseren Karthagern starben dort Artembares, obwohl er Meister der zehntausend Stadien war und Melkarth ergeben, und Dadaces der Chiliarch, Tenado und Asdrubal, Metallo der Mariarch, Arabo, Herr meines eigenen Klans. Nun sind sie alle nur mehr Seelen, die danach streben, den Fluß der Qualen zu überqueren. Von unseren Verbündeten treiben die Leichen des Arcteus, des Adeus, des Pheresseues, des Pharnuchus in den Wellen und branden gegen Klippen, in denen Felstauben brüten. Tharybis von Lyrna, sein schwarzer Bart ist vom Tode rot gezeichnet. Seisames der Mysier, er ist tot, und auch Syennesis, König der Cilicier, und Ariomardus und Matullus von Chrysa.

Ich könnte die Scheibe der Sonne nehmen und doch nicht alles berichten, und ich bin schwach und gebrechlich. Ich habe gesehen, was ich lieber nicht gesehen, Katastrophe um Katastrophe. Alles ist verloren.«

Der Mann brach in Hamilax' Armen zusammen. Niemand regte sich. Unter den Anwesenden machte sich Angst breit. Da erhob Gisko die Stimme; das muß ich ihm zugute halten. »Geht nach Hause, alle. Der Rat wird sich besprechen und verkünden, was zu tun ist. Hamilax, führ den Mann ins Haus.« Gisko gab seinen Sklaven ein Zeichen, seine Sänfte wurde gebracht, und er entschwand.

Später kehrte er zurück. Zusammen mit einigen anderen Ältesten des Rates befragte er den Boten näher. Hanno war mit drei weiteren Schiffen zur Heiligen Insel geflohen. Die siegreichen Römer hatten sich nicht die Mühe gemacht, sie zu verfolgen, sondern waren nach Lilybaeum zurückgesegelt. Von der Heiligen Insel schickte Hanno zwei Boten in Barken aus – den ersten zu uns, den zweiten zu meinem Vater. Er selbst würde folgen, um das Schicksal auf sich zu nehmen, das die Ältesten ihm zugedachten. Als ich Silenus fragte, was das sein würde, wollte er nicht antworten. Bald genug sollte ich es selbst entdecken.

Von jenem Tag an veränderte sich mein Leben, auch wenn der Alltag bald wieder seinen gewohnten Lauf nahm. Meine Mutter, Hamilax und der gesamte Haushalt widmeten sich den Vorbereitungen, denn man rechnete mit der baldigen Rückkehr meines Vaters. Sogar Silenus war rastlos. Ganz Karthago schien mit sich selbst und der Nachricht über die Katastrophe bei den Aegatischen Inseln beschäftigt. Vom heiligen Hain Eschmouns stieg jeden Tag der Rauch von Opfergaben auf. Die Ältesten, so hieß es, hatten den Ratssaal nicht verlassen und besprachen unter dem Dach Baal Hammons, was zu tun sei.

Meine Studien, mein Reitunterricht, meine Übungsstunden mit Schwert und Speer unter Hamilax' Aufsicht gingen weiter, aber all meine Lehrer waren geistesabwesend. Dann erfuhr ich von Silenus, der es von Hamilax wußte, welcher es wiederum von seinem Bruder Astegal, Hofmeister des Stadtrats, gehört hatte, daß der Rat meinen Vater beauftragt hatte, mit den Römern Friedensbedingungen auszuhandeln und dann heimzukehren. Näheres vermochte Astegal nicht zu sagen.

Mögen es acht Tage nach der Ankunft des Boten gewesen sein, neun? Silenus und ich lasen in der Stille des Studierzimmers Platon. Aufgeregtes Stimmengewirr zerstörte die Ruhe. Ich werde nie die Stelle vergessen, die wir in Platons *Staat* gerade erreicht hatten: »Unser gewöhnliches Verfahren ist nämlich doch dies, daß wir für jede Gruppe vieler Einzeldinge, die wir mit demselben Namen belegen« – *eidos hen hekaston peri hekasta ta polla* auf griechisch, ich weiß sie noch heute –, »je einen einheitlichen Begriff setzen.« Silenus hatte mir das am Beispiel der vielen Götter Karthagos erklärt, die in ihrer Vielfalt immer gleich waren. Ich sollte in Kürze lebensnah – und nicht nur rein philosophisch – etwas erfahren, dem wir viele Namen geben können. Von all meinen Kindheitserinnerungen ist dies eine derjenigen, mit denen ich noch immer zu kämpfen habe.

Der Aufruhr draußen war durch die Einberufung einer allgemeinen Versammlung entstanden. Meine Mutter, mein Bruder und meine Schwester, ich und all jene Mitglieder unseres Haushalts, die mindestens den Stand eines freigelassenen Sklaven hatten, sollten sich sofort auf dem großen öffentlichen Platz unterhalb der Akropolis einfinden. Hanno war zurückgekehrt; der Rat wollte sein Urteil verkünden. Wir verließen das Haus meines Vaters hinter der von Hamilax getragenen Standarte unseres Geschlechts, ein schwarzer Skorpion auf weißem Hintergrund.

Wir gingen durch die engen Straßen. Als wir uns dem Platz näherten, mußten wir unseren Schritt wegen des Gedränges verlangsamen. Meine Schwester Sophoniba begann zu weinen. Silenus nahm sie auf den Arm und trug sie. Auf der Byrsa, dem Herzen Karthagos, dem Sitz der Tempel, der Gerichtshöfe und des Rates, säumten Angehörige der Heiligen Legion den Weg.

Als sie unsere Standarte erkannten, trat einer von ihnen vor und geleitete uns durch die Menge. Auf einen kleinen Jungen wie mich wirkte der Platz gewaltig. Im Norden, unterhalb der Akropolis, lag der Ratssaal. Rechts und links davon, innerhalb des Platzes, standen Bänke, die für die ersten Familien Karthagos bestimmt waren. Dort nahmen wir unsere Plätze ein. Eine Abordnung Soldaten hielt die anschwellende Menge zurück, so daß vor dem Ratssaal eine Fläche von ungefähr hundert Schritten frei blieb.

Trompeten erschallten. Langsam, würdevoll traten die vierzig Ältesten aus dem Saal, Gisko zuletzt, und ließen sich auf der Terrasse über uns auf ihren Sitzen aus gehämmerter Bronze nieder. Beinahe hatte ich gehofft, mein Vater, der eigentliche Sufet, würde hinter Gisko erscheinen. Wann würde mein Vater kommen? Hinter jedem Sitz stand ein Sklave und fächelte seinem Herrn Luft zu. Von der Seite her verfolgte Astegal, Haushalter des Ältestenrates, was vor sich ging.

Was weiß ich, über fünfzig Jahre später, noch von diesem Tage? Was ist es, was ich nie vergessen habe? Ich glaube, vor allem anderen erinnere ich mich an das drohende Schweigen der Menge. Als Hanno vom Hafentor hereingeführt wurde, breitete sich ein tiefes, düsteres Schweigen über den Platz. Er war an den Händen mit Ketten gefesselt. Der Weg von der anderen Seite der Agora zu dem Platz, wo die Ältesten ihn erwarteten, war weit. Es war ein Gang, der ein ganzes Leben währt. Hinter Hanno folgten die Diener der Ältesten und schwangen ihre Peitschen, um die Menge zurückzuhalten.

Unter den Versammelten waren zu viele, die einen Sohn, einen Bruder, einen Vater, einen Ehemann oder Geliebten unter Hannos Führung verloren hatten. Während er auf die wartenden Ältesten zutaumelte, bohrten und krallten in der Stille tausend Finger nach ihm. Ein Kind zerkratzte ihm die Wange. Ein Mädchen, das ein Messer unter seinem Ärmel verborgen hatte, schnitt ihm die Haut am Halse auf. Hände, die über die Seile rechts und links des Weges hinweggriffen, rissen ihm Haare aus. Blut spritzte aus einer Wunde am Oberschenkel. Sie warfen ihm Glasscherben vor die Füße, brennendes Öl, Kot und Exkremente. Keiner von ihnen spürte die Peitschenhiebe der Diener, die sie zurückzudrängen suchten. Hanno stürzte, und während er dalag, streckte eine Hand einen rotglühenden Feuerhaken aus. Er schrie auf. Das Brandmal erfüllte die Luft mit dem Geruch verbranntes Fleisches. Die Diener ließen ihre Nilpferdpeitschen auf ihn niedersausen, um ihn voranzutreiben.

Auf Händen und Knien kriechend, erreichte Hanno den Platz vor uns; sein Gesicht und seine Hände waren blutverschmiert, seine Tunika hing ihm in schmutzigen Fetzen vom Leibe. Jetzt war er geschützt vor der Wut der Menge, nicht aber vor dem Urteilsspruch. Gisko erhob sich. Er brauchte nicht um Stille zu bitten. »Hanno, du hast das heilige Vertrauen von Melkarth und Eschmoun mißbraucht, von Baal Hammon und Tanit. Die Priester haben die Augurn befragt, die Jungfrauen Eschmouns die Gedärme eines Kitzes. Du bist verdammt. Tut dem Brauch Genüge.«

Der gellende Schrei, der wie aus einer Kehle von der Menge aufstieg, war nicht von dieser Welt. Vier Soldaten traten vor. Es waren keine Patrizier, sondern derbe, kampferprobte Männer, die dem Rat dienten und dafür mit Gold und Frauen entlohnt wurden. Von meinem Platz auf der Bank aus konnte ich die verhornten Stellen – *carobs* in unserer Sprache – unter dem Kinn des Vordersten sehen, entstanden durch das jahrelange Tragen des Helms mit Kinnriemen.

Sie packten Hanno und stellten ihn auf die Beine. Zwei hielten ihn aufrecht. Der dritte zerriß ihm die verschmutzte Tunika vom Hals bis zu den Knien. Der vierte holte einen großen Pfahl und steckte ihn in eine Vertiefung im Boden. Das Gejohle der Menge verebbte, als Hanno – mit dem Rücken zu uns und der Menge, sein blutiges Gesicht zum Rat gewandt – an den Pfahl gebunden wurde. Auf das zischende Pfeifen, als die Peitsche durch die Luft sauste, folgte ein Geräusch, das keinem anderen gleicht, ein reißendes Geräusch, mit dem die eisenverstärkten Peitschenriemen dem Mann das Fleisch aufrissen und ihm die Rückenknochen brachen. Blutspritzer und Hautfetzen befleckten den Boden. Erst beim neunten Hieb, oder beim zehnten, schrie Hanno auf.

Sie banden ihn los. Er fiel reglos zu Boden. Ein Eimer voll Urin wurde über seinen Kopf geleert, so daß er wieder zu sich kam. Einer der altgedienten Kämpfer packte ihn an den Haaren und stellte seinen Rumpf der Menge zur Schau. Ein Stöhnen ging durch die Versammelten. Der Kopf eines schweren Hammers glitzerte in der Sonne, fiel, stieg auf und krachte erneut herab. So wurden dem Admiral der Flotte die Beine gebrochen. Die Soldaten zogen den Pfahl aus der Erde. Mit drei langen Nägeln schlugen sie ihn liegend an das Kreuz, einen Nagel in jede Hand, einen dritten durch die beiden Knöchel. Einer der Soldaten zog an dem Seil, das oben um das Kreuz gebunden war, und unter Einsatz aller Kräfte richteten sie den gekreuzigten Hanno auf. Als der Pfahl in dem Loch einrastete, brüllte Hanno wieder, und das Gejohle der Menge brauste auf. Aus der von Peitschenhieben zerfetzten Haut seines Bauches hingen ihm Gedärme heraus, die beim Aufrichten des Kreuzes hin und her schwangen. Es war vollbracht.

Ich habe viele Kreuzigungen gesehen. Viele habe ich selbst angeordnet. Aber das erstemal ist bei allen Dingen immer das Beste und das Schlimmste. Für Hanno empfand und empfinde ich noch immer Mitleid. Ich weiß, die Wege der Götter sind grausam und unverständlich. Aber von den vielen unverständlichen Wundern ist keines unverständlicher als der Mensch.

An jenem Nachmittag trug Silenus mir auf, für mich allein zu lesen. Er sagte nichts, aber ich fühlte den Widerwillen, den dieser kultivierte Mann, ein Grieche, für Vorgehensweisen wie Kreuzigungen empfand. »Warum bist du so still?« fragte ich.

»Lies weiter!« herrschte er mich an. Aber bald erhob er sich von dem Tisch, an dem er arbeitete, und schritt im Zimmer auf und ab. »Weil, weil ...«, sagte er, und nie zuvor hatte ich gehört, daß er ärgerlich war. »Weil ...« Abrupt wandte er sich zu seiner Truhe und holte eine Rolle hervor, die ich noch nie gesehen hatte. Er fand die Stelle und begann mit zitternder Stimme zu lesen:

»Wenn denn die Seele unsterblich ist, bedarf sie der Sorgfalt nicht nur für die Zeit allein, welche wir das Leben nennen, sondern für die Ewigkeit! Es kann keine Sicherheit vor dem Übel geben, als daß man höchste Tugend und Weisheit erstrebt ...

›Höchste Tugend und Weisheit‹, Hannibal, hörst du das? Jetzt hör, hör Platons *Phaidon* zu!« Und er las weiter:

»Der Weg in die andere Welt ist kein einfacher, gerader Pfad.

Sonst würde es keines Führers bedürfen; doch der Weg teilt sich oftmals und windet sich ... Die Seele nun, die unrein ist oder etwas dergleichen verübt hat ..., diese meidet jeder und weicht ihr aus und will weder ihr Reisegefährte noch ihr Führer sein; allein wandert sie durch das Übel ...

Für wen gilt das, Hannibal? Für Hanno oder für jene, die ihn gekreuzigt haben?«

Ich schwieg. Selbst heute weiß ich die Antwort nicht.

In den Tagen, die darauf folgten, herrschte eine angespannte Atmosphäre. Wie Lauffeuer gingen Gerüchte durch Karthago. Mein Vater hatte vom Rat den Auftrag bekommen, nach vierundzwanzig Jahren Krieg Frieden mit Rom zu schließen. Boten kamen und gingen. Durch Astegal und Hamilax hörten wir das Weitere.

Wir mußten ganz Sizilien aufgeben, schwören, weder Syrakus noch die Verbündeten von Syrakus anzugreifen, alle Kriegsgefangene ohne Lösegeld freisetzen und innerhalb von zwanzig Jahren zweitausendzweihundert Talente Kriegsentschädigung zahlen. Dann erfuhren wir, daß die römischen Unterhändler vom Senat angewiesen worden waren, auf einer Bezahlung der Entschädigung innerhalb von zehn Jahren zu bestehen. Auf die Forderungen der Römer, alle ihre Deserteure sollten ihnen zur Hinrichtung überlassen werden und unsere Soldaten müßten ihre Waffen abliefern und unter dem Joch hindurchgehen, antwortete mein Vater, daß er es in dem Fall vorzöge weiterzukämpfen. In diesen Punkten gaben die Römer nach und verlangten statt dessen eine Erhöhung der Entschädigung um weitere tausend Talente und das Versprechen, daß wir nicht nur Sizilien, sondern auch Korsika und Sardinien aufgaben.

Silenus war traurig. »Das ist das Ende«, sagte er zu mir, »das Ende von nichts. Dein Vater hat Frieden geschlossen, weil Karthago erschöpft ist. Die Römer haben Frieden geschlossen, weil auch sie erschöpft sind. Aber Regulus hatte recht. Es gibt nicht Platz für zwei große Mächte. Eine muß vernichtet werden.« Aber an solche Dinge dachte ich nicht. Für mich, einen

Jungen, bedeutete der Friede, daß mein Vater heimkam – und bei uns bleiben würde.

Wir standen im Hafen, um ihn zu begrüßen, ich, meine Mutter, meine Geschwister Mago, Hasdrubal und Sophoniba, Silenus und natürlich Hamilax. Keiner der Ältesten erschien. Für Ratssitzungen blieb noch genügend Zeit. Aber natürlich war das Volk gekommen; die Herolde mit ihren Trompeten hoch oben auf dem Tempel Eschmouns hatten die Ankunft meines Vaters verkündet. Sie würden gesehen haben, wie seine Galeere die große Mole umschiffte und in den Handelshafen einsegelte, und wir hörten ihre freudigen Begrüßungsrufe. Wir aber erwarteten Hamilkar Barkas im inneren Kriegshafen, der durch große, mit Nägeln besetzte Tore vom äußeren getrennt war.

Eines dieser Tore öffnete sich. Ich hörte einen strengen Befehl. Die Pentere meines Vaters tauchte plötzlich in unserem Blickfeld auf und segelte über das Bassin zu ihrem Anlegeplatz zwischen den beiden Säulen, die den Skorpion unseres Hauses trugen, auf den Kapitellen die Hörner Ammons. Er sprang über die Bordwand und war bei uns, schloß zuerst meine Mutter und dann jeden von uns in die Arme. Erst, als er Hamilax umarmte, sah ich ihn in voller Statur, groß und schlank, eine ganze Hand größer als Hamilax, und stark. Doch es waren seine Augen, die uns gefangenhielten, klar und tiefbraun auf reinstem Weiß. Er lächelte. »Kommt, gehen wir nach Hause«, sagte er und schritt uns voraus zu dem Wagen, der am Anlegeplatz wartete.

Ich hoffte, nach und nach alles von ihm zu hören: von den Feuern, den Legionen, Eryx, Sizilien, von den Jahren des Kampfes. Ich hoffte, wir würden Zeit haben. Ich wußte, daß er zuerst ständig in Ratssitzungen sein und sich um die Geschäfte kümmern würde. Aber der Krieg war vorüber. Wir würden Zeit haben. Doch das sollte nicht sein. Der Gnadenlose Krieg begann.

# II

# Söldner

Bei seiner Abreise von Sizilien gab mein Vater den Befehl aus, daß unsere Truppen nur in kleinen Gruppen nach Karthago zurückkehren sollten. Sie hatten schon seit einigen Jahren keinen Sold mehr bekommen. Ihnen standen immense Summen zu, Summen, die wir nicht besaßen. Ich kannte die Pläne meines Vaters, denn ich war bei ihm, als er Gisko und einige andere Älteste in unserem Haus empfing. »Ich habe beinahe sieben Jahre lang in Sizilien gekämpft«, sagte mein Vater. »Nun ist Frieden. Gewährt ihn auch mir. Ich muß mich um meine Geschäfte kümmern. Entlohnt die Soldaten, wie es euren Möglichkeiten entspricht. Sie werden nicht alle auf einmal zurückströmen, sondern nur nach und nach hier eintreffen.«

»Sie entlohnen, Hamilkar – womit denn?« rief Gisko.

»Nun, der Schmuck, den du trägst, würde bereits den Sold einer ganzen Schwadron begleichen, Gisko«, scherzte mein Vater, als er den Raum verließ. Er hatte großes Vertrauen zu Gisko. »Er mag zwar kein Soldat sein«, meinte mein Vater, »aber in Verwaltungsfragen ist er nicht zu schlagen.«

Einige Tage später brach mein Vater mit Hamilax und vier Sklaven seines Vertrauens von Karthago auf, um seine Güter zu besichtigen, seine Eichenwälder in Zartana, seine Kornspeicher in Chozeba und Tirzah, seine Sommervilla in Issachar und seine Schaf- und Ziegenherden in Marephath. Er wollte mehrere Monate unterwegs sein. Später sollten wir alle wünschen, er wäre nie aufgebrochen.

Im Verlauf der Monate, die mein Vater fort war, kehrten die Söldner beinahe unmerklich zurück. Sie errichteten ihr Lager jenseits der Stadt auf der Ebene, die sich um die Bucht nach Tunis erstreckt. Bei meinen Ausritten am Nachmittag mit Abdonim konnte ich sehen, wie es immer größer wurde. Die Ligurer kamen als erste und stellten ihre Zelte aus Tierhaut geordnet auf dem Sand auf. Dann folgten die Lakedaimonier, eine völlig eigenständige Rasse, die in einer ausgehobenen Grube auf dem Boden schlief. Kurz darauf trafen die Balearen ein, Schleuderer von den spanischen Inseln, die sich im Gegensatz zu den anderen nicht zu einer eigenen Gruppe zusammenschlossen, sondern sich unter die übrigen Söldner mischten; zum Essen und Schlafen ließen sie sich an jeder sich bietenden Stelle nieder. Als nächstes errichteten die Darae aus Gätulien ihre Hütten aus getrocknetem Gras und kauerten wartend im Wind.

Nach einem Monat kehrten die Iberer zurück und stellten ihre Zelte aus Segeltuch zwischen denen der anderen Söldner auf; die Gallier fertigten Unterkünfte aus Brettern, die Libyer aus Steinen. Die Neger, Numider und Libyer schliefen in Sandgruben. Das Lager schwoll an. Zuerst waren es zehntausend Menschen, dann zwanzigtausend, und Abdolomin ließ mich nicht mehr in ihre Nähe. Ein Gefühl von Bedrohung ging von ihnen aus, ebenso stark wie der Gestank dieser vielen Männer, der Söldner Karthagos.

Zwischen Stadt und Lager war ein ständiges Kommen und Gehen von Händlern, Hausierern, Jungen und Frauen; Frauen aus allen Völkern der Erde, braun wie Datteln, hell wie Oliven, gelb wie Melonen, weiß wie Alabaster; Frauen, die von Matrosen verkauft worden waren, von Soldaten erbeutet, von Wüstenkarawanen geraubt, bei Plünderungen verschleppt. In jungen Jahren den Gelüsten vieler Männer preisgegeben, wurden sie im Alter mit Schlägen mißhandelt und zwischen Eseln und Dung dem Tod überlassen. Sie alle wanderten durch das Lager, waren überall anzutreffen, Frauen aus Kappadokien mit Goldplättchen in den Haaren, Frauen aus Gallien mit Wolfsfell auf der Brust. Jene aus Kyrenaika, mit scharlachroten Gesichtern, in lilafarbene Gaze gehüllt, saßen auf ihren Bastmatten und sangen Lieder der Trauer. Inmitten des Lärmens, der Gerüche und des Rauchs zahlreicher Feuer schritten Lusitanerinnen mit Halsketten aus Muscheln und bloßen Brüsten, sammelten Tierkot ein, um ihn von der Sonne zu Brennstoff trocknen zu lassen.

Das alles konnte ich mit eigenen Augen verfolgen. Doch im Monat Eloul, in der Mitte des Sommers, hörte ich von Dienstboten, von Sklaven und von Silenus Geschichten über Händler, deren Waren nicht bezahlt, über Frauen, deren Dienste nicht entlohnt wurden. Öl- und Wasserverkäufer, Schneider, Geldverleiher, Bäcker beklagten sich über die lächerlichen Summen, die ihnen angeboten wurden. Für ein Schaf nannten die Söldner den Preis einer Taube, für drei Ziegen den eines Granatapfels. Die Soldaten, so hieß es, hätten angefangen, Wein zu trinken – ein Vergehen, das in der punischen Armee unter Todesstrafe stand. Nachts waren Strauchdiebe unterwegs, und in der Stadt hörte man Klagen über Raub, Vergewaltigungen und Plünderungen. Mit der Hitze des Sommers machte sich eine angespannte Atmosphäre in der Stadt breit, der niemand sich entziehen konnte. Selbst Silenus fand keinen Trost in seinen Papyrusrollen und bei seinen Philosophen.

Noch immer kehrte mein Vater nicht zurück. Noch immer wartete Gisko ab. Ich empfand Mitleid mit den Söldnern, die nach wie vor kein Geld bekommen hatten; ich wußte, daß sie von vielem träumten, das hätte sein können, und von manchem, das noch kommen konnte. Der eine würde sich einen Bauernhof kaufen, der andere ein Schiff; in ihre Heimat zurückgekehrt, würden sie diesen Besitz als Ausgleich für die vielen Jahre im Kriegsdienst Karthagos vorweisen. Ich stellte mir vor, wie sie in der Sonne dösten, ihre Jahre in der Armee zählten und ihre verlorene Ausrüstung addierten, ihre Waffen und Schilde und Pferde. Jetzt hatten sie nichts außer ihren Wunden, ihren Narben und ihrem Groll. Als Antwort darauf verschloß Karthago seine Tore, verdoppelte die Wachsamkeit und schwieg.

Endlich schritt Gisko zur Tat. Ich stand am Tor Khamons und sah seinem Aufbruch in der purpurfarbenen Sänfte zu; Büschel von Straußenfedern schmückten ihre vier Ecken, Ketten aus Kristall und Perlenschnüre schwangen im Rhythmus ihrer Bewegungen mit.

Dahinter folgten zwanzig Dromedare, beladen mit Taschen

voll Gold; bei jedem ihrer wiegenden Schritte erklangen die Bronzeglocken um ihre Hälse. Sie wurden begleitet von Reitern der Heiligen Legion. Diese Männer trugen goldene Schuppenpanzer, sie saßen aufrecht auf ihren schnaubenden Hengsten aus Hekatompylos, und die Federn ihrer böotischen Bronzehelme ragten steil gen Himmel. Dann kamen die Beamten, auf Eseln reitend, mit Tablett und Abakus, um auszurechnen, was den einzelnen Männern zustand. Mit ihnen ging Silenus, unauffällig, wie es seine Art war, in einem schlichten Baumwollgewand. Den Abschluß bildeten, in Sänften getragen, die Zwölf Dolmetsche, die die Wüstensprachen beherrschten; alle hatten die Arme mit einem Papagei tätowiert, und ihr Kopfputz aus Pfauenfedern wehte sacht in der Brise.

Eines beeindruckte mich damals – zumindest wußte Gisko, daß er mit vielen Männern reden würde, die keine gemeinsame Sprache kannten. Einige der *dekadarchoi*, der Hauptleute, hatte Silenus mir gesagt, würden punisch sprechen, er aber sollte die Worte Giskos den Dorern und Spartanern, den Böoten und anderen Griechen zu Gehör bringen. Die Zwölf würden für die Libyer und die Numider übersetzen. Was die übrigen Männer anbelangte, die Gallier und die Leute aus dem Westen jenseits der Säulen des Herkules, das vermochte Silenus nicht zu sagen.

Wie ich wußte, war man in Karthago stets dem Prinzip gefolgt, die Armee aus vielen Völkern zusammenzusetzen. So konnte es weniger leicht zu Aufständen kommen. Doch was sich im Krieg als Vorteil erwies, verkehrte sich im Frieden ins Gegenteil. Der Gnadenlose Krieg begann, wie Silenus sagte, nicht aus Prinzipien oder aus Leidenschaft heraus, sondern weil die Menschen nicht miteinander reden konnten. Von jenem Zeitpunkt an machte ich es mir zur Pflicht, die Sprachen der Menschen, die mich umgaben, zu erlernen.

Bei der Ankunft im Söldnerlager waren Gisko und sein Gefolge bald von Männern umringt, die lauthals den ihnen zustehenden Sold einforderten. Zwei Herolde stießen in ihre silbernen Trompeten, der Lärm verebbte, und Gisko begann seine Rede. Er stand auf einem Tisch der Beamten. Zuerst sprach er, berichtete Silenus, von der Dankbarkeit der Republik gegenüber den Soldaten, die Karthago ihren Dienst erwiesen hatten. »Wir wollen unser Geld, nicht deinen Dank!« schrien einige auf Punisch. Gisko fuhr unbeirrt fort. Die Zeiten, sagte er, seien schwer. Mittlerweile sei Karthago verarmt – »du aber nicht!« widersprachen Stimmen aus der Menge – »und wenn ein Herr nur drei Melonen hat, ist es dann nicht rechtens, daß er zwei für sich behält?«. Die Entschädigungszahlungen an Rom seien erdrückend. Die Schatzkammer sei leer, die Purpurfischerei erschöpft, das im Krieg brachliegende Ackerland bringe nichts hervor. Karthago müsse seine Vorräte an Silphion verkaufen und die Handelsstädte noch kräftiger besteuern. »Ja, erst gestern«, sagte Gisko, »mußte ich persönlich für einen Badesklaven eine Summe bezahlen, für die ich vor einem Jahr einen Elefanten bekommen hätte, nein« – er glaubte, sie mit seinem Scherz erheitern zu können – »eine Jungfrau aus Bithynien.«

Auf diese Weise fuhr Gisko fort. »Ausreden sind wie Fürze«, kam eine Stimme auf griechisch aus der Menge. »Nichts als heiße Luft!« Alle, die den Zwischenruf verstanden, lachten. Gisko hatte nicht verstanden.

Mittlerweile war die Menge auf Tausende von Männern angeschwollen, die die Abschirmung der Heiligen Legionäre um Gisko bedrängten. »Ihr werdet alle voll entlohnt werden – im Laufe der Zeit.«

Gisko hielt inne, um zuerst Silenus und dann den Zwölf Gelegenheit zu geben, diesen Satz zu übersetzen. Die gespannte Atmosphäre wurde noch bedrohlicher, als die Worte »im Laufe der Zeit« heraus waren und in vielen Sprachen durch die Menge gingen.

»In meinem Gepäck«, rief Gisko, »habe ich für jeden von euch ein Xthet reinen Goldes zum Beweis unseres guten Willens. Was euch Balearen betrifft, die ihr stets mit Frauen bezahlt werdet, so ist in diesem Augenblick eine Karawane mit gemästeten Jungfrauen von Abdera unterwegs. Wir haben Galeeren in Auftrag gegeben, die euch in eure Heimat bringen werden. Bevor ihr abreist, werdet ihr alle voll entlohnt werden.«

»Auch für unsere Pferde?«

»Ja«, sagte Gisko widerwillig, »auch für eure Pferde. Und jetzt stellt euch in Reihen vor diesen Beamten an; sie werden euch euer Gold aushändigen und aufschreiben, was euch darüber hinaus noch zusteht.«

Auch diese Worte wurden übersetzt. In Bärenfelle gehüllte Numider aus den Bergen, die sich drohend auf ihre Keulen gestützt hatten, und flachshaarige Dorer, die eben noch mit ihren eisernen Schwertgürteln gespielt hatten, beruhigten sich wieder. Möglicherweise, so glaubte Silenus, wäre alles gutgegangen, denn diese Menschen hatten Karthago stets ihr Vertrauen geschenkt, einige über Generationen hinweg.

Doch gerade als die Söldner sich gehorsam in Reihen anzustellen begannen, trat ein riesiger Campaner vor und ließ einen lauten Hornstoß erklingen. Er stand jenseits der Pferde, vor den Söldnern, und redete so schnell, daß das Unheil seinen Lauf nahm, ehe ihm widersprochen werden konnte. Rasch, in sechs Sprachen – Lateinisch, Gallisch, Balearisch, Libysch, Iberisch und Griechisch – verkündete er, er habe etwas Wichtiges zu sagen. Da es sich bei den Männern in seiner Nähe vorwiegend um Griechen handelte, fuhr er auf griechisch fort.

»Hört, was dieser Mann in Wirklichkeit gesagt hat«, rief der Campaner. »Feiglinge hat er euch genannt, Ungeziefer, Söhne von räudigen Hunden und Hündinnen. Hättet ihr nicht den Krieg gegen Rom verloren, müßte Karthago jetzt keine Entschädigung bezahlen. Warum also solltet ihr entlohnt werden?« Silenus versuchte, an Gisko heranzutreten und ihm diese Worte zu übersetzen, aber das Gedränge war zu groß. »Mehr als einen Stater werdet ihr nicht bekommen. Diese Beamten sollen nicht aufschreiben, welcher Lohn euch zusteht, sondern welche Strafe euch erwartet – ob in den Bergwerken von Cantabrien oder als Galeerensklaven. Dies sind die Worte, die Gisko wirklich gesprochen hat. Wir wollen uns nicht mit einem Stater begnügen – laßt uns Karthago selbst nehmen!«

So schnell wurde die Rebellion entfacht. Die Reiter der Heiligen Legion wurden von ihren Pferden gerissen, der schützende Wall um Gisko fiel. Hände zerrten ihm seine Kette aus blauen Steinen, seine Goldfibeln, seine schweren Ohrringe vom Leib. Die Würde Karthagos wurde mit Füßen getreten.

Unversehens waren sie alle in einem Gefängnis aus Leibern eingesperrt, der Sufet und Silenus, die Zwölf, die Beamten, die Hochgeborenen der Legion. Die Säcke mit Gold wurden herbeigeschleppt. Der Campaner – er hieß Spendius mit Namen – schien das Kommando übernommen zu haben. »Was sollen wir mit ihnen tun?« hörte man rufen. »Bringt sie um!« schrie der eine, und »Schneidet ihnen die Hoden ab!« der andere. »Nein, fressen wir sie doch...« Spendius hielt eine schwere, doppelschneidige Axt in die Höhe. Die Menge verstummte. »Was wir tun werden...« – er hielt inne –, »... sie als Geiseln behalten«, sagte er. »Aber zuerst werden wir uns mit ihm« – und damit versetzte er Gisko einen Axthieb in den Bauch – »einen kleinen Spaß erlauben.«

Silenus war ein sanfter Mann. Von der Qual, die es ihm bereitete, zuerst das Geschehen mit anzusehen und dann dem Rat davon zu berichten, sollte er sich nie mehr erholen. Jahre später entdeckte ich in Spanien seine Ausgabe der *Ilias*, in der die folgende Passage mehrmals angestrichen war. Priam, der König von Troja, trauert um den gefallenen Hektor, seinen berühmtesten Sohn, den Helden von Troja, das nun fallen wird, denn Hektor wurde von Achilles ermordet:

»Er selbst, der Greis, in der Mitte, fest in den hüllenden Mantel geschmiegt, und über dem Alten lag in Menge der Kot und bedeckte den Kopf und den Nacken, den er, am Boden sich wälzend, gehäuft mit eigenen Händen.«

Solcher Art, so denke ich, empfand Silenus seine Trauer und seinen Kummer. Doch was er erlitt, war weniger grausam als die Qualen, die viele andere von jenem Tag an erdulden mußten. Zuerst stellten die Söldner Gisko in einen Rahmen aus grob behauenen Planken. An das Brett hinter seinem Nacken nagelten sie seine Hände, an das Holz zwischen seinen Beinen die Knie. Ein Mann namens Zaracas, der dies tat, stöhnte vor

Freude über die Pein, die er bereitete. Doch Spendius blieb es überlassen, dem Sufeten die Augen auszudrücken; mit all seiner immensen Kraft preßte er auf Giskos Augenhöhlen, bis diesem die Augäpfel heraussprangen. Dann durchtrennte er mit einem Biß die Fäden der beiden Augen. Die Zunge des Sufeten, so sagte Silenus, sei von Zaracas herausgerissen, seine Ohren von einem dunkelhäutigen Libyer, den alle Mathos nannten, abgeschnitten worden. Schließlich hängten sie die Augäpfel, die Ohren und die Zunge des Sufeten über eine Perlenschnur, die sie von seiner Sänfte rissen, und legten sie um den Hals des Silenus von Caleacte, den sie allein nach Karthago zurückschickten, damit er dem Rat ihre Bedingungen mitteile.

Als Silenus aufbrach, lebte der Sufet noch, und all seine Beamten, die Zwölf und die Legionäre lagen auf einem Abfallhaufen, in dem Schweine nach Futterresten wühlten. Zuvor jedoch hatte Spendius sie zusammenbinden und jedem eine Eisenspange um den Hals legen lassen, wie bei Menschen, die in Sklavenkarawanen durch die weglose Wüste im Süden getrieben werden. Silenus sah noch, wie die Lagerjungen kamen, verdreckt, nackt, unbeschnitten und voller Ungeziefer, um auf die Köpfe der Gefangenen zu urinieren. Spendius trug die gevierteilten azurblauen Standarten des Sufeten herbei und warf sie auf die Gefesselten.

Als an jenem Abend die Ältesten kamen, um von Silenus die Bedingungen der Söldner zu erfahren, stand ich im Saal meines Vaters, dessen Fußboden aus poliertem Lapislazuli bestand. Die Nacht war sehr dunkel. Ein grauer Nebel wogte über dem Meer, die Wellen brandeten mit einem schluchzenden Geräusch wie ein ersterbender Atem gegen die Mauern Karthagos. Die Ältesten betraten den Saal, alle mit ihren Stöcken aus Narwal-Horn in der Hand. Aus Trauer über die Schande, die dem Sufeten zugefügt worden war, hatten einige ihre Gewänder zerrissen. Andere verbargen ihre Bärte in einem dunkelvioletten Lederbeutel, der mit geschwärzten Seidenfäden um die Ohren befestigt wurde.

Sie hörten von Silenus Bedingungen, die sie nicht erfüllen

konnten, selbst wenn sie gewollt hätten. Unerhörte Summen wurden gefordert – Gold und Silber, Bergwerke in Spanien, und dazu zehn Zeter Land pro Mann. Für ihre Anführer beanspruchten sie Jungfrauen aus den angesehensten Familien Karthagos als Gemahlinnen. Allein der Gedanke, unser punisches Blut solle sich mit dem der Barbaren vermischen, erfüllte die Ältesten mit Empörung. In der Zwischenzeit verlangten die Söldner aus unseren Speichern Amphoren mit Wein, Perlhühner, Makrelen, Fleisch und Gewürze, und zwar innerhalb von zwei Tagen.

Baalhaan, der Älteste der Anwesenden, machte sich zum Sprecher aller und befahl Astegal, dem Hofmeister des Rates, sofort aufzubrechen und meinen Vater Hamilkar zu suchen. Nachdem die Ratsältesten viele Monate hinter den Stadtmauern in Sicherheit gelebt hatten, konnten sie sich jetzt nicht für Frieden aussprechen. So entschieden sie sich für Krieg.

Jene Tage waren bedrückend. Silenus war so schwach, daß er weder unterrichten noch sprechen konnte. Er blieb in seinem Zimmer und suchte Trost bei Euripides. Die Stadttore blieben für alle verschlossen. Die Bevölkerung Karthagos war von angespannter Furcht erfüllt, unsere Hausdiener grimmig und widerwillig. Mit düsteren Mienen wurde von einem *tophet* gesprochen – das Verbrennen von Kindern bei lebendigem Leibe, um Melkarth und Tanit-pene-Baal günstig zu stimmen. Selbst Tunis, die von uns abhängige Stadt jenseits der Bucht, hatte sich erhoben, so hörten wir; die Ältesten hätten den Söldnern ihre Tore geöffnet, die Händler ihre Speicher und die Frauen ihre Beine.

Zwei Tage später – die verlangten Nahrungsmittel waren nicht geliefert worden – erfuhren wir, daß die Söldner vor der Stadtmauer standen, gerade außerhalb der Reichweite von Bogen und Wurfspieß. Dennoch hätte kein Karthager eine Waffe eingesetzt, denn der Anblick, der sich uns bot – uns, die wir alles von der sicheren Höhe der Mauer verfolgten –, waren zwanzig Männer der Heiligen Legion, gefesselt an kurze, spitze Pfähle.

Sechs Söldner näherten sich dem ersten der Legionäre. Spendius der Campaner war dabei; seine Haut schimmerte blau vor Waid, seine Silberamulette glitzerten in der Sonne. Mathos war dort und auch Zaracas, sagte Silenus. Die Fesseln des ersten Legionärs wurden durchgetrennt. Spendius und Mathos griffen nach seinen Beinen und zogen sie gewaltsam in die Länge. Zwei andere Männer packten ihn an Schultern und Armen. Sie hoben ihn hoch und stießen ihn mit aller Kraft nach unten, so daß der Pfahl sich zwischen seine Beine bohrte und durch die Eingeweide wieder heraustrat. Der riesige Spendius hielt ihn an den Schultern fest und drückte ihn wieder und noch einmal hinab und lachte dabei ein verrücktes Lachen, während der Heilige Legionär jedes Mal gellend aufschrie, ein Gebrüll, das die Luft erfüllte.

Für die restlichen neunzehn muß es noch schlimmer gewesen sein, da sie nun wußten, was sie erwartete. Ich habe viele Männer pfählen lassen. Wie lange sie überleben, hängt von mehreren Dingen ab. Wenn der Pfahl lang ist, durchbohrt er das Herz, und der Tod tritt rasch ein. Wenn der Gepfählte alt und gebrechlich ist oder willensschwach, ist seine Qual bald vorüber.

Die Pfähle der Söldner waren kurz, die Opfer jung und kräftig in Körper und Geist. Ich bin mir sicher, daß sie noch lebten, als Zaracas ihnen einem nach dem anderen die Kehle durchschnitt und von jedem etwas Blut in einer Schale auffing. Bei Melkarth und Eschmoun, bei all den aufgehenden Sternen, bei Mond und Sonne und Meer – jeder Stamm der Erde kennt Sitten und Gebräuche, die an sich sonderbar und für andere schwer zu begreifen sind, doch sind sie deshalb nicht falsch. Aber was Zaracas nun tat, hätte kein Mensch tun dürfen und darf es auch nicht tun.

Er wandte sich zu den Mauern von Karthago, trat vor uns alle hin, hob die Schale empor, seufzte auf und trank mit einem großen Zug das Blut der zwanzig Männer der Heiligen Legion. Silenus, der neben mir stand, würgte, drehte sich um und eilte davon. Zaracas streckte den Kopf der Sonne entgegen wie ein

Hirsch, der an einem Bach seinen Durst gestillt hat, und sang ein seltsames, irres Lied, einen Kriegsruf, eine Trauerweise.

Baalhaan hatte Befehl gegeben, die Katapulte abzufeuern. Zu spät. Ich stand da und sah, wie die Geschosse den leeren, von Blut verfärbten Sand aufwühlten.

Tagelang danach wurde der Himmel von Rauch verdunkelt, war die Sonne verhangen. Die Söldner setzten die Landhäuser der Reichen in Brand, darunter wohl auch solche im Besitz der Barkiden. Die Menge der Söldner wuchs, denn Sklaven gesellten sich zu ihnen und verlangten ihre Freiheit. Wilde Banden von Nomaden, in weiße, wollene Umhänge gekleidet, mit ledernen Halsbändern, hölzernen Ohrringen und Stiefeln aus Hyänenfell, schlossen sich dem Lager an. Banditen, vergrämte Männer von Kap Phiscus und der Landzunge Derna, Garamanten auf ihren bemalten Stuten, Ataranten, die die Sonne verfluchen, Gysanten, die sich von Heuschrecken ernähren, und Zuaces, die sich in Straußenfedern hüllen und mit schwarzen Schleiern verhängen, sie alle kamen, um sich in die Schar der Söldner einzureihen und Karthago zu vernichten.

Wieder verkündeten Trompetenfanfaren der Herolde, daß Söldner vor dem Tor Khamons standen. Zu Hunderten stiegen wir auf die Mauern, um alles zu verfolgen. Dieses Mal zog Silenus es vor, im Haus zu bleiben. Meine Brüder Mago und Hasdrubal begleiteten mich. Wir sahen, daß Söldner eine Grube aushoben. Dorthin schleppten sie ihre Gefangenen; es waren abgemagerte Gestalten, elend, Haarbüschel waren ihnen ausgerissen worden. Zuletzt wurde Gisko in seinem Rahmen herbeigetragen; auf seinem Kopf saß eine monströse Krone aus Nilpferdhaut. Sie hatten seine Wunden, seine Knie, seine Hände, die Augen und Ohren mit Salbe bestrichen, damit sich keine Entzündungen bildeten und er weiterleben würde, um gequält zu werden.

In diese Grube wurden die Gesandten Karthagos geworfen, aber erst, nachdem einem jeden die Beine mit Bronzestangen gebrochen worden waren. Dann kamen Esel, beladen mit Giskos Gold. Die Söldner schütteten es körbeweise über die Männer, bis sie golden glänzend in der Sonne dalagen und im Gold beinahe ertranken. Der riesige Spendius nahm einige Münzen in die Hand und klebte sie an einen mit Teer beschmierten Pfeil, den er in seinen großen Bogen aus Eibenholz legte und auf das Stadttor schoß. Was das zu bedeuten hatte, verstanden wir erst, als ein Wachtposten den Pfeil zu Baalhaan auf die Mauer brachte.

Die Münzen waren nicht aus Gold, sondern aus vergoldetem Blei. Gisko hatte ein Spiel gespielt und es verloren.

Nachdem die Söldner diesen Betrug entdeckt hatten, ging eine Veränderung in ihnen vor. Jetzt zogen sie Tag um Tag auf die Ebene. Die Bogenschützen zielten zur Übung auf Flamingos in der Lagune. Aus dem Lager hörten wir nicht mehr den Lärm betrunkener Ausgelassenheit aufsteigen, sondern die Geräusche von Schmieden, die Schwerter und Schilde hämmerten. Bald waren Hunderte von Lanzen zu sehen, gebunden wie Korngarben, und in der Grube vor der Mauer starben der Sufet von Karthago und die Männer, die ihn begleitet hatten, vor unseren Augen an Durst, an der Sonne und an vergoldetem Blei.

Einige Boten konnten zum Ältestenrat vordringen, schlüpften nachts durch kleine Pforten, um von den Aufständen allüberall zu berichten. In fast allen Städten, die uns tributpflichtig waren, herrschte Aufruhr, sie hatten die karthagischen Garnisonssoldaten ermordet und Spendius und Mathos, die mittlerweile gemeinsam als Schalischims, Generale der Freien, gepriesen wurden, ihre Tore geöffnet. Utica und Hippacritae, die beiden Städte, die uns noch ergeben waren, befanden sich im Belagerungszustand, und von unserer Mauer aus konnten wir sehen, daß die Zimmerleute und Maurer, die Schmiede und Handwerker unter den Söldnern Katapulte und Rammböcke, Wurfgeschosse, Steinschleudern und Tollenonen anfertigten, die, wie wir glaubten, bald auf Karthago gerichtet würden.

Doch die Stadt war unbezwingbar, das wußten alle. Sie stand innerhalb mächtiger Mauern auf einer Halbinsel, auf drei Seiten mehr oder minder vom Meer umgeben, auf der vierten von einer Lagune geschützt. Sicher konnten die Söldner die Landbrücke belagern, die die Stadt mit dem Festland verband und auf der sie entlang dem Ufer des Macaras kampierten, aber wir würden warten. Wir hatten genügend Wasser und Nahrungsmittel, um die Rückkehr Hamilkars, meines Vaters, abzuwarten, der sich an die Spitze einer Armee stellen würde, um die überheblichen Söldner zu vernichten.

Baalhaan, der amtierende Sufet, wurde ungeduldig. Er ernannte Haggith zum Befehlshaber, einen Cousin der Barkiden mütterlicherseits, einen Kaufmann, dessen Haut blaß war von den vielen Stunden, die er über lange Rechnungen und Listen gebeugt verbrachte.

Die Heilige Legion bestand aus rund sechstausend Mann, denen sich auf Haggiths Anordnung hin alle wehrfähigen Bürger anschließen mußten. Jeden Morgen, wenn die Hähne krähten, zogen sie zum Drill mit Lanze und Schwert in das Viertel Mappalia. Haggith tauchte überall in der Stadt auf, um im Arsenal, im Schatzhaus, im Leuchtturm, in den Kornspeichern und bei den Zisternen nach dem Rechten zu sehen, Befehle zu erteilen und Entscheidungen zu treffen. Er ließ auch die Elefanten rüsten, die in der Stadtmauer ihre Stallungen hatten. Ihre Brustpanzer aus Bronze wurden neu gegossen, ihre Stoßzähne vergoldet, ihre Türme erneuert und verstärkt. All das bemerkte ich bei meinen täglichen Wanderungen durch die Straßen und fragte mich: Wann wird mein Vater kommen?

Haggith war bereit, sein Heer gerüstet. Abdolonim brach als Hauptmann einer Kohorte mit ihnen auf; so kam es, daß ich die Standarte der Barkiden nicht unter meinem Vater zum ersten Mal in den Krieg ziehen sah. Mittlerweile hatten sich die Söldner in drei Armeen aufgeteilt. Eine belagerte Utica, die andere Hippacritae, während die dritte noch auf der landeinwärts gelegenen Ebene kampierte. Jede Einheit, so wurde geschätzt, bestand aus rund zwanzigtausend Mann.

Haggiths Heer war nur halb so groß. Er setzte sein ganzes Vertrauen in die Elefanten, denn er wußte, daß mein Vater diese Tiere in Sizilien nicht eingesetzt hatte, weshalb die Söldner mit ihren tödlichen Angriffen nicht vertraut waren. Der

Rat hatte beschlossen, daß Haggith zuerst die Belagerung Uticas aufheben solle, das jenseits des Golfs von Karthago lag und in einem Vormittag zu erreichen war. In Utica gab es Galeeren, die wir brauchten, um Vorräte und Soldaten zu transportieren.

Alle, die in der Stadt zurückblieben, drängten sich auf die Mauer oberhalb vom Tor Khamons, um den Aufbruch des Heers im frühen Morgen zu beobachten. Bevor es Utica erreichte, mußte es sich gegen die Söldnerarmee auf der Ebene behaupten. Haggiths Soldaten stellten sich, drei Männer hintereinander, in einer langen Linie auf und marschierten in dieser Formation gegen die Söldner. Die Heilige Legion stand in der vordersten Reihe, flankiert von den mit Schleudern bewaffneten Haushaltssklaven und Bediensteten. Dahinter kam die schwere Infanterie und schwang ihre langen Piken durch die Luft. Zu ihr gehörten auch die Freigelassenen der Stadt, die mit Kampfhandlungen kaum vertraut, doch bis an die Zähne bewaffnet waren – jeder hatte eine Lanze, eine Axt, eine Keule und zwei Schwerter. Als letztes kamen die Elefanten in fünf Schwadronen, zwischen ihnen das Gefolge des Lagers, und zu beiden Seiten die numidische Reiterei auf flinken, kurzbeinigen Kleppern; diese Männer trugen lediglich ein Fellschild und einen Krummsäbel.

Zumindest hatten sie den Vorteil, den Feind überraschen zu können. Als sie sich dem Söldnerlager näherten – im heller werdenden Tageslicht konnten wir nun alles erkennen –, hielt sich auf Haggiths Befehl hin die letzte Reihe aus Elefanten und Reiterei im Hintergrund; zwischen ihnen trieb seine purpurfarbene Sänfte hin und her wie ein Schiff auf dem Meer. Die Legion und das Fußvolk marschierten zum plötzlich einsetzenden Klang von Pauken und Trompeten, Knochenflöten und Trommeln weiter.

Das Söldnerlager setzte sich in Aktion wie ein Hund, der schüttelnd aus dem Wasser kommt. Hörner gellten, die Söldner liefen heraus, an vorderster Front die Schleuderer. Sie begannen ein Blutbad. Ihrem Hagel von Lehmgeschossen und Bleikugeln fielen die Legionäre zum Opfer, zuerst einer, dann zwei, dann zwanzig, hundert. Vielleicht zweihundert Schritte trennten die beiden Heere noch, als der riesige Spendius in der Vorhut auf die Mitte der Legionäre zustürmte und eine keilförmige Einheit von Söldnern mit langen etruskischen Schwertern die vorderste Reihe durchbrach und über die Freigelassenen und Kaufleute in unserer Mitte herfiel.

Behindert durch ihre Ausrüstung, ohne vorwärts noch rückwärts gehen zu können, über Tote und Sterbende stolpernd und erblindet vom eigenen Blut erlagen die Legion und das Fußvolk von Karthago den Schwertern der Söldner und blieben in einem Durcheinander von Gliedmaßen und Lanzen liegen. Spendius schwang seine enorme Axt wie einen Flegel durch die Luft, und Arme und Hände fielen in den Sand. Baalhaan, der neben mir auf der Mauer stand, wandte sich stöhnend ab.

Die Söldner stimmten ein Siegeslied an, sangen heulend über den Staub und den Geruch des Blutes hinweg. Aber dann war ein anderes Geräusch zu hören, das schrille, schmetternde Trompeten der Elefanten, ein Geräusch des Wahnsinns und der Wut. In einer geschlossenen Linie stürmten die sechzig Elefanten, Haggith selbst mit einer Axt auf einem großen Bullen sitzend, auf die vorwärtsdrängenden Söldner und unsere zerstreuten Truppen zu.

Die Stoßzähne der Elefanten waren vergoldet, ihre Ohren blau bemalt, ihre Rüssel mit rotem Blei bestrichen. Jeder hatte einen Speer um die Brust geschnallt, einen Säbel am Rüssel, ein Entermesser an jedem Stoßzahn, dornbewehrte Ringe um jeden Fuß. Über die großen Ohren floß ihnen Blut, hervorgerufen von den Lenkern, die ihre Tiere schreiend von den Türmen herab anstachelten. Hinter jedem Lenker ritten zwei Bogenschützen, die ihre Pfeile auf das Schlachtengewühl niederregnen ließen, auf Freund und Feind gleichermaßen. Im Schutz ihrer Bronzerüstung traten die Elefanten in den Kampf ein.

Männer wurden von Rüsseln erwürgt, von Entermessern und Säbeln enthauptet, von Stoßzähnen durchbohrt. Menschliche Eingeweide hingen den Elefanten von Kopf, Rüssel und

Stoßzähnen, als sie tobten, trampelten, Hiebe und Stöße austeilten, sich auf die Hinterbeine aufrichteten und Männer zu Brei zermalmten, Glieder zerfetzten, herumwirbelten, tödlich in ihrer Raserei. Der eine hatte mit dem Brustspeer einen Söldner aufgespießt und schüttelte sich wild, wie um sich des Kadavers zu entledigen. Das graue Ungeheuer drehte sich trompetend, besessen nach Karthago um, riß mit dem Rüssel Körperteile ab, ein Bein, einen Unterarm, dann den Kopf, und schleuderte sie im Davonstürmen von sich.

Ein anderer, in Rage versetzt durch einen feindlichen Bogen im Auge, warf seinen Turm ab und raste brüllend auf das Lager zu, zertrampelte die Palisadenmauer und mähte die Zelte und Grashütten nieder, ehe er aus dem Blickfeld entschwand.

Dann war das Gemetzel vorüber. Nur einige Tiere stampften, ohne auf ihre Lenker zu achten, auf den Leichenbergen herum und zertrampelten Menschenleiber zu Brei. Die überlebenden Söldner waren geflüchtet.

Ich ging mit dem Sufeten und seiner Leibwache hinaus, um die Sieger, die Überlebenden, zu begrüßen. Dann strömten die Menschen aus der Stadt, viele mit Messern in der Hand, um sich an den Rebellen zu rächen. Hier und dort waren Gruppen von vier oder fünf Söldnern noch am Leben, setzten sich zur Wehr. Sie wurden von den Städtern wie tollwütige Hunde erschlagen, aus der Entfernung gesteinigt. Auf einige stachen Frauen, Kinder, Sklaven immer wieder mit Messern ein. Haggith suchte nach dem Leichnam des Spendius; er wolle, sagte er, dessen Kopf auf einem Pfahl nach Utica tragen. Der Kopf war nicht zu finden.

Es wurde heiß. Wie Schnitter arbeiteten die Karthager, mit bloßen Armen, mordeten die Sterbenden. Baalhaan hatte die Söldner, rund hundert an der Zahl, die zwar verletzt waren, aber noch aufrecht standen, zusammengetrieben. Das Werk der Elefanten war noch nicht beendet.

Die Gefangenen wurden zu einer ebenen Stelle unten am Fluß geführt. Auf Baalhaans Befehl hin folgten ihm zehn Elefanten. Ich brauchte nicht zuzusehen. Die Schreie der Männer und das Trompeten der Elefanten genügte. Dann ließen sich, zuerst ein oder zwei, dann in einer schwarzen Wolke, die Raben auf den Toten und Sterbenden nieder und hackten ihnen die Augen und die Eingeweide heraus.

Haggith formierte seine Truppen neu und marschierte nach Utica, um die Stadt zu befreien. Später berichteten Boten, die Söldner hätten sich ihm nicht in den Weg gestellt. Er war in der Stadt. Alles war gut.

Doch die Bewohner Uticas hatten lediglich Haggith und einigen seiner Männer Zutritt in ihre Mauern gewährt. Die Elefanten und das Heer mußten vor dem Tor bleiben. In der Nacht kehrten die Söldner in großer Zahl zurück, angeführt von Mathos und, wie es hieß, auch Spendius. Sie hatten nicht umsonst in Sizilien unter Hamilkar Barkas gedient.

Der Elefanten entledigten sie sich auf einfache Weise. Sie trieben eine Herde von Schweinen und Schafen zusammen und beschmierten sie mit Pech. Dann setzten sie die Tiere in Brand und trieben sie als lebende Fackeln durch die Dunkelheit zu der Stelle, wo die Elefanten angepflockt waren. Rasend vor Angst flüchteten die mächtigen Tiere in die Nacht, doch zuvor richteten sie Verwüstungen unter den Männern an, die um sie herum lagerten. Das Werk, das die Elefanten begonnen hatten, wurde von den Söldnern fortgesetzt; sie schlachteten viele Soldaten ab und erbeuteten Waffen und Kriegsgerät, bevor sie sich ebenso heimlich davonstahlen, wie sie gekommen waren.

Eines noch hatten sie mit größter Umsicht geplant. Bei Anbruch des folgenden Tages fand Haggith am Haupttor Uticas rund vierzig Elefantenlenker mit heraushängenden Zungen und blauen Gesichtern in einer Reihe am Boden liegen; aus ihren Nasenlöchern trat Schleim. Um den Hals eines jeden war eine Bogensehne gezogen.

Im Morgengrauen verließ Haggith die Stadt und sammelte in den Bergen die Reste seiner Armee um sich. Mühselig kehrten die Männer nach Karthago zurück; sie marschierten nur bei Nacht und verbargen sich tagsüber in Olivenhainen und Obstgärten. Zumindest berichtete er den Ältesten wahrheitsgemäß, daß er bei Gorza und dann drei weitere Male die Söldner hätte überfallen können, es aus Angst aber unterlassen habe. Vielleicht rettete seine Ehrlichkeit ihm das Leben. Er wußte, daß er das Kreuz verdiente. Er hatte sechzig Elefanten verloren, dreitausend Männer, Getreide und Ausrüstung, Gold und Silber. Beschämt bat er um Gift. Die Ältesten würden eine Entscheidung fällen. Dann kam mein Vater.

Er war tief im Landesinneren gewesen, zwischen den Bergen von Marazzana, als Astegal ihn fand. Unangekündigt kehrte er mitten in der Nacht zurück. Schon lagerten die Söldner erneut jenseits des Isthmus und schnitten Karthago vom Festland ab. Hamilax weckte mich im allerersten Tageslicht. »Hannibal, dein Vater will, daß du zu ihm gehst.« Hamilax sah gealtert aus, hager.

»Mein Vater! Wo?«

»Er sagte, das würdest du wissen.«

Ohne zu überlegen, zog ich mich an, lief aus dem Haus zur Mauer und fand den Quader, schlüpfte hinein und begann den Aufstieg. Er stand oben und sah auf das Meer hinaus. Ohne sich umzudrehen, fragte er: »Bin ich rechtzeitig gekommen, Hannibal?« Ich zitterte in der morgendlichen Kühle. Die Antwort wußte ich nicht. »Ja!« rief er, wandte sich um und schritt mir über die Zinne entgegen. »Ich bin rechtzeitig gekommen. Karthago hat mich gerufen, und hier bin ich. Vergiß das nicht, Hannibal.«

»Aber Vater«, stieß ich hervor, »Gisko, Haggith...«

»Ich weiß, ich weiß. Komm, setz dich.« Wir gingen zu einer Bank im Windschutz der Mauer.

»Ist die Gefahr, die Karthago droht, wirklich so groß, Hannibal? Ich will dir von den Nysalles erzählen, einem Volk, das einst tief im Inneren der libyschen Wüste lebte. Der Südwind trocknete ihnen all ihre Wasserspeicher aus, so daß sie ohne jedes Wasser waren. Da erklärten die Nysalles dem Wind den Krieg und zogen aus, ihn zu bezwingen. Der Wind wehte Sand über sie, bis sie darunter begraben waren. Sie wurden ausgerottet, und jetzt bewohnen die Nasamonen ihr Land.

Verstehst du? Die Söldner haben Karthago den Krieg erklärt. Ebensogut hätten sie dem Wind den Krieg erklären können. Aber ich habe vieles zu tun, und du wirst mir dabei helfen. Für uns ist dies die Vorbereitung auf einen größeren Krieg. Komm.«

In den folgenden Wochen, während mein Vater für den Krieg rüstete, war ich ständig an seiner Seite. Das Studierzimmer war vergessen. Nur selten sah ich Silenus, meine Mutter oder die Geschwister. Jetzt lernte ich etwas völlig Neues.

Die Kampagne des Hamilkar Barkas gegen die Söldner begann nicht mit Trompetenschall oder klirrenden Waffen, sondern Tag um Tag frühmorgens am Schreibtisch. Alles wurde aufgeschrieben, notiert, geplant – die Zahl der Männer, der Waffen und Pferde, der Elefanten. »Noch kann ich den Kampf gegen sie nicht aufnehmen«, sagte mein Vater immer wieder. Jeden Vormittag waren wir in der Stadt unterwegs; mal zeigte mein Vater sich freundlich und sanft, dann wieder knapp und barsch, je nachdem, wie die Situation es verlangte.

Die Schmiede hatten keine Bronze. Mein Vater holte sie ungeachtet der heftigen Proteste aus der Schatzkammer der Ratsältesten. Die Bogenbauer hatten keine Därme für Bogensehnen. Da wurde allen Sklavinnen der Stadt das Haar abgeschnitten. Als auch das nicht genügte, ließ mein Vater auch die Frauen der Freigelassenen scheren.

Er zog dreihunderttausend Goldkikar von der Syssitia ein, der Zunft der Kaufleute, und erhob von den Wohlhabenden eine Steuer von zweihundert Goldxtheten. Wenn jemand sich weigerte, die Summe zu entrichten, oder behauptete, er verfüge nicht über genügend Mittel, wurde sein Besitz öffentlich bei einer Auktion versteigert, an der mein Vater sich als führender Bieter beteiligte. Außerdem verlangte er – was bislang noch niemand gewagt hatte – Geld von den Priesterkollegiaten, das er tatsächlich auch bekam. Wer konnte einem Sufeten etwas abschlagen, der selbst hundertsechzig Rüstungen, zweitausend Xtheten, dreitausend Gommor Weizen und vieles andere beigesteuert hatte?

Er schickte Hamilax mit einem Schiff – zumindest verfügten die Söldner über keine Flotte – nach Ligurien, um dreitausend Männer anzuwerben; sie alle sollten Sold für ein Jahr im voraus erhalten, und zwar sechzehn Kupferxtheten pro Tag. Die dreitausend Männer der Heiligen Legion, die mit Haggith zurückgekommen oder als Garnison in der Stadt zurückgeblieben waren, formierte er neu, entließ und ersetzte Offiziere, verbot das Trinken von Wein und die Gesellschaft von Frauen, und verpflichtete die Männer dazu, den ganzen Tag zu üben und nachts auf der Erde innerhalb der öffentlichen Plätze zu schlafen.

Er drillte seine wachsende Armee. Das Fußvolk erhielt kürzere Schwerter, leichtere Schilde und Sarissen aus Eschenholz – dreizehn Cubitus lange Lanzen. Die schwere Reiterei der Heiligen Legion wurde um achthundert Mann aufgestockt, die aus dem Stadtviertel Malqua stammten – das war bislang noch nie dagewesen –, und mit Bogen und leichten doppelschneidigen Äxten, Ledertuniken und Kappen aus Wieselfell ausgestattet. Selbst unter den Sklaven und Handwerkern wählte mein Vater dreihundert Leute aus, die als Schleuderer dienen sollten. Ihm unterstand der Oberbefehl, und doch schickte er den Ratsältesten jede Woche einen Bericht.

Zwei Monate vergingen, dann ein dritter. Die Leute wurden angespannt und mürrisch, wenn wir an ihnen vorübergingen. »Barkas hat Angst«, sagten sie. »Barkas ist ein Quartiermeister, kein General. Wird er nie angreifen?« Auf der Ebene, jenseits der Grube, wo die Leichen Giskos und der anderen Männer verwesten, war das Lager der Söldner wieder bedrohlich angewachsen. Um das Lager und quer über den Isthmus bis hin zum Fluß verlief jetzt eine Mauer aus Lehm und Pfählen, die von Dornen gekrönt war. In gewissen Abständen hatten die Söldner seltsame, furchteinflößende Skarabäen und Zaubergegenstände, Zickzackleisten und Amulette auf der Mauer aufgestellt. Der Gestank toter Adler, menschlicher Foeten, von Löwenköpfen und erdrosselten Raben wurde von der Brise herübergeweht.

Immer noch wartete mein Vater, immer noch traf er Vorbereitungen. Mehrmals weckte er mich mitten in der Nacht. Zu zweit schlüpften wir durch die Pforte beim Tor Khamons aus der Stadt und gingen nach Westen über den Sand zu der Stelle, wo der Fluß Macaras in die Karthago schützende Lagune mündete.

Das Wasser floß rasch und bedrohlich, schweigend in der Nacht. Wir durchstreiften die Sümpfe entlang dem Ufer und markierten alle Stellen, wo der Boden fest war. Ich warf einen Ast ins Wasser und beobachtete im Mondlicht, wie die Strömung ihn forttrug. Wie sollte eine Armee dieses Hindernis überwinden? Mein Vater kannte meine Gedanken. »Morgen zeige ich es dir, Hannibal.«

Am nächsten Abend stiegen wir auf die westliche Mauer. Der Wind, den wir *chthon* nennen, wehte unerbittlich aus dem Westen, wie immer zu bestimmten Zeiten des Monats. Mein Vater deutete auf die Flußmündung. »Jetzt schau, Hannibal, schau zu!« Der Wind strich über die Dünen und trug den weichen Treibsand über den Fluß hinaus. Allmählich verlangsamte sich die Strömung. Die Flußmündung versandete. Als die Dunkelheit hereinbrach, war sie blockiert. »Morgen früh ist der Kanal wieder frei. Nächsten Monat um diese Zeit, Hannibal, werden wir ihn überqueren – wenn der Wind weht«, sagte er lächelnd. »Und jetzt leg dich schlafen, mein Sohn.« Ich ließ meinen Vater mit seinen Plänen zurück.

Am Morgen des folgenden Tages trug mein Vater mir auf, zusammen mit Hamilax und fünf Sklaven zu den Werkstätten der Zimmerleute zu gehen, achtzig Holzhämmer und lange Meißel abzuholen, die er bestellt hatte, und sie in den Hof zu bringen, wo die Elefanten ausgerüstet wurden. Dort wartete er bereits auf uns. Er hatte die achtzig Lenker der Elefanten in vier Reihen zu je zwanzig Leuten Aufstellung nehmen lassen. »Ihr alle wißt, was mit den Elefanten bei Utica passiert ist. Möglicherweise werden die Söldner beim nächstenmal etwas Ähnliches versuchen. Wenn eure Elefanten Amok laufen, dann tötet sie« – er bückte sich und nahm einen Hammer und einen Meißel zur Hand – »damit. Ihr kennt die richtige Stelle – zwischen den Augen. Aber stoßt schnell und kräftig zu, beim ersten Anzeichen von Schwierigkeiten.«

Spät nachts döste ich neben meinem Vater in einem Stuhl. Er und Hamilax unterhielten sich. Als der mir unbekannte Name »Naravas« fiel, wachte ich auf. »Geh zu ihm, Hamilax. Sag ihm, er soll auf das Signal gefaßt sein. Gib ihm« – aus der Truhe vor sich holte mein Vater einen großen Ring aus Gold und Onyx – »dies.« Hamilax nahm den Ring an sich, nickte und verließ den Raum.

»Vater, wer ist Nava, Nara...?«

»Naravas, Hannibal. Diesen Namen darfst du nie vergessen. Karthago hat wenige Verbündete und noch weniger Freunde. Er ist beides. Du wirst ihn kennenlernen, wenn er kommt. Und jetzt laß uns beide zu Bett gehen.«

Es war der zweite Abend im Monat Ziph. Der Fluß Macaras versandete. Mein Vater hatte die Männer zu den Waffen rufen lassen. Plötzlich herrschte reges Treiben in Karthago. Soldaten rüsteten sich mit Panzern, während Frauen an ihrer Brust weinten. Pferde bäumten sich auf, wehrten sich gegen das Zaumzeug. Die Ältesten kamen in Sänften, um ihre Aufwartung zu machen, die Priester und ihre Akolyten, um den Segen zu sprechen. Sie bestreuten den Weg vor dem Tor mit Pinienzapfen zum Zeichen, daß die Söldner wie Pinien sein sollten – einmal gefällt, sind sie für immer vernichtet.

Mit gedämpften Waffen, schweigend, passierten wir in der Dunkelheit das Tor Khamons, vornweg mein Vater auf seinem gescheckten Braunen, ich neben ihm auf meinem kleinen Pferd. Wir erreichten den Fluß. Wie der Plan es vorsah, wurde die Hälfte der Elefanten hundert Ellen stromaufwärts in den Fluß geführt, um mit ihren massigen Körpern die Strömung zu hemmen. Die übrigen vierzig bildeten flußabwärts einen Wall, der verhindern sollte, daß Männer oder Ausrüstung abgetrieben wurden.

Als wir den Fluß durchquerten, sahen wir die lodernden Lagerfeuer der Söldner. Wir marschierten das jenseitige Ufer entlang und kreuzten dann über den Fluß zurück. Geräuschlos ließen wir uns auf der Ebene hinter dem Söldnerheer nieder. Kein Feuer wurde entzündet. Gepökeltes Rindfleisch wurde verteilt. Auf einen geflüsterten Befehl im ersten Tageslicht hin formierten wir uns und marschierten.

Es war schon heller Tag, als die Wachtposten der Söldner uns bemerkten. Sie stießen in ihre Trompeten. Die Söldner stürmten heraus und bildeten eine geschlossene lange Linie. Brüllend und schreiend rannten sie auf uns zu. Wir behielten unsere Formation bei. Ich hatte gesehen, wie mein Vater diese Aufstellung mit Hamilax in seinem Saal aufgezeichnet hatte, und dann vor unserem Aufbruch aus Karthago erneut mit seinen Hauptleuten, immer und immer wieder, bis die Stimmung gereizt wurde, aber dann hatte jeder den Plan verstanden. Unsere Elefanten bildeten die erste Reihe, zwischen ihnen standen das leichte Fußvolk und die Schleuderer. Die zweite Linie, zehn Schritt dahinter, bestand aus der schweren Infanterie, die dritte aus Reiterei und Bogenschützen.

Fünfhundert Schritte trennten die beiden Heere noch, als die Trompete meines Vaters gellte. Wie ein Mann blieb unsere Armee stehen, die Elefanten drehten sich um und schritten zwischen die Soldaten in die zweite, hintere Linie. Mit verächtlichen Rufen – jetzt fliehen sie schon! – stürmten die Söldner auf uns zu, der Beschuß ihrer Speerwerfer, Bogenschützen und Schleuderer begann.

Sie trafen auf eine geschlossene, massive Linie, die nun länger als die ihre war. Ich mußte bei den Nachtrupps bleiben, neben meinem Vater, seinen Trompetern und Hamilax. Unsere Infanterie hatte sich zu Syntagmata formiert: soliden, undurchdringlichen Karrees mit Seiten aus zwei Reihen zu jeweils sechzehn Mann, die Hellebarden auf den Feind gerichtet, geschützt hinter bodenlangen Schilden. Links und rechts einer jeden Syntagma war ein Elefant postiert, dahinter die schwere Reiterei. An dieser Mauer prallten die Söldner ab. Sie wurden auf Hellebarden aufgespießt, konnten die Mauer nicht durchbrechen, denn ihre Linie war zu schwach, ihre Truppen vom Laufen erschöpft.

Unser Zentrum hielt stand, ohne zu wanken, unsere Flügelzange begann sich zu schließen. Falls die Söldner einen Schlachtplan gehabt haben sollten, so konnte ich ihn nicht erkennen. Durch den Staub sah ich nur, wie die Söldner gegen unsere Syntagmata anrannten. Unsere Bogenschützen, hoch in den Elefantentürmen, schossen ins Ziel. Über dem Lärm der Schlacht war das Brüllen der Elefanten zu hören; von Pfeilen getroffen, reagierten manche von ihnen gereizt, doch ihre Lenker hatten sie unter Kontrolle. Vor jeder Syntagma türmte sich ein Berg von Toten und Sterbenden. Eine Gruppe Söldner floh nach Osten. Mein Vater ließ sie von der Reiterei verfolgen. Ich sah, wie Krummsäbel blitzten, wie Söldner fielen.

Andere waren tapferer. Eine Gruppe von rund sechzig Sizilianern, in Leder gekleidet und nur mit kurzen Schwertern und Schilden bewaffnet, hielt vor einer Syntagma stand. Als ein Elefant sich trompetend aufbäumte, schlüpften drei von ihnen unter den Koloß. Sie schnitten das Geschirr auf, bis der Turm herabstürzte und dann unter Gebrüll auch das Tier zu Boden fiel; sein Bauch war von den vielen Schwerthieben zerfetzt. Sein sterbender Körper bildete eine weitere Mauer, die die Söldner nicht überwinden konnten, während die Schleuderer meines Vaters ihren tödlichen Steinhagel von hinten aufrechterhielten.

Die Söldner waren in die Enge getrieben, wurden von unseren Truppen umzingelt. Die Elefanten rückten vor, wie ich es unter Haggith erlebt hatte, trampelten, wüteten, konnten endlich ihre Rage austoben. Auf unseren Pferden sitzend warteten wir ab, verfolgten alles. Nur Spendius und rund vierzig seiner Männer konnten sich herausschlagen und die Flucht ergreifen. Hamilax wandte sein Pferd, um ihnen nachzusetzen. »Laß sie ziehen, Hamilax«, sagte mein Vater. »Mit ihnen rechnen wir später ab. Zuerst sollen sie von unserem Sieg berichten.«

Erschöpft zogen sich die Elefanten schließlich zurück. Ein weiterer Trompetenstoß, und die Syntagmata lösten sich auf, die Truppen legten ihre Hellebarden nieder und brachen im Kampf Mann gegen Mann den letzten Widerstand. Viele Söldner ließen nur die Waffen fallen und streckten ihre Nacken den

Schwertern entgegen. Andere stießen ihre Schwerter als Pfähle in den Sand und suchten hinter ihren Schilden Schutz. Sie wurden hinterrücks von Lanzen getötet.

Eine Schlacht ist wie eine Gier. Die Raserei verebbt, es bleiben nur die Konsequenzen. Am Vormittag war der Kampf vorüber, aber die Folgen beschäftigten uns noch den ganzen Tag. Wir hatten lediglich rund sechshundert Männer verloren. Zwei Elefanten waren gefallen. Die Söldner hatten enorme Verluste erlitten; bis zum Abend gingen unsere Soldaten durch die Reihen der Toten und Sterbenden, streiften ihnen die Rüstungen ab, sammelten Waffen ein und warfen die Leichen zu Bergen zusammen.

Wir machten zweitausend Gefangene. Fünfhundert von ihnen wurden zu einem kleinen Eukalyptushain am Fluß geführt. Hamilax überwachte, wie seine Leute ihnen die Eingeweide herausschnitten. Dann wurden sie mit ihren eigenen Gedärmen an die Bäume gebunden.

Als nächstes kam das Söldnerlager. Die Hütten und Zelte wurden in Brand gesetzt, die Frauen und das Gefolge zusammengetrieben. Alle wurden zur äußeren Südmauer Karthagos gebracht. Die Bogenschützen nahmen sich Zeit, töteten sie zum Vergnügen, spannten die Sehnen und schossen langsam ab, zielten lachend erst auf einen Oberschenkel, dann auf einen Arm, bis die Opfer von Pfeilen durchbohrt stöhnend verbluteten.

Auf den Befehl meines Vaters hin wurde Giskos Grube mit Erdreich aufgefüllt. Am Abend waren wir marschbereit. Mein Vater und ich gingen den Macaras flußaufwärts, um zu baden. Wir fanden eine Blutspur. Ein verwundeter Söldner hatte sich zum Wasser geschleppt. Wir entdeckten ihn am Ufer. Raben hatten ihm die Augen ausgehackt, aber er lebte noch. Wortlos zog mein Vater das Schwert, hieb dem Söldner den Kopf ab und stieß ihn in den Fluß.

Zuerst marschierten wir nach Utica. Unter Zaracas, so berichteten die Gefangenen, hatten die Söldner die Belagerung aufgegeben. Beim Eintreffen in Hippacritae fanden wir die gleiche Situation vor. Mein Vater, Hamilax und Haggith beratschlagten. Haggith wurde mit viertausend Mann nach Tunis geschickt, um die Stadt, die angeblich von Mathos eingenommen worden war, zu belagern. Wir selbst würden Spendius' und Zaracas' Leute aufspüren, sie vernichten und uns dann Haggith in Tunis anschließen.

In den nächsten Monaten verfolgten wir einen Feind, der nicht aufzufinden war. Scharmützel gab es viele; immer wieder wurden wir nachts alarmiert, weil Söldner unsere Wachtposten überfielen und sich dann rasch zurückzogen. Mein Vater ließ sich nicht beirren. »Sieh nur, wie gut ich sie ausgebildet habe, Hannibal! Hamilax, warne Naravas.«

Wir folgten den Söldnern in das hügelige Innenland, dann in die Berge. Unsere Lebensmittel gingen zur Neige, unsere Läuse wurden fett. Mein Vater befahl, die Zelte aller Offiziere zu verbrennen. Wir schliefen mit den Männern auf dem Boden. Der Zusammenhalt einer Armee beruht auf Liebe. Das erfuhr ich zum erstenmal hier in den Bergen von Marazzana.

Wir marschierten noch viele Monate mehr, immer wieder kam es zu Zusammenstößen. Schließlich erreichten wir ein von Gipfeln umringtes Plateau. »Dies ist der Ort der Entscheidung«, sagte mein Vater. In der mondlosen Nacht erhellte plötzlich flammendes Licht die Dunkelheit. Im Kreis um uns brannten Tausende von Feuern. Unsere Elefanten trompeteten; sie waren unruhig. Mein Vater schlief.

Im Zwielicht des frühen Morgens gab er seine Befehle. »Rindfleisch, Hamilax, soviel sie wollen, und den Rest getrockneter Feigen. Schick die Hauptleute zu mir«, und ihnen erklärte er seinen Plan. Mit gefüllten Bäuchen formierte sich unser Heer zu einem Karree. Die äußerste Linie bestand rundum aus den Syntagmata mit den Elefanten, innen Reiterei und Schleuderer. Als die Sonne aufging, waren wir bereit.

Ohne eine Geräusch kamen sie von den Gipfeln herab. Es waren sehr viele, vier oder fünf auf jeden von uns; und diesmal waren sie geordnet, bedrohlich. Ihre Schleuderer zielten. Unsere Schilde waren erhoben. Ihr erster Angriff sollte unsere

Kräfte erproben, wurde ausgeführt von leicht bewaffneten Männern. Um unsere Reihen zu durchbrechen, fehlten ihnen schwere Reiterei und Elefanten. Unsere Schleuderer töteten oder verwundeten viele bei diesem ersten Sturm. Der nächste war weitaus heftiger, kam von der schweren Infanterie hinter hohen römischen Schilden und war auf unsere östliche Flanke gerichtet. Eine zweite Truppe griff unsere nördliche, eine dritte unsere südliche Seite an. Weit außerhalb unserer Schußweite formierten sich die Söldner zum Angriff in Reihen auf unsere östliche Linie. Dann verfielen sie in einen Laufschritt, eine Woge von Männern stürmte auf uns zu, drei Reihen hintereinander, eine jede zweihundert Schritt länger als die unsere.

Einstimmig erklangen die Fanfaren unserer Trompeten. Mein Vater aß bedächtig eine Feige. Vom Osten her, mit der Sonne im Rücken, fahnenschwenkend, staubaufwirbelnd, stürmte eine Reitereinheit in Pfeilformation auf uns zu.

»Na-ra-vas, Na-ra-vas!« Hamilax stieß als erster den Schrei aus, der von allen Männern aufgegriffen wurde. Die Reiterei fing die Hauptlinie der Söldner ab, durchtrennte sie, schwenkte ab und griff erneut an. Ohne einen Befehl abzuwarten, ordnete sich unser Karree zu einer Angriffslinie, und ich gehörte dazu, ich auf meinem Pferd neben meinem Vater, umgeben von Staub und Blut und Lärm. Ein bärtiger Gallier stürmte auf mich zu. Mit einem Streich hieb mein Vater ihm den ausholenden Arm ab. Sein Blut spritzte über mich. Ich berauschte mich an der Schlacht, und seit dem Tag liebe ich den Kampf und kenne keine Furcht.

Noch heute sehe ich, wie mein Vater Naravas umarmte, als Stunden später alles vorüber war. Gemeinsam trennten sie Spendius mit seinem eigenen Schwert die Arme ab. Auch Zaracas hatten wir gefangengenommen, verletzt zwar, aber er lebte noch. Wir kümmerten uns um einen Elefanten, dessen Rüssel abgeschnitten war und dem die Eingeweide heraushingen. Hamilax tötete ihn mit einem Meißel zwischen den Augen.

Die Kadaver überließen wir den Löwen und Geiern. Spendius wurde mit verbundenen Armstümpfen über ein Pferd geworfen, Zaracas hinterhergeschleppt. Nach zehn harten Tagesmärschen näherten wir uns an einem späten Abend der Stadt Tunis. Wir hatten erwartet, bei unserem Weg über die Ebene die Feuer von Haggiths Lager brennen zu sehen. »Vielleicht hat er die Stadt schon eingenommen«, sagte Hamilax.

»Vielleicht«, erwiderte mein Vater.

In der Dunkelheit wirkten die Kreuze gespenstisch. Im ersten Morgenlicht des folgenden Tages waren sie es nicht mehr. Wir fanden Haggith, oder das, was von ihm geblieben war. Sie hatten ihn ans Kreuz geschlagen, mit einem Dolch im Mund, hatten ihm die Genitalien, die Zehen und Finger abgeschnitten. Rechts und links von ihm, rund um die Stadtmauer, überall ragten Kreuze empor.

Mein Vater befahl einer Einheit, die Leichen abzunehmen. Der Beschuß von den Mauern ließ sie zurückweichen. Mein Vater schickte Hamilax nach Karthago, um Katapulte zu holen. Wir warteten. Er ordnete Soldaten dazu ab, die Umgebung nach Wolle abzusuchen, die mit Pech getränkt und um Felsbrocken und Steine gebunden wurde. Dann ließ mein Vater unsere und auch Naravas' Männer mit Bogen ausstatten und Pfeile anfertigen, deren Spitzen ebenfalls mit Pech bestrichen wurden.

Die Gebäude in Tunis waren nicht aus Stein, sondern aus Lehm und Flechtwerk und mit Gras gedeckt. Wochenlang bereiteten wir uns vor. Dann waren wir fertig, und doch wartete mein Vater noch ab – der Wind mußte seine Richtung ändern.

Die Katapulte wurden aufgestellt, insgesamt sechzig an der Zahl. Ein trockener Südwind kam auf und wehte den ganzen Tag lang. Mein Vater ließ Spendius und Zaracas im Angesicht aller vor die Mauern führen und fesseln. Mit dem ersten Schwertstreich hieb er Spendius den Kopf ab. Mit dem zweiten trennte er den Rumpf von den Hüften, die Söldner sahen von den Mauern Tunis' schweigend zu. Zaracas durchschnitt er mit einem gewaltigen Streich bis zu den Hüften.

Auch ohne Spendius' Arme blieben von den beiden Männern noch immer zehn Körperteile, die in die Stadt Tunis hineinkatapuliert werden konnten. Danach wurden vor jeder Einheit aus Bogenschützen und vor jedem Katapult riesige Feuer entzündet. Auf einen Trompetenstoß hin fiel ein Feuerregen auf Tunis herab. Die Stadt brannte drei Tage und drei Nächte lang. Viermal an jedem dieser Tage wiederholte mein Vater den Flammenregen. Er wußte um die großen Wasservorräte in Tunis.

Mehrere Söldnergruppen wählten einen anderen Tod. Einige sprangen brennend von den Mauern. Andere liefen durch die Tore ins Freie. Manche von ihnen wurden getötet. Die meisten wurden gefangengenommen und an die Kreuze von Haggith und seinen Leuten geschlagen. Allüberall an den Kreuzen und rund um unser Lager hockten krächzend schwarze, blutige Raben.

Natürlich brach Jubel aus, als wir nach Karthago zurückkehrten, mit rauchgeschwärzten Leibern, in unseren Kleidern, die nach verbranntem Menschenfleisch stanken. »Hamilkar, unser Retter, Auge Khamons«, riefen die Menschen, sogar Baalhaan, der seine Tiara mit ihren acht mystischen Etagen und einer Smaragdmuschel in der Mitte trug. Ich schlich davon. Ich wollte zu Silenus. Er hatte mir gefehlt. Er war nicht in unserem Studierzimmer. Aber auf seinem Schreibtisch lag eine Papyrusrolle. Es war der vierzehnte Gesang der *Ilias*, und ich, heimgekehrt aus dem Gnadenlosen Krieg, las:

»Denn uns hat Zeus es beschieden, früh von Jugend an bis ins Alter die Mühen des Kampfes auszukosten, bis daß der Tod uns, jeden ereilet.«

# III
# Spanien

Nie zuvor war ich in Melkarths großem Heiligtum gewesen. Nie wieder sollte ich es aufsuchen, nie wieder durch die Einfriedung von Platanen gehen und weiter durch die Mandelbäume und Koloquinten, Zypressen und Myrrhesträucher, entlang den schwarz gepflasterten Pfad und vorbei an den heiligen Zedern über die sechs Silberstufen jenseits der beiden Stelen, aus Smaragd die eine, die andere aus Gold.

Es war ein hoher Raum. Durch Spalten hoch oben in den Wänden drang dämmriges Licht. Zwölf blaue Kugeln aus Glossopetri standen dort. Dahinter sah ich eine große, grob behauene, geschwärzte Steintafel auf Beinen aus Lapislazuli. Ein Feuer aus Aloe- und Lorbeerholz erhellte das Dunkel. Ich stand neben meinem Vater. Es herrschte vollkommene Stille. Aus Kammern erschollen Gesänge in kanaanitischer Sprache, sie kamen näher, immer noch näher, bis die Sänger die Wände des Saales säumten. Es waren Männer in leinenen Umhängen mit glitzernden Halsketten aus Tritonsmuscheln. Einige waren nackt, Geisterbeschwörer, über und über tätowiert, in der Hand kurze Stäbe mit Fetischen und Amuletten. Scheminithe mit acht Saiten, Kinnore mit zehn, Tamburine und Salsalime, Kitharas und Aulechime, Simsimiya und Makrunas spielten, dröhnten und sangen.

Durch eine verborgene Tür trat der Hohepriester Achololim vor den Altar. Er war in Weiß gekleidet. Alles verstummte. »Hamilkar, Sohn des Hasdrubal, Enkel des Hannibal aus dem Geschlecht und der Familie der Barkiden und der Dido – warum kommst du und weckst die Schlangen des Melkarth?«

»Du weißt, warum ich gekommen bin, Achololim. Es soll geschehen.«

Von hinten legte ein Eunuch einen blutroten Umhang um

mich. Zwei weitere brachten einen schwarzen Hund herbei. Sie hielten ihn an Kopf und Füßen über das Feuer vor der Steinplatte. Mein Vater trat näher, nahm ein Schwert und zerteilte den Hund mit einem Streich. Das Blut tropfte zischend auf das Feuer. »Dieses Schicksal soll dich ereilen, Hannibal, Sohn des Hamilkar, wenn du diesen Schwur brichst«, sagte Achololim. Die Akolythen stöhnten, die Trommeln setzten wieder ein.

Zu Achololims Rechten stand ein Steintrog. Dorthin wurde ein weißer Stier geführt, dann ein schwarzes Mutterschaf, als Symbol für Tag und Nacht. Mein Vater schnitt ihnen die Kehle durch. Blut strömte in den Trog. Ich trat vor und tauchte meine Arme hinein. Bis heute weiß ich noch die Worte, die Achololim mir vorsprach und bei denen ich schwor.

»Bei den acht Feuern der Kabiri, bei den Sternen, Meteoren und Vulkanen, bei der Höhle von Hadrumetum und der Durchquerung des Ashroket, beim Blutbad, bei allem, was brennt, bei der Wüste, bei Sonne, Mond und Erde« – ach, wie weiß ich das noch! – *»hialpi mer sva Melkarth, ok Eschmoun, ok hin almattki an Panit*... Ich schwöre bei den Schlangen des Melkarth, bei Eschmoun, bei der Schwärze Panits schwöre ich den Eid des siebenfachen Hasses auf Rom, nie versiegende Feindschaft mit Rom, kein Friede mit Rom, kein Waffenstillstand mit Rom, keine Gnade mit Rom, solange ich lebe oder solange ein Römer über das Land geht oder auf dem Meer segelt. All dies schwöre ich bei meinem Sein.«

Ja, ich übernahm diesen Haß von meinem Vater. Aber ich habe ihn gespitzt und geschärft, habe ihn verfeinert und zu dem meinen gemacht. Er war die reinigende Kraft meiner Seele.

Nachdem ich den Eid geschworen hatte, kehrte ich mit meinem Vater schweigend in einer Sänfte nach Hause zurück. Noch immer blutbefleckt – ich würde mich erst am nächsten Morgen waschen – ging ich mit ihm in den Garten. Wir setzten uns auf eine Bank aus Bekiholz und überließen uns unseren Gedanken. Schwerfällig flog ein Storch über uns hinweg, und ich dachte an die Angst, die die Karpfen in den Teichen empfinden mußten, wenn der Schatten des großen Vogels das Wasser verdunkelte. Auch mich befiel eine sonderbare, flüchtige Angst, und nun empfinde ich diese Angst erneut für Karthago. Wie sehr habe ich versucht, diese Stadt zu retten. Sie selbst will sich nicht retten.

Mein Vater beugte sich vor. Seine Augen verengten sich, in seiner Stimme lag Zorn. »Hannibal, Karthago ist dem Ruin nahe. Was der Krieg mit den Römern uns nicht nahm, das hat der Krieg mit den Söldnern erschöpft. Unsere Schatzkammern sind leer. Sizilien und Malta, Sardinien, Korsika und Ebusos sind uns alle verschlossen, und dennoch verlangen die verfluchten Römer ihre Entschädigung in Gold.

Der Rat hat nach langen Überlegungen einen Beschluß gefaßt. Wir werden ein neues Karthago errichten – in Spanien. Von Silenus wirst du mehr davon erfahren, aber in Spanien gibt es Gold und Silber, Weihrauch, Zinn und Edelsteine. Und dort, Hannibal, dort werde ich eine neue Armee aufbauen. Und dann, Hannibal, dann« – seine Augen durchbohrten mich, als er mich an der Schulter packte – »kommt Rom.« Er hielt inne. Es gab nur noch den Wind, der matt durch die Bäume strich, und die Wellen der verängstigten Fische in den Teichen.

Der Söldnerkrieg hatte mich in Fragen des Kampfes und der Schlachtenführung unterwiesen; jetzt, bei den Vorbereitungen für unsere Abreise nach Spanien, lernte ich ähnlich Wichtiges. Stunde um Stunde saß mein Vater mit Hamilax in seinem Saal über Listen, Karten und Pläne gebeugt. Er wollte zwölftausend Soldaten mitnehmen, dreitausend Pferde und vierzig Elefanten. Dreißig zusammengeflickte Galeeren sollten ihn begleiten. Dazu kamen die Bergarbeiter und Weber, Goldschmiede, Beamten und Schreiber, Zimmerleute, Kesselflicker, Köche und Sklaven, der Unterbau des Kopfes. Als Übung übertrug mein Vater mir die Funktion des Quartiermeisters.

Also erstellte ich zusammen mit Silenus ebenfalls Pläne. Damit verbrachte ich die ersten Monate meines zehnten Jahres. Wieviel ißt ein Mann, wieviel ein Pferd, ein Elefant? Wie lange hält ein Paar Stiefel? Wie viele Nägel sind nötig, um eine Festung zu errichten? Wie viele Schmiede braucht man, um dreitausend Pferde zu beschlagen? Hält sich Garum mehrere Monate oder länger?

Natürlich ging mein Unterricht mit Wurfspieß, Speer, Schwert und Reiten weiter, aber die Vormittage verbrachte ich stets mit Planen. Meine Berechnungen mußte ich meinem Vater manchmal auf griechisch, dann wieder auf lateinisch oder punisch vorlegen, und so lernte ich neben der Logistik auch Sprachen. Und Silenus berichtete mir von der Geographie, den Völkern, den Bräuchen und Sprachen Spaniens.

Von den Küsten im Westen und Süden war uns bereits vieles bekannt. Unseren Legenden zufolge hatten unsere Vorväter aus Tyros noch vor Karthago die große Stadt Tartessus gegründet, die durch Zinnhandel zu Reichtum kam. Aber als sie sich weigerte, die Oberherrschaft Karthagos anzuerkennen, wurde sie dem Erdboden gleichgemacht, die Kinder hingeschlachtet, die Frauen als Sklavinnen verkauft. Dreihundert Jahre ist das nun her. Als unser Admiral Admago das Land verließ, warf er einen Klumpen Eisen über Bord und schwor bei Eschmoun, daß Tartessus erst wieder besiedelt werden sollte, wenn das Eisen an die Oberfläche trieb. Die wenigen Gefangenen, die er gemacht hatte, wurden in Karthago gesteinigt. Den Kopf des tartessischen Anführers Abracus ließ Admago in eine Haut voll Menschenblut stecken. »So«, sagte er, »bekommt wenigstens ein Feind Karthagos das Blutbad, das ihm gebührt.« Diese Behandlung erfuhren alle, die sich Karthago zu widersetzen wagten. Und nun?

Südlich von Tartessus hatte mein Ur-Ur-Großvater Hannibal an der Küste bei Gades, einem riesigen Naturhafen, eine karthagische Kolonie gegründet. Landeinwärts in Medina und Sidine befanden sich die Silberminen, die bereits Gewinn abwarfen und noch mehr versprachen. Nach den Plänen meines Vaters sollten wir uns zunächst in Gades niederlassen; von dort aus wollte er die Stämme unterwerfen oder mit uns verbünden, Soldaten ausheben, den Handel entwickeln und dann im Nordosten der Halbinsel die Stadt Neu-Karthago gründen.

Unterwerfen oder verbünden. Auch das lernte ich in Spanien von meinem Vater. Der Gnadenlose Krieg hatte mich gelehrt, wie man mit Feinden verfährt. In Spanien aber erfuhr ich, daß man Feinde auch bezwingen kann, indem man sie zu Freunden macht.

Einer der uns bekannten spanischen Stämme waren die im Inland lebenden Oretaner. Silenus sagte mir, ihre Kleider bestünden ausschließlich aus Leder. Ihr Land sei so arm, daß sie immer nur so viel äßen, wie sie hätten, und nie so viel, wie sie wollten. Sie hätten keinen Wein, sondern nur Wasser, und kennten keinerlei Genüsse, nicht einmal Feigen zum Nachtisch.

Das Spanien, über das ich von Silenus hörte, hielt vielfältige Überraschungen bereit. Es bestand aus zahlreichen Königreichen, und einer der Könige im Norden war so wohlhabend, daß er – so hieß es – achthundert Hengste und sechzehntausend Stuten besaß, zwanzig für jeden Hengst. Die Nachkommen dieser Stuten waren so flinkfüßig, daß viele Menschen glaubten, nicht ein Hengst habe sie gezeugt, sondern der Wind. Außerdem hatte dieser König eine gewaltige Meute von Jagdhunden, für deren Ernährung vier große Dörfer aufkommen mußten; aus diesem Grund waren sie von allen Steuern befreit.

Seltsam mutete mich Silenus' Bericht über einen Stamm im Osten an. Ihr Anführer war eine Frau namens Tamyris, und alle Frauen des Stammes waren Kriegerinnen, die weder Spinnrad noch Rocken kannten und zum Kämpfen die rechte Brust entblößten. Auf die Frage, wie er heiße, antwortete ein Mann dieses Stammes mit seinem Namen, dem Namen seiner Mutter, seiner Großmutter, seiner Ur-Großmutter und so weiter. Einmal, so hieß es, sei Tamyris erblindet. Ihre Ärzte erklärten, sie könne nur genesen, wenn sie ihre Augen in dem Urin eines Mannes bade, der einzig bei der ihm angetrauten Frau gelegen habe. Zuerst habe sie den Urin ihres eigenen Mannes versucht, sei aber blind geblieben; dann habe sie den Urin anderer Männer verwendet, zahlreicher anderer Männer, bis ihr Augenlicht schließlich wiederhergestellt war. Dann habe Tamyris alle Männer, die ihren Ehefrauen nicht treu gewesen waren, an einen Ort zusammenbringen und ihnen die Augen herausdrücken lassen.

Was lehrte mich Silenus sonst über Spanien? Die Geographie, natürlich, und zwar nach der *Geographica* des griechischen Gelehrten Eratosthenes. Silenus hatte diesen Mann vor vielen Jahren in Athen kennengelernt und erzählte mir, wie gebannt er zugehört habe, als Eratosthenes in der Agora über Mathematik sprach, über Astronomie, Physik, Geographie und die Prinzipien der Musik.

Welch erstaunliches Volk diese Griechen doch sind! Es gibt keine Frage, die sie nicht gestellt, und nur wenige, die sie nicht beantwortet hätten. Wenn ihnen nichts mehr zu reden bleibt, reden sie über das Reden; wenn sie nichts mehr haben, worüber sie nachdenken können, sinnieren sie über das Nachdenken. Die verfluchten Römer kennen weder den einen noch den anderen Wunsch.

Ich lernte Spanien also durch Eratosthenes kennen, wenn auch mit Silenus' Hilfe. Für einen Jungen war sein Griechisch sehr anspruchsvoll. »Ja, es ist schwierig, Hannibal«, stimmte Silenus zu. »Aber auch elegant!« Dann erläuterte er mir die Feinheiten der Prosa des Eratosthenes mit ihren Anaphoren, ihren Asyndeta, ihren Synesen und Tmesen und all den anderen Feinheiten. Ich jedoch interessierte mich mehr für die Topographie des Landes, in das wir bald reisen sollten.

Mein Vater hatte seine Vorbereitungen abgeschlossen. Der Tag unserer Abfahrt wurde festgelegt. Vor der Stadtmauer nahm das Heer Aufstellung; es wartete nur mehr auf seinen Anführer. Die Ratsältesten kamen in unser Haus und entboten meinem Vater ihre guten Wünsche. Noch mußten die dreißig Galeeren zu Wasser gelassen werden. Am Abend ging ich mit meinem Vater zu den Werften im Hafen, und vor einem flammenden Sonnenuntergang, zu Achololims Beschwörungen und dem Gesang der Akolyten liefen dreißig unserer Galeeren auf See hinaus. Ziegenböcke wurden an die Laufrollen gebunden, über die die Schiffe von der Werft ins Wasser glitten, so daß ihre Kiele blutbefleckt ins Wasser tauchten. Ich fragte meinen Vater nach dem Ursprung dieses Brauchs. »In besseren Tagen, Hannibal, wurden in Karthago Kriegsgefangene und nicht nur Ziegen an die Kufen gebunden, und der Stapellauf jeder neuen Galeere wurde mit Menschenblut begangen. Möge Melkarth uns gewähren, daß diese Tage wiederkehren.«

Die Reise nach Spanien verlief ohne Schwierigkeiten. Unsere Flotte stets im Blickfeld, marschierten wir entlang der Küste nach Westen. Mein Vater ritt in der Vorhut. Silenus und ich, meine Mutter und meine Geschwister folgten in Sänften, die von Haussklaven getragen wurden. Wir kamen durch die Städte, die noch Karthago unterstanden: Cirta, Annaba und Jijiel, Tigzirt, Tapasa, Gouraya, Siga. Zum Zeichen ihrer Treue brachten sie meinem Vater Erde und Wasser dar. Dreißig oder mehr Tage marschierten wir, bis wir schließlich zu den Säulen des Herakles an der Straße des Tyrrhenischen Meeres gelangten.

Welch ein Mann war dieser Herakles! Die Phönizier – unsere Vorfahren –, die Griechen, die Ägypter, ja selbst die Römer behaupteten, er stamme von ihrem Volke ab, und verehrten ihn wie einen Gott. Als er den Berg Hacho erreichte, wie auch wir es eben getan hatten, stellte er fest, daß der Berg mit Gibraltar verbunden und ihm die Weiterfahrt versperrt war, obwohl zu beiden Seiten das Meer wogte. So brach er das Gebirge einfach entzwei und setzte seinen Weg nach Spanien über das brennende Meer in der schwimmenden Schale von Helios, dem Sonnengott, fort. So entstanden die zwei Säulen des Herakles, zwischen denen wir übersetzen sollten. Später, als die Alpen mir den Weg versperrten, dachte ich an Herakles' Tat zurück. Wenn eine Tür verschlossen scheint, soll man sie furchtlos durchschreiten.

Unsere Flotte kam auf. Wir hatten keine Transportschiffe, das wußte ich; aber die Überquerung der Straße verlief genau so, wie mein Vater es vor Monaten geplant hatte. Tagelang kreuzten die dreißig Galeeren zwischen der afrikanischen Küste und Algechiras in Spanien hin und her, bis an die Ruderbänke beladen mit Menschen, Ausrüstung und Vorräten, bis nur noch wir, der Haushalt meines Vaters und vierzig Sklaven, übersetzen mußten – wir und die Elefanten.

Dies war der einzige Punkt, bei dem meine Logistik versagt hatte. Weder Silenus noch Hamilax, ja nicht einmal die Lenker der Tiere hatten mir helfen können. Keiner von ihnen wußte, wie man mit Elefanten Wasser überquert, ganz zu schweigen von einer zehn römische Meilen breiten Wasserstraße. Seit Menschengedenken sei dergleichen nicht versucht worden. Als ich meinen Vater fragte, wie er die Elefanten nach Spanien bringen wolle, lachte er schallend. »Du fragst nach dem Wie, Hannibal? Das liegt doch auf der Hand – die Elefanten werden fliegen!« Und damit wandte er sich ab.

Natürlich hätte ich es wissen können, denn ich hatte gehört, wie mein Vater Hamilax auftrug, mit einer Abordnung unserer Männer in die Berge zu gehen und Bäume für Flöße zu fällen. Das Holz ließ er zur Anlegestelle bringen. Die Sklaven schafften große Mengen Erdreich herbei und häuften es auf die Flöße, bis diese ebenso hoch waren wie die Mole. Dann wurden aus Palmwedeln Wände um das Eiland errichtet. Zwei Elefantenkühe wurden über die Mole auf die Flöße geführt, die ihnen wie trockener Boden erscheinen mußten. Furchtlos folgten ihnen die anderen.

Und so wurden die Elefanten Hamilkars, gefangen in den Wäldern der Garamanten, mit vier Fahrten auf schwimmendem Land nach Spanien gebracht. Ich beobachtete und lernte. Später sollte ich dieselbe Methode anwenden, um meine Elefanten über den Ebro und die Rhone zu bringen. Hier lernte ich von meinem Vater, wie schon früher und auch später, daß Probleme planvollem Handeln weichen.

Nun gab es nur noch eine Schwierigkeit. Zum Haushalt meines Vaters gehörte ein mürrischer Numider namens Zetenes, der Fürstensohn eines Verbündeten. Schon bald nach unserem Aufbruch aus Karthago merkten wir, daß sein Vater ihn nicht aus Liebe Hamilkar Barkas anvertraut hatte. Er war der Fluch, der auf unserer Reise lastete; er beschwerte sich ununterbrochen über den Marsch, die Hitze, die Fliegen, das Essen, seine Sklaven, über alles. Er wolle nur, sagte er, nach Hause zurückkehren, und würde nicht nach Spanien fahren.

Wir standen als letzte an der Mole, um uns einzuschiffen. Der Sklave, der die verbleibenden zehn Zelte abbauen sollte, trat zu meinem Vater und erklärte, Zetenes weigere sich, sein Zelt zu verlassen und mitzukommen. Ich sah nur, wie mein Vater zu Hamilax hinübersah und ihm zunickte. Erst nach einiger Zeit auf See fiel mir auf, daß Zetenes nicht an Bord war. Mein Vater kümmerte sich um meine Mutter, der es schon seit einiger Zeit nicht gutging. Aber Hamilax stand im Schiffsheck und blickte schweigend auf Afrika zurück. Ich ging zu ihm. »Wo ist Zetenes?« fragte ich. Hamilax wandte sich nicht um.

»Ich habe ihm die Kehle durchgeschnitten«, sagte er. Der Berg Hacho direkt hinter mir verschwamm mit der untergehenden Sonne.

Wir fuhren nach Gades in den riesigen, nach Norden geöffneten Hafen, der nach Westen im Schutz einer langen Landzunge lag. Ein künstlicher Damm verband sie mit dem Festland. Auf diesem schmalen Streifen erhob sich die von Mauern umgebene Stadt. In den Augen eines Jungen wie mir wirkte sie wie Karthago, ein kleines Karthago. Sie hatte eine Agora, mehrere Tempel und natürlich den Ratssaal der Ältesten und einen Gerichtshof.

Auch jetzt noch nennen die Römer uns Wilde. Doch schon viele hundert Jahre, bevor Rom auch nur ersonnen wurde – welcher der absurden Gründungslegenden man auch Glauben schenken mag –, gab sich Karthago eine Verfassung. Einzig die griechischen Staaten kannten etwas Vergleichbares. Die Römer herrschen durch Angst außerhalb des Gesetzes. Sicher, auch Karthago herrschte durch Angst, aber durch eine Angst, die innerhalb des in der Verfassung verankerten Gesetzes liegt, und somit hatte Gades einen Ältestenrat und ein Gericht, denn es gehörte zu Karthago.

Wie in Karthago stand unser Haus abseits der anderen an der Spitze der Landzunge; es war kleiner als dasjenige, das wir verlassen hatten, aber genauso angelegt. Bald verlief mein Leben wieder nach demselben Rhythmus wie vor dem Gnadenlosen Krieg. Vormittags Unterricht mit Silenus, nachmittags Reiten und Trainieren mit Wurfspieß, Speer und Schwert. Mein Vater ließ nur eine kleine Garnison zurück, er übertrug Hamilax die Verantwortung und marschierte ins Landesinnere. Wir sahen ihn nur selten. Ich war ein Junge gewesen, den es in die Welt der Männer verschlagen hatte; nun lebte ich wieder das Leben des Jungen, und aus einem Jahr wurden zwei.

Mein Vater hatte von Anfang an das Ziel verfolgt, in Spanien eine neue Armee und eine neue Flotte aufzubauen. Für beides brauchte er Verbündete oder Söldner, oder beides, und so trafen jeden Monat Fremde in Gades ein, als Geiseln oder befreundete Gäste. Die meisten schlossen sich dem wachsenden Lager außerhalb der Stadtmauern jenseits des Dammes auf dem Festland an, wo sie im Kriegshandwerk unterrichtet wurden. So kam es, daß ich Maharbal kennenlernte, einen Sohn Kandaulos', des Königs der Oretaner, der als Geisel zu uns gekommen war; nun war sein Volk mit uns verbündet.

Als Prinz erhielt Maharbal eine Unterkunft in der Stadt und brauchte weder zu arbeiten noch sonst etwas zu tun, das seinen Rang beeinträchtigt hätte. Auf derlei gab mein Vater stets acht. »Du darfst die Gepflogenheiten anderer Völker nie mißachten, Hannibal«, pflegte er zu sagen, »es sei denn, es sind römische!«

Ich hatte Maharbal ein- oder zweimal in den Straßen von Gades gesehen, seine feurige Haarmähne, seine schwerknochige Gestalt. Auf der Stirn hatte er zum Zeichen seiner königlichen Herkunft ein Pferd tätowiert. Jeder hochgeborene Oretaner, das wußte ich von Silenus, leitete seine Herkunft von dem Reitergott Rhecanus ab. Auf dem Schenkel trug er die Tätowierung eines Bären, das Zeichen seines Stammes. Er wirkte immer befangen, wenn ich ihn, stets von einem Posten bewacht, mürrisch in der Sonne sitzen sah.

Ich war unterwegs zum Tempel des Herakles Ammon, um auf Silenus' Bitte hin mit den Priestern zu sprechen. Ich hatte die Agora überquert und war in eine Straße eingebogen, als ich ihn traf, wie er sich im Staub mit einem Knöchelspiel die Zeit vertrieb. Ich hockte mich neben ihn. Sein Bewacher räusperte sich mißbilligend. Ohne mich zu beachten, warf Maharbal einen wilden Blick über die Schulter. Ich sah die Läuse in seinen roten Haaren, den goldenen Geier an einem fettigen Lederband um den Hals. »Kümmere dich nicht um den Wachtposten«, sagte ich. »Ich bin Hannibal, der Sohn Hamilkars.«

»Ich weiß, wer du bist«, antwortete er stockend auf punisch. Er sah mich nicht an, sondern starrte auf seine Würfel. Dann murmelte er ein Gebet zu einem Himmelsgott, mit dem er um eine Fünf bat, und warf eine Eins und eine Vier.

»Versuch es noch einmal«, forderte ich ihn auf, jetzt auf iberisch. Er warf zwei Fünfen und blickte mich an; mit seinen feurigen grünen Augen zog er mich in seinen Bann. Meine Einsamkeit schwand, und ich war froh.

»Maharbal«, sagte ich auf punisch. »Wenn ich ein Mann bin, ein Soldat, wirst du dann mein Verbündeter?«

»Was ist das, ein ›Verbündeter‹?«

»Das ist ein Mann, der seinem Freund in heiligem Vertrauen gegen Feinde beisteht.«

Er stand auf, wandte den Blick ab und befragte eine Macht, um die ich nicht wußte. Dann drehte er sich zu mir und zog mit Blitzesschnelle den Dolch aus meinem Gürtel. Erschrocken trat der Wachtposten näher. Ich hob abwehrend die Hand. Maharbal ritzte sich den Daumen der Rechten direkt am Ansatz ein. Darauf reichte er mir den Dolch. Ich stand auf, nahm das Messer von ihm entgegen, schnitt mich in den Daumen, und unsere Hände, unser Blut, unser Schicksal verbanden sich. »Ich werde dein *anda* sein, Hannibal, dein Blutsbruder, und du der meine.«

Hamilax würde davon erfahren, das wußte ich, und später auch mein Vater. Ich fürchtete mich nicht. »Maharbal ist mein Freund«, sagte ich zu dem Wachtposten. »Behandle ihn als solchen.« Von jenem Tag an bis zu seinem Tod hatte jeder Feind Roms Grund, Maharbal dankbar zu sein, dem Prinzen der Oretaner, dem Freund Hannibals, dem Befehlshaber seiner Reiterei.

In den folgenden Monaten waren wir unzertrennlich. Maharbal nahm an meinem Unterricht mit Silenus teil. Er lernte viel. Er lehrte uns viel. Und zum Umgang mit Pferden war er wie geboren. Ohne Sattel saß er auf schnaubenden Hengsten, auf brünstigen Stuten, wurde eins mit dem Pferd, wenn wir über Waldpfade oder Küstenstreifen um die Wette ritten, galoppierten, im Schritt gingen und redeten. Ich wurde vierzehn.

In jenem Jahr in Spanien erhielt ich mein erstes Pferd, und noch immer verzehrt sich mein Herz in Liebe zu ihm. Mein Vater, verbrannt von Sonne und Wind, war seit einigen Wochen wieder bei uns; er legte eine kurze Rast ein und machte dann Pläne, redete, bildete Truppen aus, organisierte Geschäfte; mittlerweile hatte sein schwarzer Bart weiße Strähnen bekommen. Die Pferdemärkte bereiteten ihm große Freude, dem Soldaten ebenso wie dem Mann. Da seine Armee ständig anwuchs, brauchte er viele Pferde. Auf diese Nachricht hin erschienen in Gades jeden Monat Karawanen von Stammesleuten aus dem Norden und dem Osten, hagere Männer mit Kappen aus Luchspelz, weiten Hemden und Hosen, die um die Knöchel zusammengebunden wurden; ihre schwarzen Zelte transportierten sie auf dem Rücken von Eseln und Maultieren. Einige führten zehn, andere zwanzig Pferde mit sich, alle erlesen zum Verkauf geschmückt, mit Federbüschen am Kopf, Netzen aus scharlachroter, mit glitzernden Metallblättchen besetzter Wolle um den Hals.

An jenem Tag brauchte mein Vater Reitpferde für seine eigene Wachmannschaft. Den ganzen Vormittag führten Händler ihm ihre besten Tiere vor. Mein Vater begutachtete Gebisse und Hufe, hörte Brustkörbe ab, betastete Flanken. Wenn ein Tier diese Prüfung bestand, nickte er seinem Stallmeister Abdolonim zu, der daraufhin mit dem Händler feilschte, sechs Xtheten Gold für dieses Pferd, acht für jenes. Maharbal und ich standen dabei, beobachteten alles und lernten. »Sind das alle?« fragte mein Vater Abdolonim. »Es gibt noch einen Hengst, Herr. Er heißt Peritan, und der Mann dort« – er deutete auf einen der Händler – »verlangt dreißig Xtheten für ihn.«

»Dreißig Xtheten!« antwortete mein Vater. »Das Tier muß ja den Wagen Eschmouns ziehen! Wo ist er?«

»Ein Tölpel hat ihn entkommen lassen. Sie konnten ihn nur mit Mühe wieder einfangen – aber hier ist er.«

So führten sie im langsamen Schritt einen Hengst vor, der bis auf ein schwarzes Flammenmal an der Stirn rein weiß war und riesig, vierzehn Hände hoch. Der Stallmeister zog ihn vor uns. »Hier, Herr«, sagte der Händler ölig, »ist das Pferd namens Peritan...« Als der Hengst seinen Namen hörte, weiteten sich seine Nüstern, er rollte mit den schwarzen Augen und versuchte den Kopf aufzubäumen. »Schau nur, Hannibal, schau dir *den* an!« stieß Maharbal hervor. Seine Stimme klang beinahe gequält. Ich weiß noch, wie leid es mir tat, daß Silenus nicht bei uns war, um zu sehen, wie das, was wir auf Pergament gelesen hatten, hier zu Fleisch und Blut wurde. Im Geiste ging ich die *Schriften über die Reitkunst* durch, wie Xenophon es empfiehlt, und begann mit den Füßen. Die Wände an Peritans Hufen waren vorne und hinten hoch. Er stampfte auf, wobei er den Fuß des Stallmeisters knapp verfehlte, und seine Hufe machten ein klingendes Geräusch, wie eine Zimbel. Die Schenkelknochen waren stark, aber geschmeidig, seine Brust breit, sein Hals – in den Worten Xenophons – stieg gerade auf wie bei einem Hahn. Seine Mähne war lang und kräftig, wenn auch schlecht gepflegt, sein Rückgrat gut gepolstert. »Das«, sagte Maharbal ehrfürchtig, »ist ein vollkommenes Pferd.«

Mein Vater ging vorsichtig um ihn herum, immer auf die keilenden Hufe achtend. »Er macht einen guten Eindruck. Ich will sehen, wie er sich bewegt.« Abdolonim trat einen Schritt auf Peritan zu. Der Hengst wieherte wie eine Kriegstrompete und riß, auch wenn der Stallmeister mit aller Kraft am Halfter zog, seinen gewaltigen Kopf in die Höhe. Abdolonim zerrte am Seil. Blut tropfte auf die Erde. »Sieh dir das Gebiß am Zaum an«, sagte ich flüsternd zu Maharbal. »Sieh nur die Stacheln! Und selbst damit können sie ihn nicht bändigen.«

»Und trotzdem reißt er den Kopf hoch!« ergänzte Maharbal. In seiner Aufregung verfiel er ins Iberische.

Abdolonim trat vor das Pferd und schnalzte beschwichtigend mit der Zunge. Peritan stampfte auf, wich zurück und rollte mit den Augen. Als der Stallmeister in die Mähne greifen wollte, um sich auf den Rücken des Tieres zu schwingen, fuhr Peritan heftig herum, riß Abdolonim in die Luft und keilte wild mit einem Bein aus, so daß er ihn nur um wenige Zoll verfehlte.

»Genug, Abdolonim«, lachte mein Vater abschätzig. »Wenn das der Haken ist, wollen wir keine Zeit mehr verschwenden. Ich muß arbeiten.« Er wandte sich zum Gehen.

Ich wußte, was ich wollte. »Vater«, rief ich, »bitte!« Mein Vater blieb stehen und sah mich an. »Laß mich versuchen.«

»Hannibal, das Pferd ist bösartig. Etwas Schlimmeres gibt es nicht.«

»Er ist nicht bösartig, Vater, sondern mutig. Sieh doch nur, wo sie ihn geschlagen haben. Sieh die Wülste auf seiner Unterseite.«

Ich hielt dem Blick meines Vaters stand. Mittlerweile hatte ich beinahe seine Größe erreicht. »Wenn du ihn reiten kannst, gehört er dir«, sagte er schließlich.

Ich ging zu dem Pferd. Ich zögerte nicht. »Geh!« sagte ich zu dem Stallmeister. »Geh weg von ihm, windabwärts, damit er dich nicht sehen noch wittern kann. Gib mir die Zügel, aber langsam. Reiß nicht am Gebiß.«

Was bedeutete Peritan, dieser ungeliebte Name? Mein Iberisch wurde immer besser. Dunkel, dachte ich, oder der Dunkle. Dieses Pferd brauchte einen anderen Namen. Hell, nicht dunkel. »Belleus«, sagte ich auf punisch, »Belleus!« Und seine Ohren stellten sich auf. Sanft, ganz sanft gab ich im Zügel nach. Er scharrte rastlos mit dem Vorderfuß. Ich fuhr mit der Linken über seinen glänzenden Hals bis zum Stirnriemen, um das Gebiß herauszunehmen. »Belleus, Belleus, Heller!« flüsterte ich ihm ins Ohr, und er drängte vorwärts, wollte – ich wußte es – fort von diesem Ort.

»Bald«, sagte ich, »bald«, richtete mich zu voller Höhe auf und griff in seine Mähne. Er machte einige rasche Schritte, ich lief neben ihm und holte Schwung, dann sprang ich auf. Wir galoppierten durch die Salzebenen, wo Schwärme von Wasservögeln in Panik aufflogen.

Als wir zurückkamen, stand mein Vater wartend in der Sonne. Ich schwang mich in der Art des Reitervolks über den Hals zu Boden. »Danke, Vater, danke für mein Pferd. Ich nenne ihn Belleus, den Hellen.«

Ich wurde fünfzehn. Der Stimmbruch setzte ein. Auf meinem Kinn und den Wangen bildete sich der erste Flaum. Es war an der Zeit für mich, meinen ersten Mann zu töten. Dem Brauch gemäß hätte ich das mit meinem Vater tun sollen, im Feld. Aber er war fort, als aus den Bergen im Osten Berichte von Schwierigkeiten eintrafen. Briganten des Stammes der Bastetaner überfielen raubend und plündernd unsere Siedlungen und stellten eine Gefahr für unsere Bergwerke dar. Hamilax blieb keine Wahl. Mit sechzig ausgewählten Reitern der Garnison, die mein Vater in Gades zurückgelassen hatte, brach er im Morgengrauen auf.

Vier Tage lang folgte ich ihnen, wartete auf meine Chance. Belleus verstand und schritt verhalten aus. Der erste Tag, weite Meilen über die Salzebenen hinweg, war der schwierigste. Es gab keinerlei Deckung. Durch den großen Abstand, den ich halten mußte, hätte ich Hamilax und seine Männer mehrmals fast verloren. Am fünften Tag gegen Mittag stieß ich zu ihnen. Jetzt würde Hamilax mich nicht mehr zurückschicken. Außerdem rochen die Reste des Fleisches, das ich als Proviant mitgenommen hatte, scharf und faulig. Ich hätte statt dessen schwarzes Brot und Käse mitnehmen sollen, aber als ich mich vor meinem Aufbruch in die Küche gestohlen hatte, hatte ich nur eingesteckt, was ich finden konnte.

Hamilax und seine Leute machten Rast in einem Eichenhain. Ich ritt einfach zu ihnen; die Männer griffen nach ihren Wurfspießen, dann erkannten sie mich. Hamilax saß auf einem Felsen und aß. »Sei gegrüßt, Hamilax«, sagte ich.

»Hannibal!« Er verschluckte sich an seinem Brot. Ich glitt von Belleus und führte ihn an Hamilax vorbei zum Bach, um ihn zu tränken.

Hamilax packte mich an der Schulter. »Warum bist du hier, Hannibal? Wie bist du hergekommen? Hast du den Verstand verloren?«

»Nein«, antwortete ich und löste mich aus seinem Griff. »Ich bin jetzt volljährig. Ich bin euch gefolgt, weil für mich die Zeit gekommen ist, meinen ersten Mann zu töten...«

»Die Zeit ist gekommen, Hannibal«, unterbrach er mich, »um dich nach Hause zu bringen. Mir steht die Arbeit eines Mannes bevor, nicht die eines Kindes. Und wenn dir etwas zustieße, würde dein Vater mich ans Kreuz schlagen lassen.«

»Und wenn ich, wie es der Fall sein wird, erfolgreich bin, wird er dich ehren. Außerdem hast du keine andere Wahl.«

Später, als wir wieder in Gades waren, berichtete Hamilax den Vorfall Silenus. Was den Hofmeister meines Vaters überzeugt habe, so erzählte mir Silenus, seien meine Augen gewesen. Hamilax sagte, solche Augen habe er zuvor nur bei Schlachten hinter einem Helmschlitz gesehen.

Sein Plan war einfach. Zu seiner Truppe gehörte ein Mann, dessen Heimatdorf in der Nähe lag. Wie Hamilax mir beim Weiterreiten erklärte, wollte er zu dem Ort reiten, seine Soldaten verbergen und warten, bis die Bastetaner das Dorf angriffen. »Und wenn sie das nicht tun?« fragte ich.

»Dann muß ich meine Pläne ändern«, antwortete Hamilax trocken und trieb sein Pferd voran.

Das Dorf oben am Berg hieß Vekher. Die Häuser waren aus braunem Gestein, als seien sie Teil der Klippe selbst, und lagen oberhalb eines zerklüfteten Hügels, der in eine Schlucht abfiel. Der Ort unterschied sich in nichts von den vielen anderen, die ich auf meinem Weg in die Berge passiert hatte. Entlang der ungeschützten Seite verlief eine Palisade aus Felsbrocken und Dornengestrüpp, in deren Schutz kleine, drahtige Pferde grasten; dahinter begannen die einfachen Häuser der Bewohner. Auf dem Berghang weideten Ziegen und Schafe. Die Pfiffe eines jungen Ziegenhirten gellten zu uns herüber. Nein, es gab nichts, was dieses Dorf vor vielen anderen ausgezeichnet hätte. Doch hier wurde ich zum Mann.

Nach einer Mahlzeit aus Ziegenfleisch, Feigen und ranzigem, verwässertem Wein legte ich mich neben Hamilax in der Hütte des Häuptlings schlafen. Plötzlich wachte ich auf; um mich war alles still. Ich frage mich noch heute, warum ich aufwachte und hinausging: War es ein sechster Sinn, der mich weckte, oder die Eingebung eines Gottes? Um ehrlich zu sein, ich glaube, es waren die zahlreichen Flöhe, mit denen die Gastfreundschaft Vekhers uns am großzügigsten bedachte. Das Schicksal vieler Männer wurde durch Geringeres bestimmt.

Der Mond war fast voll. Ich stieg auf einen hohen Felsen, der dem Dorf als Aussichtsposten diente, abgetragen von vielen Füßen. Zuerst war ich mir nicht sicher. Ich glaube, ich ahnte die Anwesenheit der Bastetaner, noch bevor ich sie wirklich sah, den langsam heranziehenden Schatten einer Kolonne von rund fünfzig Reitern unten im Tal, die sich die Straße heraufwand.

Ich weckte Hamilax. Er stieg ebenfalls auf den Felsen, sah die Männer. »Gut, Hannibal. Weck unsere Leute. Sag ihnen, sie sollen sich lautlos verhalten.« Als wir im Kreis der Hütten auf der festgestampften Erde versammelt waren, erläuterte Hamilax seinen Plan. Wir würden zu Pferd innerhalb der Palisade warten. Sobald die Briganten das Dornentor passiert hatten, würde Hamilax in sein Horn stoßen. Fünf Männer würden das Tor verschließen. Niemand durfte entkommen. »Und belästigt mich nicht mit Gefangenen«, befahl er mit der ihm eigenen tonlosen Stimme.

Die erste Morgensonne fiel auf die Hügel und verfärbte sie golden, als wir ihre Pferde hörten. Prüfend faßte ich an meine Wurfspieße und mein Schwert; Belleus unter mir bebte. Graue Gestalten, immer deutlicher zu erkennen, ritten näher, lachend in Vorfreude auf Rinder und Frauen. Wir hielten uns reglos gegen die grob behauene Mauer gepreßt. Dann erklang das Horn. Wir griffen an.

Zuerst herrschte nur Verwirrung. Ein Tumult von Männern und brüllendem Vieh; dazwischen die Bewohner von Vekher, die schreiend Steine und Felsbrocken auf Freund und Feind gleichermaßen niederregnen ließen. Ein Pferd preschte an mir vorüber, einen Wurfspieß im Hals, und dann sah ich ihn, links von mir, auf einem Schecken, der scheuend herumtänzelte. Sein Kriegshelm war aus schwarzem, fettigem Leder, sein Harnisch aus Tierhaut mit Wein und Schweiß verfärbt. Im sanften Licht der Dämmerung sah ich, daß er blaue Augen hatte, einen blonden Bart und Sommersprossen im Gesicht. Er bemerkte mich, hielt sein Pferd zurück und runzelte die Stirn, dann zog er den Speer.

Ich hob meinen Wurfspieß, trieb Belleus voran. Auf dem Brustharnisch war ein dunkler Fleck, direkt über dem Herzen, und beim Vorwärtsstürmen schoß ich ab, griff nach dem zweiten Spieß und spannte das Schleuderseil, während der erste ins Ziel traf. Der Speer des Mannes flog an mir vorüber. So wurde ich an einem frühen Morgen in Vekher zum Mann.

Kaum wandte ich mich mit Belleus von dieser Attacke ab, war ein zweiter Mann da. Mein Wurfspieß bohrte sich in seinen Hals, noch während er seinen Speer erhob. Der Geruch von Blut, Viehkot und zertretenem Gras hing in der Luft, als die wehklagenden Dorffrauen zwischen den Toten und Sterbenden hindurchgingen und unsere Arbeit vollendeten.

Wir begruben unsere sechs Toten und formierten uns für den Heimweg zu einer Kolonne. Ich nahm, wie zuvor, einen Platz in den hintersten Reihen ein. Von der Vorhut rief Hamilax »Hannibal!« und bedeutete mir, neben ihm zu reiten. Mehr sagte er nicht. Es genügte. So kehrte ein Junge, der allein aus Gades aufgebrochen war, als Mann an der Spitze seiner ersten Truppe zurück.

Silenus stand am Tor. Wir waren zwölf Tage fortgewesen. In der Zwischenzeit war mein Vater heimgekehrt und hatte das Haus, wie Silenus sagte, in Panik vorgefunden. Wohin war ich verschwunden? Ich solle Belleus einem Stallknecht überlassen, mich waschen und umziehen und zu meinem Vater in seinen Saal gehen. Hamilax habe ihn sofort aufgesucht. Dann wird er es also schon wissen, dachte ich.

In einen sauberen, ungegürteten *chiton* gekleidet, klopfte ich an der Tür. »Komm herein«, rief mein Vater. Er saß zusammen mit Hamilax am anderen Ende des Saals neben einer Feuerpfanne gegen die herbstliche Kühle an einem Tisch, der mit Landkarten bedeckt war. Er stand auf. Wir sahen uns über den Saal hinweg an. »Geh, Hamilax«, befahl mein Vater. Ohne ein Wort entfernte sich Hamilax durch eine Seitentür.

Mein Vater schritt zu einer Truhe. Der Gürtel war aus weichem Leder. Im Abendlicht leuchteten sechs Smaragde und sechs Rubine. Die silberne Schnalle hatte die Form eines Skorpions, das Symbol unseres Hauses. Mein Vater hielt mir den Gürtel entgegen. »Der Schwertgürtel eines Barkiden, Hannibal, und eines Mannes. Nimm es mit dem Stolz eines Vaters entgegen.«

Als ich gegürtet war, führte er mich zu einem Stuhl am Feuer. Wir sprachen, bis es niedergebrannt war, das Haus schlief. Ich glaube, ein Sklave brachte uns zu essen und zu trinken. Zuerst redeten wir von dem ersten Mann, den ich getötet hatte. »Nein, ich empfand keine Angst. Alles war so klar. Ich hatte ein Gefühl« – ich rang um Worte –, »ein Gefühl von Frieden, von Sinn. In gewisser Weise war ich gar nicht da.« Er schwieg.

»War es«, fragte er schließlich, »war es – wie ein Blitz?«

Ich erinnerte mich an die überwältigende Kraft. »Ja, so war es.«

»Dann bist du ein Barkide, Hannibal!« und wir lachten, denn unser Familienname bedeutet eben das. Dann sprachen wir von Spanien. Oder vielmehr, er sprach. Ich erfuhr von seinen Plänen, seinen Fortschritten mit den einheimischen Völkern, der Stärke seiner neuen Armee und seiner Flotte. Er zeigte mir seine zahlreichen Landkarten. »Hier, Hannibal, hier!« und er deutete auf ein Vorgebirge an der Ostküste. »Hier werden wir Neu-Karthago errichten.« An der Hand, mit der er deutete, fehlten zwei Finger. Ich wollte ihn fragen, wie er sie verloren habe. Ich tat es nie.

Er redete weiter. Neu-Karthago sollte ein Handelszentrum werden, sicher, aber für einen bestimmten Zweck. »Um gegen Rom selbst zu ziehen, Vater?« fragte ich.

»Natürlich!« erwiderte er rasch, heftig. »Pyrrhus hat es getan. Und ich werde es auch tun – oder vielmehr wir, Hannibal, jetzt, da du ein Mann bist.« Er lächelte.

»Wer war Pyrrhus?«

»Pyrrhus? Du hast nie von Pyrrhus gehört? Was hat Silenus dich nur gelehrt? Die Reflexionen der Griechen, nehme ich an! Also, ab heute solltest du dich mit Pyrrhus ausführlicher beschäftigen als mit Plato. Pyrrhus ...«

Die ganze Nacht hindurch bis zum Morgengrauen hörte ich von Pyrrhus, der mit zweiundzwanzig König von Epirus war, ein brillanter General und Stratege, der im Alter von dreizehn in den heftigsten Schlachten kämpfte, während Alexanders einstige Generäle sich befehdeten. Das Interesse meines Vaters galt Pyrrhus' Eroberung von Italien. In Herakleia besiegte er die Römer. »Er hat sie vernichtend geschlagen, Hannibal! Und nicht nur einmal, sondern zweimal, das zweite Mal bei Ausculum!« sagte mein Vater und ging aufgeregt im Raum auf und ab, bevor er mir seine Version von Pyrrhus' Schlachtordnung aufzeichnete.

Erst Silenus berichtete mir Tage später von den Folgen, die mein Vater wohlweislich vergessen hatte. Sicher, Pyrrhus hatte bei Ausculum einen zweiten Sieg errungen, doch nur durch immense Verluste seiner eigenen Armee, so daß »Pyrrhus-Sieg« zum geflügelten Wort wurde. Und obwohl er nach Rom weitermarschierte, weigerte sich der römische Senat auf den Rat des redegewandten, wiewohl blinden und alten Appius Claudius hin, irgendwelche Verhandlungen aufzunehmen, solange fremde Truppen auf römischem Boden standen. Pyrrhus hatte in zwei Schlachten gesiegt, aber den Krieg konnte er nicht gewinnen.

Von nun an war ich stets an der Seite meines Vaters – außer, wie mein Bruder Mago eifersüchtig sagte, in der Latrine. Die Studien mit Silenus wurden verringert, der Unterricht im Reiten und im Umgang mit Waffen ausgedehnt, und unweigerlich war mein Vater bei mir. Dafür fand er immer Zeit. »Man kann von anderen nur verlangen, was man selbst beherrscht, Hannibal«, sagte er eines Nachmittags, als ich des Übens mit dem Wurfspieß überdrüssig wurde. »Und jetzt versuch es noch einmal.«

So, wie mein Haß gegen Rom auf meine Geburt zurückzuführen ist, so lernte ich durch die Jahre in Spanien, diesen Haß in die Tat umzusetzen. Im Grunde war es eine Zeit des Friedens. Die Stämme im Süden Spaniens waren uns entweder verbündet oder von uns unterworfen, und nur selten kam es zu Aufständen. Mein Vater kümmerte sich vor allem um den Handel, um sein Heer und seine Flotte. Wir unternahmen weite Reisen, um an der südlichen und östlichen Küste in Belo, Carteia und Baria Häfen zu gründen. Von dort sollten die Metalle aus unseren Bergwerken im Inland verschifft werden. Unablässig kreuzten unsere Galeeren zwischen Spanien und Karthago hin und her.

Ich weiß nicht, warum mein Vater mich meinen Brüdern Mago und Hasdrubal so sehr vorzog. Ich war sein ältester Sohn, somit sein Nachfolger, und sah ihm auch äußerlich ähnlich. Mago stotterte und war schwächlich. Hasdrubal vertiefte sich ständig in seine Bücher. »Dein Bruder ist ein Gelehrter, kein Mann«, sagte mein Vater einmal, als er Hasdrubal zum Unterricht mit dem Wurfspieß rufen ließ und die Auskunft erhielt, er studiere gerade mit Silenus. Für mich hätte diese Entschuldigung nie gegolten.

Aber meine Brüder gaben sich Mühe. Ich erinnere mich an einen frühen Morgen in Gades. Ich war aufgestanden, als das Haus noch schlief. Das tat ich oft, um beim Gehen zu schauen, zu denken. Aus dem Hof hörte ich Ächzen und das Geräusch von Holz, das auf Holz schlägt. In einem ausgedienten Stall entdeckte ich meine Brüder, wie sie mit Spielzeugschwerten und Schilden kämpften. Ich sah ihnen zu. Sie bemerkten mich erst, als sie eine Pause machten. Sie wirkten verlegen. »W-w-wir wollen nur l-l-lern...« stotterte Mago atemlos.

»Nur *probieren*, wollte er sagen«, warf Hasdrubal ein und starrte zu Boden.

»Dann probiert doch so«, schlug ich vor, ging zu ihnen und

nahm einen Stecken in die Hand. »Eure Beinarbeit ist völlig verkehrt. Wer mit dem Schwert kämpfen will, muß bei den Beinen anfangen...« Von dem Tag an half ich ihnen, sooft ich konnte, und sie lernten. Mein Vater erfuhr nie davon. Vielleicht bemerkte er gar nicht, wie seine jüngeren Söhne sich beim Heranwachsen veränderten.

Meine Schwester Sophoniba und meine Mutter sah ich kaum. Jene Jahre ließen mir keine Zeit für Frauen. Natürlich wußte ich von den Bordellen in Gades, von der Hurerei der Soldaten und Matrosen. Einmal fragte Maharbal, ob ich ihn nicht begleiten wolle, aber Begierde war mir fremd, bis ich Similce begegnete. Es wurde getuschelt. Niemand wagte, mir die Gerüchte direkt zuzutragen. Maharbal war mein Freund, aber mehr nicht; er war mir kein Hephaistion, wie Alexanders Freund.

Dann gab es einen weiteren Hasdrubal in meinem Leben, einen Neffen Giskos. Noch als mein Vater im Gnadenlosen Krieg kämpfte, war er vom Ältestenrat nach Spanien gesandt worden, um die regelmäßigen Lieferungen von Silber zu überwachen. Ich hatte von ihm gehört, ebenso wie von seiner Festung an der Mündung des Guadiakth im Nordwesten, auf dem die Galeeren ihren Reichtum zum Meer brachten. Ich wollte diesen Fluß so gerne sehen, der, wie es hieß, breit und grün durch das Land tief im Inneren floß. Einmal fragte ich meinen Vater, ob ich dorthin reisen könnte, wenn eine von Hasdrubals Galeeren auf dem Rückweg von Karthago in Gades anlegte. »Zum Guadiakth, Hannibal? Nach Westen?« Er war verärgert. »Nein. Du sollst, wie ich, nach Norden und Osten blicken« – seine Augen verengten sich –, »nach Rom. Du bist ein Barkide. Vergiß deinen Schwur nicht.« Rom, Rom brannte sich in mir ein.

Während unserer ersten Jahre in Spanien, das wußte ich, war mein Vater auf seinen vielen Reisen Hasdrubal mehrmals begegnet. Als ich sechzehn wurde, tauschten sie häufiger Briefe aus. Zu der Zeit hatte mein Vater mich bereits aufgefordert, all seine Korrespondenz zu lesen. Wenn möglich, sprach ich mit meinen Brüdern und Silenus über den Inhalt. Hasdrubal gewann immer mehr Einfluß, denn er genoß großes Ansehen in Karthago, anfangs wegen seiner Herkunft, nun wegen seines Geldes. Es waren seine Galeeren, die das Gold und Silber nach Karthago schifften, um den Römern die Entschädigungszahlungen zu leisten.

Aus diesen Briefen erfuhr ich auch, daß Hasdrubal ein Drittel all der Waren, die durch seine Hände gingen, für sich behielt. Mein Vater, der die Erträge aus seinen Bergwerken ebenfalls nach Karthago schickte, behielt nur ein Achtel. Doch die Kosten für seine wachsende Armee – die mittlerweile zwanzigtausend Fußsoldaten und fünftausend Reiter umfaßte – waren gewaltig, ganz zu schweigen von seiner Flotte. Unsere von den Söldnern verwüsteten Ländereien in Afrika warfen nach wie vor keine Gewinne ab. Im Gegenteil, die Briefe Abdolonims, der inzwischen als Verwalter nach Karthago zurückgekehrt war, endeten stets mit der Bitte um Geld, und die Sorgenfalten im Gesicht meines Vaters gruben sich immer tiefer ein.

Und so kam Hasdrubal nach Gades, um – wie mein Vater in seiner Einladung schrieb – »Dinge von gemeinsamem Interesse« zu besprechen. Vom ersten Blick an war er mir verhaßt, seine Prahlerei, seine Vulgarität. Nicht mit einer Triere segelte er in unseren Hafen, sondern mit sechs Penteren, prächtig mit schwarzen Segeln ausgestattet, der Bug aus gehämmertem Gold. Auf Anweisung meines Vaters wartete Hamilax an der Anlegestelle, um ihn zu empfangen. Von der Mauer aus verfolgte ich, wie er in einer Sänfte zu unserem Anwesen getragen wurde; er hatte sie selbst mitgebracht. Vor dem Saal meines Vaters ließ er sich sogar von seinen eigenen Sklaven ankündigen, dann schritt er selbstherrlich durch die Tür.

Hasdrubal hatte die Gestalt eines Bären. Seine langen Haare waren schwarz und gelockt, seine Stirn niedrig, die Augen lagen tief in den Höhlen und wirkten winzig über der ausladenden Nase, die fast seine feisten Wangen berührte. Sein Mund war klein und rosa, lächerlich zierlich, ging aber beinahe in dem buschigen Bart unter, der ebenso geölt und lockig war wie sein Haupthaar. Schwere Gehänge zogen seine Ohrläppchen nach unten und klingelten bei jedem Schritt, mit dem er auf uns zutrat, während sein ausladender Bauch über seinem Gürtel wogte. Aber er strahlte Energie aus, eine animalische Energie. Er war ein Mann, so hatte ich den Eindruck, dem Begehrlichkeit nicht fremd war. Worauf sich diese richtete, sollte ich noch erfahren.

Er umarmte meinen Vater, nickte mir zu, übersah Hamilax. Wein und Feigen wurden gebracht. Hasdrubal griff zu, bevor ihm angeboten wurde. Die Sklaven zogen sich zurück. »Und so, Hamilkar Barkas, begegnen wir uns wieder.« Seine Stimme war tief und dröhnend. »Und das ist wohl dein ältester Welpe«, sagte er, biß in eine Feige und sah zu mir. Die Kerne spuckte er aus und richtete den Blick auf meinen Vater. »Und was können wir füreinander tun?«

»Du bist zumindest gerade heraus, Hasdrubal«, erwiderte mein Vater lächelnd.

»Pah! Wir sind hier nicht in einer Ratssitzung in Karthago. Sprich.« Und während Hasdrubal aß, spuckte und trank, bot mein Vater ihm meine Schwester an.

»Wieviel?« wollte Hasdrubal wissen. Mein Vater nannte als Mitgift eine immense Summe Goldes. Hasdrubal griff nach dem Weinkrug, schenkte ein wenig in seinen leeren Kelch, lehnte sich zurück und rülpste.

»Und ein Viertel der zwei neuen Bergwerke in Medina, die ich erschlossen habe.« Hasdrubal goß sich erneut Wein nach. Es war still im Raum.

»Schenk nach, Hamilkar, schenk nach, und ich nehme Sophoniba«, sagte Hasdrubal schließlich.

»Du kommst zur Sache, Hasdrubal. Was willst du sonst noch?«

»Ich möchte«, sagte er und nahm eine weitere Feige, »deinen afrikanischen Besitz in Zartana.«

Hamilax erhob sich aus seinem Stuhl. »Herr!« rief er. Mein Vater erhob die Hand. Hamilax setzte sich wieder. Es war ein gewaltiger Preis. Es ging nicht nur um die vielen wertvollen Eichen – das Gut lag auch an einer Hauptroute der Karawanen, die nach Süden zogen. Außerdem war der Landsitz, das wußte ich, seit der Gründung Karthagos im Besitz der Barkiden gewesen.

Vielleicht war es ein gerechter Tausch. Mein Vater kaufte sich Einfluß in Karthago und Verbündete in Spanien. Sophoniba war kaum vierzehn, Hasdrubal bald dreißig, hatte aber nie geheiratet. Eine Verbindung ökonomischer Natur. »Und, Hannibal«, erklärte mein Vater mir später, »eine, die uns in Karthago den Rücken freihält. Denk an die vielen Briefe« – und er deutete auf eine Truhe –, »in denen unser Vorgehen hier mißbilligt wird. Immer noch sagen sie, Karthago solle nach Süden blicken und den Norden und Westen Rom überlassen, um Rom nicht zu verärgern. Ach, sie singen immer dasselbe Lied, wie Pothet!« Ich hatte einen Papagei dieses Namens. »Aber wenn Hasdrubal mein Schwiegersohn ist, werden sie ihre Worte vorsichtiger wählen.«

Vielleicht blieb meinem Vater keine andere Wahl. Vielleicht war ich verärgert, weil ich – wie ich gestehen muß – meine Schwester Maharbal zugedacht hatte. Es war an der Zeit, daß wir uns mit mehr als nur Waffen und Geld an Spanien banden.

Hasdrubal reiste am nächsten Tag ab und kehrte wieder, als der Mond voll war. Mir war das Hochzeitsfest abstoßend, die Trunkenheit, die Völlerei. Freude an Berauschtheit konnte ich nie verstehen. Die Wege, die das Leben nimmt, sind dunkel und sonderbar genug, als daß wir unseren Geist noch mehr zu trüben bräuchten.

Ich verließ den Saal, sobald der Anstand es erlaubte, doch zuvor mußte ich noch sehen, wie Hasdrubal meine kleine, verängstigte Schwester tätschelte und betastete, mit seinen dicken Fingern ihr Korsett vor aller Augen öffnete und einen Granatapfel hineinfallen ließ. Mit der rechten Hand holte er ihn wieder hervor, während er mit der Linken ihren Rock hochraffte; Schweiß tropfte von seinem lüsternen Gesicht und fiel glitzernd in seinen Bart. Vermutlich nahm er sie noch in jener Nacht, preßte seinen gewaltigen Bauch auf und ab gegen sie. Vielleicht fand er zumindest für diese kurze Dauer Interesse an ihr.

Ich sah Sophoniba nie wieder. Sie gebar kein Kind. Sie erlag einem Fieber in Hasdrubals Akropolis hoch über dem Guadiakth, so hieß es wenigstens. Andere behaupteten, Hasdrubal habe sie zu seinem Vergnügen mit reifen Pflaumen gestopft und sie dann genommen, so daß ihr Schoß sich entzündete. Noch jetzt, während ich schreibe, sehe ich das gequälte Gesicht meiner Schwester am Abend ihrer Hochzeit vor mir. Es gab so viel Leid.

Mit meinem Vater sprach ich über solche Dinge nicht. Ich glaube, Silenus verstand mich, denn am Tag nach der Hochzeit gab er mir eine Kopie des Werkes, in dem er nach Hannos Kreuzigung gelesen hatte – Platos *Phaidon* –, und in der wenigen Zeit, die mir blieb, bemühte ich mich, es zu verstehen. Etwas grimmig erklärte Silenus, mein Griechisch sei nun gut genug, es zu lesen. »Wir werden nur dann der Erkenntnis am nächsten sein«, sagt Sokrates, als er sich anschickt, den Schierlingsbecher zu leeren, zu dem er verurteilt ist, wenn wir so wenig wie möglich mit dem Leibe zu schaffen haben, sondern uns von ihm rein halten, bis der Gott selbst uns befreit.« Das habe auch ich versucht. Wenn ich versagt habe, möge Sophoniba mir verzeihen, wie auch viele andere.

Der Zweck dieser Ehe war offensichtlich, und in dieser Hinsicht, das muß ich einräumen, hatte mein Vater recht. Die Folgen hielten uns beschäftigt. Der Handel stieg auf das Doppelte, ebenso wie die Flotte, und doppelt so viele Nachrichten trafen ein. Dieses Ergebnis war das bedeutendste. Es gab keinen Hafen, in dem Hasdrubal der Schöne, wie er ironisch genannt wurde, keine Spione hatte, keine Ohren und Stimmen. Im Scherz sagte mein Vater einmal, Hasdrubal wisse, was vor sich gehe, bevor es überhaupt passiere. Als die Nachricht von der Aneignung Sardiniens durch die Römer eintraf, scherzte er allerdings nicht. Sie hätten, so berichtete Hasdrubal, zuvor die »Erlaubnis« des Senats in Karthago eingeholt. Die Männer, die mein Vater abschätzig als die »Friedenspartei« bezeichnete, hatten eingewilligt.

Der Verlust Sardiniens veranlaßte meinen Vater zu einem

Schritt, den er schon länger beabsichtigt hatte. »Verdammt sollen sie sein!« rief er, als er Hasdrubals Botschaft las. »Aber ich bin bereit. Hannibal, geh zu den Befehlshabern und sag ihnen, daß die Zeit gekommen ist. Jetzt werden wir handeln. Wir marschieren nach Osten. Wir werden Neu-Karthago gründen, uns ausbreiten in Spanien. Und dann, Hannibal, dann...« Er brauchte den Satz nicht zu beenden. Dann kam Rom.

Doch erst einmal kam Rom zu Hamilkar. Auch von dieser Mission hatte Hasdrubal auf die eine oder andere Weise erfahren, und wir waren vorbereitet. »Vergiß nicht, Hannibal«, sagte mein Vater. »Meine Tochter – ja, und auch Zartana – im Tausch für diese Information. Ich hätte noch mehr gegeben. Waffen und Information – eine perfekte Ergänzung.«

Wir waren bereit. Unsere Militärlager wurden ins Landesinnere verlegt, unsere Kriegsgaleeren ruderten den Guadiakth hinauf. Der Ausleger vor dem inneren Hafen wurde entfernt. Die Römer würden eine Stadt von Händlern sehen, nicht eine von Kriegern. Und dann brach auch mein Vater ins Innere auf. Ich fragte nach dem Grund. »Weil, Hannibal, ich in meiner Gesellschaft nur tote Römer ertragen kann. Ich nehme Hamilax mit, für den Fall, daß seine Schwerthand zu jucken beginnt. Sag ihnen, daß dein Vater, der große Hamilkar Barkas, zu einem Bergarbeiter geworden ist. Vielleicht glauben sie dir sogar! Und du kannst dein Latein üben.« Er klopfte mir auf den Rücken und war fort.

Die Römer schenkten dem verlassenen, einsamen Sohn Hamilkars Glauben, weil sie es wollten. Ich wußte, die Kämpfe in Illyrien und Gallien bereiteten ihnen genügend Schwierigkeiten, als daß sie einen weiteren Krieg gesucht hätten. Sie kamen nicht einmal an Land. Unbewaffnet ging ich an Bord der Galeere mit den Gesandten. Sie lagerten unbekümmert auf ihren Ruhebetten, tranken Wein. Nicht einmal an ihre Namen kann ich mich erinnern. Sie sprachen kaum, überließen es einem Jungen zu verlesen, was ihre Herren zu sagen hatten. »Senatus populusque Romanus Hamilcari Barcino salutem dicit...« So ging es, endlos. Das meiste konnte ich verstehen. Was suchten die Karthager in Spanien? Wollte Hamilkar Barkas gegen den Wunsch des karthagischen Senats eine Armee anwerben und ausbilden? Würden wir den Vertrag erfüllen? »Velut vos apud Sardiniam? Wie ihr es in Sardinien getan habt?« unterbrach ich, wurde ignoriert. Als der Junge schließlich geendet hatte, ein Sklave den schwitzenden Gesandten Luft zufächelte, erklärte ich, mein Vater sei fort und arbeite in den Bergwerken, damit Karthago den Tribut an Rom zahlen könne. Wir würden in Spanien bleiben, bis der Tribut entrichtet sei. Da ich nichts mehr zu sagen hatte, ging ich.

Eine Stunde lang ruderten sie ziellos durch den Hafen. Wenn sie gehofft hatten, Anzeichen für Kriegsvorbereitungen zu entdecken, wurden sie enttäuscht. Römer sah ich erst wieder, als ich wirklich für den Krieg rüstete. Auf sie verschwendete ich noch weniger Zeit als auf die Gesandten.

Ich weiß, die Römer spotten über »punischen Treu und Glauben«. Doch sie waren es, die die ersten Verträge zwischen Rom und Karthago brachen. Sie waren es, nicht die Karthager, die ihren Staat auf Betrug und Diebstahl, Krieg und Eroberung aufbauten und die Latiner, die Etrusker, die Samniten, Sabiner, Senonen, die Umbrer, die Lukaner und andere Völker auslöschten – Stämme, deren Namen heute bloße Erinnerung sind.

Mein Vater kehrte zurück und verlangte einen Bericht von der römischen Mission. »Ich habe ihnen die Wahrheit gesagt, Vater. Daß wir hier sind, um ihnen den Tribut bezahlen zu können.«

Er lachte. »Du bist ein richtiger Barkide, Hannibal. Als mein Vater Hasdrubal Sufet von Karthago war, stattete er einmal Khalanim, einem der Ratsältesten, einen Besuch ab. Der Sklave sagte ihm: ›Khalanim ist nicht da‹, wiewohl mein Vater gut wußte, daß er log. Als Khalanim den Besuch erwiderte, rief mein Vater: ›Nicht zu Hause!‹ Khalanim erkannte die Stimme und begehrte auf. ›Das ist dreist‹, antwortete mein Vater. Ích habe deinem Sklaven geglaubt, und nun willst du nicht einmal mir Glauben schenken!‹ Ich bin froh, daß die Römer dir glaubten. Ihre Manieren haben sich gebessert, seitdem ich ihnen das letztemal in Sizilien begegnete.«

Am nächsten Tag marschierten wir. Ich sah Gades nie wieder. Hasdrubal war vor uns in Neu-Karthago; er hatte es vorgezogen, die Strecke mit dem Schiff zurückzulegen. Er hatte bereits ein Lager errichtet und begonnen, Mauern zu bauen. Bei der Erfüllung seiner Wünsche verlor Hasdrubal nie Zeit, gleichgültig, um welche es ging.

Ich konnte sofort erkennen, warum mein Vater diesen Ort gewählt hatte, um eine Stadt und vor allem einen Hafen zu gründen. Geschützt durch eine Landzunge, war es ein idealer natürlicher Hafen, fast so gut wie in Gades oder sogar in Karthago selbst. Von dort standen uns der ganze Osten und Norden Spaniens offen. Unsere Galeeren konnten Karthago in noch kürzerer Zeit erreichen. An klaren Tagen waren die Balearen sichtbar, und dort wollte mein Vater weitere Schleuderer für seine Armee rekrutieren.

Wir waren erst einige Tage in Neu-Karthago. An Krieg dachten wir nicht. Unsere Gedanken galten Wasser, Mauern, Straßen und Gebäuden, allem, was eine Stadt ausmacht. Da ruderte eine brandgeschwärzte Galeere, die zerissenen Segel im Wind flatternd, Takelwerk über die Ruderbänke hängend, in den Hafen. Mein Vater hatte sechs Schiffe ausgeschickt, um die Küste zu erforschen.

Die wenigen Überlebenden erzählten eine traurige Geschichte. Sie waren in einer Flußmündung zwei Tagesreisen nach Norden vor Anker gegangen, außerhalb einer Stadt, die wir als Heliche kannten. Die Kundschafter, die an Land geschickt worden waren, kehrten nicht zurück. Der Befehlshaber, ein Mann aus Nabeul in Afrika, sandte weitere aus. Auch sie kehrten nicht wieder. Anstatt fortzusegeln, warteten die Galeeren ab.

»Gewartet?« rief mein Vater. »Worauf?«

Er bekam keine Antwort. Diejenigen, die gewartet hatten, erhielten eine. Flammende Pfeile in der Abenddämmerung. Nur eine Galeere war entkommen.

»Das waren zweifellos Vettoner«, sagte Hasdrubal.

»Abmarsch im Morgengrauen«, antwortete mein Vater.

Also marschierten wir los, mit tausend Fußsoldaten und fünfhundert Berittenen, um den Vettonern ein Beispiel von der Macht Karthagos zu geben. Hasdrubal blieb zurück, um die Arbeiten in Neu-Karthago zu überwachen. Unsere Spähtrupps machten unterwegs keine Krieger aus, aber in den Bergen vor uns sahen wir Rauchsignale aufsteigen. Wir gelangten nach Heliche, einer verkommenen Stadt aus Lehm und Holz, die auf einer steilen Anhöhe über dem Fluß lag.

Diese Geschichte muß ich rasch erzählen. Tränen treten mir in die Augen aus Angst, ich könnte den, der mich liebte, enttäuscht haben. Quer über der Anhöhe vor der Stadt war eine Linie von Ochsen und Karren, ja – Ochsen und Karren. Belleus schnaubte, scharrte am Boden. Ich sah fragend zu meinem Vater. Er stieg ab. Ich folgte ihm. Rasch und deutlich gab er seine Befehle aus. »Vier Rammböcke in der Nachhut. Sichelförmige Reihe mit zwei Männern, Kavallerie an den Flügeln. *Synapismos*, Schildkrötenordnung. Frontalangriff.« Solche Manöver hatten wir in Gades oft geprobt. Im Schutz der Schilde zu den Toren hinauf. Schilde erheben. Ramm-Kommando. Eindringen.

Das Unerwartete. »Erwarte immer das Unerwartete«, war einer der Lieblingssprüche meines Vaters. Hätte ich wissen sollen, was er nicht wußte? Wir rückten in geschlossener Ordnung den Berg hinauf vor. Dann kamen trudelnd die Karren und Ochsen, in Brand gesteckt und halb wahnsinnig, den Hang hinabgestürzt, durchbrachen unsere Linie. Unsere Männer wurden zersplittert. Ihre Leute strömten vom Tor zu uns herab, eine Horde brüllender Männer mit Tartschen und Entermessern.

Zusammen mit neun oder zehn unserer Numider wurde ich von meinem Vater getrennt. Ich tötete den ersten Vettoner mit meinem Speer, den zweiten mit dem Schwert durch den Bauch, und dann waren sie überall um mich. Ich hieb, schnitt und stürzte, fiel auf den Helm, sah ein Entermesser über mir schwingen, blaue Augen, ein starker Geruch. Sein Kopf, abgetrennt, fiel auf mich. Es war mein Vater, der sich über mich beugte, mit Lanze, mit Schwert und Schild. »Neu anordnen!« schrie er. »Neu anordnen!« und andere kamen, er packte mich mit dem linken Arm, schlug mit dem Speer in der Rechten aus, und schleppte mich den Berg hinab, als ein Speer ihn in der Seite traf. Das Blut meines Vaters lief mir über das Gesicht, und immer noch schleppte er mich weiter.

Unsere Reiterei kam und vertrieb die Vettoner. Ich lag neben meinem Vater auf der Erde, richtete mich taumelnd auf. Er blutete. »Übernimm das Kommando!« sagte er. »Übernimm das Kommando!« Und ich ließ ihn mit dem Stallmeister zurück, stellte mich an die Spitze unserer neu formierten Truppen und führte aus, was er geplant hatte. Die Bewohner, ihr Wahnwitz erloschen, ihre Strategie gescheitert, widersetzten sich kaum. Wir richteten ein Blutbad an. Es war kein Krieg mehr, den wir führten, bevor ich das Dorf in Brand setzte.

Während Hitze und Glut von den brennenden Häusern auf uns herabfielen, kauerte ich neben meinem Vater auf dem Boden. Als ich zurückkam, war er schwach. Seine Augen wanderten suchend umher. Sein Blick wurde klarer. »Ist es vollbracht, Hannibal?« Ein Flüstern, und dennoch deutlich. Ich nickte, und meine Augen füllten sich mit Tränen, wie auch jetzt, und ich war nicht achtzehn, sondern ein Junge, der nachts aufwacht und sich fürchtet. Er entglitt mir unter der sengenden Sonne und den Milanen, die über uns ihre Kreise zogen. Sein Körper verkrampfte sich vor Schmerz. Seine linke Hand, diejenige, an der zwei Finger fehlten, umklammerte meinen Arm. Er hob den Kopf und blickte mir in die Augen. »Rom, Hannibal, Rom!« sagte er zu mir, sein Atem ging röchelnd, und dann starb der Mann, der mein Vater gewesen war.

# IV
# Oberbefehl

Fünfundsechzig Jahre habe ich gelebt, und manchmal kann ich die Last kaum noch ertragen. Die Vergangenheit umwogt mich und verschlingt, was ich einst war.

Ich klammere mich an viele Orte, die ich gesehen, die sich mir ins Gedächtnis eingeprägt haben. Manchmal, wenn ich hier sitze, meine Hand die Feder nicht mehr halten kann und mein Geist flammend brennt, ziehen diese vielen, allzu vielen Orte an mir vorüber wie Schiffe, die langsam den Hellespont hinabsegeln. Der Platz, an dem Hanno gekreuzigt wurde, Gebirgspässe, Stein- und Grasebenen; öd verschneite Weiten, Gebirge, die in den Himmel ragen, blumenübersäte Berghänge, blühende Täler, Sümpfe, Flüsse, Meere.

Und jener Abhang vor Heliche. Ich weiß noch jeden Stein, fühle noch den Todesgriff meines Vaters um meinen Arm. Es ist alles Zufall. Der Zufall sollte ein Gott sein. Der zarte Flügelschlag einer Libelle ist nicht weniger flüchtig als das Schicksal eines Menschen.

Belleus fand trabend und galoppierend nach Neu-Karthago zurück, ohne daß ich ihm die Zügel führte, denn meine Arme umfingen meinen toten Vater, hielten seine verwesende Leiche. Der Tod. Der eklige, faulige, süßliche und stickige, stinkende Geruch des Todes. Ohne Rast ritten wir zurück, die Nacht hindurch.

Sie kamen uns entgegen, selbst Hasdrubal hoch zu Pferd, und Hamilax, meine Brüder, Silenus. Wogend erscholl das Klagen der Frauen, und wieder höre ich es, wie es über die Zeit hinweg brandet.

Jeder kann Trauer bewältigen bis auf den, der sie empfindet. Hasdrubals Kummer hinderte ihn nicht, die Nachfolge meines Vaters für sich zu sichern. Im Zelt, in dem ich Zuflucht suchte, hörte ich den Beifall der Soldaten. Sicher hatte er schon in Karthago um Billigung der Ältesten ersucht. Es kümmerte mich nicht.

Sie hatten die Leiche meines Vaters geholt. Hamilax würde alles in die Wege leiten. Ich lag in meinem Zelt, ungewaschen, das getrocknete Blut meines Vaters auf Haut und Kleidern, und weder Schlaf noch Tränen wollten kommen. Maharbal war bei mir. »Du mußt essen, Hannibal«, sagte er. Apathisch summten Fliegen in der Hitze.

»Ich will nichts essen«, erwiderte ich.

»Dann trink zumindest.« Er reichte mir den Krug. Ich trank. »Bei meinem Volk«, erzählte er leise, »ist es Sitte, bei einer Geburt zu trauern und beim Tod zu jubeln. Wenn ein Kind zur Welt kommt, versammelt sich die Familie um das Neugeborene und trauert um das Leid, das es erdulden wird. Wenn jemand stirbt, bestatten wir ihn in Freude, weil er dem Elend des Lebens entronnen ist.«

»Dem Elend?« murmelte ich. Ich setzte mich auf. »Und was ist mit dem Ruhm, Maharbal? Ich trauere um den Ruhm, der ihm zum Greifen nah war. Jetzt ist er ein bloßer Name.«

»Alles Gute hat einen Preis, Hannibal«, sagte Maharbal schließlich. »Früher oder später.«

Erst Hasdrubal rüttelte mich auf. Barsch, befehlend, stürmte er herein. »Hannibal, steh auf. Du wirst gebraucht. Die Bestattung muß vorbereitet werden, der Scheiterhaufen. Ich habe zuviel anderes zu tun.« So kümmerte ich mich um das Ende meines Vaters.

Hamilax hatte die Leiche meines Vaters, gewaschen und in eine goldene Rüstung gekleidet, inmitten des Paradeplatzes aufgebahrt. Als ich hinaustrat, hatten sich die Soldaten zu Tausenden um den Toten geschart. Maharbal hatte Belleus geschmückt, mit einer schwarzen Rückendecke, einer schwarzen Feder in der Mähne, und so ritt ich zur klangvollen Klageweise dreimal um die Bahre. Hamilax' Badesklave trat auf mich zu. »Mein Herr hat mir aufgetragen, für dich ein Bad zu richten, um das Blut fortzuwaschen. Es ist bereit.«

Ich schrie auf. »Nein! Kein Wasser soll mich waschen, bis ich ihn auf den brennenden Scheiterhaufen gelegt, einen Totenhügel über ihm errichtet und mein Haar für ihn geschoren habe. Solange ich lebe, werde ich keinen Schmerz wie diesen kennen. Maharbal, laß die Trompeten das Zeichen geben. Laß das Fest beginnen.«

Dann wurden viele Ochsen, blökende Schafe, Ziegen und Schweine zur Bahre getrieben, um im Andenken meines Vaters geschlachtet und gebraten zu werden. Während die Männer sich satt aßen, verharrte ich auf Belleus vor der Leiche meines Vaters, auch wenn viele mich baten, ich möge mich zu ihnen setzen. Der Körper. Immer sind es die Bedürfnisse des Körpers. Für die meisten Menschen besteht die Existenz aus Essen, Geschlechtsverkehr, Trinken und all dem anderen Überfluß des Lebens.

Als endlich das Mahl vorüber war, wurde Holz herbeigetragen. In meinen Armen trug ich die Leiche meines Vaters zu einem Scheiterhaufen von fünfzig Cubitus Breite; seine Rüstung schimmerte in der schwächer werdenden Sonne. Daneben stellte ich zweigriffige Krüge voll Öl und Weihrauch, Honig und Myrrhe. Die Jagdhunde meines Vaters wurden gebracht. Hamilax hielt das Messer bereit. Ich schnitt ihnen die Kehle durch und bettete sie neben ihn. Mit demselben Messer schor ich mir die Haare und legte sie auf meines Vaters Brust. Dann kamen meine Brüder Mago und Hasdrubal, Hamilax und Hasdrubal der Schöne, schließlich die Hauptleute der Syntagmata und der Reiterei; Stunde um Stunde kamen sie, bis die Sterne am Himmel standen. Sie alle schnitten sich das Haar und deckten den Leichnam damit zu.

»Haben wir Gefangene?« fragte ich Hasdrubal, der neben dem Scheiterhaufen stand.

»Fünfundachtzig sind es gegenwärtig.« Genauigkeit war ihm stets wichtig.

»Sind Vettoner unter ihnen?«

»Einige, aus dem letzten Scharmützel bevor dein Vater« – er hielt kurz inne – »ah, getötet wurde.«

Ein Scharmützel? Mehr war es für ihn nicht? Ich war zu müde, um zu widersprechen. »Laß zwanzig von ihnen holen.« Im Dunkel, im Licht einer Fackel, schnitt ich ihnen die Kehle durch, ohne dabei zu denken, packte sie an den Haaren. Meine Brüder warfen sie auf den Scheiterhaufen, bis das Messer mir aus den blutigen Händen glitt. Drei von ihnen lebten noch. »Fessle sie lebend an den Haufen.« Hamilax nickte. »Dann steck ihn in Brand.«

Die ganze Nacht hindurch loderte und knackte das Feuer, die Priester intonierten ihre Klageweisen. Eine Zeitlang noch schrien die Vettoner. Mein Bruder Hasdrubal begann zu weinen. »Heul woanders«, sagte ich. Und als der Morgenstern aufging und safranfarbenes Licht das Meer umhüllte, war es genug. »Bring Wein«, befahl ich Hamilax. Viele Krüge wurden herbeigetragen. Einer nach dem anderen leerten wir sie auf dem glühenden Scheiterhaufen, bis das Feuer erloschen war. Dann nahmen wir die Gebeine Hamilkars, meines Vaters, legten sie in eine goldene Urne und beteten zu Melkarth, er möge wohlbehalten zu Mithras gehen.

Auf einer Klippe über dem Meer errichteten wir einen Totenhügel für ihn. Ich holte die Urne und sah, daß die Männer die Grube nach Südosten, nach Karthago, ausgerichtet hatten. »Hebt sie neu aus«, befahl ich. »Sie soll nach Nordosten zeigen.«

Einer, es mag Maharbal oder Hamilax gewesen sein, fragte nach dem Grund. »Weil die Gebeine des Hamilkar«, sagte ich, »nach Nordosten zeigen müssen – nach Rom.«

Dann ging ich an den Strand, legte mich im Windschatten eines Felsens auf den Sand und schlief endlich einen tiefen, traumlosen Schlaf. Eine bessere Medizin gibt es nicht. So oft hat sie mir geholfen. Jetzt will kein Schlaf sich einstellen. Die Nächte hindurch liege ich schwitzend wach, allein mit meinen Gedanken.

Maharbal war bei mir, als ich erwachte. »Hasdrubal will dich sehen«, sagte er und ging schweigend vor mir her. Ich wusch mich, ich weiß es noch, und das Wasser war rot, rot mit dem Blut meines Vaters, dem Blut der Vettoner, und plötzlich sah ich es, sprang aus dem Bad, das Wasser ergoß sich über mein Ruhebett, die Truhe, die Kleider. Der Sklave erschrak. Maharbal hüllte mich in ein Baumwollgewand. »Verbrenn alles«, befahl er dem Sklaven. Dann nahm er meinen Arm und führte mich zu Hasdrubal.

Es war ein riesiges, prächtiges Zelt. Er ruhte auf einer Lagerstatt. Ein Mädchen mit heller Haut massierte ihm die Füße. Er hatte wohl viel Geld für sie bezahlt. »Wein?« fragte er. Ich schüttelte den Kopf. »Komm, setz dich.« Wieder schüttelte ich den Kopf. »Also gut, Hannibal. Ich habe die Führung insgesamt übernommen. Bald sollte die Bestätigung aus Karthago eintreffen.« Er machte eine Geste. Ein Bechersklave, der neben dem Ruhebett kauerte, füllte einen Kelch mit Wein und reichte ihn seinem Herrn. Der Sklave hatte keine Beine, das sah ich. Also entsprach es der Wahrheit, was ich gehört hatte – daß Hasdrubal der Schöne vielen seiner Leibsklaven die Beine abschneiden ließ.

»Warum tust du das?« fragte ich und deutete auf den Sklaven. Es schien eine Frage von großer Bedeutung.

Er nahm einen Schluck, sah zu mir. »Sklaven ohne Beine, Hannibal, können nicht fortlaufen.«

Der Tod meines Vaters, sein Begräbnis, Sklaven ohne Beine. In meinem Kopf verwirrte sich alles. »Hörst du mich, Hannibal? Meine Sklaven sind meine Sache. Deine Sache ist die Armee. Ich will, daß du das Kommando übernimmst. Erstatte mir jede Woche Bericht. Ich muß mich um den Handel, die Politik und« – er beugte sich vor, schob eine Hand unter das Gewand der jungen Sklavin – »um anderes kümmern.« In der Stille tätschelte Hasdrubal das Mädchen. »Also«, dröhnte seine Stimme, »willigst du ein?«

Ich nickte, wandte mich um und ging.

Kommando? Das bedeutete mir wenig. Dafür war ich geboren. Es war mir zweite Natur. Die Armee. Wofür? Ich ging zu den Stallungen. Ich wollte Belleus sehen. Wozu brauchte Hasdrubal eine Armee? Haßte er Rom? Dieselben Fragen stellte ich Maharbal, der in der Sonne neben mir ging. »Diese Dinge werden sich finden mit der Zeit«, sagte er. Dann traten sie vor, erst ein oder zwei, dann zehn und zwanzig, zu Hunderten verstellten die Männer uns den Weg, umringten uns, riefen, riefen, »Han-ni-bal, Han-ni-bal!« und Tränen strömten mir über die Wangen.

Viele Monate lang kannte ich nichts als Arbeit, vom Augenblick des Aufwachens bis spät in die Nacht. Ich schlief nur, um wieder zu arbeiten, und daraus wurde sie geboren, die Vervollkommnung meiner Armee, die Rom so viele Niederlagen beibringen sollte. Hier fand meine Trauer ihre Rechtfertigung. Aus dem Tod Hamilkars ging die perfekte Armee hervor. Möge dies das wahre Andenken meines Vaters sein.

Was wir damals schufen, ist heute ganz alltäglich. Selbst die bithynischen Truppen, so mußte ich hier feststellen, folgen den Methoden, die ich damals erfand. Ich. Oder vielmehr, Maharbal und ich. Heute erscheint es so einfach.

Zwei oder drei Monate nach dem Tod meines Vaters, an einem nassen Wintertag, machten wir mit tausend Reitern und dreitausend Mann Fußvolk eine Truppenübung in den Bergen westlich von Neu-Karthago. Wir waren abgesessen und warteten, wie üblich, auf die Fußsoldaten. Ein rühriger Truppenführer, ein Lusitaner mit derben Gesichtszügen, kam mit dem einen oder anderen Anliegen zu mir. Während er sprach, geschah etwas Seltsames. Sein Mund öffnete sich ganz weit. Seine Augen traten vor. Er taumelte, Blut sprudelte zwischen seinen Lippen hervor, und er fiel vornüber zu Boden. In seinem Nacken steckte ein Pfeil.

Dann schwirrte ein ganzer Pfeilregen herab; er kam von hinter einem Felsen. »Schilde!« schrie ich, während Pfeile sich in die Erde bohrten, klirrend auf Eisenhelmen aufschlugen. Das Brüllen der Verwundeten übertönte das Lärmen der aufgeschreckten Männer und Pferde, als ich auf Belleus zulief. »Die ersten drei Truppen, aufsitzen. Die anderen zwei, zusammenbleiben und Position halten!« rief ich. In V-Formation galoppierten wir den Grat hinauf; Pfeile prallten an unseren Schilden, an den Rüstungen unserer Pferde ab. Natürlich vertrieben wir sie, diese tollkühne Bande von Stammesleuten aus dem Norden. Aber es war schwierig und auch gefährlich, denn sie zogen sich in geschlossener Ordnung zurück, bildeten aus ihren langen Lanzen eine Hecke und aus den Schilden eine sich bewegende Mauer. Nachdem wir unsere Wurfspieße abgeschleudert hatten, konnten wir wenig gegen sie ausrichten. Wir brauchten Fußsoldaten, keine Reiterei, aber unsere Infanterie war in weiter Ferne.

Wir kehrten zu den Truppen zurück, die wir hinterlassen hatten, und diesmal stellten wir nicht nur Vorposten ab, sondern schickten auch Späher aus. Maharbal und ich saßen an einem Feuer, das im Regen rauchte. Die Truppenführer erstatteten Bericht. Wir hatten dreißig Soldaten verloren und sechzehn Pferde, die Angreifer nur zwei ihrer Männer. Das beschäftigte mich. Es war nur ein weiteres kleines Scharmützel, eines der Hunderte, die ich vergessen habe. Aber es nagte an mir. »Wir waren ihnen zahlenmäßig überlegen, Maharbal. Sie konnten uns kaum etwas anhaben, sobald wir zu Pferd saßen, aber wir ihnen auch nicht, nachdem sie die Hecke errichtet hatten. Reiterei und Fußvolk, keiner kann gewinnen.«

Maharbal stocherte im Feuer. »Das wäre nicht nötig.«

»Wie meinst du das?«

»Warum sollte das Fußvolk nicht Reiterei sein und die Reiterei nicht Fußvolk?« sagte er und blickte auf. »Beides in einem.«

In der Tat, warum nicht? »Warum nicht!« rief ich aufspringend und klopfte Maharbal im kalten Regen auf die Schulter. So wurde die erste große Erneuerung Hannibals geboren, der Hammer seiner Armee.

Das Werk nahm lange Zeit in Anspruch. Ein berittener Soldat hatte stets nur einen kleinen Schild bei sich getragen, zwei Wurfspieße und einen langen Degen, der sich nicht zum Angriff eignete. Seine Rüstung bestand aus Brustharnisch, Helm, Beinschienen; sein Pferd war ähnlich gepanzert. Die Kunst des Reiters bestand darin, den Wurfspieß im Galopp abzuschleudern und sich dabei im Sattel aufzurichten, so daß sein ganzes Gewicht auf den Oberschenkeln lastete. Sobald die Wurfspieße verschleudert waren, mußte er zu seiner Linie zurückkehren und sich mit neuen Waffen ausstatten; sonst konnte er nichts ausrichten.

Mein Vater hatte mehrere Schwadronen mit leichter Reiterei gebildet, die – nach dem griechischen *pelte* für leichter Schild – Peltaste hießen. Weder sie noch ihre Klepper trugen einen Panzer, und außer dem kleinen Schild hatten sie nur eine Schleuder oder einen Bogen bei sich. Daran wollte ich nichts ändern, aber ich wollte die Männer noch besser machen, ihre Zielsicherheit noch größer.

Wir begannen mit einer einzigen Truppe, dreihundert Mann. Wir gaben ihnen Holzschwerter. Wochenlang drillten wir sie, Tag um Tag. Sie waren mürrisch. Es lief nicht gut. Eines Mittags kam Maharbal zu mir, durchgeschwitzt vom Trainieren, selbst in der winterlichen Kälte. »Die Männer werden Schwierigkeiten machen, Hannibal. Sie sind rastlos, überdrüssig. Sie sagen, sie werden gehen, sobald ihre Zeit um ist – wenn nicht früher.«

Ich hätte erklären sollen, nicht nur Befehle geben. Ich war jung. Seit dem Tag habe ich vieles gelernt. Ich saß mit dem Rücken an die Mauer der Unterkünfte gelehnt, blickte über den Übungsplatz und die Reihen der Strohsoldaten, die meine Reiter-Fußsoldaten mit dem Schwert angreifen sollten. »Schick sie zu mir, Maharbal«, sagte ich.

»Was – alle? Die ganze Truppe?«

»Ja, *anda*, ja.«

Ich stand auf und ging ihnen entgegen. Die meisten waren schwerknochige, blondhaarige Keltiberer aus dem Norden, O-beinige Männer, die reiten konnten, fast noch bevor sie das Gehen lernten. Sie waren überrascht, als ich in ihrer eigenen Sprache zu reden begann. »Setzt euch«, sagte ich und tat es ihnen nach. »Maharbal berichtet, daß ihr unzufrieden seid«, sagte ich, mit gekreuzten Beinen am Boden sitzend. Niemand begegnete meinem Blick. »Also?« fragte ich sanft.

Ein hagerer, ergrauter Mann mit silbernen Strähnen im blonden Bart, der in einer der vorderen Reihen saß, sprach als erster. »Hannibal, ich habe deinem Vater erstmals in Sizilien gedient. Ich meldete mich zu seiner Standarte, als ich hörte, daß er in Spanien war, denn es machte mich stolz, den Barkiden zu dienen« – die Männer um ihn herum murmelten zustimmend –, »aber als Reiter, und nicht« – er spuckte aus – »als Maultier.« Ich kannte ihre Bezeichnung für die Fußsoldaten: Maultiere. »Seit vierzehn Jahren kämpfe ich für Karthago. Und nun das.« Er hielt sein Holzschwert hoch. Männer nickten, brummten beipflichtend.

»Wie heißt du?« fragte ich.

»Ich heiße Castello, ich bin *dekadarchos*. Dein Vater hat mich dazu ernannt.« Ein Rottenführer also. Das war eine weitere Reform meines Vaters gewesen: Die Truppe nach griechischem Vorbild in dreißig Rotten zu je zehn Mann aufzuteilen, einen altgedienten Kämpfer an der Spitze, und plötzlich war ich in dem Raum in Gades mit ihm, seine Arme um mich, nachdem ich meinen ersten Mann getötet hatte, und ich brauchte ihn, und er war tot.

»Castello, warum dienst du Karthago?« fragte ich ruhig, versagte mir jede Erinnerung.

Die Männer schwiegen verwundert. »Für fünf Goldxtheten pro Dienstzeit«, rief eine Stimme von hinten. Ja, sie wurden gut bezahlt, und pünktlich dazu. Darum kümmerte sich Hasdrubal der Schöne.

»Ist das alles? Ist das der einzige Grund, warum ihr Karthago dient?« rief ich zurück. »Castello, ist das der Grund?«

Er richtete seine blauen Augen direkt auf mich. Schweigen. »Ich, ich – ich kenne nichts anderes. Und, und« – jetzt mit festerer Stimme – »ich bin stolz, ein *dekadarchos* Karthagos zu sein. In meinem Dorf genieße ich großes Ansehen.«

»Könntest du nicht noch mehr Stolz empfinden?« Ich stand auf. »Hört mir zu, ihr alle.« Und dann erzählte ich ihnen von meinem Schwur, von den Worten meines sterbenden Vaters und wie ich sie erfüllen wollte. Eine neue Armee, ein Wunder der Erde, eine Umwälzung in der Kunst des Kriegführens, perfekt gedrillt und trainiert, flexibel, unbesiegbar, eine Armee, die nach Rom aufbrechen würde, um das Römische Reich zu besiegen und die Tyrannei zu beenden. »Und ihr werdet die ersten dieser neuen Soldaten sein, die ersten und die besten. Ihr werdet Sold bekommen, ja, und Kriegsbeute, aber vor allem werdet ihr Ruhm ernten, einen Ruhm, der die Zeiten überdauert. Eure Kindeskinder werden erfahren, wie ihr mit Hannibal, dem Sohn Hamilkars, marschiert und siegreich geblieben seid. Das ist mein Traum«, sagte ich. »Wollt ihr ihn mit mir teilen?«

Castello trat als erster vor, kniete vor mir nieder, die Hände über der Brust zum Treueid gekreuzt, wie es in Spanien Sitte ist. Einer nach dem anderen kamen sie, schweigend, damit ich den Drill mit dem Schwert fortführte. Ich hatte meinen ersten Sieg errungen.

Später sagte Maharbal, meine Rede hätte viele der Altgedienten zu Tränen gerührt. Ich hatte es nicht bemerkt. Ich kann erklären, was ich sagte, aber nicht, warum meine Worte diese Wirkung hatten. Sicher, Silenus hatte mich die Gesetze der Rhetorik gelehrt, Stimmhöhe, Satzbau, Tonfall, Gesten; aber es gab viele Redner, die besser waren als ich.

Auch ich griff wieder nach dem Holzschwert. Doch zuerst ließ ich die Trompete erklingen, so daß meine Spanier innehielten. »Keltiberer«, schrie ich so laut ich konnte, und all das Gefolge, die Zaumzeugflicker, die Köche und auch die Wachtposten hörten mich ebenfalls, »ich danke euch. Von heute an seid ihr meine Leibwache und kämpft mit mir in den vordersten Reihen für Karthago. Castello, du wirst der Hauptmann, *loxarchos*. Meine Hammertruppe, seid gegrüßt. Und jetzt, das Schwert...« Der Rest ging in Jubelrufen unter.

Wir schafften es. In drei Monaten war meine Truppe im Umgang mit dem Schwert ebenso geschickt wie ich. Fast übten sie schon zu lange. Eines Tages rief ich Castello zu mir. Ich hatte gelernt, die Führung zu teilen. »Das war also das Schwert, Castello. Wie wäre es mit der Lanze?«

Einen Augenblick schwieg er, dann, mit geschwärzten Zahnstümpfen lächelnd: »Ich glaube, ich bin lieber ein richtiges

Maultier als nur ein Esel!« Wir entwickelten ein Halfter, damit jedes Pferd auch eine Lanze tragen konnte.

Noch heute erinnere ich mich der vielen Stunden, in denen wir das Halfter allmählich perfektionierten, die richtige Länge für die Lanze fanden. Es durfte nicht zu kurz sein, damit es noch gegen die übliche Lanze der Fußsoldaten wirksam blieb, aber auch nicht zu lang, sonst schränkte es die Beweglichkeit des Pferdes ein und behinderte die Rotten, wenn die Truppen in enger Formation marschierten. Und dann kam ein größerer Schild. Nicht wie der der echten Maultiere. Auch das probierten wir. Er war zu schwer, beeinträchtigte das Werfen des Spießes, das mußte sogar ich zugeben. Aber größer mußte er trotzdem sein.

Schließlich stand meine Hammertruppe, und Karthago hatte den Kern einer neuen Armee. Es waren echte Bastarde. In einem Moment wurden aus den Reitern Fußsoldaten, und den ganzen Sommer über drillten und trainierten wir, bis zwölf neue Truppen standen, dann zwanzig.

Hasdrubal hatte meine Reformen mit verhaltenem Interesse verfolgt. Nie, das muß ich zugeben, beklagte er sich über die Kosten. Er zeigte mir nur bei jedem Treffen die Rechnungsbücher – jede Woche, wie er anfangs versprochen hatte, außer, er war unterwegs. In der Zeit dachte – und redete – ich von wenig anderem als dem Heer. Karthago interessierte mich kaum, ebensowenig die Politik, der Handel. Hasdrubal schien zufrieden, es dabei bewenden zu lassen. Bis er an einem windstillen Nachmittag den Paradeplatz aufsuchte.

Mittlerweile war er ungeheuer fettleibig geworden. Acht Sklaven trugen seine Sänfte, geschmückt mit Seide, Ketten aus Gold und edlen Steinen, und stellten sie neben mir am Boden ab. Der Vorhang wurde beiseite geschoben. Er aß Nüsse. »Spielst du noch immer mit Soldaten, Hannibal?«

»Es freut mich zu sehen, daß nicht all deine Sklaven beinlos sind«, gab ich zurück.

Er lachte. »Jetzt hat der Welpe zum Bellen auch das Beißen gelernt! Hannibal, welchem Zweck dient das alles? Wofür geben wir – oder vielmehr: gibst du – fast ein Viertel unserer gesamten Einkünfte aus?«

»Ich bereite ein kostspieliges Geschenk vor.«

»Für wen?« fragte er. Ein weitere Nußschale landete vor meinen Füßen.

»Senatui populoque Romano, Hannibalis Barcinus gratiam refert«, begann ich.

»Sprich punisch, verdammt!« Sprachen waren Hasdrubals Sache nicht, ebensowenig wie Bücher, griechische Denker und Pädagogen. »Ich bin, als echter Sohn Karthagos, ein Händler und kein Gelehrter«, hatte er mir einmal gesagt. »Und was bin dann ich?« Darauf hatte er nur gelacht.

»Hannibal erwidert den römischen Dank. Ich werde gegen Rom ziehen.«

Hasdrubal hielt im Kauen inne. Seine Augen versanken in den feisten Fettfalten. »Das heißt, der Bericht nach Karthago lautet etwa folgendermaßen, was?« Seine tiefe Stimme stieg zum Singsang an. »Dem Höchsten Sufeten, dem Lichte Baals, dem Erlauchten Rat der Ältesten von Karthago entbietet Hasdrubal seine Grüße. Eure spanische Armee, die nun ... wie viele hast du jetzt, Hannibal?«

»Fünfunddreißigtausend«, sagte ich, »darunter sechs reformierte.«

»... die nun rund fünfunddreißigtausend Truppen umfaßt – mit diesem Hokuspokus von Reformen will ich sie nicht belästigen –, ist nun unter dem Befehl Hannibals, Sohn des Hamilkar, in der Lage, unsere Handelsrouten zu sichern. Die Zahlen mögen für diesen Zweck sehr hoch erscheinen, doch die Stammesvölker sind aufsässig und wild, und wir gedenken, uns nach Norden auszudehnen, zu den Eisen- und Silberminen.« Er verfiel wieder in seinen üblichen Baß. »So in etwa, Hannibal?«

»Sag, was du willst. Und nebenbei, welchen Prozentsatz behältst du jetzt für dich?«

Er lachte auf. »Genug, Hannibal, genug. Überhaupt ist es an der Zeit, daß du mit dem Üben aufhörst und wirklich zu kämpfen beginnst. Sieh her«, sagte er und entrollte eine Landkarte.

Sein fetter Finger deutete nach Norden und nach Westen. Eine Stadt, die mit Majrit bezeichnet war, ein Fluß etwas südlich einer Stadt, der den Namen Tago trug. Hasdrubals Schweiß tropfte auf die Karte. »Das will ich. Das alles. Und vergiß nicht« – er lachte erneut – »zurückzukommen. Übrigens, deine Mutter ist tot.« Er zog den Vorhang zu. Unter meinen Füßen knackten die Nußschalen, als ich mich zum Gehen wandte.

»Übrigens, deine Mutter ist tot.« Die Mutter, die wir in Gades zurückgelassen hatten, die Mutter, die ich nie kannte. Ich konnte nicht einmal ihr Bild vor mir heraufbeschwören. Ich wußte noch, wie sie Mago gezwungen hatte, der Verstümmelung des Regulus zuzusehen, aber wenig mehr. Die Zeit war zu kurz. Ein Teil von mir schaudert noch immer, daß ich aus Fleisch und Blut geboren wurde. Es heißt, kein Schmerz sei größer als beim Gebären eines Kindes. Meine Mutter gebar mich unter Schmerzen, doch die Schmerzen der Geburt vergehen. Mein Schmerz ist nicht geringer geworden, sondern größer. Es wäre besser, Hannibal wäre nicht aus einem Frauenleib geboren, sondern aus einem Stein.

Bevor wir aufbrachen, suchte ich Silenus auf. Seit Gades hatte ich ihn kaum gesehen. Außerdem hatte er in meinen Brüdern, insbesondere Hasdrubal, lohnendere Zöglinge gefunden. Ich, so dachte ich, hatte alles gelernt, was er mich lehren konnte. Das stimmte nicht. Erst jetzt weiß ich, wie wenig ich weiß. Das sagte Sokrates vor Gericht, als er angeklagt wurde, er habe von sich behauptet, der weiseste Mann der Welt zu sein. »Das gestehe ich«, sagte er darauf. »Jeder glaubt, etwas zu wissen, weiß aber nichts; ich weiß zwar auch nichts, glaube aber nichts zu wissen.«

Ich wollte mich von ihm verabschieden, mehr nicht. »Vergiß nicht Epaminondas und Jason«, sagte Silenus, ein Scherz zwischen uns, aber auch ein kleiner Seitenhieb, und streckte mir die Hand entgegen.

»Und du – Gisko?« erwiderte ich.

»Das, Hannibal, vergesse ich lieber. Die Kunst des Vergessens wird allzuoft mißachtet. Ich wünsche dir, daß du sie niemals brauchen wirst.« Jetzt brauche ich sie und weiß doch nicht, wo sie zu finden ist.

Ich war neunzehn, beinahe zwanzig. Zwei Jahre blieb ich fort. Wir unterwarfen das Land, das Hasdrubal mir auf seiner Karte gezeigt hatte, befriedeten es. Ich erinnere mich noch an die nächtlichen Überfälle, die ärmlichen Bergfestungen, die Leichtigkeit, mit der mein Hammer die Stämme niederschlug, die sich uns in den Weg stellen wollten: Als Reiter umzingelten wir sie, saßen ab, stießen als Fußsoldaten vor und töteten sie. Zuerst muß man von anderen lernen, wie ich es getan hatte, und dann selbst weiterlernen, und eben das tat ich, als ich jenen riesigen Landstrich Spaniens eroberte.

Ich begann bei mir selbst. Ich schlief mit den Männern auf dem Boden, aß das gleiche wie sie, trug das gleiche wie sie, kämpfte, wie sie kämpften. Im ersten Dorf, das wir unterwarfen, räumte Maharbal die Hütte des Dorfältesten für mich. Ich lehnte ab. »Mir ist der Boden, den ich kenne, lieber als die Flöhe, die ich nicht kenne«, scherzte ich, aber das war nicht der Grund. Ich wollte mich vorbereiten. Das Wasser war verdorben, und meine Gedärme grimmten wie die der anderen Männer auch. Ein Schuß Essig schaffte Linderung. Und dann tranken auch die Männer weniger Wasser, nicht mehr als nötig, und die Versorgung wurde einfacher.

Dann beschäftigte ich mich mit der Reiterei, trainierte sie, drillte, bis jedes Pferd auf Berührung hin gehorchte, nicht auf das gesprochene Wort. Befehle, die in einer Schlacht gerufen werden, gehen im Lärm oft unter. Als Heerführer habe ich stets Zeichen und Spiegelsignale bevorzugt; als Reiter die Berührung. In den Hügeln Spaniens übten wir Finte und Abdrehen der Reiterei, Angriff und Kontermarsch. Das war Maharbals Idee – die besten Pferde einer jeden Schwadron in der Hinterhand zu behalten und erst zum Angriff einzusetzen, wenn der Feind auf den Kontermarsch einging.

Ich lernte immer mehr. Die Fesseln unserer Pferde bereiteten uns Schwierigkeiten. Wir waren in einer bergigen Gegend, von Feuersteinen übersät. Belleus lahmte, wie Hunderte andere unserer Pferde. Xenophons Schrift *Von den Pflichten eines Reiteranführers.* Ich hatte den Text nicht bei mir. Aber ich erinnerte mich. »Um die Füße der Pferde abzuhärten, soll man Steine, wie sie auf dem Wege liegen, hinschütten, und auf diesem Steinboden das Pferd putzen und auch stehenlassen ...« So ähnlich hieß es. Ich erinnerte mich an dieses seltsame Verb, *psexein,* putzen, abreiben. Im Punischen gab es kein solches Wort. Wahrscheinlich waren unsere Reiter an weicheren Boden gewöhnt, an Wüstensand. Auf jeden Fall tat es seine Wirkung. Alle lahmenden Pferde wurden auf steinigem Boden angepflockt, nicht auf Gras, bis ihre Füße abgeheilt waren – und abgehärtet.

Immer seltener verwendete ich die Hammertruppen, um die Stämme zu unterwerfen. Sie waren ein Hammer, der eine bloße Nuß knackte. Statt dessen setzten die Peltasten ihnen zu, und dann griffen meine Fußsoldaten ein. Sie hatten sowohl den Deltakeil als auch die Rhombe trainiert. Dies waren die traditionellen Formationen für Angriffe der Infanterie, sie hatten sich bewährt, ließen sich leicht für Verteidigungszwecke umwandeln.

Beide hatte ich in der Theorie bei Silenus gelernt. Beide hatte ich in der Praxis bei meinem Vater erlebt. Und beide waren natürlich griechisch. Die erste, benannt nach der Form Δ des griechischen Buchstabens *delta*, wurde von dem thebischen General Epaminondas eingeführt. In Kombination mit der neuen schiefen Schlachtordnung, bei der der linke Flügel schräg in die feindliche Linie stößt, hatte er mit dieser Formation der großen Armee Spartas bei Leuctra eine vernichtende Niederlage beigebracht.

Die Rhombenformation für das Fußvolk, den *rhombos*, hatte Jason entwickelt, der Tyrann von Pherae in Thessalien. Mir sagte sie nie besonders zu. Sie war zu statisch. Mit dem Delta blieb ich flexibler. Auf dem Feldzug brachte ich ihm das Fliegen bei, so scherzten meine Männer. Der Gedanke kam mir, als ich zwei unserer Infanterieeinheiten beobachtete, wie sie vier Gruppen der Spanier in loser Anordnung angriffen. Sie taten sich schwer; sie behielten ihre Formation bei, wie sie es gelernt hatten, während die Spanier wie immer ständig in Bewegung blieben.

»Verteilt euch!« rief ich mir selber zu. »Umzingelt sie!« Natürlich fuhren sie in gewohnter Manier fort und trugen schließlich auch den Sieg davon, aber für mich war ein neuer Gedanke geboren. Im Staub zeichnete ich es ihnen später auf. »Wenn die Flanken und die Hinterhand der Deltas nach außen geschwungen wären«, sagte ich, »wie« – ja, wie was? – »wie die Flügel eines Vogels, die sich von seinem Rumpf abheben ...« Und damit war eine weitere Neuerung entstanden; sie bekam das Kommando »fliegen!« Viele Tote können ihre Wirksamkeit bezeugen.

Wir erprobten sie auf diesem Feldzug in allen Varianten. »Fliegen«, um eine gerade Front zu bilden, einen Halbmond, ein auf dem Kopf stehendes V, und jede bekam ihren eigenen Befehl. Ein Heerführer ist nur so gut wie seine Verständigung mit den Männern. Wir entwickelten vieles, das heute im Krieg als Norm gilt. Etwa das, was ich »das Scheuen« der rechten oder linken Flanke nannte.

Mir war aufgefallen, daß bei einem frontalen Vorrücken der Infanterie beide Linien, die eigene wie die gegnerische, dazu neigen, nach rechts zu ziehen, weil jeder Mann instinktiv Schutz hinter dem Schild seines rechten Nebenmannes sucht – der Schild wird am linken Arm getragen. So kommt es, daß die linken Flanken und nicht die Zentren oder die rechten Flanken zuerst aufeinandertreffen.

Scheuen bedeutet, die Neigung nach rechts aufzufangen und den rechten Flügel nach links zu schicken, um so die mittlere Linie des Feindes zu durchbrechen. Wichtig ist dabei der richtige Zeitpunkt. Diese Idee kam mir in Spanien, und dort entwickelte und erprobte ich sie auch. Ich kombinierte sie mit der bekannten *anastrophe*, der Umkehrung, wenn die Rotten kehrtmachen, nach hinten marschieren, sich hinter dem Zentrum oder der anderen Flanke wieder aufstellen und so deren Stärke und Schlagkraft verdoppeln. Das heißt, mit der rechten

Flanke oder der linken scheuen, kehrtmachen, das Delta neu formieren und es mit doppelter Stärke wieder in den Angriff schicken.

Es wärmt mein Herz, von diesen Dingen zu schreiben. Ich griff die besten Ideen der Vergangenheit auf und fügte die besten meiner Ideen hinzu. Ich schuf eine Armee, die nie eine Niederlage hinnehmen mußte, weil das, was ich gemacht hatte – bis es von anderen kopiert wurde –, einfach das Beste war. Es war etwas völlig anderes als die frühere karthagische Armee. Bis zu der Zeit meines Vaters hatte die Schlagkraft allein auf dem Überraschungsangriff der Elefanten beruht. Unser Fußvolk war schlecht ausgebildet gewesen, diente vorwiegend dazu, das Werk der Elefanten zu vollenden. Für die Kriege, die Karthago in Afrika führen mußte, genügte das vollauf.

Vielleicht wird eines Tages ein griechischer Gelehrter wie Silenus eine Geschichte des Kommandos und der Kriegführung schreiben. Dann wird auch von anderen der vielen Dinge zu berichten sein, die mit Hannibal ihren Anfang nahmen. Mein Stolz gilt ebenso dem »Scheuen« wie meinem System, Pferde zuzureiten, und auch das lernte ich auf jenem Majrit-Feldzug, als wir viele Pferde erbeuteten und zureiten mußten.

Belleus, wie ich ihn an jenem Tag am Markt erstmals gesehen hatte, trug am Bauch die Spuren der damals üblichen Art, Pferde zuzureiten. »Abrichten« wird es genannt, brutalisieren sollte es heißen. Ich hatte Castello die Aufgabe übertragen, eine Gruppe von zwanzig erbeuteten Füllen zuzureiten, Grauschimmel, fast noch wild. Dem Brauch entsprechend ließ Castello sie in einen Pferch treiben, jedes Tier mit Halfter und dornenbesetztem Gebiß. Eines Morgens sah ich ihm bei der Arbeit zu.

Mit langen Holzstangen stießen und schlugen die Männer die eigensinnigsten Füllen, um sie an menschliche Berührung zu gewöhnen. Die Reitknechte fluchten und schwitzten. Castello brüllte. Staub lag in der Luft, aber auch ein Geruch von Angst, ein Gefühl von Haß.

Pferde sind wie Menschen. Tun sie das, wozu sie trainiert

werden, nicht bereitwillig, so tun sie es nicht gut. Ich ging fort und setzte mich unter einen Dornenbusch. Gab es keinen anderen Weg? Wir wollten den Geist der Tiere nicht brechen, sondern zähmen. Ich ging zurück. »Aufhören!« befahl ich Castello. »Es muß eine bessere Möglichkeit geben.« Einer nach dem anderen hielten die Männer inne, die Füllen suchten die entfernteste Ecke des Pferches auf, der Staub legte sich.

Castello stand neben mir am Zaun. »Woran denkst du?« Die Frage war berechtigt. Ich wußte es nicht. Wir warteten, und dabei spielte er mit dem Seil in seiner Hand.

»Gib mir das Seil, Castello.« Ich sprang in den Pferch, die Füllen bäumten sich auf, scheuten. Zähmen, nicht brechen. Behutsam trat ich näher.

»Achtung!« rief einer. »Sie zertrampeln dich!« ein anderer.

Mit erhobener Hand bat ich um Ruhe, richtete meine Augen auf ein Tier, das nicht fortlief, mit dem Huf am Boden scharrte; Blut tropfte ihm vom Maul. »Ich tue dir nicht weh, Füllen«, flüsterte ich, und es richtete die Ohren auf. »Ich tue dir nicht weh.« Langsam ging ich zu ihm, nahm ihm das blutige Gebiß ab, fuhr über seine schwitzende Flanke. Es bäumte sich auf, die Hufe donnerten neben meinen Füßen zu Boden.

»Du bist ein mutiger Mann, Hannibal«, sagte Castello später. Nein, aber ich hatte keine Angst.

Ich griff nach dem Halfter, schlang das Seil darum und langsam, bedächtig, ohne jede Eile drehte ich den Kopf des Füllens und band das Seil um seinen Schwanz. Oft wurde ich gefragt, wie ich auf diese Idee verfiel. Aber es war keine Erfindung von mir. Unsere besten Handlungen geschehen in einer Art Wahn, so es ein Wahn der Götter ist. Runde um Runde drehten wir zusammen, schweigend und still. Ich bedeutete Castello, zu mir zu kommen.

Er übernahm das erste Füllen. Ich wiederholte, was ich gerade getan hatte, und nach einer Stunde waren alle zwanzig Pferde auf diese Art gebunden. »Und jetzt laßt sie«, sagte ich. »Wir gehen essen.« Wir ließen die Füllen zurück, sie trabten im Kreis. Als wir zurückkamen, waren sie alle ruhig geworden.

»Eine Woche lang jeden Morgen«, befahl ich Castello. »Dann könnt ihr sie zureiten.«

Wir kehrten nach Neu-Karthago zurück, kamen langsamer voran als beim Hinweg. Ich hatte sechshundert Geiseln bei mir, dreitausend Gefangene für die Bergwerke und, auf Wunsch Hasdrubals, weitere vierhundert, die als Galeerensklaven dienen sollten. Und ich hatte zahlreiche neue Soldaten ausgehoben.

Hasdrubal war nicht untätig gewesen. Durch die Botschaften, die er mir regelmäßig zugestellt hatte, wußte ich, daß die Bauarbeiten vorangekommen waren. Ich weiß nicht, was ich erwartet hatte, aber sicher nicht, was ich vorfand.

Die Stadt, als ich sie verließ, hatte aus Erdhütten, Zelten und halbfertigen Mauern bestanden, ein bloßer Handelsposten Karthagos. Nun erhob sich vor mir auf dem Berg eine steinerne Stadt, umgeben von gewaltigen Mauern mit Toren, unter ihr ein großer Hafen, wo reges Treiben herrschte und ein neuer Wellenbrecher ins Meer ragte.

Allein mit Maharbal ritt ich zum Westtor hinein, ließ die restlichen Männer unter Castellos Aufsicht auf der Ebene zurück. »Wie ist ihm das gelungen?« fragte Maharbal verwundert. Ich gab keine Antwort. Dergleichen hatte ich nur als Junge in Karthago gesehen. Immer weiter ritten wir, die gepflasterten, mit Häusern und Läden gesäumten Straßen entlang, über die Marktplätze hinauf zur Zitadelle. Vorübergehende blieben stehen und starrten uns nach. Eine Begrüßung gab es für uns nicht. Der Karren eines Maurers verstellte uns den Weg. Schwitzende Negersklaven, unter der Peitsche eines hakennasigen Assyrers, luden Balken, Steinquader, Kalksäcke ab. »Ich befehle ihnen, uns passieren zu lassen«, sagte Maharbal.

»Nein, wir warten.«

»Seit wann läßt Hannibal einem Kärrner den Vortritt?«

»Maharbal, wir warten.«

Und das taten wir, auf unruhigen Pferden in der engen Gasse im Geruch von Schweiß und Dung. Was hatte Hasdrubal vor? Dies war eine Metropole, der Sitz eines Potentaten, eines Königs. Eines Königs von was? Eines Königs von Spanien natürlich – vor allem seit meinem Feldzug.

Hasdrubal lag, am fernen Ende seines Marmorsaals, auf einem Ruhebett, die Augen fast im Fett versunken. Ein affektierter Eunuch hatte uns zu ihm geleitet, durch einen Brunnenhof, entlang stiller Gänge, in denen unsere Schritte widerhallten. Vielleicht zwanzig Knaben und junge Männer waren bei ihm, spielten Würfel oder Schach. Ihr Haar war gelockt und parfümiert, und ich brauchte nicht zu raten, auf welche Art er sie benutzte.

»Jetzt kommt der große Eroberer«, dröhnte Hasdrubal quer durch den Saal, »zusammen mit seinem« – ein abschätziges Grinsen begleitete das Wort – »Gefährten.« Maharbal krampfte sich zusammen. Hasdrubals Gespielen kicherten.

»Und du, Hasdrubal, bist ebenfalls nicht faul gewesen«, erwiderte ich, »in mehr als einer Hinsicht. Jetzt laß uns reden. Schick sie fort.«

Seine Augen, von seiner Liegestatt am anderen Ende des Raums, durchbohrten mich. Aber die Menschen haben meinen Befehlen stets gehorcht. Mit einer für seine Fülle erstaunlichen Behendigkeit war er plötzlich auf den Beinen, klatschte in die Hände. Hochmütig verließen seine Bettgesellen den Raum.

»Und die geschändete Kreatur auch«, sagte ich, durchquerte den Saal, deutete auf den beinlosen Bechersklaven bei seinem Ruhebett.

Hasdrubal lachte. »Aber Hannibal, während deiner Abwesenheit habe ich vieles noch weiter verbessert. Jetzt hat er auch keine Zunge mehr! Aber wenn du allein sein willst, dann schick auch ihn fort«, und ein fetter Finger richtete sich auf Maharbal. Ich spreizte nur die Finger meiner Linken. Wie oft hatten wir im Feld nicht wortlose Befehle geübt. Maharbals Schritte verklangen.

»Wein, Essen?« fragte Hasdrubal der Schöne.

»Nein. Aber ich möchte mich setzen.«

Er deutete auf ein Ruhebett aus Seide, Goldbrokat. Ich ging zu zwei Hockern neben einer Feuerschale und nahm Platz.

Überraschenderweise folgte er mir. »Ja«, setzte er an, und dann redeten wir zwei Stunden lang.

Seine Einkünfte – unsere, sollte ich sagen – waren immens. Die Bergwerke waren noch weit ergiebiger, als selbst Hasdrubal gehofft hatte. »Wissen die Ratsältesten davon?« fragte ich.

»Sie wissen alles, was sie zu wissen brauchen. Der Tribut an Rom wird abgezahlt.«

»Und was ist mit dem Rest?«

»Den Rest, Hannibal, siehst du überall um dich. Und ich will mehr. Ich will« – er entrollte eine Landkarte der gesamten spanischen Halbinsel –, »ich will all das. Ich will, daß du es für mich holst.« Ich sagte nichts.

»Und du, Hannibal, was willst du?« In der Stille schallten von weit unter uns die Geräusche der Stadt empor, und wieder hörte ich die Worte meines sterbenden Vaters. »Ich? Ich will...« Ich schluckte, sah ihm direkt in die Augen. »Ich will nur Rom.«

»Dann gib mir Spanien, und du kannst haben, was du willst. Also, wie viele zusätzliche Truppen brauchst du?« Wir sprachen über Pferde und Truppen, über Glühöfen, Vorräte, über all die praktischen Aspekte des Krieges.

»Du solltest wissen, daß es gewisse, gewisse, ah, Schwierigkeiten gibt, Hannibal.« Hasdrubal sprach das Wort mit vornehmer Verachtung aus. »Aber die darfst du getrost mir überlassen.«

»Das glaube ich«, sagte ich. »Aber was sind es für Schwierigkeiten?«

»Die eine heißt Karthago, die andere Rom. Es gibt gewisse, gewisse« – wieder diese Geziertheit – »Elemente in Karthago, denen es mißfällt, was ich, was wir hier tun. Ich werde natürlich immer gut informiert, aber die Friedenspartei in Karthago gewinnt an Einfluß. Zum Beispiel wird davon gesprochen, dich und deine Armee zurückzubeordern.«

»Zurückzubeordern! Aber...« widersprach ich.

»Laß mich ausreden – zurückzubeordern, um den Süden Afrikas zu erobern, damit Rom der Norden und der Westen überlassen bleibt.«

Hasdrubal machte eine Geste. Der groteske Stumme ohne Beine, mit einem Weinkelch in einer Hand, schob sich mit der anderen zu uns vor und zog sich wieder zurück. Hasdrubal nahm einen kräftigen Schluck. »Dahinter stecken auch die Römer. Sie wollen einen neuen Vertrag – natürlich erst, wenn die Entschädigung entrichtet ist –, mit dem wir Spanien ihnen überlassen. Das ist der Grund, warum ich morgen nach Saguntum reise.«

»Aber Saguntum ...«

»... liegt eine Tagesreise nach Norden, die wohlhabendste Stadt an der Küste. Ich werde eine römische Gesandtschaft treffen.«

»Um ihr was zu sagen?«

»Süße Nichtigkeiten. Ich will um Zeit spielen. Und« – er warf den Kopf in den Nacken und stieß ein bellendes Gelächter hervor – »die sorgenzerfurchten Stirnen der Römer glätten. Und dann, Hannibal, werde ich mit den Ratsältesten das gleiche tun. So bekomme ich, was ich will: Spanien. Was du danach mit deiner Armee vorhast, bleibt dir überlassen. Verstehen wir uns?«

»Ich begleite dich nach Saguntum.«

»Nein. Ich brauche keinen kriegerischen Adonis an meiner Seite. Außerdem habe ich bereits eine Verabredung für dich getroffen, als mein, ah, mein – Stellvertreter. Ein Bankett, das einige spanische Häuptlinge zu meinen Ehren geben. Morgen bei Sonnenuntergang.«

Maharbal wartete im Hof auf mich. Zwei Männer führten unsere Pferde herbei. Gerade, als ich auf Belleus aufgesessen war, drang das Geräusch um die Mauerecke zu mir. Ich sprang zu Boden und folgte dem Geräusch. Es kam aus der Abfallgrube von Hasdrubals Haushalt an der Palastmauer. Obenauf, noch blutig, die kleinen Arme und Beine durch den Unrat rudernd, weinte ein Neugeborenes. Ich rief nach den Männern. »Von wem ist dieses Kind?« Sie wichen meinen Blicken aus. »Seid ihr taubstumm? Sagt es mir!«

»Das Kind ist von meinem Herrn«, murmelte einer, trat von

einem Fuß auf den anderen. »Und einer seiner Lieblingsklavinnen.«

»Und warum stillt sie es nicht?« fragte Maharbal.

»Mein Herr hat es ihr verboten, damit ihre Brüste nicht darunter leiden.«

Mir wurde übel, und ich wandte mich ab, kämpfte gegen den Ärger an, der in mir aufstieg. Maharbal griff in seine Tunika und zog aus seinem Beutel einen Goldxtheten hervor. »Einen solchen Tod soll kein Menschenwesen sterben«, sagte er zu dem Pferdeknecht. »Bring es zumindest um«, und reichte ihm die Münze.

Tausend Dinge gingen mir im Kopf herum, als ich am nächsten Nachmittag zum Festbankett hinausritt. Nur Maharbal begleitete mich, und sechs meiner Hammer-Soldaten. Hasdrubal hatte mich gedrängt, eine ganze Schwadron mitzunehmen, aber Prahlerei hat mir stets mißfallen. Ich war sauber gekleidet, aber schlicht, in einfacher Baumwolle. Hannibal hat nie Rangabzeichen getragen, noch Juwelen oder Perlen. Ich hatte mich rasiert, mir das Haar zusammengebunden, mehr nicht.

Das Dorf lag eine Stunde Ritt im Landesinneren. Hasdrubal mußte mitgeteilt haben, daß sie mich an seiner Statt erwarten sollten, denn Kundschafter kamen mir entgegen, um mich in stockendem Punisch mit den gewohnten Sätzen zu begrüßen: »Heil, großer Hannibal, großer Sohn des großen Hamilkar, Licht Karthagos, Eroberer der Majrit...« In knappem Iberisch hieß ich sie schweigen.

Im Festzelt kamen sechs Häuptlinge zu mir und leisteten mir den Treueid. Viele ihrer Leute dienten in meiner Armee, meist waren es Turdetaner. Aber diese Häuptlinge waren stolz darauf, in diesem großen Ganzen über ihr eigenes Gebiet zu herrschen. Für die Spanier ist ihre Abstammung unendlich faszinierend. Alle sind sie miteinander verwandt, und letztlich auch mit ihren Göttern. Ich war stets darauf bedacht, in meiner Armee auf diese Verbindungen zu achten und sie zu nutzen. Die Bande des Blutes bewirken in einer Truppe, einer Schwadron, einer Syntagma einen engeren Zusammenhalt als jedes andere Band.

Die endlosen Gänge ermüdeten mich, die Austern, Herzmuscheln und Napfschnecken, die Drosseln auf Spargel, Steinbutt, Dorsch, Goldbrasse, Brachse und Scholle, die Tauben gefüllt mit Gartenammern und Gartenammern gefüllt mit Nachtigallen, das Wildschwein und die gebratenen Enten; das Gelage ermüdete mich, das leere Lärmen, die vorgetäuschte Freundschaft. Und dann kam sie, trat am anderen Ende des Zeltes ein, zum Klang von Musik, die das Lärmen langsam verebben ließ.

Similce, so hieß sie, sagte der betrunkene Häuptling neben mir. Anmutig wie ein Reh, zart wie Riedgras, sanft wie Sommerfäden glitt sie, schwebte sie beim Tanz, und alles verstummte vor dem Zauber, den sie ausstrahlte. Ich sah ihre schmalen Hände, die Rundungen ihrer Brüste und Hüften, ihr Mund so fein geschnitten unter den hohen Wangenknochen, die zierliche Nase. Ihre Schönheit ließ meinen Atem stocken, berührte meine Seele.

Näher kam sie, immer näher. Sie bog und wiegte sich vor unserem Tisch, und ich sah die Härchen auf ihrem Unterarm. Aus meinem tiefsten Innern, mit meinem ganzen Sein, wollte ich diesen Flaum berühren und ihn lecken, ihn beschützen. Einundzwanzig war ich, und vor mir entfaltete sich das Wunder der Liebe. In jenem ersten Anblick Similces lag all die erotische Sinnlichkeit der Unschuld, so viel mehr als die fleischliche Lust der Manneskraft.

Selbst jetzt noch treten mir Tränen in die Augen, wenn ich daran denke. Tränen um alles, was war, und um alles, was hätte sein können. Zurück nach Neu-Karthago ritt ich durch das alles erhebende Licht, das Liebe heißt.

# V
# Krieg

Es gab so vieles zu tun, während sich die Liebe in mir regte und mich erfüllte. Eine Armee bereitet in Friedenszeiten mehr Arbeit als im Krieg. Männer mußten untergebracht und ausgebildet, Latrinen ausgehoben, Stallungen gebaut und Vorräte angelegt werden; Beförderungen, Beschwerden und Befehle waren zu erledigen. Und da Hasdrubal in Saguntum war, mußte ich obendrein die Bergwerks- und Galeerensklaven, die ich vom Feldzug mitgebracht hatte, einquartieren.

Drei Tage nach dem Bankett erhielt ich Nachricht von Hasdrubal. Er hatte mir eine Unterkunft in der Stadt zugedacht, ein prachtvolles Haus aus Stein. Aber mir war es lieber, bei meinen Männern zu leben. Sie waren mir vertraut, die Gerüche und Geräusche der Armee. So suchte Hasdrubals Eunuch mich unten in der Ebene auf, wo ich gerade die Berichte meiner Hauptleute studierte. Ich öffnete die Nachricht sofort. Hasdrubals Schrift war klar und kraftvoll wie immer.

»Hannibal Barkas, Oberbefehlshaber Hasdrubals, sei gegrüßt. Ich verbringe eine angenehme Zeit hier. Der Wein ist ausgezeichnet, ein Jahrgangs-Falerno, für den ich immer schon eine Vorliebe hatte. Die Frauen zerstreuen mich leidlich, obwohl meine Gastgeber nicht wußten, daß ich mit dem Älterwerden immer jüngere Frauen bevorzuge. Es hat etwas immens Befriedigendes, mädchenhafte Jungfräulichkeit zu zerstören. Ich glaube, es ist die Unschuld, die Macht, Unschuld zu zerstören, die mich erfreut. Und jetzt, so höre ich, hat ein Mädchen das Eisen gesprengt, das, wie ich glaubte, Hannibal an Stelle eines Herzens besäße!« »Sei verdammt!« schrie ich, und mein Wachposten lief erschreckt herbei. Ich schickte ihn fort. Wie konnte Hasdrubal wissen, was mir selbst noch so neu, wovon noch nicht gesprochen war? Seine Spione, überall saßen sie.

Ich las weiter. »Ich hoffe, die Gesellschaft des Mädchens einmal genießen zu können. Normalerweise interessiert mich das Fleisch anderer Männer nicht, aber wie ich höre, ist sie eine Gazelle, und noch dazu unbeschnitten. Nun ja, genug davon. Du sollst wissen, daß ich einen Vertrag unterzeichnen werde. Das habe ich nie zuvor getan. Die Bedingungen werden dir nicht behagen. Aber du brauchst sie nicht zu erfüllen, zumindest nicht für lange. Ich werde mich mit dir darüber beratschlagen« – Hasdrubal sich mit mir beratschlagen? –, »wenn ich in ein, zwei Tagen zurückkehre. Meine Gastgeber haben mir – auf meine zarten Andeutungen hin – ein oder zwei Jungen aus den griechischen Städten Ioniens versprochen. Wie du weißt, bin ich ein wahrer Diener der Liebe. Päderastie war für mich immer die Krönung der oralen Erziehung. Du solltest es einmal versuchen.« Er hatte den Brief mit »Dein Schwager Hasdrubal« unterzeichnet.

Ein Räuspern ließ mich aufblicken. Hasdrubals Eunuch war hereingekommen. »Soll ich eine Antwort mitnehmen?« fragte er.

»Verschwinde«, sagte ich ruhig. »Und wenn dir dein Leben lieb ist, dann bring Hannibal nie wieder einen Brief von deinem Herrn.«

Es war der vierte Tag nach dem Bankett. Ich erwachte früher als üblich, als das Licht noch schwerelos war, die Welt neu, und das Herz sang. Ich war immer schon ein Mensch des frühen Morgens gewesen. Ich entzündete eine Öllampe, nahm die Tafel, die Hasdrubal mir geschickt hatte, entfernte aus dem Wachs die Unflätigkeiten, die er geschrieben hatte. »Fuano, Häuptling unter den Turdetanern« – das war sein Name, wie ich an jenem Abend erfahren hatte –, »sei gegrüßt von Hannibal Barkas.«

Das Schreiben ging rasch, der Griffel schnitt leicht in das Wachs, wie auch jetzt, denn die Erinnerung ist schön und steht deutlich vor mir. »Ich wünsche, Similce, deine Tochter, zur Gemahlin zu nehmen. Ich will keine Mitgift, nur sie. Schick mir deine Antwort durch den, der dir dies bringt.« Mehr nicht. Ich habe mich immer bemüht, direkt zu sein. Das ist das Beste.

Maharbals Zelt stand neben meinem. Ich weckte ihn mit einer Berührung. »*Anda?*« fragte er, verwundert, verschlafen.

»Bring das zu Fuano. Wart seine Antwort ab«, sagte ich und legte ihm die versiegelte Wachstafel auf die Brust. Es war nicht nötig zu erklären, was sie enthielt.

Natürlich willigte Fuano ein. Er fühle sich geehrt, sagte er. Ich weiß nicht, was die Leute damals von mir dachten. Es fiel mir gar nicht ein, mich darum zu bekümmern. Aber für einen spanischen Häuptling war es eine gute Partie. Und doch, den ganzen Tag hindurch, während ich mein Werk verrichtete und wartete, fragte ich mich, was mein Vater sich gewünscht hätte. Ihn hätte die strategische Bedeutung interessiert, davon bin ich überzeugt. Sie lag auf der Hand, auch wenn meine spanischen Soldaten mir ergeben waren. Hätte mein Vater mich gefragt, ob ich sie liebte? Ich weiß es nicht. Er hatte so wenig Zeit für die Liebe.

Die Vorbereitungen für die Hochzeit überließ ich Maharbal. Die Feier sollte in sechs Wochen stattfinden, im Monat Zif, wenn der Mond voll war und die Konstellationen günstig. So hatten die Astrologen und Priester bestimmt. Maharbal machte den klugen Vorschlag, alle spanischen Häuptlinge einzuladen, die mit uns verbündet waren oder sein könnten.

Er hatte viel zu tun. Ich ebenso. Hasdrubal kam zurück. Ich wußte es, noch bevor sein Eunuch eintraf, ein anderer, denn das Dröhnen der Trommeln, das den Schlägen seiner Ruderer den Takt vorgab, drang an diesem windstillen Tag zum Paradeplatz vor, wo ich sechs neue *dekadarchoi* ausbildete.

»Mein Herr bittet dich, zu ihm zu kommen.«

Mein Wurfspieß schoß ins Ziel, durchbohrte die Kehle des Strohmannes, der hundert Schritte vor mir stand. Die Kehle. Der Schwachpunkt einer jeden Rüstung. Ich plante nicht nur, wie man Römer tötet, sondern auch wo. »Das macht mir nach«, sagte ich zu den *dekadarchoi*. »Sag deinem Herrn«, ohne mich umzudrehen, »daß er weiß, wo ich zu finden bin«, und korrigierte den Griff, mit dem ein Mann den Riemen des Wurfspießes hielt.

Hasdrubal kam, natürlich. Er schwitzte selbst in seiner Sänfte. Mit einem knappen »Macht weiter« wandte ich mich von meinen Männern ab.

»Was macht dein junges Füllen?« fragte er.

»Erzähl mir von dem Vertrag«, befahl ich barsch.

»Dein Tonfall paßt eher zu den Wilden«, sagte er, machte eine Geste.

»Diese ›Wilden‹ sind besser als...« Nein. Nein. Genau das wollte er hören. Es amüsierte ihn. Ich griff in die Sänfte, streckte die Hand in den Geruch seines Schweißes und seines Moschusdufts, und packte seinen rechten Unterarm, drückte ihn durch das Fett bis auf die Knochen. »Erzähl mir von dem Vertrag.«

»Laß meinen Arm los.«

Ich ließ los, aber ich hatte gewonnen.

»Ach, das«, sagte er obenhin. »Das ist einfach. Sogar du wirst es verstehen.« Das überging ich. »Ich habe mit den Römern vereinbart, daß wir unsere, unsere, ah, Aktivitäten auf die Region südlich des Ebro beschränken. Du kennst ihn doch.« Natürlich wußte ich vom Ebro, dem breiten, mächtigen, mäandernden Fluß, der den Norden Spaniens abtrennte, dort, wo Gallien lag. Ein Fluß, den ich nur einmal zu überqueren gedachte.

»Sonst noch etwas?«

»Ach ja, wir haben vereinbart, die jeweiligen spanischen Verbündeten des anderen nicht anzugreifen. Und das bedeutet...«

»Ich weiß, das bedeutet Saguntum.«

»Ich will, daß die Stadt nicht angetastet wird, Hannibal. Ist das klar?«

»Aber sie liegt südlich des Ebro!« widersprach ich.

Plötzlich wurde er wütend. »Hältst du mich für einen deiner Balearen? Ich weiß besser als du, wo Saguntum liegt. Ich bin gerade dort gewesen! Aber die Stadt ist ein wichtiger römischer Handelsposten. Und sie sind ein Seevolk, die Saguntiner. Haben praktisch kein Land. Sie werden uns nicht im Wege stehen. Außerdem hat die Stadt für mich gewisse, gewisse Reize« – er sprach das Wort betont, verlangend aus – »und ich möchte sie in ihrem jetzigen Zustand kennenlernen, nicht als rauchende Ruine.«

Ich wandte mich ab.

Ich mußte verstehen. Selbst im Alter ist das Komplexe noch schwer zu begreifen. Damals gab es niemanden, der mir helfen konnte. Die Vorteile eines solches Vertrags entgingen mir keineswegs. Ich konnte damit Zeit gewinnen. Ich hatte noch so vieles zu tun, so vieles vorzubereiten, bevor, bevor...

»Ich werde natürlich den Ältestenrat davon in Kenntnis setzen«, fuhr Hasdrubal fort, »und hervorheben, wie wichtig es mir war, Rom zufriedenzustellen. Wovon ich ihnen nichts sagen werde, ist das«, und er klatschte in die Hände.

Hinter der Sänfte trat ein Mann hervor, den ich zuvor nicht bemerkt hatte, barfuß, aber gekleidet in Hose, Hemd und Tunika aus weißer Baumwolle, wie sie ihm auch vielfach um den Kopf gebunden war. Er strahlte eine ruhige Würde aus, ein Gefühl von Frieden, die mir sofort gefielen. Reglos stand er neben den geöffneten Vorhängen von Hasdrubals Sänfte, die schwarzen Augen in die Ferne gerichtet, hohe Wangenknochen, breite Nase, schmaler Mund, glatt rasiert. Und er war hochgewachsen, eine Hand größer als ich, und als er atmete, mit geschlossenen Lippen, sah ich, wie seine Nasenflügel bebten.

»Das, Hannibal, ist Bostar, ein Ägypter und Kartenmacher. Ich habe ihn in Saguntum gekauft. Er wurde mir sehr empfohlen. Fünfundneunzig Goldxtheten mußte ich für ihn bezahlen. Bist du das wert, Bostar?« Bostar sagte nichts, blieb still stehen. Hasdrubals Stimme sank zu einem drohenden Brummen herab. »Wenn nicht, wirst du es bereuen. Und jetzt zeig's ihm.«

In der Hand hielt Bostar sechs eng gewickelte Papryrusrollen. Er öffnete eine. Mir entfuhr ein leiser Aufschrei. Es war eine Landkarte, eine großartige Landkarte, bunt und wunderschön gezeichnet, mit den Bergen, den Flüssen, den Tälern und Städten Spaniens nördlich von Majrit. »Woher hast du sie?« fragte ich auf punisch.

»Ich habe sie gemacht.«

Ich starrte ihn an, ungläubig. Mein Vater hätte für viel weniger eine ganze Syntagma gegeben.

Bostar erwiderte meinen Blick nicht. »Ich bin weit gereist.«

»Und wo hast du gelernt, unsere Sprache zu sprechen?«

Wieder dieser Gleichmut. »Ich kenne viele Sprachen. Ich bin weit gereist.«

»Hannibal, das will ich«, sagte Hasdrubal und zeigte auf die Karte.

»Aber das nicht?« spottete ich und deutete nördlich des Ebro.

»Nicht so weit, Hannibal, nicht so schnell. Ich habe Zeit für dich gewonnen. Nutze sie sinnvoll.« Er winkte Bostar fort. »Gib mir, was ich will, und dann tu, wie es dir beliebt.« Und der Vorhang wurde abrupt geschlossen.

Es genügt nicht zu sagen, daß Angst oder Liebe, Haß oder Wut die Triebfeder eines Menschen sind. Ja, ich kann sehen, daß Hasdrubal von Gier und Machtgelüsten getrieben wurde, aber woher kamen diese? Ich wollte Rom zerstören aus einem Haß heraus, der mir als Barkide zu eigen war, aus jahrhundertelanger Feindschaft gegen Rom, aber wo nahm das alles seinen Anfang? Alles hat seine Ursache. G wird durch F bedingt, F durch E, E durch D und so weiter, so komplex eine Ursache auch sein mag, aber ist es möglich, die Reihe endlos zurückzuführen? Irgend etwas muß das alles lenken und leiten.

Damals blieb keine Zeit für solche Gedanken. Ich plante den Feldzug nach Norden. Dort gab es einige wehrhafte Städte aus Stein. Ich brauchte Belagerungsgeräte. Ich ließ sie anfertigen, vertiefte mich in die Arbeit, stellte sicher, daß nur das härteste Holz für die Rahmen der Katapulte, die wir auf punisch »Onager« nennen, verwendet wurde, daß all die Beschläge für sie und für die riesigen Pfeilgeschütze, die wir »Skorpione« nennen, für all die Hebel, Winden, Zapfen, Seilzüge und Treträder aus reinster Bronze bestanden. Um sie vor Feuer zu schützen, ließ ich aus dickem Seil schwere Verkleidungen für sie anfertigen, die vor dem Einsatz durchfeuchtet werden sollten. Wir experimentierten, perfektionierten. Der Tag meiner Hochzeit rückte näher.

Wir heirateten unter freiem Himmel, wie ich es gewünscht hatte, am Morgen. In meinem Zelt hörte ich, lange vor Morgengrauen, die aufgeregten Stimmen, den Tumult der Soldaten, die kamen, um sich einen guten Platz zu sichern – die ganze Armee hatte den Tag freibekommen. Das, und das Fest für sie, waren meine Idee, und Maharbals. Kostenlose Bordellbesuche waren Hasdrubals Geschenk. Er hatte sich, so sagte Maharbal, eine Zeremonie im Tempel des Melkarth in Gades gewünscht. Ich wollte heiraten, wie ich war, ein Soldat inmitten meinesgleichen, jetzt da mein Vater tot war. Und das tat ich.

Im Mittelpunkt des Paradeplatzes hatten die Priester einen Kreis aus sieben weißen Steinen gelegt, den Boden mit Edelsteinen bedeckt, mit Jaspis und Saphir, Chalcedon, Smaragd, Olivin, Beryll, Topaz, Chrysophras, Hyazinth, Amethyst, Sardonyx. Hasdrubals Schatzkammer barg wahrlich reiche Schätze. Kein Wunder, dachte ich, als ich das alles von meinem Zelt aus betrachtete, daß er noch mehr von Spanien haben will. Ich habe nie einen Leibsklaven gehabt. Nur Maharbal war bei mir, als ich mich wusch, mich rasierte, mein Haar zurückband, einen schlichten, bodenlangen *chiton* aus weißem Leinen anzog, doppelt gefüttert aber schmucklos, und ein Paar neuer spanischer Sandalen.

»Das hat Hasdrubal dir schicken lassen«, sagte Maharbal und öffnete eine Truhe, in der Ohrgehänge aus reinem Gold und Silber prangten, Armreife, Halsketten, Spangen, Ringe.

»Zumindest hat er mir nicht seinen Wanst geschenkt«, scherzte ich.

»Irgend jemand sollte sich daran freuen«, sagte Maharbal.

»Verteil es unter den *dekardarchoi*, *anda.* Aber laß Hasdrubal seinen Wanst.«

Zuletzt griff ich nach dem Schwertgürtel, zog den Degen aus den Schlaufen, legte den Gürtel um, den mein Vater mir gegeben hatte, und trat in die wärmer werdende Sonne hinaus. »Oi-ie, oi-ie, oi-ie«, erklangen dreimal zwanzigtausend Stimmen; es waren so viele Männer, daß ich ihre Zahl nicht überschauen konnte, als ich zu dem Kreis ging, in dem ich warten würde.

Ich wußte, Similce würde rückwärts schreitend eintreten, verschleiert, hinter mir, geführt von ihrem Vater. Wir würden in gegensätzliche Richtungen blicken, rechte Arme aneinander, damit sie und ich verbunden würden. Vor mir, rings um das heilige Rund, sah ich nur bärtige spanische Häuptlinge in den wollenen Röcken, die sie zu tragen pflegten. Das sind nun, dachte ich, meine Blutsverwandten.

Ich hatte Similce nur ein einziges Mal gesehen, bei jenem Bankett, als sie tanzte. Ich hatte nie mit ihr gesprochen, nie ihre Stimme gehört. Das will nichts besagen. Sokrates schreibt, die Schönheit des Geistes und der Phantasie übe einen tieferen Reiz aus als die Schönheit der Gestalt. Ich wußte, daß sie näher kam, denn die Menge verstummte und die Häuptlinge vor mir saßen auf. Zuerst hörte ich ihre Schritte, leicht wie Regentropfen auf Gestein, dann die ihres Vaters, knirschend, und dahinter folgten die anderen sechs Zeugen: Maharbal, Fuanos Brüder, Silenus und meine Brüder. Dann roch ich sie, zart wie der wärmende Wind des frühen Sommers, süß wie Zimt, samtig wie Blütenblätter, ein Geruch, bei dem mein Innerstes prickelte, pochte.

Die Priester stimmten ihren Gesang an, zuerst der karthagische, dann der spanische, ein Mann in tief waidblau gefärbtem Gewand mit Straußenfedern. »Hebt die Arme!« rief er. Der Priester Melkarths band die Daumen unserer Rechten mit einer Lederschnur zusammen. Der Spanier vereinte unsere Arme, umschlang sie mehrmals mit der Seidenschärpe, alles in tiefstem Schweigen. Dann kam der Weizenkuchen, entzwei gebrochen; eine Hälfte für mich zu essen, die andere für sie, unter ihrem Schleier. Ich hörte das Sausen des Schwertes hinter mir, Stiergebrüll, spritzendes Blut. Siebenmal für die sieben Planeten, für die sieben Sinne liefen die Priester, bemalten sieben Steine mit Blut. »Beim Feuer!« riefen sie, liefen um den Kreis mit sieben Fackeln, und die tiefen Trommeln dröhnten. »Beim Wasser!« keuchend jetzt, versprengten ihre goldenen Schalen, die Symbole ihres Zaubers glitzernd in der hellen Sonne. »Laß es getan sein!«

Wie Bäche, die winters von den Gebirgen herabstürzen, wenn ihre Wasser wütend aufeinanderprallen, und ein Schäfer in den Bergen das Tosen hört, das die Luft erfüllt, so brauste der Jubel an jenem Tag, da ich jung war in Spanien und Similce zu meiner Frau wurde.

Fuano löste zuerst die Schnur, dann die Schärpe, drehte seine Tochter um, so daß ich sie sehen konnte, und hob ihren Schleier. Ich sah sie an, und noch heute weiß ich diesen Anblick, der Anblick, der mir teuer ist wie das Gedenken Mithras', ein Anblick vom Anfang aller Zeiten. Im Schwung ihrer Augen, im Beben der Nase, in der Linie ihres lächelnden Mundes erkannte ich all die Schönheit und Anmut, die im Menschen liegt. Mit dem einen Blick überkam uns ein Wissen, das die Zeit nicht nimmt, das nicht altern kann.

Die Schärpe wurde um unsere Taillen geschlungen, und so schritten wir verloren vor der Welt aus dem Kreis, entlang der vielen Menschen, die uns umjubelten, uns berührten, gingen auf das Brautzelt zu. Besorgt hatte ich mich gefragt, was dann kommen würde, kommen sollte. Ich hatte sie gesehen, die Vorbereitungen für das Brautlager. Es schien so bemüht, die Notwendigkeit, ein blutiges Laken vorzuzeigen.

Und in dem kühlen, stillen Zelt küßte ich den Winkel ihres Mundes, sie zitterte wie eine Weide im Wind. Mit einer Hand fuhr sie zu meinem Nacken, strich mit den Fingern auf und ab, mehr ein Beben als ein Streichen. Ich empfand ein schwellendes Verlangen in Teilen meines Selbst, die mir fremd waren und neu, und doch war ich es, ein prickelndes, wärmendes Strömen vom Bauch bis zu den Füßen, es explodierte in meinem Kopf, erfüllte mich mit Glut. Ihre Hände waren auf meinem Rücken, meinen Hüften, als ich die ihren fand, die Haut weicher noch als Seide, glatter noch als Gold, zu den Brüsten hinauf, diese Brüste, die ich saugte und küßte, deren Warzen ich zart mit den Zähnen zog. Sie streifte meinen *chiton* ab, dann ich den ihren. Ich nahm ihre Brüste in meine Hände, die bislang nur Zügel, Schwert und Tod kannten, und es gab nichts außerhalb uns, das unsere schaudernde Musik gestört hätte.

Noch stehend drang ich in sie ein, ein klarer Tropfen fiel von meinem Penis uns zu Füßen. Kein Laut kam über ihre Lippen. Ihre Nägel gruben sich mir ins Fleisch. Gemeinsam fielen wir hinab auf unsere Lagerstatt, und mein Leben war nicht mehr nur das meine, sondern war zwischen ihr und all den Wunden und dem Schmerz. Der Lehm, aus dem sie war, und der Lehm, aus dem ich war, brach auf, vermischte sich mit Wasser. Als sie sich wiegte, sich an mich schob und drängte, wurden wir neu gebrannt, zu einem Leib und einem Geist. Von jenseits kam ich zu ihr, erwachend in einem fernen, fremden Raum, und sie sog meinen Samen in sich auf und in ihr Sein.

Ich war so schnell, so drängend jenes erste Mal, und doch kann ich mich keiner längeren Reise entsinnen. Ein neuer Mann erhob sich von Similces Seite.

Man ließ uns allein. Fuano kam, um das Laken zu holen. Wir hörten den Jubel, lächelten scheu. Essen und Trinken brachte man uns, doch was es war, bekümmerte uns nicht. Zwei Tage lang berührten wir uns, schliefen, sprachen, erforschten Leib und Geist des anderen.

Wir sprachen punisch, gelegentlich auch iberisch, dann wieder eine Mischung aus beidem. Ich weiß es noch, mit ihrer weichen, klingenden Stimme fragte sie mich, während meine Hand ihren Hals umfaßte – ich liebte es, die bebende Resonanz des Sprechens zu spüren –, nach dem Schlimmsten in meinem Leben.

»Der Tod meines Vaters in Heliche«, antwortete ich ohne Zögern.

»Und das Beste?« – Das Beste? Belleus, Maharbal, mein erster Mann? »Du, Similce, du bist das Beste, das ich kenne.«

Still setzte sie sich auf, ihre festen, dabei so zarten, nackten Brüste vor mir, und küßte mich aufs Haar.

Und nach der Zukunft fragte sie. »Ich werde Rom vernichten.«

»Um über die ganze Welt zu herrschen?«

»Das, Similce, weiß ich nicht. Ich muß Rom vernichten, das ist alles.«

»Warum?«

Warum? Das hatte ich mich nie gefragt. »Weil, weil... Weil ich dafür geboren bin. Weil ich es geschworen habe. Weil mein Vater mich dazu erzog. Weil die Römer Karthago vernichten werden, und Spanien, Similce, auch Spanien, wenn ich nicht sie zuvor vernichte.«

Lange Zeit blieben wir still. »Ist das alles?« fragte sie leise.

»Mehr weiß ich nicht.«

»Es ist genug. Ich will dir helfen, Hannibal.« Und sie drückte meinen Kopf an ihre Brüste, wir legten uns nieder und schliefen.

Am dritten Tag der Hochzeit kehrten wir in die Welt zurück. Da waren Geschenke, die wir betrachten mußten, obwohl ich Maharbal gesagt hatte, er solle wissen lassen, daß es mir an nichts fehlte und ich noch weniger brauchte. Trotzdem fanden wir ein Zelt voller Geschenke vor. »Wir müssen dafür danken, Hannibal«, sagte Similce, »sonst sind uns viele gram.« Silenus saß im Zelt, damit beschäftigt, ein Inventar der vielen Teppiche und Tröge zu erstellen, der Edelsteine und Waffen, der Rüstungen und Schalen.

»Ihr habt einen alten Mann sehr glücklich gemacht«, sagte er. »Möget ihr lange leben und dem Guten im anderen treu bleiben.«

»Was würdest du mit all dem machen, Silenus?« fragte ich, deutend auf die Berge von Geschenken.

»Schick sie nach Gades, zum Tempel des Melkarth«, antwortete er. Ein guter Rat. Ich sah zu Similce.

Sie nickte. »Daran wird niemand Anstoß nehmen, auch meine Verwandten nicht. Selbst wenn sie nicht an eure Götter glauben, so achten sie sie doch.«

»Zwei Geschenke gibt es, Hannibal, die du vielleicht sehen möchtest«, sagte Silenus.

Unsicheren Schrittes ging er in eine Ecke des Zeltes, um mit zwei Schriftrollen zurückzukehren. »Die erste ist von mir, die zweite von Bostar.« Vorsichtig entrollte ich die erste von dem runden Stab aus Bekiholz und erkannte sofort Silenus' Schrift;

ein jeder griechischer Buchstabe gleichmäßig geformt, harmonisch nach rechts geneigt, wie er es mich gelehrt hatte. Das Pergament war aus feinster, edelster Ziegenhaut, und ich dachte, sicher kostete ihn das... ich wußte es nicht. Beschämt bemerkte ich, daß ich den Preis der Dinge nicht kannte, ebensowenig, wieviel Silenus erhielt, und auch nicht, wer ihn bezahlte, seit mein Vater gestorben war. Ich schwor mir, daß sich das ändern würde. Die Ersparnisse vieler Jahre, dachte ich; dann las ich laut die wunderbaren Verse, die ich aus Homers Odyssee kannte, in denen Odysseus Prinzessin Nausikaa anspricht:

»Was bedeutet das, Hannibal?« fragte Similce. Natürlich, sie verstand kein Griechisch. Mit bebender Stimme rezitierte Silenus in perfektem Iberisch: »Denn wahrhaftig, es gibt nichts Besseres oder Erwünschteres, als wenn Mann und Frau, vermählt, in herzlicher Eintracht, ihres Besitzes genießen und sind den Feinden ein Ärger, Freunden ein Trost.« Tränen liefen dem alten Mann über die Wangen. Ich sah, daß er mich liebte.

Auf der Rolle stand ein zweiter Text, er war in Prosa. Erinnerungen an Unterrichtsstunden, die sehr, sehr weit zurückzuliegen schienen, stiegen auf, und ich erkannte die erhabenen Sätze Platons, aus seinem *Gastmahl*, glaube ich. Dieses Mal übersetzte ich, wenn auch stockend, während ich das Griechische las: »Die Liebe füreinander, die ursprüngliche Natur wiederherzustellen, aus Zweien eins zu machen, die menschliche Natur zu heilen, ist das alte, in uns eingeborene Verlangen. Getrennt, mit nur einer Seite, wie ein Flachfisch, ist jeder von uns nur ein Halbstück, das ständig nach seiner zweiten Hälfte sucht... Ursprünglich waren wir ganze Wesen, und die Begierde und das Streben nach dem Ganzen nennen wir Liebe.«

Nun standen mir Tränen in den Augen, als ich geendet hatte. Silenus lächelte und sagte: »Nicht übel – du hast einen ganz passablen Lehrer gehabt, aber ist ›wiederherstellen‹ nicht etwas unbeholfen für *synarmozein*?« Dann lachte er, und ich ging zu ihm und schloß ihn in die Arme. »Vergiß Bostars Geschenk nicht.« Er trat zurück und reichte Similce eine zweite Schriftrolle. Auch diese war aus edelstem Pergament, und der Rundstab hatte eine goldene Spitze. Similce entrollte sie. Das Vellum war leer, vollkommen leer. »Was bedeutet das?« fragte ich Silenus.

»Du mußt den Mann fragen, der sie gemacht hat.«

»Gut. Wo ist er?«

»Ich hole ihn«, und Silenus verließ das Zelt. Wenig später kehrten die beiden zurück, der Mann, der einen großen Teil meiner Vergangenheit geprägt hatte, und der Mann, der einen großen Teil meiner Zukunft prägen sollte.

»Was ist das, Bostar?« wollte ich wissen.

»Ich bin Kartenmacher. Es ist eine Karte.«

»Aber welche Karte ist leer?« gab ich zurück.

Er sah an uns vorbei, stand aufrecht. »Eine Landkarte des Lebens«, sagte er. Keinem anderen Menschen hätte ich eine solche Sophistik gestattet. Aber von Bostar kommend, bedeutete sie keinen Scherz. »Zeig mir die Handfläche deiner Rechten«, sagte er. Ich streckte sie ihm hin. Er sah sie lange an. »Und die deine?« mit einem Blick auf Similce. Die ihre prüfte er noch länger. »Es ist gut, daß die Karte leer ist. Vielleicht können wir sie füllen. Seid gewiß, daß das Geschenk wohlgemeint ist.« Er verneigte sich und ging.

Am vierten Tag nahm ich das alte Leben wieder auf. Aber als ich im ersten Licht erwachte, fiel es mir schwer, mich von Similces Rundungen zu trennen, von ihrem Geruch, ihrer Haut mit dem perlmuttenen Glanz. Sie drehte sich sanft zur Seite, und, gehüllt in die gläserne Wand des Schlafs, brachte sie nur den Tag entgegen. Mit ihren nächtlichen Geheimnissen erfüllte sie die grünäugige Welt und mich. Erst der Weckruf der Trompeten brach den Bann; ich war auf und angekleidet, stand vor dem Zelt, bevor ich wußte, daß sie an meiner Seite war. »Was willst du ...«

Sie legte ihre Hand auf meine. »Ich bin deine Frau. Nimm mich mit.«

Ich sah sie an und lächelte. Seite an Seite gingen wir zu Maharbal.

Es war ein heißer, harter Tag. Zuerst ein Rundgang durch

das Lager und dann, wie üblich, erstattete mir jeder Hauptmann persönlich Bericht. Similce saß daneben und hörte aufmerksam zu. Schließlich gingen wir über die Übungsplätze und das Paradegelände meiner riesigen Armee. So viele unserer Soldaten waren Spanier. Vielleicht dienten sie mir aus Respekt oder Hasdrubal wegen des Geldes, aber mit Similce an meiner Seite begegneten sie mir nun mit Herzlichkeit. Erst als Maharbal Wasser lassen wollte, kam eine gewisse Befangenheit auf. »Der Anblick ist mir nicht fremd«, sagte sie nur. Sie selbst hockte sich dort, wo sie stand, einfach auf den Boden und urinierte unter ihrem *chiton*.

Die Elefanten bereiteten uns Schwierigkeiten. Bis auf zwei Kühe hatten alle sechzig an den Füßen eine Pilzentzündung. Der oberste Lenker wurde zu uns geführt, mit gesenktem Kopf; er hatte Angst. Er wisse nicht, wie das passiert sei, sagte er, und auch nicht, was er noch tun könne; alle Salben hätten nichts bewirkt.

»Salben?« fragte Similce. »Hast du Pilzfäule mit Salben behandelt?« Bedrückt trat der Mann von einem Fuß auf den anderen. »Hannibal, laß mich das machen.« Ich spürte Maharbals Blick auf mir. »Ich weiß, wie man Fußfäule heilt. Die Füße müssen in einer Lösung aus Essig, Wasser und Thymian gebadet werden und dann trocken bleiben – keine Salbe.« Und sie verschwand mit dem obersten Lenker, der, wie ich vermute, zwischen Staunen und Erleichterung hin und her gerissen war. Als wir drei Tage später aufbrachen, hatten sich acht der Elefanten so weit erholt, daß sie uns begleiten konnten.

Similces Bereitschaft, die Elefanten zu behandeln, brachte mich auf den Gedanken, sie auf den Feldzug nach Norden mitzunehmen. Außerdem verstand sie viel von Logistik. Abends, nach dem Essen, arbeitete ich an den Plänen für die Kampagne: wieviel Futter für die Tiere, wie viele Bolzen für meine neuen Onager – alles Dinge, die mir zur zweiten Natur geworden waren. »Darf ich sehen, Hannibal?« fragte sie und setzte sich auf meine Knie; ich legte die Arme um sie, und so studierte sie die Pläne.

»Zweihundert Bronzekessel? Und vier Wagen, nur um sie zu transportieren. Dazu acht Ochsen, die die Wagen ziehen; die müssen ebenfalls gefüttert werden.« Sie wandte sich zu mir um, runzelte die Stirn.

»Die Soldaten brauchen Essen«, erklärte ich, »und sie kämpfen besser, wenn sie warm zu essen bekommen.« Einschließlich der Köche und dem Gefolge nahm ich zwanzigtausend Männer auf diesen Feldzug mit. »Bei hundert Mann pro Kessel brauche ich zweihundert, so einfach ist die Rechnung.« Similce stand auf und schritt im Zelt umher. »Aber bei meinem Volk« – sie lächelte –, »bei unserem Volk nehmen wir beim Marschieren keine Kessel mit.«

»Wie kocht ihr dann?«

»Wir füllen das Fleisch der geschlachteten Tiere in ihre Därme; dann backen wir alles in einem Erdofen oder lassen es über dem Feuer garen. Der Magen eines Schafes eignet sich gut als Kessel.«

»Geht das denn?«

»Morgen zeige ich es dir«, lachte sie, und das tat sie auch. Und damit war eine weitere Neuerung Hannibals geboren, ein weiterer Schritt zu der leichtesten, schnellsten Armee, die die Welt je gesehen hatte, eine Armee, die nur aus dem Notwendigsten bestand, die ganz auf Kriegführung ausgerichtet war.

Similce zeigte ihre Technik Hamilax, und dieser brachte sie den obersten Feldköchen bei. Ich weiß noch, daß ich Similce dankte, als wir trotz des leichten Gepäcks hoch oben in den Alpen ständig einsanken und die Packesel im Schnee steckenblieben. Ich selbst zerrte die Tiere am Halfter weiter, und die Männer wollten aufgeben, da sagte ich: »Zumindest müssen wir keine Kesselwagen schleppen«, und die Männer lachten und zogen mit erneuter Kraft.

Also begleitete sie mich auf unserem Feldzug. Und das war gut, denn sonst wäre das, was dann geschah, eingetreten, ohne daß ich es hätte verhindern können. Hasdrubal hatte mich gebeten, ihn am Nachmittag vor dem Abmarsch aufzusuchen. »Und bring deine Braut mit«, hieß es in seiner Nachricht, die ein anderer Eunuch mir überreichte. »Wie ich höre, ist sie in militärischen Dingen gut bewandert.« Auch Maharbal bat ich mitzukommen. Derselbe Palast, wenn auch noch viel prächtiger, derselbe große Saal und die gleichen weibischen Akolythen, aber wir setzten uns zu viert an einen Tisch abseits der Höflinge. Hasdrubal holte seine Landkarten hervor. Ich erklärte gerade meine Bedenken wegen der unerprobten Belagerungsgeräte – »Wahrscheinlich willst du sie als erstes gegen mich hier einsetzen, Hannibal!« scherzte Hasdrubal –, als es an die Tür hämmerte und Hamilax hereinstürzte, atemlos.

»Feuer, Hannibal, Feuer in den Speichern!«

Ohne zu überlegen, sprang ich auf und hatte den Marmorsaal schon halb durchquert, Maharbal mir auf den Fersen, als ich an Similce dachte und mich umdrehte. Sie aber hob nur kurz die Hand und rief: »Ich mache hiermit weiter«, deutete auf die Landkarte und lächelte, und ich lief weiter.

Hamilax mußte dem Stallmeister befohlen haben, unsere Pferde zu holen, denn Belleus stand bereits im Hof. Ich saß auf, ließ ihm freie Zügel, und wir galoppierten durch die Straßen zum Tor hinaus und den Berg hinab über die Ebene zum Lager. Wir hatten es beinahe erreicht, ich konnte die Flammen und den Rauch schon sehen und riechen, ich drehte mich nach Castello um, und dann, eine gigantische Hand, eine Mauer, ich weiß es nicht, sie hielt mich auf, ich zog die Zügel im vollem Galopp, Belleus bäumte sich auf, schnaubend, aber wir machten kehrt. »Reit weiter, Maharbal, reit weiter!« rief ich, als er an mir vorüberstürmte. Ich mußte zurück, mein ganzes Sein trieb mich dazu. Ich ließ die Zügel sinken, drückte mich an Belleus' Hals, und es war wie damals bei unserem ersten Ritt, und er wußte es.

Ich sprang zu Boden, rannte keuchend durch den Staub, vorbei an den Brunnen, und hörte Similces erstickten Schrei. Ich stürzte durch die Tür, er hatte sie gegen die Wand gepreßt. Ihr *chiton* war zerrissen, glaube ich, der Stoff in ihren Mund gestopft, seine Linke raffte seinen *chiton* hoch, um besser zustoßen zu können, und in seiner rechten Hand glitzerte der Dolch an ihrem Hals. Da drehte er den Kopf und sah, wie ich mein Schwert zog. Im Laufen brüllte ich, erfüllt von brennender Wut, und er sah den Tod in meinen Augen. Ich sah seinen großen, schlaffen Schwanz, als er Similce wegschob, ganz flink bewegte er sich. Ich lief zu ihr. Schluchzend glitt sie an der Wand hinab, aber sie deutete, deutete auf Hasdrubal, der auf die Tür zufloh. Knapp holte ich ihn ein, versperrte ihm die Tür mit meinem Körper, und er wich zurück vor mir. Ich hob mein Schwert und richtete es auf seine Lenden. Er wollte sprechen, »Hann...«, doch er hielt inne, als er sah, daß ich ihn töten würde. Immer weiter taumelte er zurück, bis ein Tisch ihn am Zurückweichen hinderte. Schweiß strömte ihm über das Gesicht. Ich sah seine pockennarbige Haut, die kraftlosen Lippen, die fleischige Nase, und ich holte mit der Schwerthand aus, da legten sich Finger um meinen Arm, und es war Maharbal. »Nein, *anda*, nein.«

So oft in meinem Leben hat ein Moment sich ausgedehnt, schier endlos, ist all die übrige Zeit in diese wenigen Augenblicke eingeschlossen. Hasdrubal, die Augen geschlossen, stand fett und stinkend vor meinem Schwert an seinem Bauch. Was bestimmt das Handeln? Ohne mich umzusehen, gab ich Maharbal mein Schwert und stieß das linke Knie Hasdrubal in die Weichteile. Wir ließen ihn zurück, stöhnend am Boden liegen; Similce zitterte in meinen Armen. »Ich hätte es wissen können, als sein Gefolge den Raum verließ«, war alles, was sie sagte.

Im Morgengrauen des nächsten Tages brachen wir auf. Das Feuer hatte keinen großen Schaden angerichtet. Nur einen Heuschuppen hatten wir verloren. Über den Vorfall mit Hasdrubal sprachen wir nie mehr. Aber drei oder vielleicht auch vier Nächte später kam Similce schweigend an mein Bett – im Feld teilten wir ein Zelt, doch nicht das Lager –, und dann heilten wir den Schmerz mit dem großen Wunder der Liebe.

Similces Gegenwart beflügelte die spanischen Soldaten, sie kämpften und arbeiteten wie nie zuvor. Meine neue schwere Reiterei war unbesiegbar. Manchmal, um sie zu entlasten, setzten wir an ihrer Statt die Elefanten ein, vor denen die Stammeskrieger in Entsetzen flohen. Mir fiel auf, daß Pferde, die nicht an sie gewöhnt sind, noch panischer als Menschen vor unseren Elefanten flüchten. Um diese Wirkung noch zu steigern, ließ ich Glocken anfertigen, die wir an den Hals der Elefanten hängten. Trompetend, brüllend, mit lärmendem Glockengeläut griffen sie an, die Rüssel hoch in die Luft gestreckt, bemalt mit Waid, Vermillon, und es gab keinen Mann, kein Pferd, das nicht die Flucht ergriffen hätte.

Maharbal schwenkte mit der Hälfte der Truppen nach Nordosten ab, während ich dem Weg direkt nach Norden folgte. Ich lernte immer mehr. Eine Stadt wollte sich nicht ergeben. Seufzend befahl ich, die Belagerungsgeräte aufzubauen. Den Feind zu belagern hat mir nie gefallen, das Warten, die Ausfälle, das Minieren. Das ist eine Arbeit für Handwerker, keine für Soldaten. Bostar begleitete mich, als ich ging, herauszufinden, warum eine der Achsen unseres einzigen Helepolis gebrochen war, dieses gewaltigen, vielgeschossigen, beweglichen Turms, von dem aus unsere Männer die Stadtmauern erklimmen würden. »Wie lange dauert es, das zu reparieren?« fragte ich den befehlshabenden Offizier.

»Zwei Tage, wenn wir das richtige Holz haben.« Natürlich hatten wir es nicht, zumindest nicht das richtige, wie der Mann erklärte. Ich fluchte, wurde ungeduldig.

»Städte gewinnt man mit Silber, Hannibal«, sagte Bostar leise.

Diese Aufgabe übertrug ich ihm. »Nimm dir aus der Truhe in meinem Zelt, soviel du brauchst.«

In der Nacht wurden die Stadttore geöffnet. Eine Syntagma tat den Rest. Am nächsten Morgen ließ ich die Stadt dem Erdboden gleichmachen. Die kräftigeren Gefangenen schickte ich als Bergwerks- und Galeerensklaven nach Neu-Karthago, die übrigen ließ ich hinrichten. Bostar hatte mich gelehrt, daß man Städte mit Silber gewinnt. Angst erfüllt einen ähnlichen Zweck, das wußte ich bereits, und Angst verbreitet sich schneller als ein Feuer. In jenem Teil Spaniens stießen wir auf keinen Widerstand mehr.

Bostar verzeichnete die Regionen, die wir eroberten, auf seiner Karte. Viel war nicht mehr übrig. Maharbals Botschaften erreichten mich täglich, sie waren bloße Routine. Von Hasdrubal hörte ich nichts, bis eines Tags ein Kurier mit einer Botschaft aus Neu-Karthago eintraf. »Wenn sie von Hasdrubal dem Schönen stammt, nimm sie gleich zurück«, sagte ich.

»Sie kommt von Hamilax, deinem Hofmeister«, erklärte der Mann.

Ich öffnete sie sofort. Sie war kurz.

»Hannibal, heute morgen wurde Hasdrubal ermordet. Du solltest sofort zurückkommen. Dein dir ebenso wie deinem Vater treu ergebener Diener Hamilax.«

»Wie lang warst du unterwegs?« fragte ich den Mann. Man muß sich immer um seine Leute kümmern.

»Drei Tage und drei Nächte, mit Pferdewechsel«, antwortete er. Ich rief den Wachposten.

»Sieh zu, daß dieser Mann zu essen bekommt und schlafen kann – und bezahl ihn. Schick Bostar und Castello zu mir.«

Ich zeigte die Botschaft Similce. Sie las die Zeilen, schwieg, griff dann rasch nach ihren Kleidern. »Ich nehme an, wir brechen sofort auf.«

»Wir?« Ich hatte sie zurücklassen wollen, aber sie ritt so gut wie jeder meiner Männer. »Ja, wir brechen sofort auf.« Als Castello und Bostar kamen, teilte ich ihnen die Nachricht mit. »Castello, du bleibst als Befehlshaber zurück. Ich nehme nur vier der Hammertruppen mit. Bostar, reit zu Maharbal. Sag ihm, er soll sich mir in Neu-Karthago anschließen.«

Wir waren schon bereit zum Aufbruch, da traf ein weiterer Bote ein. Silenus' Schrift, das erkannte ich sofort. »Hannibal«, hieß es, »gib acht. Alles ist nicht, was es zu sein scheint. Eile dich, aber wenn du ankommst, eile langsam.« Typisch Silenus, dachte ich: ein gutes Oxymoron, die Zusammenstellung von Gegensätzen. Ich eilte nur.

In Neu-Karthago herrschte gedrückte Stille. Als wir den Berg hinaufritten, waren die Tore verschlossen. Nur Silenus und Hamilax empfingen uns im Palast. »Erzählt!« sagte ich beim Absteigen.

»Nicht hier«, mahnte Silenus. »Überall sind Ohren.«

Wir erreichten Hasdrubals Saal. »Nein«, sagte ich. Wir traten in einen kleineren Raum jenseits des Ganges, schlossen die Tür. »Also?« fragte ich.

Hamilax sprach als erster. »Hasdrubal ist ermordet worden, von einem seiner Lust...« Er stockte, sah zu Boden.

»Von einem seiner *erastai.*« Silenus verwendete das gepflegtere griechische Wort.

»Wo?«

»In den Latrinen. Ihm war die Kehle durchgeschnitten und er hatte einen Latrinenschwamm in den Mund gestopft«, berichtete Hamilax angewidert. Wie passend, dachte ich.

»Ein Junge hat gestanden. Er behauptet, verstoßen worden zu sein.« Das waren mehr Worte, als ich seit vielen Jahren von Hamilax gehört hatte.

»Wo sind die Truppen, die ich zurückgelassen habe?«

»Sie erwarten deine Befehle im Lager«, antwortete Hamilax.

»Geh und ruf sie zusammen, die ganze Syntagma. Sie sollen auf den Platz kommen. Dann bring den Jungen dorthin und den Rest von Hasdrubals... Freunden« – ich wählte das Wort mit Bedacht –, »zur Hinrichtung.«

»Aber gegen sie liegt gar nichts vor!« widersprach Silenus. »Vielleicht sind sie unschuldig!« Und wieder fühlte ich die Kluft zwischen der Welt der Griechen und der meinen. Ich war, ich bin ein Barkide, ein Karthager.

»Silenus«, sagte ich ruhig, »ein karthagischer Herrscher ist ermordet worden. Ich reagiere auf unsere Art, nicht auf die deine. Jetzt geh, Hamilax«, und mit dieser Zurechtweisung wurde eines der wenigen verbliebenen Bande zu meiner Kindheit durchgetrennt.

»Dann, so scheint es, habe ich dich nichts gelehrt«, sagte Silenus. »Aber jetzt hör mir zu«, und dabei hustete er tief und gequält, so daß Similce zu ihm ging und ihn zu einer Lagerstatt am Fenster führte. Er schöpfte Atem und sagte dann auf punisch: »Ich muß griechisch reden.«

»Wir sind doch allein«, wand ich ein. Seine klugen, kummervollen Augen begegneten den meinen, und auf griechisch sagte er: »Hannibal, es gibt noch vieles, was du lernen mußt.« Und dann erzählte er.

Seiner Vermutung nach war Hasdrubal nicht zufällig ermordet, sondern durch einen Anschlag getötet worden.

»Angestiftet von wem?« fragte ich.

»Von jenen in Karthago, die mit Rom den Frieden suchen, von jenen, die dieses neue Reich in Spanien in Angst versetzt und die dich, Hannibal, als nächsten töten würden.«

»Woher weißt du diese Dinge?« fragte ich erstaunt.

»Du hast deine Augen vor vielem verschlossen, Hannibal, seit dein Vater gefallen ist. Ich habe zurückgezogen hier gelebt, habe deine Brüder unterrichtet, gelesen, geschrieben, Ohren und Augen offengehalten. Die Leute halten mich für einen unnützen Alten. Vor mir hüten sie ihre Zunge nicht. Und ich habe beobachtet. Kurz nachdem Hasdrubals Leiche gefunden wurde, sah ich eine Galeere aus dem Hafen segeln.«

»Wohin?«

»Nach Süden, Hannibal, nach Karthago.« Karthago. Ich war nicht dort gewesen seit... wie viele Jahre waren es? Dreizehn.

Similce legte eine Hand auf meinen Arm. Natürlich, sie verstand kein Griechisch. Auf iberisch begann ich: »Silenus sagt, daß Hasdrubal...« Jetzt schlossen sich ihre Finger um meinen Arm, ich blickte zu Silenus, sah, wie er zur Tür deutete, einen Finger an den Lippen. Ich zog den Dolch, ging zur Tür und riß sie auf, um gerade noch zu sehen, wie jemand eilends floh. »Ich werde dafür sorgen, daß du bewacht wirst, Silenus, Tag und Nacht. Jetzt komm mit uns.« Und wir verließen den Palast, um in der Stille der Agora auf das Kommende zu warten.

Ich hatte eine gute Truppe zurückgelassen. Jetzt stand sie in perfekter Anordnung rund um den Platz. »Ist der Junge im Kerker, Hamilax?« Er nickte. »Laß ihn dort. Die restlichen Lustknaben bring hierher.« Wir sahen zu, wie die Pfähle vorbereitet wurden.

Silenus sagte: »Hannibal, ich kann das nicht mit ansehen. Darf ich gehen?«

»Du darfst, Silenus. Und hab Dank.« Ich bedeutete zwei Soldaten, ihn zu begleiten. Ich verstand, was ihn bedrückte. »Wenn er stirbt, sterbt ihr ebenfalls«, sagte ich den Soldaten.

»Laß alle auf die Agora kommen!« befahl ich dem Anführer meiner Truppe. »Ich will, daß alle Bewohner Neu-Karthagos zusehen. Similce, ich will herausfinden, was der Mörder weiß. Ich glaube, du bleibst besser hier.«

Der Junge zitterte in der feuchten Zelle, sein seidener *chiton* war zerrissen und blutig. »Wer hat dich bezahlt?« fragte ich leise. Er schüttelte den Kopf, immer und immer wieder, die schwarzen Augen schossen hin und her.

Zuerst entfernten sie ihm die Zehennägel. »Wer hat dich bezahlt?« Nichts. Ich hatte keine Zeit. Als die glühend heißen Stäbe seine Fußsohlen verbrannten, wurden seine Schreie markerschütternd. »Knebelt ihn«, sagte ich. »Und jetzt brecht ihm die Beine, dann die Finger, aber langsam.« Immer noch sagte er nichts. Es waren die glühenden Nadeln durch die Brustwarzen, die ihn zum Sprechen brachten. Ich fragte ihn ein drittes Mal, als die linke Brust noch nicht gefoltert war, und er nickte. Ich entfernte das Tuch aus seinem Mund, beugte mich vor. Ich konnte die Stimme kaum verstehen. »Bo-mil-ka-ar«, flüsterte er und starb.

Es gab dreiundzwanzig andere Jungen wie ihn. Als ich wieder auf den Platz kam, war alles bereit, jeder an einen Pfahl gefesselt, und mehrere Tausend Menschen hatten sich eingefunden, stumm und abwartend. »Das geschieht mit all jenen, die Karthago verraten!« rief ich, und die Mauern warfen meine Worte zurück. Oder war Karthago durch Karthago verraten worden? Wer war Bomilkar? Es gab noch so viel, was ich lernen mußte; Silenus hatte recht. Aber so sehr ich Hasdrubal auch verachtet hatte, ungestraft durfte der Mord an ihm nicht bleiben. Ich nickte dem Hauptmann zu. Es war getan.

Das Ziel, das die nächsten zwanzig Jahre meines Lebens bestimmen sollte, nahm in den folgenden Tagen Gestalt an. Maharbal war gekommen. Der Feldzug war beendet. Mit Castello kehrte die Armee zurück. Als sie eintrafen, waren wir schon bereit.

Von Silenus erfuhr ich alles, was er über Bomilkar wußte, den Sufeten Karthagos, Vetter meines Vaters; wie er sein eigenes Handelsimperium im Süden ausgebaut und den Zinnhandel Karthagos mit den Kassiteriden wiederbelebt hatte. »Aber das ist eine römische Route – oder war es!« rief ich.

»*Akribos*.« In seiner Aufregung verfiel Silenus ins Griechische. »Genau. Bomilkar, so heißt es, ist sogar in Rom gewesen. Offenbar ist man übereingekommen: Rom erhält das Tyrrhenische Meer, Karthago beschränkt sich auf Afrika. Karthago soll sich aus ganz Spanien zurückziehen. In Hasdrubals Schatzkammer gibt es genügend Geld, um die Entschädigung an Rom abzubezahlen und Spanien zu verlassen.«

Die Nachricht des Ältestenrates traf am nächsten Tag bei mir ein. Sie war im alten Proto-Punisch abgefaßt, einer Sprache, die ich seit vielen Jahren weder gesehen noch gesprochen hatte. Ich mußte Hamilax bitten, sie zu übersetzen. Ich spürte seine Trauer, das für mich tun zu müssen. Zu welcher Art Mensch wurde ich, zu wem? »Hannibal Barkas, dem Oberbefehlshaber des verstorbenen Hasdrubal, wird vom Sufeten und dem Ältestenrat Karthagos befohlen: jene für den Mord an Hasdrubal Verantwortlichen zu stellen und entsprechend zu bestrafen; alle Güter, alles Gold, Silber und Edelsteine, alle Münzen aus den Schatzkammern des Hasdrubal in Guadiakth, Gades und Neu-Karthago zu entfernen und unter Begleitschutz sofort nach Karthago zu schicken; dann so viele Männer unserer Armee« – *unserer* Armee? Diese Stelle ließ ich Hamilax wiederholen – »wie es Galeeren gibt einzuschiffen, den Rest aufzulösen und selbst nach Karthago zurückzukehren.«

Ich hatte meinem Vater versprochen, dem Ruf Karthagos stets zu folgen, wenn die Stadt mich brauchte. Aber wie lange würde es dauern, bis die Römer auch Afrika begehrten? Wer waren diese Ältesten, die, wie es mir schien, einer längst vergangenen Welt entstammten, die mich belogen? Als mein Blick auf Silenus fiel, während wir schweigend dasaßen, erinnerte ich mich an eines der Paradoxa, das er mich gelehrt hatte. Epimenides der Kreter sagt: Alle Kreter lügen. Wenn er die Wahrheit sagt, lügt er. Wenn er lügt, sagt er die Wahrheit. Worte sind wechselhaft, ebenso wie jene, die sie verwenden.

Ich bat Maharbal, Castello zu holen. Diese beiden waren zugegen, dazu Similce, Hamilax und Silenus, als ich, in der Tür meines Zeltes stehend, den Rücken zu ihnen gewandt, vor mir das Heer, das zuerst mein Vater und dann ich aufgebaut hatten, sagte: »In sechs Tagen marschieren wir nach Saguntum.«

So antwortete Hannibal auf den Ruf Karthagos. Ich ließ die Schatzkammern Hasdrubals leeren, entlohnte mein Heer für ein Jahr im voraus, übergab die vielen verbleibenden Wagen unter Bewachung unbemerkt an Fuano, der sie, wie Similce sagte, zu verborgenen Höhlen hoch oben in den Bergen bringen würde. Das Lager hallte vom Lärm unserer Arbeit wider. Laut müssen sie gewesen sein, die Alarmsignale der Trompeten aus dem Hafen, um mir beim Gespräch mit den *dekadarchoi* ans Ohr zu dringen.

Sofort bestieg ich Belleus. Ich sah die römischen Galeeren ganz deutlich, vier an der Zahl, wie sie zur Hafenmole ruderten. Ich war dort, um sie zu empfangen, ich mit meiner Hammertruppe, alle tausend Männer; im Reiten hatte ich Befehle ausgegeben. Es war ein glücklicher Umstand, daß wir gerade viele Ochsen für ein letztes Mahl im Lager geschlachtet hatten. So gab es reichlich Blut, um meinen Plan umzusetzen.

In präziser Anordnung umgaben mich die Rotten meiner Truppe, als ich wartend auf der Mole stand. Es war mutig von ihnen, diesen Römern, die Schiffe überhaupt zu verlassen und die Mole zu betreten, auf der meine Truppen standen, über und über mit Blut besudelt, Blut auf den Schilden, den Armen, der Rüstung, Blut, das in der Sonne trocknete und sich schwarzrot färbte. Es war das zweite Mal, daß ich Römern begegnete. Vier gingen über die Planke der ersten Galeere, in weiße Togen gekleidet, Männer mittleren Alters mit olivbrauner Haut. »Hannibal, hast du deine Befehle von Karthago erhalten?« fragte mich der Hochgewachsene auf lateinisch.

»*Habeo etiam*, in der Tat«, antwortete ich.

»Dann sind wir gekommen, um Erde und Wasser von dir

entgegenzunehmen, als Symbol dafür, daß diese Stadt und alles, was du ohne Recht von Spanien erobert hast, nun Rom zur Treue verpflichtet ist.«

Ich bin mir nicht sicher, ob ich den letzten Teil richtig verstand. Mein Lateinisch sollte noch besser werden. Aber »Erde und Wasser«, das verstand ich. »Ihr werdet eure Erde und euer Wasser bekommen. Castello«, sagte ich auf punisch und deutete auf die beiden vordersten Männer, »wirf diese beiden in den Brunnen des Palasts.« Während sie weggeführt wurden, setzte ein Dritter zu sprechen an, und ich hörte »Ungeheuerlich ... heilige Gesandte ...« Mein Schwert an seiner Kehle brachte ihn zum Verstummen. »Jetzt geh und danke deinen Göttern, daß du noch lebst. Berichte deinem Senat von der Erde und dem Wasser, das Rom von Hannibal bekommt.« Ich sah ihnen nach, als sie fortruderten.

Saguntum bereitete uns Mühe. Die Belagerung dauerte mehrere Monate. Die Stadtmauern waren hoch und stark, und da sie auf Fels errichtet waren, konnte man sie nicht untertunneln. Auch wenn wir den Hafen blockierten, hatten sie, so schien es, reichlich Vorräte und Wasser. Ein Deserteur nahm zwanzig Goldxtheten und versprach, ein Tor zu öffnen, tat es aber nicht. Ich versuchte es mit Feuerpfeilen, wie mein Vater vor Tunis, aber Saguntum war eine reiche Stadt, die Häuser aus Stein gebaut. Helepoleis schienen unsere einzige Möglichkeit, die Mauern zu überwinden. Ich ließ zwei weitere bauen. Die Saguntiner ließen einen Regen aus flammenden Pfeilen und brennendem Öl auf die Türme niedergehen. Ich befahl, sie mit Fellen zu behängen, und endlich waren alle drei an der östlichen Mauer installiert, auch wenn sie Tag und Nacht bewacht werden mußten; ich fürchtete Brandstiftung. Wir begannen, das letzte Stockwerk zu bauen, um von dort die Mauerkrone zu erklimmen.

Als ich eines Abends meinen gewohnten Rundgang machte, bemerkte ich etwas, das ich nicht verstehen konnte. Die Saguntiner gossen Kübel voll Wasser auf die Helepoleis.

Den Grund dafür erfuhren wir am nächsten Morgen. Mit

über hundert Soldaten auf jeder Helepolis und der gleichen Anzahl Zimmerleute, die im Schutz der Schilde der Soldaten mühsam das oberste Stockwerk errichteten, hatten die gewaltigen Türme ein großes Gewicht. »Achtung!« Ich hörte den Schrei, und langsam, bedächtig gab der durchnäßte Boden unter den Tollenonen nach. Als eines der Geräte zusammenbrach, verlor ich über achtzig Männer. Die anderen beiden Türme neigten sich von der Mauer fort, waren nutzlos geworden.

Falls ich je beabsichtigt hatte, nachsichtig mit Saguntum zu verfahren, so gab ich diesen Gedanken nun auf. In drei Wochen gefährlicher, mühevoller Arbeit errichteten wir für jeden der Türme sichere Plattformen aus Holz und Stein. Die Moral meiner Truppen hatte einen Tiefpunkt erreicht. Im Lager griff ein Fieber um sich. Ich ließ bekanntgeben, die Männer dürften nach Belieben plündern, sobald die Stadt gefallen war. Ich hatte gehofft, schon längst zurück in Neu-Karthago zu sein.

Endlich waren wir bereit. Zwei Stunden nach Einbruch der Dunkelheit näherten sich drei Syntagmata mit gedämpften Waffen jeder Helepolis. Auf dem obersten Stockwerk einer jeden hatten zwanzig Männer Platz. Ich bat um sechzig Freiwillige, die die Mauern als erste überwinden sollten. Noch heute bin ich stolz darauf, daß alle Männer geschlossen vortraten.

Vielleicht waren wir bemerkt worden. Vielleicht ließen die Saguntiner die Mauer von einer starken Truppe bewachen. Aus welchem Grund auch immer, der Boden war bald übersät mit den Leichen meiner Männer, Toten und Sterbenden, sie wurden zurückgedrängt, bevor andere nachrücken konnten, und auf die wartenden Truppen fielen Steine und Pfeile, Geschosse herab. »*Synapsimos,* Schildkrötenformation!« Ich weiß noch, wie ich diese Anordnung rief. Doch fast unmerklich schien unsere Linie vor den Geschossen zurückzuweichen. Ich stand da und wußte, daß ich nicht scheitern durfte, und es war wie damals in Vekher. Mit dem Schwert in der Hand lief ich zu einer Helepolis, drängte mich nach vorn, vorbei an den wartenden Soldaten, die Stufen hinauf, und ich war auf der Mauer, parierte einen Schwertstoß, dann eine Lanze. Ich hieb um mich, tötend, wehrte einen weiteren Angriff ab, und »Bar-kas, Bar-kas!« rufend sprang ich in die Stadt hinab.

Zwei Saguntiner fingen meinen Sturz ab. Auf die Seite rollend, richtete ich mich auf, verwirrt, tötete den ersten mit einem Hieb, schlug von links nach rechts, dem zweiten zog ich das Schwert über die Kehle, und dann war ich fast umzingelt, aber ich hörte »Barkas!« rufen, und andere waren um mich. Einer von ihnen war Maharbal, doch sonst sah ich nur dunkle Schatten, hörte Eisen klirren, roch den süßen Geruch von Blut. Ich verfiel in den stechenden, stoßenden, schwingenden Rhythmus, den Rhythmus des Kampfes, und in dieser Raserei fiel Saguntum an Hannibal.

Ich merkte, wie ungehalten Similce war, als sie mich im Morgengrauen badete, das Blut der Feinde und das meine abwusch. Ich hatte einen tiefen Schnitt in der linken Seite, einen weiteren am rechten Oberschenkel. Meine ersten Wunden. Beim Kämpfen hatte ich sie nicht gespürt. Jetzt klopften sie und pochten.

Similce legte mir Wickel an, ein wenig forsch. Ich griff nach ihrem Handgelenk, zwang sie innezuhalten. »Mein Vater hat mich gelehrt, von meinen Soldaten nur das zu verlangen, wozu ich selbst bereit und fähig bin.«

»Aber es war Wahnsinn! Du hättest getötet werden können!«

»Ich hätte getötet werden sollen. Aber der Wahn hat mich gerettet. Ich werde es wissen, wenn ich sterben muß.« Sie sah beiseite. Sie konnte mich nicht verstehen. »Es tut mir leid, Similce. Auch ich verstehe es nicht. Ich weiß es nur.«

Maharbal kam zu uns. Er sah erschöpft aus, abgekämpft. Am Hals hatte er eine Wunde, ich starrte sie an. Verlegen bedeckte er sie mit einer Hand. »Ich habe etwas zu spät pariert«, sagte er lächelnd. »Aber, Hannibal, das hättest du nicht tun dürfen.«

»Du auch nicht!« gab ich zurück. »Du hättest mir nicht folgen dürfen!«

»Dir folgen? Gestoßen wurde ich! Du hättest das Gedränge sehen sollen, nachdem du von der Mauer gesprungen warst – die Männer haben sich überstürzt, um dir zu folgen!«

Das Plündern dauerte eine Woche. Allein für das Gold und Silber aus der Schatzkammer brauchte ich vierzig Wagen. Acht Truhen voll Gold nahm ich an mich, den Rest schickte ich heimlich zu Fuano. Die übrige Beute, die Vasen, Schalen, Edelsteine, ließ ich auf Galeeren tragen und nach Karthago bringen. Das würde ihnen eine Lektion sein. In Begleitung der Beute schickte ich Silenus. »Als dein Gesandter«, fragte er, »oder als Geisel?«

»Als meine Augen und Ohren«, antwortete ich. Hamilax bat, ebenfalls nach Karthago reisen zu dürfen. Ich willigte ein.

»Ich danke dir. Die Barkiden haben jetzt einen Freund mehr in Karthago«, sagte er.

Die Saguntiner und ihre Stadt nahmen uns länger in Anspruch. Mit den Onagern, den Skorpionen und den Rammböcken begann ich die Stadtmauern zu zerstören, schüttete mit dem Schutt den Hafen zu. Die arbeitsfähigen Gefangenen verlud ich auf die zwanzig Galeeren, die mir verblieben waren, und ließ sie ebenfalls nach Karthago bringen. Rund zwölfhundert blieben zurück, vielleicht auch mehr. Einhundert ließ ich an Kreuze schlagen, die rings um die einstige Stadtmauer errichtet wurden. An jedem Kreuz war eine Tafel angebracht, auf der in Punisch und Latein geschrieben stand: »So sterben jene, die sich Hannibal widersetzen.« Für die Restlichen ließ ich eine tiefe Grube ausheben. Ich hatte überlegt, die Elefanten einzusetzen. Aber dann begann der erste Winterregen, und mit ihm kam der kalte Wind aus dem Nordwesten, den wir auf punisch *mezzarifoullousen* nennen, »der, der die Hühnervögel rupft«. Er würde das Werk für mich verrichten. Vielleicht überlebten einige, um Zeugnis von Hannibal abzulegen.

Langsam nur kehrten wir nach Neu-Karthago zurück, die Soldaten mit Beute beladen. Zwei Tage nach der Rückkunft ließ ich nach Castello schicken. »Die Hammertruppen müssen hierbleiben, aber alle anderen bekommen einen Monat frei. Sie sollen ihre Beute nach Hause bringen und von ihren Familien Abschied nehmen. In einem Monat marschieren wir.«

»Aber dann ist Winter, Hannibal!« rief Castello. »Niemand marschiert im Winter.«

»Genau, Castello, genau. So können wir sie überraschen.«

»Sie? Es gibt keine feindlichen Stämme in Spanien mehr. Wer sind ›sie‹?«

»Castello, in einem Monat marschieren wir.« Ich sah beiseite. Ich war wieder in Heliche, hörte den röchelnden Atem meines Vaters. »In einem Monat marschieren wir nach Rom.«

Castello betrachtete mich sonderbar. Er wandte den Blick ab, spielte mit der Linken an seinem graudurchsetzten Bart. So lange, wie es dauert, einen Apfel zu essen, wie es dauert, zehn Männer zu töten, so lange schwieg er. Von meinen Leuten habe ich nie Gehorsam verlangt. Ich habe ihn einfach vorausgesetzt. Als Castello sprach, war seine Stimme belegt. »Aber das bedeutet Krieg. Hannibal, wirst du Rom den Krieg erklären?«

»Nein, Castello. Nein.«

Mit drei Schritten war ich bei meiner Truhe, holte daraus die Nachricht vor, die ich am Tag zuvor von Silenus aus Karthago erhalten hatte; die Nachricht, die ich die Nacht über mit Bostar, Maharbal und Similce besprochen hatte. Ich hielt die Wachstafel hoch. »Die Römer haben eine Abordnung von vier Senatoren – vier Senatoren – nach Karthago geschickt. Sie erhoben Beschwerde über meine Behandlung ihrer Gesandten und natürlich über die Zerstörung Saguntums. Das heißt, Castello, Rom hat Karthago den Krieg erklärt.«

# VI
# Anmarsch

Wenn man in der Schlacht einen Menschen tötet, ihm einen schnellen Tod bereitet, so bringt das die Übung mit sich. Übung war es auch, daß der Aufbruch aus Neu-Karthago nur einen Monat Vorbereitung brauchte. Mein ganzes Leben hatte ich mich dafür gerüstet, meinen Geist, meinen Körper, mein Sein.

Die Römer würden erwarten, daß ich den Winter in Neu-Karthago verbrachte. Ich würde sie enttäuschen, ebenso wie Bomilkar und all jene in Karthago, die dasselbe erwarteten. Zweifellos würden sich die Römer für Saguntum rächen – im Frühjahr. Ich rechnete mit einem Überfall ihrer Flotte auf Neu-Karthago. Es stand ihnen frei, Hasdrubals Stadt zu erkunden. Sie würden nichts vorfinden. Und mein Lager würde aufgelöst sein.

Ich schrieb den Ratsältesten, erklärte ihnen ein wenig von meinen Plänen. Ich zitierte den Satz des Regulus: »Summa sedes not capit duos.« Ich dachte, daran könnten sie ihr Latein üben. »Ich gedenke«, fuhr ich fort, »diese Macht in die Hände Karthagos zu legen.« Die ganze Tragweite meiner Absichten würden sie meinen Handlungen entnehmen.

Ich hatte noch andere Gründe für den zeitigen Abmarsch. Ich wollte herausfinden, welche Probleme das Marschieren in der Kälte und Nässe mit sich brachte, auf dem Weg nach Norden mehr über meine Leute erfahren. Einige meiner Truppen bereiteten mir Sorge. Das Heer umfaßte mittlerweile gut neunzigtausend Mann mit zwölftausend Reitern. Seit den beiden Feldzügen im Norden war es zu rasch angewachsen. Die Männer waren zwar gut bezahlt und diszipliniert, aber ihre Kampferfahrung beschränkte sich auf Scharmützel. Wenn Truppen desertierten, dann sollten sie uns verlassen, bevor ich Italien erreichte. Es gab zu viele Truppenführer, und noch mehr einzelne Soldaten, die ich kaum kannte und denen ich noch weniger vertraute.

Meine Gefühle dem Heer gegenüber waren ähnlich meiner Reaktion auf die *Ethik* des Aristoteles, die Silenus mir viele Jahre zuvor nahegebracht hatte. Es gab etwas, das ich gerade nicht zu fassen vermochte, das eben außerhalb meiner Reichweite lag. Ich weiß noch, wie ich mit Silenus über Aristoteles' Gedanken über die Frage »Was ist das höchste Gut des Menschen?« sprach und dann den Satz las: »Als vollkommener bezeichnen wir das, was um seiner selbst willen erstrebt wird im Vergleich mit dem, was man um eines andern willen erstrebt... Derart scheint nun am ehesten die Glückseligkeit zu sein... selbstgenügsam und das Ziel alles Handelns.« Ich erinnere mich an das Gefühl, das ich beim Lesen dieser Zeilen empfand, wie auch bei vielen anderen Abschnitten: daß sie eine große Wahrheit enthielten, die ich aber nicht begreifen konnte. Die Philosophie überließ ich anderen. Meine Armee jedoch wollte und würde ich begreifen.

Außerdem plante ich, eine Truppe in Spanien zurückzulassen und eine weitere nach Karthago zu entsenden. Die Römer würden sicherlich nach Spanien marschieren, und nach Afrika ebenso, zweifellos von Sizilien aus. Welche Truppen sollte ich zurücklassen, und unter wessen Kommando? Diese Fragen würden sich mit der Zeit lösen. Und diese Zeit gewährte ich ihnen.

Den Monat in Neu-Karthago verbrachte ich vorwiegend mit dem Planen der Versorgung. Die Route, die ich nehmen wollte, stand fest. Nur wenn ich die Alpen überquerte, konnte ich die Römer überraschen. Es mußte möglich sein. Unterwegs würden wir keine Nahrungsmittel finden. Was wir brauchten, mußten wir selbst mitnehmen.

Similce empfahl Pökelfisch, schwarzes Brot und Früchtekuchen, und so ließ ich meine Numider, die in dieser Art von Arbeit wohlbewandert waren, Tag um Tag Fische trocknen und salzen, unter großen Zeltplanen zum Schutz vor dem peitschenden Regen, der mittlerweile eingesetzt hatte. Jedes Fischerboot entlang der Küste lieferte mir seine letzten Fänge des Jahres. Die Leute wurden gut bezahlt. Geld hatte ich reichlich, dank Hasdrubal.

Die Männer aus Kappadokien buken das beste Trockenbrot, aus Hirse, Weizen und Gerste. Bald waren sechs Speicher damit gefüllt, dann acht. »Wie lange hält das Brot?« fragte ich den verantwortlichen *dekadarchos*. »So lange wie ein Menschenleben«, antwortete er. Das sollte genügen, dachte ich. Die Früchtekuchen herzustellen, hatte Similce übernommen, und sie arbeitete unermüdlich. Sie hatte ihre eigene Truppe von Gehilfen zusammengestellt, ausgewählt unter den Spaniern, die nicht zu ihren Familien gegangen waren. Im Lager wurde viel über »Similces Soldaten« gescherzt. Ich dachte mir nichts dabei. Diese Männer kämpften und starben ebenso um ihret- wie um meinetwillen.

Einmal, auf meinem üblichen Rundgang mit Maharbal, beobachtete ich, wie sie in einem großen Kessel voll Rosinen rührte. Plötzlich griff sie sich an den Bauch, krümmte sich vor Schmerz zusammen. Ich fing sie auf, von hinten, gerade ehe sie zu Boden fiel. Ich trug sie in unser Zelt, legte sie sanft nieder, und immer noch hielt sie ihren Bauch umklammert, und von draußen, aus dem Regen, hörte ich das Räuspern und das besorgte Flüstern der vielen, die uns gefolgt waren. Ich streichelte ihr die zarten Wangen, strich ihr das Haar aus dem schönen Gesicht. »Was ist, Similce?« gelang es mir schließlich sie zu fragen. »Hast du ein Fieber?«

Sie lächelte, suchte nach meiner Hand. »Hannibal, in sechs Monaten werden wir« – ein Husten, ein weiterer Stich – »werden wir ein Kind bekommen.«

Freude stieg in mir auf, schoß in mein Gehirn empor, und dann kam Scham, es nicht erraten zu haben, und Hoffnung, Angst und Liebe, alles zusammen, alles auf einmal. »Du hast mir nichts davon gesagt«, halb fragend, halb als Feststellung.

»Ich wollte warten.«

»Worauf?«

»Bis«, sagte sie und drückte meine Hand, »bis wir abmarschiert sind.« Sie versuchte, sich aufzusetzen. »Du nimmst mich doch mit, Hannibal, nicht?« So viele Gedanken und Gefühle wallten in mir auf, hallten in mir wider.

»Ja, Similce, ja«, sagte ich schließlich. Ich tat es aus Liebe, aus Notwendigkeit. Was gab es sonst? Ich hatte kein Zuhause, keinen Stützpunkt, keine Familie, wo ich sie lassen konnte. »Ja.«

Ich hatte Nachrichten aus Karthago bekommen, sechs Botschaften, sieben, eine brüsker als die andere, aber zumindest in schlichtem Punisch abgefaßt. »Der Ältestenrat verbietet dir, Rom anzugreifen. Dazu ist die Flotte überdies nicht groß genug. Mit deinen Handlungen hast du die Kriegserklärung heraufbeschworen. Durch deine Handlungen kannst du sie nun beenden...« So, in etwa diesen Worten, lautete die erste. Ich antwortete sorglos. Ich würde keine Flotte verwenden, um nach Italien zu gelangen, selbst wenn ich eine hätte. »Auch wenn meine Soldaten nicht alle zu schwimmen fähig sind«, schrieb ich, »so können sie doch fliegen.«

Die dritte oder vierte Botschaft wurde dringlicher. »Da du unsere Befehle ignoriert hast, hat der Ältestenrat dir deine Ländereien und Besitztümer, dein Hab und Gut entzogen...« Dieses Schreiben zeigte ich meinen Brüdern. Hasdrubal zuckte lediglich mit den Schultern. Mago sagte: »I-ich st-stehe z-zu dir, H-hanni-ibal.« Die beiden waren mir bessere Brüder, als ich es verdiente.

Zwei weitere Botschaften trafen ein, in anderer Handschrift, die eine von Hamilax, die zweite von Silenus. Beide sagten sie mehr oder minder dasselbe: Bomilkar habe zwar noch die Mehrheit hinter sich, aber es gebe auch viele, die ihm mißtrauten. Wir hätten noch viele Freunde. Wenn ich einen Sieg über Rom erringen könnte, würde Bomilkar überstimmt. Dies war auch meine Überzeugung. Und ich würde siegen. Doch zu diesem Zeitpunkt war Karthago nicht der Ort, an dem ich Frau und Kind wissen wollte.

Die Nachricht von Similces Schwangerschaft machte rasch die Runde. Nun fanden die Männer noch mehr Sinn in ihrem

Tun, ebenso stark wie das neue Leben, das in Similce heranwuchs. Es war eine glückliche Zeit, jene Tage in Neu-Karthago. Ich weiß noch, wie ich mit dem Kopf auf Similces sanft sich rundendem Bauch dalag und das Schlagen des neuen Herzens hörte; wie ich einschlief neben ihr mit versöhnlichen Gedanken an den vergangenen Tag, am Morgen friedvoll neben ihr erwachte.

Viele Männer schickte ich aus in jenem letzten Monat in Neu-Karthago, jeden mit klaren Anweisungen, mit Fragen, die zu beantworten waren; einige zu Wasser, andere zu Pferd. Manche kehrten, wie geplant, vor unserem Abmarsch zurück, andere schlossen sich uns unterwegs wieder an, und so kam es, daß ich wußte, was ich auf dem langen Marsch nach Rom zu erwarten hatte. Ich versuchte sogar diplomatische Mittel und schickte Männer zu den südlichen Stämmen Galliens, die, das wußte ich, Rom nicht wohlgesonnen waren. »Sagt ihnen«, trug ich meinen Leuten auf, »daß auch Saguntum mit Rom verbündet war. Und daß die Stadt jetzt wie vom Erdboden verschlungen ist.« Ich dachte sie damit zu überreden, sich meiner Seite anzuschließen. Doch sie stellten sich gegen mich. Das einzige diplomatische Mittel, mit dem ich je Erfolg hatte, war das Schwert.

Jene Leute, die von der Geographie des Landes berichteten, schickte ich sofort zu Bostar, dem Mann der vielen Karten. Sechs Gehilfen hatte er bereits, vier Kyrenaiker und zwei sizilianische Griechen, Epikydes und Hippokrates. Diese beiden stammten aus Syrakus, doch von Familien, die sich seit alters Karthago verbunden fühlten. Als mein Vater aus Sizilien abgezogen war, hatten sie die Insel ebenfalls verlassen. Für Hiero, den König von Syrakus, und seine wohlwollende Haltung gegen Rom brachten sie kein Verständnis auf. Ich sprach oft mit ihnen. Beide waren in Italien gewesen. Ich fragte sie und lernte.

Und ich verbrachte immer mehr Zeit mit Bostar. »Wenn ich nur eine Landkarte von Italien hätte«, sagte ich eines Tages zu ihm, nachdem ich die Karten von Nordspanien und Gallien so lange studiert hatte, daß ich sie fast selber zeichnen konnte. »Dafür würde ich beinahe jeden Preis bezahlen.«

Er lächelte, und das tat er selten. »Du wirst mehr brauchen als nur die Landkarte Italiens, Hannibal. Die kann ich dir geben, kostenlos. Aber die Karte, die du wirklich brauchst, ist eine vom Denken und Wesen der Römer. Eine solche Karte ist für Geld nicht zu bekommen.«

»Italien?« rief ich. »Du hast eine Karte von Italien?«

Bostar schwieg. Diese Frage hatte er schließlich schon beantwortet.

»Wie hast du sie bekommen?«

»Vielleicht ist jetzt die Zeit gekommen, daß du etwas über mich erfährst, Hannibal. Unsere Wege, so scheint es, verlaufen nun gemeinsam.« Mit dumpfer, monotoner Stimme begann er, während wir dort an seiner Feuerpfanne saßen. »Viele glauben, ich sei ein Ägypter. Sie halten mich für vieles. Aber ich wurde als Bithynier in Chalcedon geboren, und mein Vater war Hohepriester unseres Gottes...«

»Durften eure Priester heiraten?« unterbrach ich ihn. Er sah mich an, blickte fort. Ich unterbrach ihn nie wieder.

»...unseres Gottes Rheaxthus unter unserem König Zipoetes. Noch bevor ich laufen konnte, lernte ich viele Dinge und Sprachen. Der König war fort.« Falten erschienen auf seiner Stirn, eine Erinnerung überschattete sein Gesicht.

»Die Piraten überraschten uns, überfielen im Morgennebel unseren Tempelgrund am Meer. Sie töteten meinen Vater und alle Priester. Sie nahmen das Gold und die Edelsteine. Dann fanden sie mich in der Bibliothek, allein. Ich war zwölf. Einer hielt mir den Dolch an die Kehle, während sie den Raum durchwühlten. ›Hier findet sich nichts, was euch gefallen könnte‹, sagte ich auf Paphlagisch, das war ihre Sprache. ›Du sprichst ja unsere Sprache!‹ sagte ein großer, bärtiger Mann und trat zu mir. ›Welche sprichst du noch?‹ Ich zählte sie ihm auf. Ich hatte keine Angst. ›Neben Bithynisch auch Anatolisch, Thrakisch, Galatisch und Griechisch. Außerdem lerne ich Punisch und Latein. Die Texte, die ihr aus den Regalen reißt, habe ich geschrieben.‹ Das gefiel ihnen. Sie ließen ihre Schwerter fallen. ›Und kannst du ebensogut lesen und schreiben wie sprechen?‹ fragte der Mann, der wohl ihr Anführer war. ›In der Tat.‹ Und das stimmte, obwohl mein Thrakisch kümmerlich geworden ist. Fast ist es eine tote Sprache. ›Bringt ihn zum Schiff‹, befahl der Hochgewachsene. ›Bildung ist etwas Wertvolles‹, höhnte er und trat auf eine Schriftrolle.

Doch er kümmerte sich darum, daß mir nichts zustieß. Sein Name war Azeth. In Dyrrhacium verkaufte er mich an einen syrischen Händler, einen gewissen Shadrack, mit dem ich sechzehn Jahre über die inneren und äußeren Meere segelte, dreimal den Hellespont hinauf. Ich übersetzte, schrieb Rechnungen, und ja, ich begann, Landkarten zu zeichnen. In einer Karawane reisten wir von Colchis bis hinab nach Hierosolyma, dann nach Norden und Westen durch Dacia nach Sarmizegetusa. Viele Städte und Völker habe ich gesehen, und viele Geheimnisse der Goten und der Juden, während wir Handel trieben mit Fellen, Getreide und hyperboreischem Bernstein im Norden, mit Fayence und Alabaster, Elfenbein und Purpur im Süden. Dann kam der Tag, als Shadrack starb. Wir waren in Dalmatien. Seine Witwe verkaufte mich an einen Römer, ebenfalls ein Händler, der Publius Aponius hieß und für den ich viele Jahre Berichte und Briefe schrieb und weit durch Italien reiste, denn mit Garum machte er sein Geld. Zu Wohlstand gekommen, zog sich Aponius in eine Villa tief im Inneren von Umbrien zurück, wo er, so sagte er, den Fischgeruch nicht mehr zu riechen brauche. Er war ein guter Mann. Was, fragte er mich, könne er für mich tun, außer mir die Freiheit zu kaufen? Ich wolle lesen und schreiben und Landkarten zeichnen, sagte ich. Ich hatte zuviel vom Leben gesehen, zu viel vom Wahn, den man Menschheit nennt, um mich für die Freiheit meines Körpers zu interessieren. Die Freiheit des Geistes, Hannibal, die niemand verkaufen oder erwerben kann. Und was das Reisen betrifft, so habe ich gelernt, daß die weiteste Reise, die ein Mann unternehmen kann, die Reise in seinen eigenen Gedanken ist.«

Er beugte sich vor, ich weiß es noch, stocherte in der Glut der Feuerpfanne, allein mit sich, wie ich es bei niemandem sonst erlebte. Mit derselben gleichmäßigen Stimme fuhr er fort.

»Aponius sagte, er habe die ideale Stelle. Sein Neffe Caius Sempronius war ein römischer *ambactus*, Gesandter in Saguntum, und suchte einen *amanuensis*, einen Sekretär. Ich war bereits in Saguntum gewesen. Es war eine griechische Stadt, Hannibal, und keine römische. Die Atmosphäre dort hatte mir gefallen. Ich fuhr erneut dorthin. Aber Sempronius zog die Freuden des Bacchus und der Venus denen der Calliope und der Melpomene vor. Selbst für die Wachstafeln reute ihn das Geld, von Pergament gar nicht zu sprechen. Dann kam Hasdrubal. Im Verlauf eines Trinkgelages, so glaube ich, wurde ich verkauft. Der Rest ist dir bekannt.«

Die Feuerpfanne mußte nachgeschürt werden. In der Kälte zog ich meinen Umhang fester um mich. Bostar saß, wie er die ganze Zeit gesessen hatte, den Blick in weite Ferne gerichtet, und noch heute, nach vierzig Jahren, sehe ich die Falten, die ich damals sah, die hohen Wangenknochen, die hohe Stirn, die gebogene Nase, die schwarzen Augenbrauen zart geschwungen. Wie alt war er? Ich fragte nie. Ich hörte ein Räuspern hinter mir. Maharbal, ich wußte es. Ich wurde anderswo gebraucht. »Wir machen weiter, Bostar«, sagte ich, »ein andermal. Wenn wir marschieren, reitest du neben mir. Ich möchte von dir diese Karte des römischen Denkens bekommen. Maharbal, besorg Bostar ein gutes Pferd.«

Der Mond veränderte seine Gestalt. Bald würde der Monat Chodesh beginnen. Allmählich kehrten die Männer von ihren Familien zurück. Similce hatte sich erholt. Die Wagen, Waffen, Vorräte, alles war bereit. Die Zeit war gekommen. Aber zuvor rief ich eine Versammlung meiner Truppen ein, wählte als Ort ein Talbecken in den Hügeln einige Meilen vom Lager entfernt. So viele unserer Zahl wie möglich, das wollte ich, sollten mich hören, und sie drängten sich auf die Abhänge, fast bis an den Horizont. Vom Morgengrauen bis Mittag strömten sie herbei, eine Kompanie um die andere. Ich weiß noch, wie ich mir wünschte, die Römer könnten hören, wie sie jubelten, als Similce sich zu mir stellte.

Ich wollte griechisch sprechen, die Umgangssprache in meiner Armee. Um so wichtiger war es, einfach zu sprechen, klar. Was ich sagen wollte, würde in viele Sprache übersetzt, weit über die Hörweite meiner Stimme hinausgetragen werden. »Soldaten Karthagos«, begann ich. »Was ihr bislang als Gerücht hörtet, erfahrt nun von mir. Morgen marschieren wir nach Rom.« Stille, absolute Stille. Die Stille einer so großen Menschenmenge flößt Ehrfurcht ein.

»Ihr alle habt euren Sold erhalten, im voraus für ein Jahr. Ich will jedoch nicht, daß ihr mich des Geldes wegen begleitet. Unser Feldzug dient der Gerechtigkeit. Rom hat Karthago den Krieg erklärt. Sie verlangen, daß wir aus Spanien abziehen. Den Wunsch erfüllen wir ihnen.« Dieser Satz ließ einige gedämpft auflachen. »Sie verlangen auch, daß ich ihnen ausgehändigt werde, ebenso wie meine Frau Similce.« Die Stimmen wurden ärgerlich, empört, wie ich es beabsichtigt hatte. »Wollt ihr, daß wir einen Triumphzug der Römer zieren?« Jetzt erschollen Schreie, Proteste. Silenus hatte mich gut geschult, damals, vor vielen Jahren. Wir hatten Demosthenes gelesen, den großen Rhetoriker Athens. »Der gute Redner spricht nie zu seinem Publikum, Hannibal, sondern *mit* ihm, wie ein Mann, der die Lyra spielt.«

Ich spielte weiter. »Und was bietet Rom uns im Tausch dafür? Einen Frieden, den römischen Frieden. Unter euch sind viele, die aus dem Norden Spaniens stammen, aus Sizilien, Sardinien. Ihr wißt, was er bedeutet, der römische Frieden, unter dem eure Frauen und Töchter als Sklavinnen verkauft, eure Tempel und Dörfer zerstört worden sind. Es ist kein Platz für Rom und für Karthago. Die eine oder andere Stadt muß fallen. Gemeinsam werden wir dafür sorgen, daß nicht Rom den Sieg davonträgt, denn ihr seid die beste Armee, die die Welt je sah. Danach könnt ihr als Verbündete mit Kathargo leben, und als Freunde. Und so begleitet mich, mich und Similce. Es wird nicht immer leicht sein, aber ihr werdet als reiche Männer zurückkehren, reicher, als ihr euch erträumen könnt, und frei – frei, ohne die tyrannische Knechtschaft Roms. Und jetzt, Soldaten Karthagos, rüstet euch zum Marsch.«

Wir verließen das Talbecken, Similce und ich, Castello und Maharbal, und dann begann langsam, anschwellend, das Geräusch von Schwertheften und Degenknaufen, von Lanzenschaften, die gegen Schilde dröhnten – das Geräusch der Zustimmung. »Haben die Römer wirklich verlangt, daß wir ihnen ausgehändigt werden, Hannibal?« fragte Similce, als sie auf den Wagen stieg, der sie langsam zum Lager zurückbringen sollte.

»Nein«, sagte ich und lächelte. »Ich habe nur die Lyra gespielt, wie Silenus es mich lehrte. Aber sie würden es verlangen, wenn sie eine Unze Verstand besäßen. Ich habe das gesagt, weil ich nicht der einzige Mann bin, der für dich sterben würde.«

Es regnete unablässig an jenem Tag, als wir das Lager auflösten, der feine Nieselregel, den zuweilen ein Wind, den wir *imbat* nennen, mit sich bringt, ein Wind, der vom Meer herüberweht. Reglos saß ich auf Belleus, nur Maharbal und meine Brüder an meiner Seite, als mein Heer an uns vorüber nach Norden zog. Die balearischen Schleuderer bildeten die Vorhut, auf ihren kleinen, flinken Kleppern, so daß ihre Beine über den Boden schleiften. Als nächstes kam die schwere Reiterei, zweihundert Schwadronen, eine jede der anderen gleich, die Lanzen gehalftert; die Panzer ihrer Pferde klirrten bei jedem Schritt. Dann folgten meine Elefanten, achtzig an der Zahl, ihre graue Haut vom Regen schwarz gefärbt, die Lenker obenauf, schwankend, taumelnd mit der Bewegung der großen Tiere.

Hinter ihnen kamen Hunderte von Wagen, beladen mit Zelten, Häuten und Nahrungsmitteln, mit Waffen und Vorräten, und dann, Stunde um Stunde, schlossen sich, im Karree marschierend, meine Fußsoldaten an. Zum Großteil waren es Spanier. Ich hatte mich bemüht, sie einheitlich auszustatten. Jeder von ihnen trug auf dem Rücken einen Beutel mit einem zweiten Umhang, einem zweiten Stiefelpaar, Teller und Becher, und jeder Mann besaß eine Feile, um sein Schwert und seinen Speer zu schärfen. Über dem Beutel hingen beim Marschieren die neuen langen Schilde, die meisten aus feinkörnigem Bekiholz, einige aus gehämmerter Bronze, und aus Bronze waren auch ihre Helme und Brustpanzer, die im Regen glitzerten. Sie alle trugen Beinschienen aus Eisen, von ihrer Hüfte schwangen links Schwert und Degen, rechts kurze Dolche, und über ihnen ragten ihre langen Lanzenspitzen auf.

Nach den Spaniern folgten Männer vieler Nationen. Ich sah meine Parikaner und Paktyer, ruppige Bergmänner aus Numidien, jeder mit einer hölzernen, eisengespickten Keule bewaffnet, in ihren hohen Stiefeln aus Rehkitzhaut, ihr sonderbarer Kopfschmuck aus Pferdeschädeln mit Ohren und Mähnen besetzt. Sie trugen lange, wollene Umhänge, die sie *zeira* nannten und sie, wie sie behaupteten, vor der eisigsten Kälte schützten.

Und immer noch zogen sie an uns vorüber, Konkaner, die ihren Hunger mit dem Blut ihrer Pferde stillen, Arbatianer, die sich mit fliegenden Pfeilen bewaffnen, Cerretani, deren Vorfahren für Herakles gekämpft hatten, Kallaiker aus den dunklen Urwäldern im Westen, schwarzhäutige Krieger vom See Tritonis, wo die jungfräuliche Kriegerin, die Tochter Melkarths, zum erstenmal die Erde betrat, Autolosen von so flinkem Schritt, daß sie einen rauschenden Fluß überwinden können, so hieß es, und immer weiter kamen sie, bis eine Staubwolke die Ebene verhüllte.

Und endlich schlossen wir uns dem Zug an. Auf ein Zeichen Maharbals hin kamen meine tausend Hammertruppen, auf schwarzen Pferden, ihre und der Pferde Panzer aus geschwärzter Bronze, ihre Schwerter die besten, die die Schmiede hämmern konnten, und in ihrer Mitte, auf einem leichten Karren, folgte meine Frau Similce, und rechts und links von ihr ein Wagen, gezogen von vier Pferden, beide gefüllt mit Truhen voll Gold, und Bostar unbehaglich in dem einen.

Jener erste Monat des Marsches verlief, wie ich erwartet hatte. Die Regenfälle wurden immer heftiger. Im Schlamm schien eine Meile drei zu sein. Die Füße der Elefanten machten bei jedem Schritt Geräusche wie ein Schmatzen. Die schwingenden Schwerter der Soldaten rieben ihnen die Seite wund, als wären sie nackt marschiert.

Ich nutzte die Zeit. Ich beobachtete und hörte zu, sah die Stärken und die Schwächen meiner Truppen, welche murrten, welche sich beklagen würden; ich sinnierte, plante. Jeden Tag hieß ich Bostar, eine Weile neben mir zu reiten. Ich fragte ihn, was er von der Armee der Römer wisse. »Genug«, sagte er, »genug.« Natürlich wußte ich ein wenig von meinem Vater. Wenn er noch gelebt hätte, hätte ich mehr erfahren. »Sag mir, was du weißt, Bostar.« Und er begann.

»Weißt du, was *legio*, ›Legion‹ auf lateinisch bedeutet, Hannibal?«

»Ja: *Auswahl.* Warum fragst du?«

»Weil im Gegensatz zu deinem Heer, Hannibal, das der Römer aus Bürgern besteht, die zum Waffendienst *gewählt* werden. Ihnen ist es eine Ehre, ein Privileg, für Rom zu kämpfen, ihren Staat und ihre Heimat zu verteidigen. Bist du dir dessen bewußt?«

»Ein Schwerthieb trifft sie wie jeden anderen Mann.«

Bostar nickte nur, fast unmerklich. Er fuhr fort. »Ihre zweite große Stärke liegt im Rückgrat ihres Heers – den Männern, die für den Dienst bezahlt werden, die kampferprobten Zenturionen, zwei in jedem *manipulus*.«

»*Manipulus*? Das Wort kenne ich nicht.« Bostar erklärte. Eine römische Legion, sagte er, ist in zehn Kohorten und jede Kohorte in drei Manipel unterteilt; die erste besteht aus hundertzwanzig *hastati*, jüngeren, mit Wurfspieß, Schwert und Lanze bewaffneten Männern, die zweite aus der gleichen Anzahl und denselben Waffen, aber von *principes*, etwas älteren Männern, und die dritte, insgesamt sechzig Leute, den *triarii*, erprobten Kämpfern, die Langspieß und Schwert tragen.

»Mein Vater sagte, ihre Schlachtordnung gleiche einem Schachbrett. Wie kommt das?« fragte ich.

»Weil jede Manipel von Hastaten in zwölf Reihen mit jeweils zehn Mann Aufstellung nimmt. Der Abstand zwischen jeder ist so groß wie die Länge der Manipel. Die Principes bilden die zweite Linie, stehen aber in den Abständen hinter den Hastaten. Die Triarier wiederum stehen hinter den Lücken zwischen den Manipeln der Principes. Somit entsteht ein Schachbrett, wie dein Vater sagte.«

»Ich zeichne auf, wie ich das vor mir sehe«, sagte ich. Auf einen leichten Kniedruck hin blieb Belleus stehen. Ich saß ab und zeichnete mit dem Finger im Schlamm den Plan:

Hastaten
Principes
Triarier

»So?« fragte ich Bostar beim Aufblicken. Er war nicht abgesessen. Die Kunst des Reitens war nicht die seine.

»Ja, genau so.«

»Das heißt, die zweite und die dritte Linie kann rasch vorrükken, um die erste zu unterstützen oder zu ersetzen?«

»Das kann sie, und das tut sie auch. Was den Hastaten nicht gelingt, vollbringen meist die Principes. Sie sind die Krone des römischen Heers.«

»Und wenn ihr Angriff ebenfalls scheitert?«

»Dann treten sie den Rückzug an und schlüpfen durch die Linien der Triarier. Diese Veteranen knien sich auf das rechte Knie, geschützt durch ihre Schilde, und stecken den Speerknauf in den Boden, so daß die Spitzen schräg nach vorne gerichtet sind.«

»Wie eine Dornenhecke?«

»Wie eine Dornenhecke, Hannibal, und eine tödliche, die nicht zurückweicht. Daher kommt auch das römische Sprichwort: ›Etwas ist zu den Triariern gekommen.‹«

»Ich verstehe.« Ich saß wieder auf. »Danke, Bostar. Ich werde darüber nachdenken«, und ritt zu Similce.

Ich dachte auch darüber nach. Dieses System verlangte einen Frontalangriff. Und wenn wir ihn verweigerten? Die Formation braucht sehr viel Platz, damit jeder Legionär kämpfen, die Manipel sich formieren kann. Wenn wir ihn dem Gegner vorenthielten? Während wir marschierten, ging ich solche Fragen im Geiste immer wieder durch. Sobald ich eine befriedigende Lösung gefunden hatte, sprach ich mit Bostar weiter. Ich fragte auch Epikydes und Hippokrates, was sie mir dazu sagen konnten. Was ich erfuhr, besprach ich mit Maharbal und Castello und mit meinen Brüdern. Zu meiner Freude stellte ich fest, daß Hasdrubal einen guten Verstand für Militärtheorie besaß.

Während ich die lange Kolonne meiner Männer abritt, war ich mir sicher, daß mein größter Vorteil gegenüber einer jeden römischen Legion in meiner Reiterei bestand. Die römische Kavallerie hatte sich vermutlich kaum verändert, seit mein Vater sie bekämpft, seit Bostar, Epikydes und Hippokrates sie erlebt hatten. Nur eine *turma*, dreißig berittene Männer mit Lanzen und Wurfspeeren, gehörte zu jeder Kohorte, und diese Männer waren Bauern, keine Reiter. Jede Legion hatte also, wie ich nun wußte, nur dreihundert Berittene unter ihren viertausendzweihundert Männern – die Legionäre und die zwölfhundert *velites*, Scharmützler, leichte Fußsoldaten, die nur mit einem kleinen Rundschild und Wurfspeeren bewaffnet waren. Meine berittenen Peltasten, davon war ich überzeugt, würden sie leicht besiegen.

Jede Legion wurde um eine Reserve von Hilfstruppen erweitert, die aus den Dörfern und Städten der Regionen stammten, die die Römer ihren Bund nannten. Dies waren die *extraordinarii*, meist zweihundert Berittene und achthundert Fußsoldaten.

Ich fragte Bostar nach seinem Verständnis von der Kampfweise der Römer. »Sie erscheint mir starr, Bostar, und unflexibel!«

»Das mag sein, aber sie ist tödlich. Zuerst attackieren ihre *velites* und ihre Kavallerie den Feind und zwingen ihn zur Schlacht, während ihre Infanterie Aufstellung nimmt. Auf ein Zeichen der Trompeten hin ziehen sich die Leichtbewaffneten zwischen die Manipel zurück, und deren letzte Reihen treten vor, um die Lücken in der Linie zu schließen. Nichts bleibt dem Zufall überlassen. Die Hastaten rücken im Schrittempo vor. Wieder ein Trompetenstoß, fünfzig Schritt vor dem Feind, und nun verfallen sie ins Laufen. Bei dreißig Schritt Entfernung und einem Trompetenstoß schleudern sie ihre *pila*, schwere Wurfspeere. Du hast noch nie gegen ein *pilum* gekämpft, Hannibal.«

Das war eine Aussage, keine Frage. »Nein, aber ich habe von ihnen gehört. Das ist der Grund, weswegen meine schwere Reiterei und Infanterie jetzt alle den langen Schild bekommen haben.«

»Das *pilum*, Hannibal, ist für eben solche Schilde entwickelt. Die Römer haben es für den Kampf gegen die Etrusker und deren Schilde entworfen. Durch das Gewicht des langen Holzschafts kann die lange Eisenspitze leicht in einen Schild eindringen – und in Panzer, wie viele Feinde Roms zu ihrem Nachteil lernen mußten. Und weil das Eisen weich ist, wird das *pilum* beim Eindringen verbogen. Man kann es nicht zurückwerfen wie du mit deinen Wurfspießen.«

»Und nach den *pila* kommt das Schwert?«

Bostar nickte langsam. Er wandte den Blick ab, sah über die durchnäßte Erde; Regen tropfte von seinen Augenbrauen. »Ich weiß das alles von einem römischen Zenturion, der die Armee nach zweiundzwanzig Jahren Dienst verließ. Er besaß eine kleine Taverna an der Straße nach Capua, wo ich häufig übernachtete. Er lehrte mich vieles, denn er redete gerne. Das, was als nächstes kommt, nannte er ›die Ernte.‹«

»Und wenn die Hastaten erfolglos sind, treten dann die Principes vor?«

»Ja. Wieder das Zeichen der Trompeten, dann die zweite Welle. Nur wenige haben den Principes widerstanden.«

»Pyrrhus hat es getan«, wandte ich ein.

»Pyrrhus, Hannibal, war ein Pirat, ein Abenteurer, mehr nicht. Und wenn du so viele Männer verlierst wie Pyrrhus, wirst du nicht mehr lange leben.«

»Ich werde nicht wie Pyrrhus kämpfen«, sagte ich. »Danke, Bostar«, und ritt davon. Von da an hielt ich jeden Abend, nachdem unser Lager errichtet war, Besprechungen mit all meinen Truppenführern. Nach dem, was Bostar mir erzählt hatte, war die römische Armee wie eine Maschine. Maschinen wie Galeeren oder Belagerungsgerät sind ohne Befehle wirkungslos. »Haltet immer nach den Trompetern Ausschau und tötet sie«, sagte ich den Truppenführern, erntete damit zuerst verstörte, selbst abschätzige Blicke, bis ich mich erklärte, und dann gingen wir immer wieder unser System wortloser Signale durch. Über meine anderen Pläne sprach ich nicht.

Wir marschierten weiter durch den Norden Spaniens. Ich beschäftigte mich mit all den Befehlen und Entscheidungen einer Armee, die auf dem Marsch ist. Und ich redete mit Bostar und den anderen, immer und immer wieder. Die römische Armee, so sagte ich, hat strategische Schwächen, vor allem in ihrem Befehlssystem. Ihre Generale waren Konsuln, Politiker, und nicht Soldaten. Überdies würden sie jedes Jahr ersetzt, so groß sei die Angst der Römer, einen militärischen Diktator hervorzubringen. Jedes Jahr werden zwei neue Konsuln ernannt, die jeweils zwei Legionen befehligten. Es gibt keine Kontinuität im Oberbefehl. Hannibals Armee hingegen kämpft wie ein Körper und ein Geist.

»Es mag sein, daß die Römer Angst vor einem Diktator haben, Hannibal«, sagte Bostar. »Aber vergiß nicht, daß ihre Republik teuer erkauft wurde. Vielleicht ist die Diktatur das einzige, was sie fürchten. Ich bin weit gereist. Etwas Ähnliches wie diese Römer habe ich nie gesehen.«

»Aber sicher bluten sie, wie jeder Mensch«, scherzte ich.

Die Augen, die er auf mich richtete, waren wie schwarze Lachen, ließen einen fernen, vaterlosen Himmel ahnen, ein tiefes Gewässer. »Mag sein, daß du sie besiegen wirst, Hannibal. Das zu wissen, ist mir nicht gegeben. Aber ausdauernd wie das Gras sind sie. So viele Sterne, wie am Himmel stehen, so viel Sand, wie am Meeresufer liegt, das sind die Römer, Hannibal. Wenn du eine Legion vernichtest, heben sie eine neue aus, und noch und wieder eine, solange genügend von ihnen am Leben sind. Starrköpfig sind sie, wie die Welt es kaum gesehen hat. Weißt du von der Belagerung von Veii?«

Ich wußte nichts davon.

Er berichtete mir. »Veii, Hannibal, war eine Stadt, die Rom trotzte. Du weißt, wie die Römer die alte Zivilisation der Etrusker aus Italien vertrieben?« Ich nickte. Silenus hatte mir davon erzählt, vor langer Zeit, aber von Veii hatte ich nicht gehört. »Zehn Jahre lang widerstand Veii, die letzte der großen Etruskerstädte, den römischen Belagerern, bis die Römer einen etruskischen Augurn gefangennahmen, einen Weissager. Er sagte ihnen, die Stadt würde erst fallen, wenn das Wasser des Sees Albanus, der die Stadt umgab, ins Meer floß. Das war unmöglich. Veii stand viele Meilen landeinwärts von der Küste.

Die Römer bauten einen Tunnel, Hannibal, ein gewaltiges Werk; er war so lang, wie deine Armee an einem Tag marschiert. Durch ihn flossen die Wasser aus dem See Albanus in den Fluß Anio, von dort in den Tiber und dann ins Meer. Veii fiel. – Das ist das Volk, das zu vernichten du beschlossen hast. Es ist beständig wie Felsgestein. Es wird sich nie ergeben, niemals aufgeben.«

Schweigend ritten wir weiter. »Die Möglichkeit, sich zu ergeben, Bostar, ist die eine, die ich ihnen nie geben werde.«

Zwei Tage waren wir vom Ebro noch entfernt. Entscheidungen waren in mir herangereift, ebenso bedachtsam, wie in Similce unser Kind heranwuchs. An jenem Abend rief ich Maharbal und Castello, Hasdrubal und Mago in mein Zelt. »Nennt mir die beiden besten Truppenführer«, sagte ich.

Ohne zu zögern, sprach Hasdrubal als erster: »Ezena der Numider und Rurio der Keltiberer.«

»Warum?«

»Weil sie beide entschlossen sind, und doch umsichtig. Ihr Verständnis gehört der Reiterei ebenso wie dem Fußvolk, und die Männer respektieren sie.«

»Der Meinung bin ich auch«, sagte Castello.

»Und ich auch!« fügte Maharbal auflachend hinzu.

Ich erhob mich, um Befehle auszugeben. »Ab sofort sind beide zu *loxarchoi* befördert, zu Hauptleuten. Maharbal, sieh zu, daß sie entsprechend Sold erhalten. Sag Ezena, daß er drei Syntagmata Afrikaner, und Rurio, daß er sechs von Spaniern auswählen soll. Morgen marschieren sie ab.«

»Abmarschieren?« fragte Castello verwundert. »Aber...«

Maharbal erklärte. »Spanische Truppen nach Afrika, afrikanische nach Spanien: ein weitere Verdrehung der Loyalitäten.«

»Rurio geht nach Neu-Karthago, Castello, und von dort nach Karthago. Ich habe Bomilkar ausrichten lassen, daß er Galeeren schicken soll.«

»Du hast Bomilkar um Galeeren gebeten?« unterbrach Hasdrubal ungläubig. »Aber er wird nie ...«

»Das Angebot ausgebildeter Truppen wird Bomilkar kaum ablehnen«, sagte ich.

»V-vor all-allem solche, die schon bezahlt sind!« brachte Mago hervor.

Wir alle lachten. Ich fuhr fort. »Ezena geht zu den Ruinen, die wir von Carteia übriggelassen haben, und errichtet dort seine Basis. Er soll unsere Herrschaft über Spanien sicherstellen, uns den Rücken decken und die Nachrichtenwege freihalten. Aber er wird nur stellvertretender Befehlshaber sein.«

Maharbal, Castello, Hasdrubal und Mago, sie sahen alle beiseite. Wen würde ich zurücklassen? Meine Brüder saßen nebeneinander. Mit zwei Schritten trat ich zu ihnen, hockte mich neben sie. »Hasdrubal, Mago. Ich übertrage euch gemeinsam den Oberbefehl.«

Mago wollte meinem Blick nicht begegnen. Er saß da, verschränkte nur die Finger. Hasdrubal streckte die Hände aus und umfaßte meine Unterarme. Gemeinsam standen wir auf. Er war nur wenig kleiner als ich. Er löste den Griff, legte die Hände auf meine Schultern. Er sah mir in die Augen und sagte: »Hannibal, wir werden dich nicht enttäuschen.«

»Ich weiß«, sagte ich, »ich weiß«, und machte mich frei von ihm. »Maharbal« – jetzt war ich brüsk –, »laß meinen Brüdern zweitausend Berittene zurück.«

»Diejenigen, die ...«

Er brauchte den Satz nicht zu beenden. »Ja, diejenigen.« Wir alle wußten, was das hieß. Diejenigen, die nur ganz gut waren. Hatten wir nicht über Monate hinweg mit ihnen trainiert, gesehen, wie sie ihr Pferd mit Knien und Fersen lenkten und auf den Hängenden Mann zu galoppierten, eine ausgestopfte Gestalt, die auf einem Karren den Berg hinab auf sie zurollte, wie sie ihre Wurfspieße im Reiten zogen und die Strohpuppe in der

Kehle aus hundert Schritt Entfernung und das in voller Geschwindigkeit trafen? Ein Reiter, dem dies acht von zehn Malen gelang, war nur ganz gut.

»Hasdrubal, Mago, sie sollen weitertrainieren. Ich möchte, daß ihr regelmäßig Bericht erstattet.«

»W-wir w-werden die Scha-schaluppen aus Neu-Karthago dafür verwenden«, sagte Mago, noch immer ohne den Blick zu heben. »Du wirst z-zum erstenmal in Ga-Gallien von uns hören. M-meine Pläne sind schon fertig.«

Alle schwiegen. »Du hast es gewußt?« fragte ich.

Endlich sah er mich an. »Ja-ja, ich habe es gewußt.« Plötzlich lagen wir uns in den Armen.

Ich löste mich aus seiner Umarmung, ließ eine Hand auf seiner Schulter ruhen. »Ich lasse euch zwanzig Elefanten zurück, die jüngeren. Ihr müßt Spanien für uns halten. Gibt es noch Fragen?«

Castello hustete, nieste und fluchte. Viele von uns litten an dieser Krankheit, hervorgerufen durch Nässe und Kälte. Similce hatte den Saft von Zitronen im Trinkwasser verordnet. »Hannibal, das sind vierundzwanzigtausendfünfhundert Leute. Dann haben wir nur noch ...«

»Dann haben wir noch achtundsechzigtausendfünfhundert – siebenundzwanzig Syntagmata –, zehntausend Pferde und sechzig Elefanten. Das, Castello, genügt.«

Der Abschied im Morgengrauen des nächsten Tags war feierlich. Ich machte es kurz. »Ich werde nach euch schicken«, versprach ich meinen Brüdern. »Von Rom!« Auf Belleus sitzend, ritt ich in der Vorhut. Keinen Blick warf ich zurück. Wir hatten die Kuppe eines Hügels erreicht und stiegen bereits ab, als das Klopfen von Speerschäften auf Schilden der Männer, die wir zurückließen, schwächer wurde und schließlich verstummte.

Wir brauchten sechs Tage, um den anschwellenden Ebro auf Flößen und durch Furten zu überqueren. Nur ein Unglück passierte. Ein Elefantenbulle, der gerade auf das Floß aus schwimmender Erde schritt, seinen Lenker auf dem Rücken, lief plötzlich, grundlos Amok, wandte sich rasend gegen die Männer, die hinter ihm das Floß betreten wollten. Sie rannten um ihr Leben. Drei waren nicht schnell genug. Ein vierter wurde von dem Tier mitgerissen, das ihm ein Bein ausriß, bevor der Lenker Hammer und Meißel einsetzte und der Bulle langsam zu Boden stürzte, wo er zuckend, den Rüssel in Todesqual noch ausschlagend, im Schlamm und dampfenden Blut liegenblieb. Beim Sturz wurde sein Lenker eingekeilt. Beide Beine waren gebrochen, aus seiner dunklen Haut ragten weiße Knochen hervor. Ich schlitzte ihm die Kehle auf. Es war eine freundliche Geste.

Die Nächte waren nun lang geworden, unsere Tagesmärsche kurz. Wir durchquerten die Region, die als Catalunya bekannt ist. Ich rechnete mit Schwierigkeiten. Zwei der Männer, die ich ausgeschickt hatte, waren nicht zurückgekehrt. Drei weitere berichteten das gleiche: Der größte Stamm Catalunyas, die Illergeten, hatten keinen Grund, Rom freundlich gesonnen zu sein. Hatten nicht ihre gallischen Brüder im Norden die römische Faust zu spüren bekommen? Aber auch Karthago konnte nicht mit ihrem Wohlwollen rechnen. Seit Menschengedenken besaßen sie dieses Land. Sie waren unabhängig, und das wollten sie auch bleiben. Wir würden die Region nicht einfach nur durchqueren. Ich konnte uns keinen Feind im Rücken lassen.

Die Illergeten zu unterwerfen, nahm zwei mühsame Monate in Anspruch. Sie ließen sich nicht in eine Schlacht verwickeln. Sie machten meinen Linien zu schaffen, trieben Packtiere fort, töteten hier und dort einen der Unseren, überfielen uns bei Nacht. Meine Fußsoldaten konnten keinen Feind besiegen, der ihnen nur mit Pfeilen zusetzte und dann davonritt. Sie waren ausgezeichnete Bogenschützen, das gestehe ich. Ich begann, meine Abneigung gegen diese Waffe zu überdenken. Meine schwere Reiterei hatte mehr Erfolg, tötete hier zehn, dort fünf der Ihren. Mein Befehl lautete, jeden gefangenen Illergeten zu kreuzigen. Einige töteten wir auf diese Weise, aber dann kämpften sie nur noch bis auf den Tod oder nahmen sich selbst das Leben, wobei sie zu dunklen Göttern riefen. Sie hatten keine Städte, nur spärliche Dörfer, die ausgestorben waren, wenn wir sie erreichten. Es war ein zäher nomadischer Stamm, so unstet, schien es, wie die Schafe und Ziegen, die ihr einziger Besitz waren. Ich studierte unsere Landkarten, befragte unsere Kundschafter eingehend. Es war ein Hirtenvolk. Ich würde sie zusammentreiben.

Ich teilte die Armee in drei Teile, ließ zweitausend spanische Fußsoldaten zurück, die unser mit Schanzpfählen umzäuntes Lager bewachen sollten. Dort gab es etwas zu beschützen: meine Frau. Bostar, Epikydes und Hippokrates beauftragte ich, ein vollständiges Inventar unserer Vorräte, Waffen und Nahrungsmittel zu erstellen.

Maharbal entsandte ich im Eiltempo nach Norden, mit dem Befehl, erst an den Pireneos abzuschwenken. Castello wandte sich nach Westen bis zu den Bergen, die wir als Llena kannten und die sich von den Pireneos nach Süden erstreckten. Ich ritt mit meiner Hammertruppe nach Osten, auf das Meer zu, und die Infanterie bekam den Befehl, uns fünf Tage lang zu folgen und dann nach Nordwesten abzuschwenken.

In Gruppen von achtzig oder hundert sahen wir sie auf ihren struppigen Pferden, immer auf dem nächsten Berg, fern wie ein Hirsch am zurückweichenden Horizont, doch immer zogen sie westlich vor uns her. Ich trieb mich und meine Männer zu neuen Leistungen an. Wir entzündeten keine Feuer, zitterten im Regen, ritten mit den Eulen und den Tieren der Nacht, aßen nur die Trockenrationen, die wir mitgenommen hatten. In Wasser eingeweicht, können trockenes Brot und Pökelfisch einen Mann am Leben erhalten. Mehr habe ich von Essen nie verlangt. Aus einer Woche wurden zwei, und dann änderten wir unsere Richtung. Zuerst stießen Maharbals Späher zu mir, dann die Castellos. Die Falle war gestellt.

Im Herzen Catalunyas gibt es einen Fluß, den wir als Ter kannten. Grasbewachsene Ebenen erstrecken sich zu beiden Seiten, hinter denen die Hügel beginnen. Zu diesem Ter trieben wir die Illergeten, und im Morgengrauen eines trüben Tages fanden wir sie dort, waren die Nacht durchgeritten. Wir besetzten die Abhänge. Das Gelände war perfekt für meine Pläne.

Sie waren tapfer, diese Illergeten, rund zehntausend an der Zahl. Als es heller wurde, sahen sie, wie wir sie umzingelten. Wir rückten auf die Ebene vor, blieben jedoch außer Pfeilweite. Die Illergeten stellten sich im Kreis auf, fünf und sechs Mann hintereinander, die Frauen, Kinder, Pferde in der Mitte.

Ich bin, an meinen eigenen Maßstäben gemessen, stets ein gerechter Mann gewesen. Ich schickte nur drei Syntagmata spanischer Fußsoldaten vor, die unerfahrensten, siebentausendfünfhundert Mann. Die Elefanten waren im Lager. Ich hätte sie auf keinen Fall eingesetzt. Was ich wollte, war der Einzelkampf von Mann zu Mann, eine Übung für den Sieg über die Römer. Zuerst behielten die Illergeten ihre Ordnung bei, ließen Schauer um Schauer von Pfeilen auf meine vorrückenden Soldaten niedergehen, und Hunderte von ihnen fielen. Was würde ein Angriff römischer *pila* bewirken, fragte ich mich?

Dann ließ ich zwei Einheiten meiner Schleuderer vortreten, befahl, den Beschuß auf die Bogenschützen zu richten. Ein Stein ist in seiner Wirkung ebenso tödlich wie der Pfeil. Die Reichweite mag geringer sein, aber Steine brauchen nicht hergestellt zu werden. Der größte Köcher der Illergeten, das hatte ich bemerkt, enthielt nur zwanzig Pfeile. Meine Balearen trugen in ihren Lederbeuteln zumindest fünfzig Steine, groß wie Murmeln. Und Bogen brauchen Sehnen. Viele meiner Balearen waren stolz darauf, die Schleudern ihrer Großväter zu benutzen. Meine Armee mußte beweglich sein, so unabhängig wie nur möglich. Nein, ich würde nicht versuchen, die Römer mit Pfeil und Bogen zu vernichten.

Sechzig Schritt, bevor die Truppen aufeinanderstoßen sollten, gellten die Hörner der Gallier, ein gespenstisch klagender Ton, der weit über die Hügel hallte. Belleus schnaubte, wurde rastlos. Meine Linke, leicht an seinem Hals, ließ ihn ruhig werden. Es war ein Zeichen, das er kannte. »Das wirst du noch öfter hören, bevor wir Rom erreichen«, flüsterte ich, mich vorbeugend, ihm zu.

Ich hätte dasselbe getan, so glaube ich, wäre vorgestürmt, dem Tod entgegen. In Gruppen von zwei oder drei lösten die

Illergeten sich aus dem Kreis, warfen sich im Laufschritt auf unseren marschierenden Schilderwald. Einige durchbrachen sogar die Rotten, schwenkten ihre Messer, parierten mit den Tartschen, doch die Syntagmata schritten immer weiter, ließen Tode und Sterbende hinter sich. Die Illergeten stellten sich schützend um ihre Kinder und Frauen, aber auch diese Linie zersprengten meine Soldaten, hielten schützend den Schild vor sich, um tödliche Schwerthiebe auszuteilen. Wenn Soldaten der ersten Linie fielen, rückten jene der zweiten nach, und dann hieben und stachen die der dritten. Es ist eine Sache der Übung, gut zu töten, und diese Übung kam uns oft vonstatten an jenem Morgen, bis nur noch drei Gruppen von Illergeten abseits standen, zusammen mit den Frauen, Kindern, Pferden.

Meine Syntagmata hielten inne, formierten sich neu. Ich sah, wie der befehlshabende *hemiloxarchos* aus dem Glied trat und hinter seine Truppe schritt, den Schild gedreht, am Rand umfaßt – das Zeichen, daß er einen Befehl erwartete. »Maharbal«, sagte ich. »Reit zu ihnen. Laß all die Frauen und Kinder töten, dann die Männer, in dieser Reihenfolge. Aber nimm zehn Männer gefangen und bind sie an die Pferde. Dann laß sie laufen.«

Zehn Männer, die von der Vernichtung der Illergeten durch Hannibal berichteten, würde viele andere mit Furcht und Schrecken erfüllen. Ich wollte keine rebellischen Stämme mehr auf meinem Weg. Zwei Syntagmata schwenkten, umzingelten die Lebenden, während die dritte die Frauen und Kinder mit Schwert und Schleuder töteten. Wir warteten, bis es vorüber war. Die Leichen überließen wir den Geiern, den Aasfressern und den Würmern.

Niemand behinderte uns beim Überqueren der Pireneos. Die Römer hätten es versucht, sicher, hätten sie davon gewußt. Wir waren in den Bergen, die Baumgrenze wich zurück, als ein Bote aus dem Osten angekündigt wurde. Ein Ligurer, von Hamilax kommend, in Rosas an Land gegangen, hatte Hasdrubal und Mago gefunden und von unserer Route erfahren. »Die Römer haben ihre neuen Konsuln für dieses Jahr ernannt. Tiberius Sempronius Longus hat Sizilien zur Provinz bekommen. Im Frühjahr wird er Segel dorthin setzen. Er hat, so heißt es, ein großes Aufgebot an Galeeren nach Ostia bestellt.« Wieder spielte Sizilien die große Rolle. Von Sizilien würden sie nach Karthago segeln. Ich muß eilen, dachte ich.

»Und der zweite Konsul der Römer?« fragte ich.

»Hat Spanien bekommen.«

Ein Angriff auf zwei Flanken also. Doch meine Brüder würden die Römer abwehren, so lange, bis sie feststellten, daß sie nicht in Spanien gebraucht wurden, sondern in Italien. Und es gab noch etwas, das ich versuchen konnte. Ein Aufstand im Süden Galliens. Wie hieß der Stamm, der dort lebte? Ja, die Boier. Ich würde Gold an die Boier schicken und herausfinden, ob die Römer noch immer nach Spanien verlangten, wenn die Boier sich gegen sie erhoben.

»Wie heißt der zweite Konsul mit Namen?«

»Publius Cornelius Scipio.«

»Scipio? Den Namen kenne ich«, sagte ich, aber in Gedanken war ich bereits woanders. Erst als ich mich nachts zum Schlafen legte, fiel es mir wieder ein. Meine Vater hatte mir von einem Scipio erzählt, von Lucius Cornelius Scipio, einem römischen Admiral in unserem ersten Krieg gegen Rom. Dieser neue Konsul war wohl sein Sohn. Auch eine Familientradition, dachte ich und schlief ein.

Ich schickte den Boten fort, gut entlohnt, mit Silber für den Kapitän der Galeere, die ihn über das Wintermeer bringen würde. Dann gab ich ihm noch vier Beutel voll Gold für die Boier. »Sag ihnen, daß sie mehr bekommen, wenn ich bei ihnen eintreffe, im Norden von Italien.«

»Im Norden von Italien? Willst du die Alpen überqueren, Hannibal?« fragte mich der Mann erstaunt.

Ich lächelte. »Fahr von den Boiern nicht nach Karthago. Geh nach Rom und warte dort auf mich.«

Sechs Tage waren wir in den Pireneos, sonderbare, bedrükkende Berge aus Schlacke und grauem Gestein, wo verkrüppelte Kiefern auf dünner, saurer Erde wuchsen. Wir folgten einer Handelsroute, die den Karthagern seit alter Zeit bekannt war durch unsere Vorfahren, die Phönizier von Tyros. Es lag wenig Schnee dort im Osten, und ich fand einen gewissen Frieden. Jeden Tag ritt ich die Kolonne ab, plante, dachte, redete mit den Männern. Ich hieß die Schleuderer Jagd auf Bergziegen machen, und jeden Abend hatten wir Fleisch zu essen. Similces Kessel aus Tierdärmen erwiesen sich als praktisch. Auch sie war viel beschäftigt, sobald wir lagerten, trotz des Kindes in ihrem Leib, kümmerte sich um die Verwundeten, die Kranken und Gebrechlichen und bereitete aus ihren Vorräten von Kräutern und Pulvern Heilmittel für sie zu. Wie sehr sie meine Frau liebten, die vielen Männer in meinem Heer. Wie sehr liebte ich sie.

Ich war bei Similce, saß auf ihrem Wagen an diesem Vormittag, wir sprachen miteinander, als Belleus' Wiehern – er war am Wagen festgebunden – mir Maharbal ankündigte. »*Aegherghi*!« rief er auf punisch, aufgeregt: »Römer!«

Wir galoppierten an die Spitze der Kolonne. Dann sah auch ich sie in den Vorbergen im Westen, vielleicht eine halbe Stunde zu Pferd entfernt. Sechs waren es vor dem Horizont, an ihren Helmen und der Ausrüstung als Späher zu erkennen. Ich wußte, welche Befehle Maharbal von mir erwartete. »Wir lassen sie laufen«, sagte ich ruhig zu ihm.

Dies war eines der wenigen Male, daß er einem Befehl von mir mißtraute. »Du willst, daß die Römer wissen, wo wir sind?« fragte er ungläubig.

Ich sah ihn an, sein gerötetes Gesicht, ein treuer Freund, wie jeder Mann ihn sich nur wünschen kann. »Ich möchte, daß die Römer zu wissen *glauben*, wo wir sind, *anda*. Wenn sie kommen, uns anzugreifen, sind wir schon lange fort.«

Wir eilten weiter, durch bittere Kälte und peitschenden Regen, Tag um Tag, hielten uns so nah wie möglich an der Küste, zogen aber doch ins Innere, um den tückischen Sümpfen und Lagunen auszuweichen. Hier war das Hinterland der vielen Handelsposten, die einst Karthago Treue geschworen hatten – Narxhonect, Agthes, Seute. Schon lange segelten unsere Händler nicht mehr über diese Meere, und die Orte waren nur noch bloße Schatten ihrer einstigen Größe. Sie würde wiederkommen, so schwor ich mir.

Auf diesem Marsch war ein Tag wie der andere. Ich beobachtete meine Leute, hörte ihnen zu, dachte nach. Jubel erscholl, als ich verbreiten ließ, daß wir am folgenden Tag für zwei Wochen ein Lager aufschlagen würden, in der Nähe einer Stadt namens Illiberan, um zu rasten. Danach hat es mich nie verlangt. Aber bald mußten wir die Rhone überqueren. Ausrüstung mußte repariert und vorbereitet, Pläne mußten gefaßt und Befehle ausgegeben werden. Und ich machte mir Sorgen.

Wir waren in der Nähe einer Region, die von dem großen gallischen Stamm der Volcae bewohnt wurde. Ihr Land erstreckte sich bis weit in den Osten der Rhone. Zwei Kundschafter hatte ich zu ihnen ausgeschickt, noch bevor wir aus Neu-Karthago aufgebrochen waren, dann weitere, bis ihre Zahl insgesamt auf acht gestiegen war. Keiner war zurückgekehrt. Wenn die Volcae unseren Weitermarsch verhindern wollten, würde das Schwierigkeiten bedeuten. Und ich brauchte sie als Verbündete, nicht als Feinde, für einen weiteren meiner Pläne. Immer noch hoffte ich, die Kundschafter würden wiederkommen.

Also warteten wir, rasteten. Wir errichteten ein festes Lager, unser erstes, hoben Latrinen aus, legten Küchen an. Similce verlangte auch, daß ich Badehäuser baute. »Badehäuser?« fragte ich. »Du hast vielleicht im Wagen gesessen, Similce, wir aber haben jeden Tag gebadet, und zwar im Regen.«

Sie warf ihren Beutel mit Kräutern nach mir, das weiß ich noch, und diese Erinnerung wärmt mir das Herz. »Willst du, daß deine Männer sich kratzen, wenn sie auf die Römer treffen, Hannibal, oder willst du, daß sie kämpfen?«

Ich wußte, was sie meinte – Läuse. Wir alle hatten sie. »Soldaten haben immer Läuse«, sagte ich.

»Hannibal, manchmal bist du so stur! Überlaß das mir.«

Das tat ich. Unter Planen ließ sie tiefe Gruben ausheben und mit Steinen auslegen, dann mit Wasser auffüllen. Das sorgte im ganzen Lager für Verwirrung. »Dort wird niemand baden wollen«, sagte ich, als ich das sah. »Die Leute würden doch erfrieren!«

»Nicht, wenn ich fertig bin. Kümmere du dich um deine Listen.«

Acht Wagen stellte sie dazu ab, in Illiberan Fässer voll Essig zu besorgen. Dann ließ sie riesige Feuer entzünden, auf die sie viele Felsbrocken warf. Bald wurde im Lager von nichts anderem mehr geredet; wir alle lachten und scherzten. Zischend, fast berstend vor Hitze wurden die Steine in Similces Bäder gekippt, dann der Essig und zum Schluß Wasser, mit Thymian aufbereitet. Eine Rotte Männer nach der anderen sprang hinein; sie lachten und kreischten, die Männer, die mit Hannibal gegen Rom marschierten.

Maharbal kam zu mir. »Ich hoffe, das Wasser ist noch warm«, sagte er und schlüpfte aus den Kleidern.

»Wenn die Römer mich jetzt sehen könnten!« lachte ich, als ich zitternd im Wind ins Wasser sprang, um der Läuse Herr zu werden.

Similce saß in ihrem Zelt und nähte, als ich mein Bad genommen hatte; ihr runder Bauch, die angeschwollenen Brüste warfen Schatten im Licht der Lampe. »Morgen tun wir das gleiche, und übermorgen auch, Hannibal, bis« – mein Mund liebkoste ihre Stirn – »bis alle Männer entlaust sind« – und ich fuhr mit der Nase über ihren Nacken, nahm ihren Duft wahr, spürte mit meiner Zunge jedem Härchen nach – »aber vielleicht brauche ich mehr Thymian und Essig« – schwächer jetzt, als meine Finger über ihr Gesicht glitten, ihre Nase, ihre Wangenknochen nachzeichneten, rund um die Augen kreisten – »das tötet die Läuse, weißt du« – bis mein Mund sich über ihrem schloß und sie zum Schweigen brachte. Sehnsüchtig liebten wir uns, umgeben von Liebe, zwischen uns Liebe, und in ihr das Leben, das von uns beiden war.

Ich konnte nicht länger auf Nachricht von den Volcae warten. Früher als vermutet erhielt ich Kunde von meinen Brüdern. In Spanien war alles ruhig, aber sie hatten erfahren, daß die Römer sich rüsteten, mit einer Flotte nach Emporiae zu segeln, einer Stadt an der Küste im Nordosten. »Wir bereiten uns darauf vor, sie würdig zu empfangen«, schrieben meine Brüder.

Ich mußte mich beeilen. Wir würden die Volcae bekämpfen, wenn sie uns dazu zwangen. Wir marschierten weiter, die Männer frischen Mutes, bis wir zur Rhone gelangten. Vorsichtig suchten wir uns einen Weg durch die Sümpfe zum Ufer, ich und Maharbal, Castello und sechzehn meiner Hammertruppen. Wir sahen sie deutlich, wie sie am jenseitigen Ufer warteten, die Volcae in der Abenddämmerung. Hauch trat aus den Nüstern ihrer Pferde, hinter ihnen die brennenden Feuer, und im Halblicht die sonderbaren Helme und das murmelnde Kauderwelsch der Gallier, deren Truppen sich jenseits meiner Sichtweite erstreckten. Als mein Blick zurückwanderte, sah ich zuerst eine Gestalt, dann eine zweite, die ich sofort als jene meiner Männer erkannte, die ich ausgeschickt hatte. Nun waren sie tot, vertrocknete Totems an einem Fluß, den die Volcae zu überqueren mich hindern wollten.

Am nächsten Morgen wußte ich, was ich tun wollte, noch bevor ich wirklich wach war. Rasch kleidete ich mich an, ging zu Castellos Zelt. Er reckte sich unter dem Bärenfell, das ihm als Decke diente. »Castello, stell zwei Syntagmata von Fußvolk zusammen, such dir die Leute selber aus, und nimm Trockenrationen für zwei Tage mit«, sagte ich, neben seiner Bettstatt kauernd. All meine Männer waren an klare, knappe Befehle gewöhnt. »Marschiert zuerst nach Westen. Die Volcae dürfen euch nicht sehen. Dann geht einen halben Tag im Eilmarsch den Fluß hinauf. Überquert ihn, und ...«

Costello lachte sein tiefes, grollendes Lachen. »Ich weiß«, sagte er, »und greift die Volcae von hinten an! Diese Arbeit, Hannibal, wird mir gefallen, glaube ich!« und schon war er auf, legte schnell seine Beinschützer, seinen Brustpanzer an.

»Ich brauche zwei Tage, um Flöße zu bauen und alles vorzubereiten«, sagte ich. »Sobald ihr Aufstellung genommen habt, gebt mir ein Signal. Rauch oder Spiegel, je nach Wetter. Wir werden warten.« Ich sah seinen Schild, mit Bronze beschlagen, in der Ecke schimmern. »Eins noch, Castello«, sagte ich. »Laß den hier. Nimm dir einen Schild aus reinem Holz, und all deine Leute ebenso. Sie werden euch tragen, wenn ihr den Fluß durchschwimmt.«

»So warm wie Similces Bad wird es kaum sein!« Mehr sagte er nicht. Eine kurze Berührung seiner Schulter, und ich war fort.

Wir sahen sein Signal; es war Rauch. Die ersten Einheiten meiner Männer hatten den Fluß auf Flößen halb überquert, die Pferde begleiteten sie schwimmend. Die Gallier warteten, schreiend, waffenschwingend, begannen Pfeile abzuschießen, als Castellos Syntagmata in perfektem *synapismos*, völlig lautlos, den Abhang hinabmarschierten zu den Volcae, die sich umwandten, überrascht innehielten, dann geschlossen auf Castellos Truppen zustürmten.

Er behielt die Schildkrötenformation bei, bot den Galliern die schmalstmögliche Front. Nicht einmal ein Drittel ihrer Männer konnte die Unseren zum Kampf stellen. Die Volcae waren wie eine Herde kopfloser Kühe, als meine Syntagmata, genau zum richtigen Zeitpunkt, zu »fliegen« begannen und die Gallier umschlossen.

Viele entkamen, während ich ruhig auf Belleus saß, von einem Vorsprung aus alles unter mir verfolgte. Castellos Linie war nur zwei Mann tief, zu wenig, um zu verhindern, daß einige Volcae sie durchbrachen. »Soll ich Reiter hinüberschicken und sie verfolgen?« fragte Maharbal.

»Nein, *anda*. Laß sie leben, damit sie ihren Nachbarn berichten, was passierte, als sie sich Hannibal zu widersetzen wagten.«

Zweifellos hatte irgend jemand den Boiern davon berichtet, denn zwei Wochen später erschienen zehn ihrer Häuptlinge, um mir ihre Freundschaft anzubieten. Das, und vielleicht das Gold, hatten ihre Wirkung gezeigt. Sie hatten sich erhoben und die römischen Garnisonen in Stradella und Tortona in Gefechte verwickelt. Ich zog Bostars Landkarten zu Rat. In mir entstand ein Plan.

Zwei Tage dauerte es, die Rhone zu überqueren; die Elefanten setzten wir auf gleiche Weise über, wie mein Vater die seinen nach Spanien gebracht hatte. Ich gab sehr acht auf Similce, denn das Kind in ihrem Leib war sehr herangewachsen. Castellos Männer hatten ein richtiges Boot für sie beschafft, das sie den Volcae genommen hatten. Similce sagte, das Segeln könnte ihr gefallen.

Ich hatte Maharbal mit fünfhundert numidischen Reitern vorausgeschickt, die als Spähtrupp den Westen, dann die Rhone flußabwärts erkunden sollten. Vier Tage war er unterwegs. Ich saß abends mit Bostar zusammen, als er zurückkam, er und nur die Hälfte seiner Reiter. Er war erschöpft, verdreckt, und Blut verkrustete seine Rüstung, als er hereinstürzte und hervorstieß: »Römer, Hannibal, eine römische Armee!«

Ich bat ihn, Platz zu nehmen und mir langsam zu berichten.

Nur zufällig war er der römischen Reiterei begegnet, in einem Tal im Süden. Ihr Gefecht war blutig, aber kurz und unentschieden. Die Römer zogen sich zurück. Er folgte ihnen den Fluß hinab. »Schiffe, Hannibal, in großer Zahl, die in der Flußmündung vor Anker lagen. Ein Lager. Aber näher wagte ich mich nicht heran. Dann ritten wir zurück. Ich mußte unsere Verwundeten dort liegen lassen. Mein Pferd lahmte. Ich, ich ...«, und dann fiel Maharbal in Ohnmacht.

Innerhalb von drei Stunden war unser Lager abgebrochen. Die ganze Nacht hindurch marschierten wir, geleitet von den launenhaften Sternen, und immer weiter, direkt nach Osten, auf die Alpen zu. Rast legten wir nicht ein. Später blieb noch genügend Zeit zu schlafen. Ich hoffte, Bostar würde recht behalten. Die Römer würden nicht bei Nacht marschieren. Auch, sagte er, errichteten sie jeden Abend ein richtiges Lager mit Gräben. Das verlangsamte ihren Marsch. Sie würden uns nicht einholen. Ich wollte nicht auf Gelände kämpfen, das nicht ich gewählt hatte. Ich würde Rom auf römischem Boden bekämpfen.

Ich ging ein Risiko ein. Es konnte sich nur um Scipios Armee handeln. Was würde er tun, wenn er feststellte, daß ich verschwunden war? Was hätte ich an seiner Statt getan? »Überleg immer von zwei Positionen aus, Hannibal, von deiner und der des Gegners«, hatte mein Vater mir vor langer Zeit gesagt.

Zweifellos würde ich mit dem Schiff nach Italien segeln und auf der anderen Seite der Alpen warten. Nun mußte Scipio sich über meine Absichten im klaren sein, dachte ich. Fast sollte ich recht behalten.

Erst als ich sicher wußte, daß wir nicht einzuholen waren, als meine Kundschafter nichts Auffälliges berichteten, und das Tag um Tag, verlangsamte ich unseren Marsch. Die Elefanten hatten Hunger. Es war keine Zeit gewesen, Futter einzuholen. Wir alle hatten Hunger, waren erschöpft, und die Geburt, so sagte Similce, stand kurz bevor. Auf einer Hochebene, von der im Sonnenschein die weite weiße Wüste der Alpen zu sehen war, errichteten wir unser zweites festes Lager auf diesem Marsch.

Vielleicht war es der Anblick der Alpen, der die Männer demoralisierte. Vielleicht hatte ich sie überfordert. Ein Truppenführer nach dem anderen berichtete mir, die Männer würden murren, seien unzufrieden. Als die Boier kamen, sprach ich ausführlich mit ihnen, in gebrochenem Latein. Ich nutzte die Gunst der Stunde.

Ich berief eine Versammlung ein. Die Häuptlinge der Boier ließ ich neben mir auf dem Wagen stehen. »Soldaten Karthagos«, setzte ich an, »wir stehen am Fuß der Alpen, und viele von euch, höre ich, sind nun von Angst erfüllt. Seht hier die Männer neben mir. Sprecht selbst mit ihnen. Es sind Nachkommen der Gallier, die diese Alpen vielfach überquerten, nach Osten und nach Westen, die Alpen, die euch mit Furcht erfüllen. Sie werden euch sagen, wie sie auch mir berichteten, wie vor zwei Jahrhunderten Bellovesus seine Insubrer über die Alpen führte und auf der anderen Seite eine große Stadt gründete, die Stadt Mediolanum. Ihm folgte Elitovius, der die Cenomaner über die Alpen führte, und jetzt leben sie in der Umgebung von Brescia und Verona. Die Boier selbst, die Lingonen, die Senonen, sie alle kamen von der anderen Alpenseite in dieses Gebiet. Erst vor zwanzig Jahren riefen die Boier Atis und Galatas weitere Gallier über die Alpen. Und vor sieben Jahren führten Concolitanus und Aneroestus ihre große Schar, gewaltiger als die unsere, durch diese Berge, die ihr so fürchtet.«

Ich ging noch weiter. »Haben wir nicht immer den Sieg davongetragen? Was ihr in Saguntum erbeutet habt, erhaltet ihr hundertfach, wenn wir Italien erobern. Wir haben den Ebro überquert, die Pireneos, die Rhone. Ihr solltet euch nicht fürchten.« Ich hielt inne. Noch immer blieben die Männer stumm. Ich sprang zu Boden, half sanft Similce, den Wagen zu besteigen, so daß sie von überall zu sehen war. »Und wer von euch Männern ist zu zaghaft, nicht dorthin zu folgen, wohin diese Frau, meine Gemahlin, sich vorwagt?« Das verfehlte seine Wirkung nicht. Zuerst sanken die Reihen vor mir in die Knie, dann jene hinter ihnen, wie Gerstenhalme, die im Wind sich biegen. Nur einige Gruppen hier und dort blieben aufrecht stehen. Mit ihnen würde ich mich später befassen.

Als ich mit Similce zu den Zelten zurückging, den Arm um sie gelegt, trat einer der Boier auf uns zu. Magalus hieß er mit Namen. »Wenn deine Männer mich fragen, Hannibal, kann ich nicht lügen. Mein Volk hat die Alpen oft überquert, das stimmt in der Tat, aber nur im Sommer. Du mußt warten.«

Ich blieb stehen. Sein Blick begegnete dem meinem. Diesem Mann konnte ich vertrauen. »Magalus, willst du mein Führer sein?«

Auch jetzt hielt er meinem Blick stand. »Du hast viel Mut, Hannibal. Ja, ich bin bereit.«

Am Nachmittag setzten bei Similce die Wehen ein. Niemanden wollte sie bei sich haben, nicht einmal mich. »Laß mich!« stieß sie zwischen den Wogen des Schmerzes keuchend hervor. »Seit wann hat Hannibal nichts Besseres zu tun!« Aber als ich hinausging, wartete ich nur. Magalus erbot sich, eine gallische Hebamme zu holen. Ich lehnte ab. Die vielen Männer, die kamen, um schweigend im Regen mit mir zu warten, schickte ich nicht fort.

Wo hatte ich solche Schreie schon einmal vernommen? Bei Hannos Kreuzigung. Dann wieder, und ein drittes Mal, ich konnte es nicht mehr ertragen, und plötzlich kam ein anderes Geräusch, das Schreien eines Kindes, und ich stürzte hinein, allein, und sah sie liegen, beide, auf Fellen und Häuten, meine

Frau nackt, die Nabelschnur pulsierte noch, und an ihrer Brust lag mein Sohn.

Sie lächelte schwach, als ich ihre Hand ergriff. »Als meine älteste Schwester ihr erstes Kind gebar, lag sie sechzehn Stunden in den Wehen. Aber ich weiß, daß du in Eile bist, Hannibal«, flüsterte sie, mich neckend. Sie trank ein wenig aus dem Kürbis, den ich an ihre Lippen hielt. »Wie soll er heißen, unser Sohn?« Noch blutig lag er auf ihr, saugte an ihrer Brust.

»Zur Hälfte ist er du, zur Hälfte ich. Halb spanisch und halb karthagisch. Welcher Name bedeutet in deiner Familie am meisten?«

»Der meines Vaters – Fuano.«

»Dann nennen wir ihn – Fuabal«, sagte ich. Sie streckte eine Hand aus, streichelte meine Wange.

»Dann laß deine Armee unseren Fuabal sehen, unseren Sohn. Gib mir dein Messer.« Sie durchtrennte die Nabelschnur, griff nach einem Stück sauberer Baumwolle und einer Haut, ich glaube, sie stammte von einem Luchs, packte den weinenden Fuabal hinein. »Jetzt laß mich schlafen«, sagte Similce und reichte mir unseren Sohn. Dann: »Er ist kein Ei! So leicht zerbricht er nicht!«

Aber weinen konnte er, oder vielmehr brüllen, vor allem bei dem Lärm, der von den Männern aufstieg, als ich ihn nach draußen trug und ihn hochhielt im fahlen Licht der Sonne. »Das ist Fuabal!« rief ich, »mein Sohn!« Und ich hörte, wie der Name vom einen zum anderen weitergegeben wurde.

Fünf Tage später nur brachen wir das Lager ab. Schon am dritten Tag nach Fuabals Geburt war Similce wieder auf den Beinen und kümmerte sich um die Kranken, die Verwundeten, trug unseren Sohn in einem Schal an ihren Leib gebunden. Ich sah die beiden, so oft es ging, aber ich hatte viel zu tun. Zuerst suchte ich die Männer auf, an deren Treue ich zweifelte, die nicht gekniet hatten, die noch murrten. Castello und Maharbal waren der gleichen Meinung wie ich, wer den Oberbefehl erhalten sollte – ein Grieche, Aragoras.

Ich schickte sie, zehntausend Männer, an die Küste, mit dem

Befehl, von Bomilkar Schiffe zu ordern. Mit ihnen ging ein versiegeltes Schreiben an Bomilkar. »Wohin sollen wir gehen?« fragte Aragoras mich.

»Folg Bomilkars Befehlen, wenn sie eintreffen«, antwortete ich. In meinem Schreiben riet ich Bomilkar, die Truppe nach Sizilien zu entsenden. Aragoras sagte ich das nicht. Ihm vertraute ich, doch nicht den Männern unter ihm.

Damit blieben mir achtundfünfzigtausend Fußsoldaten. Wenn ich mehr brauchte, würde ich sie von den Galliern rekrutieren. Immer wieder verbrachte ich lange Stunden mit Magalus und Bostar, um Landkarten und Pläne zu studieren und zu entwerfen. Alles planten wir – wo wir die Wagen zurücklassen würden, die Zelte, alles Überflüssige. Schwierig war das Futter für die Tiere, die Pferde und die Elefanten. Alles Grün, das in mehreren Meilen Umgebung wuchs, hatte ich schneiden und bündeln lassen. Die Männer würden die Garben an Seilen hinter sich durch den Schnee herziehen. Wir rechneten genau aus, wie wenig Essen jeder Mann brauchte, um zu überleben.

Angeführt von Magalus begannen wir den Aufstieg über steinige, vereiste Pfade durch Geröllhalden, hinauf und weiter in eine enge Schlucht, wo zu unserer Rechten hohe Felswände aufragten und zu unserer Linken steil abfielen. Zumindest sind Similce und Fuabal ganz hinten, dachte ich, als von den Vorsprüngen über uns Felsbrocken auf unsere Kolonne herabregneten. Das Maultier vor mir und die zwei Männer, die es führten, wurden von einem Stein weggefegt.

Ich rannte die wenigen Schritte zu Magalus hinauf, verbarg mich hinter einem Stein. »Allobrogen«, sagte er.

»Du hast mir gesagt, sie seien Freunde! Sind es nicht Gallier, deine Blutsverwandten?«

»Die meinen, Hannibal, ja, aber nicht die deinen.« Ein weiterer Fels sauste krachend an uns vorbei.

Ich gab den Befehl aus, alle sollten Unterschlupf suchen. So wollte ich bis zum Einbruch der Dunkelheit warten. Dann würde ich diese Allobrogen finden.

Aber es ist schwierig, eine lange Kolonne anzuhalten. Ein

Blick zurück sagte mir, daß die Männer ganz hinten immer weitermarschierten und abrupt stehenbleiben mußten, wenn sie auf diejenigen stießen, bei denen der Befehl bereits angelangt war. Die Felsbrocken töteten zwanzig, dreißig auf einen Schlag. Wut stieg in mir auf, das weiß ich noch. Ich wußte, daß ich Männer an das römische Schwert und die *pila* verlieren würde, aber ich hatte diese Leute nicht gedrillt, hatte nicht mit ihnen gelebt und sie auf meine Art geliebt, damit sie auf diese Weise starben.

Das erschreckte, ängstliche Brüllen der Maultiere hallte von den Felswänden wider, und ich sah, wie sie sich aufbäumten, in den Abgrund stürzten und die Bündel mit sich in die Tiefe rissen. Ich stürmte aus meinem Unterschlupf hervor, und mit dem Schrei »Bar-kas!« hastete ich das Geröll hinauf und erreichte keuchend, voll Blutdurst, die erste Gruppe, insgesamt acht Allobrogen, im Kreis ihren vielen Steingeschütze. Ich tötete sie und setzte dann den anderen nach. Castello sah ich; aber wo bleibt Maharbal? dachte ich. In der Nachhut, wohin ich ihn abgestellt habe, als ein Speer mich um Haaresbreite verfehlte und ich dem Mann den Bauch aufspießte, so daß mein Schwert am Rücken wieder austrat, und es gab Paraden, Schnitte, Hiebe, bis der Steinhagel ein Ende fand.

Danach kamen wir noch langsamer voran. Ich schickte Späher voraus, denen wir nur folgten, wenn sie meldeten, der Weg sei sicher. Ich ließ die Elefanten in die Vorhut treiben. Magalus sagte, sie würden die Gallier in Angst und Schrecken versetzen, wenn überhaupt noch welche in der Gegend waren. »Bald sind wir in zu großer Höhe, sogar für sie«, sagte er. »Sie sind nicht verrückt.« Allmählich stiegen wir weiter auf. Und dann fing es zu schneien an, dicke, vereinzelte Flocken schwebten zuerst zu Boden, dann immer mehr, wirbelnd im aufkommenden Wind. Ich gab den Befehl aus, alle müßten weitergehen, alle Tiere geführt werden, und so schleppten wir uns vorwärts. Jeder Schritt kostete uns Willenskraft.

Ich schritt unsere lange Kolonne ab, sprach hier Worte der Ermutigung, dort des Tadels, als die Männer langsam zum Stillstand kamen. Ich lief nach vorn, im Schnee ausrutschend, vorbei an den Elefanten, die im Dämmerlicht wie Mammuts wirkten. Ein riesiger Felsbrocken versperrte den Pfad. Ich ließ Magalus holen. »Gibt es einen Weg an ihm vorbei?« rief ich durch den Wind.

Heftig schüttelte er den Kopf, gefrorenen Schnee im Bart. »Wir müssen umkehren.«

Wenn ein Weg versperrt ist, soll man ihn furchtlos weitergehen. Es mußte eine Möglichkeit geben.

Similces Bäder. Ich hatte gesehen, wie die erhitzten Steine zerborsten waren. Ich würde diesen Fels erhitzen, bis auch er zersprang. Aber es war eine mühsame Arbeit, das Brennholz von der Waldgrenze weit unter uns die Kolonne hinauftragen zu lassen. Die ganze Nacht hindurch ließ ich das Feuer nachschüren und so viele Männer, wie Platz hatten, in der Wärme schlafen, jeden stets zwei Stunden lang.

Den letzten Brocken des Felsens schob ich mit eigener Hand beiseite und verbrannte sie mir dabei, auch wenn ich sie zum Schutz mit Fellen umwickelt hatte. »Noch drei Tage sind es bis zum Gipfel«, sagte Magalus. Wir brauchten sechs, oder waren es mehr? Jene Tage und Nächte sind verschwommen, eine schwarze Leere in meinem Gedächtnis. Der Schneefall ließ nicht nach, und jetzt sanken die Füße ein, rutschten aus auf dem darunterliegenden Eis. Similces Mut sei am Sinken, wurde mir von der Nachhut gemeldet. Ich ließ sie nach vorne bringen, zusammen mit Maharbal und Castello. Bostar und seine Gehilfen hatte ich seit Tagen nicht gesehen.

Fuabal war in Wickelkleider gehüllt und Felle, lag unter Similces drei Umhängen an ihrer Brust. Ich fragte mich, wie er noch atmen könne. Gemeinsam betteten wir ihn auf ihren Rücken, und dann trug ich sie, meine Frau und meinen Sohn, auf dem Rücken durch die Kälte, durch den Schnee und Wind.

Castello trug sie, und auch Maharbal. Hundert Schritte ein jeder von uns, so hatten wir beschlossen, und es war gut, beim Schreiten mitzuzählen, auf die Schritte achtzugeben. Ich hörte, daß einige Männer im Schnee erblindeten. »Seht nur auf Dinge, die schwarz sind oder dunkel«, riet Magalus, und ich schleppte mich weiter und starrte auf das schwarze Fell um meinen Bauch. Aber gegen Frostbeulen gab es keine Hilfe, nur den Tod. Die neuen Stiefel aus Illerban, die viele der Männer bekommen hatten, waren mehr als schlecht. Das Leder der Riemen, frisch abgezogene Rinderhaut, schrumpfte in der kalten Nässe, schnitt in die Füße ein und unterbrach die Blutzufuhr. Sie lebten noch, die Männer, konnten aber keinen Schritt mehr tun und warteten auf den Tod, dort, wo sie saßen oder lagen.

Was blieb mir anderes übrig, als immer weiterzugehen? Nachts schliefen wir, wo wir angehalten hatten, wärmesuchend in kleinen Gruppen unter Umhängen zusammengekauert; der gepökelte Fisch und die Früchtekuchen, alles schmeckte gleich im trockenen, wunden Mund. Es fiel schwer, sich morgens wieder zu bewegen, die wärmende Decke des Schnees, der nachts gefallen war, zu verlassen. Viele taten es nicht. Ich verlor zehn Elefantenlenker, die sich an die warmen Leiber ihrer Tiere gedrängt hatten und zerquetscht worden waren, als die Elefanten sich bewegten. Similce stillte Fuabal in einem Zelt, das wir aus Umhängen errichteten. Er saugte kräftig, war aber sonst sehr ruhig.

Die Kälte wurde unerträglich, glitzerte um uns, so daß jeder Atemzug einen scharfen Stich verursachte. Ich erinnere mich noch der Angst vor den Schmerzen, die jedes Einatmen bereiten würde, und wußte doch, daß ich es mußte. Was blieb, war zwar verschwommen, aber hell: der Wille zu überleben. Der Boden war ebener geworden, die wenigen Schritte, die ich sehen konnte. Magalus sagte, fast hätten wir schon den Gipfel erreicht, ein Hochplateau, von dem wir den Abstieg beginnen würden. »Werde ich von dort Italien sehen?« fragte ich ihn, fast unverständlich durch eisige Lippen.

»Nur, wenn der Schneefall aufhört«, rief er zurück. In der Nacht schliefen wir auf dieser Ebene, Similce neben mir, Fuabal zwischen uns, und dazu Maharbal und Castello und zwei weitere Männer, die ich gefunden hatte, wie sie verwirrt, kaum lebend noch im schneidenden Wind, herumirrten.

Im Halbschlaf merkte ich, daß etwas anders geworden war. Der Wind. Er hatte sich gelegt. Und was war das? Ein Licht. Im Osten sah ich eine Sonne. Ich richtete mich auf, erhob mich, verließ meine schlafende Frau und meinen Sohn. Langsam zuerst, mit steifen Gliedern, dann immer schneller, wie besessen, lief ich über das Feld des glitzernden Schnees, stürzte, sank bis zur Taille ein, schob mich keuchend wieder hoch, bis an den Rand. Und dort, dort unter mir, sah ich Italien liegen.

Ich wollte rufen, doch meine Lippen waren rauh, geschwollen. Stolpernd fand ich den Weg zurück. Nur eine weiße Erhebung in der weißen Weite zeigte mir, wo sie lagen. »Similce, Maharbal, Castello!« krächzte ich, taumelte auf sie zu. »Wacht auf! Italien! Italien!« Ich kletterte über die schlafenden Körper, schaufelte den Schnee mit beiden Händen fort. Similce setzte sich auf, griff instinktiv nach unserem Sohn, schob die Umhänge um ihn beiseite. Er regte sich nicht. So oft habe ich in meinen Träumen diese winzigen Tränen gesehen, gefroren, die im Licht der Sonne glänzten. Ich kniff die Augen zusammen und erinnerte mich an sein Wimmern in der Nacht. Ich wußte, daß Fuabal gestorben war. Ich öffnete die Augen. Sie begegneten Similces. Sie waren riesig, leer und schwarz. Sie wollte schreien, doch kein Laut drang durch die eisige Luft.

# VII
# Italien

Dort in der kahlen Höhe konnten wir Fuabal nicht verbrennen, und so begruben wir ihn, so gut wir konnten, hoch oben in der gleißenden, grellen Sonne unter dem unbarmherzig blauen Himmel. Similce wehrte sich nicht, als ich aus ihren Armen das Bündel nahm, das unser Sohn gewesen war. Still saß sie da, als Maharbal und ich die Grube aushoben, so tief wie unsere klammen Hände es erlaubten. Mit ein paar Steinen bedeckten wir ihn, umringt von einigen Soldaten, die ich zu dem Grab geführt hatte und die schweigend zusahen. Fuabals Gebeine müssen noch immer dort liegen, unter den kreisenden Adlern, mit dem Tod.

Ich wollte mit Similce reden. Ich wollte sagen: »Wir werden weitere Kinder haben«, aber Worte schienen eitel. Wir schleppten uns weiter, fort von dem Ort, durch eisige Kälte, die den Schmerz im Innern betäubte. Die Gebete an Melkarth, an Eschmoun und Tanit-pene-Baal erstarben, noch bevor der Mund sie formen konnte.

Jahre später, als böse Träume mich nachts am Schlafen hinderten, ging ich einmal zu Bostar. »Bedrückt deine Vergangenheit dich nie?« fragte ich ihn.

»Der Weise kennt keine Vergangenheit, Hannibal, und auch keine Zukunft. Der Weise lebt nur in der Gegenwart.«

Aber nur die Zukunft trieb mich weiter, damals in den Alpen.

Der Abstieg war schlimmer als der Aufstieg. Der Schneefall hatte aufgehört, aber die Kälte war noch eisiger geworden. Ich entsinne mich vereister Pfade, die im Zickzack verliefen. Magalus ging vornweg. Oft glitt er auf dem Gesäß hinab, denn seine Füße fanden keinen Halt. Wir folgten seinem Beispiel. Die einzigen Geräusche, an die ich mich von jenen Tagen erinnere, sind die Todesschreie der vielen, vielen Männer und Tiere, die in den Abgrund stürzten. Ich zwang mich, die Kolonne abzuschreiten; ich wollte allen, die einfach stehenblieben, Worte der Ermunterung zusprechen. Ich wollte ihnen sagen, daß sie in die Ferne blicken sollten, zu den Ebenen Italiens schauen, wo Flüsse im Tageslicht glitzerten. Statt dessen sagte ich ihnen: »Wenn ihr hierbleibt, werdet ihr sterben.« Viele taten es auch.

Wir verloren dreißig Elefanten oder mehr. Sie fielen einfach zu Boden, trompeteten bis zum Augenblick des Todes, aber ihre Schreie hallten von den Schründen und Schroffen an Ohren, die nichts hörten. Unter den Pferden entdeckte ich auch Belleus, mager, keuchend, räudig, scheu. Er erkannte mich kaum. Vielleicht haftete der Geruch des Todes zu stark an mir, der Tod Fuabals, der Tod der unendlich vielen Männer. So viele Tote umgeben mich. Zum erstenmal sah ich die Gestalt in jenen Tagen des Wahns beim Abstieg, wie sie Blätter des tiefen Vergessens auf unseren Weg hinstreute. »Ich bin die Mutter der Schönheit. Ich bin deine Mutter«, rief sie mir zu, nahm schattenhafte Formen an, nur um wieder zu verblassen. »Nur von mir kommen deine Träume und dein Verlangen. Und doch erzittern vor mir Weidenbäume in der Sonne. Blühende Mädchen gehören zu meinem Gefolge, schreiten durch die schimmernden Blätter. Komm, Hannibal! Sieh, ich habe deinen Sohn.« Rom, Rom, ich klammerte mich an Rom, an Similce – wo ist sie? Vorne, bei Maharbal. Er wird sich um sie kümmern. Rom, Similce, ich werde nicht den Verstand verlieren, und mit jedem taumelnden Schritt verbannte ich den Tod. So besiegte ich die Alpen.

Zunächst verkrüppelt und einzeln, dann immer größer und kräftiger, tauchten die ersten Bäume auf. An einen Ort erinnere ich mich, wo im Schutz der Bäume ein grünes Bergtal liegt. Ein Bach fließt in seinem Grund entlang, glitzernd im weißen Schnee. Dort bauten wir mit letzter Kraft ein Feuer, schliefen, schöpften neuen Mut. Similce sagte nichts, starrte nur in weite Fernen. Sie verweigerte jede Nahrung, sogar das frische Fleisch einer Ziege, die zu jagen, zu töten und zu braten jemand die

Kraft gefunden hatte. Sie trank nur von dem Wasser, das ich ihr reichte. Ich versuchte, mit ihr zu reden. »Laß sie, Hannibal«, erklang Bostars Stimme leise hinter mir. »Da, wo sie ist, kann keiner ihr folgen.« Zumindest Bostar war noch am Leben. »Der Schnee hat mir nie zugesagt«, war sein einziger Kommentar.

»Und die Landkarten, Bostar, was ist mit ihnen?« fragte ich.

»Sie sind, wie ich, wohlauf.«

»Und was ist mit Epikydes, Hippokrates?«

»Beide haben erfrorene Zehen. Sie sagen, vielleicht war das Leben in Sizilien doch nicht so übel. Aber sie werden überleben.«

Am zweiten Tag in unserem behelfsmäßigen Lager begann ich mit meiner Bestandsaufnahme. Ich hatte in den Alpen weit mehr verloren als nur Fuabal. Ich schrieb alles auf die Tafeln, die ich von Bostar hatte. Es wurde eine Inventur des Todes. So bewältigte ich den Tod meines Sohnes, wie ich auch mit Taten den Tod meines Vaters bewältigt hatte.

So viele fehlten, und auch so vieles. Die Disziplin war schlecht, die Moral tief gesunken. Ich ging zu Magalus. »Wir brauchen ein richtiges Lager«, sagte ich, »Nahrung, Ruhe, Kleidung.«

»In drei Tagen gelangen wir zu einer Ebene, dort finden wir mein Volk.«

Ich ließ die Nachricht weitergeben. Wir gingen weiter, durch sich erwärmende Luft, und ich weiß noch, daß ich dankbar war für die Hoffnung, die der Frühling verheißt, für das Leben selbst, und daß nach all dem Tod wieder Wachstum um mich war. Ich zwang mich, nicht an Fuabal zu denken. In Gedanken beschäftigte ich mich mit Rom.

Von den Boiern bekamen wir Nahrung für die Männer, für unsere Pferde, Maultiere und die halb verhungerten Elefanten. Ich ordnete eine Musterung an. Nur zwanzigtausend Fußsoldaten waren noch am Leben, sechstausend Reiter und sechsundzwanzig Elefanten, alle elend und erschöpft. Die Maultiere, die das Gold getragen hatten, waren verschwunden, abgestürzt oder, wie Castello meinte, von Deserteuren fortgeführt. Jeden

Morgen stellte ich fest, daß in der Nacht noch weitere Männer uns verlassen hatten. Ich machte mir nicht die Mühe, sie zu verfolgen. Similce lag reglos da, starrte auf den Horizont. Rom entglitt mir. Ich wußte, daß im Westen römische Garnisonen waren, in Tortona und Stradella, in Lomello. Wenn sie von meinem Aufenthalt erfuhren und uns angriffen, in unserem elenden, erfrorenen, hungrigen Zustand, und schlimmer noch, in unserem Kummer... Schlachten werden zuallererst im Geist gewonnen und verloren.

Ich gewann mit meinem Willen. Ich wollte. Ich allein hatte einen Glauben, den ich erneuerte. Ich fing von vorne an. Ich ließ Castello holen. »Drillübungen, zweimal pro Tag, für alle.« Der Zweifel stand ihm ins Gesicht geschrieben. »Ich weiß, in welchem Zustand die Männer sind, Castello. Zwischen den Übungen können sie rasten.« Er lächelte. Ich schickte Maharbal mit vierzig der kräftigeren Männer und Pferden als Spähtrupp aus. Ich brauchte Informationen. Ich brauchte Gold, um neue Truppen anzumustern und weitere Pferde zu kaufen. Magalus sagte mir, wo ich sie finden konnte.

Ich wählte selbst die Männer aus. Ich selbst führte sie in den Kampf. Den letzten Tag im Lager ließ ich sie Panzer polieren, Waffen schärfen, Befehle wiederholen. Castello blieb als Kommandant zurück. Similce saß an einem Feuer aus prasselnden Kiefernscheiten. Ich küßte sie sanft auf die Stirn. Sie zeigte keine Reaktion. Ich wandte mich ab und ging.

Wir marschierten nach Torino, der größten Stadt der Tauriner, die seit Generationen Feinde der Boier waren. Wir rissen einfach das Stadttor ein, wie in Heliche, mit einem improvisierten Rammbock. Vor meinen zwei Syntagmata hatten sie ebensowenig Bestand, diese Tauriner, wie die Illergeten und die Volcae. Wenn alle Gallier so kläglich kämpften, dachte ich damals, würde es mir große Mühe bereiten, gallische Rekruten auszubilden. Bei jedem Schwerthieb, bei jedem tödlichen Schlag, galt mein Gedanke Fuabal. Die Truppen folgten meinem Beispiel. Es gab keine Überlebenden, als wir mit Gold beladen das brennende Torino verließen, bis auf fünfzig Gefangene im besten Mannesalter, die ich aus den Ruinen mit mir führte. Für sie hatte ich einen Plan.

Magalus schickte ich mit dem Großteil des Goldes nach Westen. Er versprach, seine Brüder dort würden sich wieder erheben und die römischen Garnisonen binden. Ich brauchte diese Zeit, vor allem, nachdem Maharbal mir Bericht erstattet hatte. Er hatte gute Arbeit geleistet. Scipio, so sagte er, habe alle Römer im Westen versammelt und sie in Placentia einquartiert. Bostar hatte die Landkarte angefertigt.

Placentia lag am Zusammenfluß der Ströme Ticinus, Trebia und Po. Eine gute Wahl, dachte ich. Ein wenig augenfällig, aber trotzdem gut. Einen der Flüsse mußte ich überqueren. Ich fragte mich, welchen ich wählen sollte, als Maharbals Bericht meine Aufmerksamkeit wieder fesselte. »Die zweite römische Armee unter Sempronius, die von Süden kommt...«

»Sempronius? Das ist unmöglich!« rief ich. »Er wurde nach Sizilien entsandt!«

»Das stimmt auch, Hannibal. Er wurde jedoch zurückgerufen, als die Nachricht von uns in Rom eintraf.«

»Ich habe also recht!« rief ich. »Wir können alle Römer auf einmal bekämpfen und mit einer Schlacht vernichten! Aragoras sollte bereits in Sizilien gelandet sein. Er wird kaum auf Widerstand stoßen! Bostar, laß das alle Männer wissen. Marschiert Sempronius ebenfalls nach Placentia?« fragte ich Maharbal.

»Ja, das tut er. Wir haben einen römischen Späher gefangen, ich habe ihn einfach reitend überholt...« und Maharbal berichtete, erzählte von seinem Abenteuer, gestikulierte, während ich sinnierte und Pläne machte. Was er mir sagte, war in der Tat sehr gut.

Am nächsten Morgen war mein Kopf klar. Ich gab Befehle aus. Die ganze Armee, was von ihr geblieben war, stellte sich nach dem Morgenmahl auf der Ebene jenseits unseres Lagers im Kreis auf. Ich stand im Mittelpunkt, allein. Ich gab ein Zeichen. Castello führte die gefangenen Tauriner herbei, gefolgt von Magalus, der übersetzen sollte. Ich sprach in schlichtem Griechisch. »Tauriner, ihr habt gesehen, was mit Torino geschah. So behandeln wir alle, die sich Karthago widersetzen. Deshalb stelle ich euch vor diese Wahl: Entweder ihr werdet ans Kreuz geschlagen, oder ihr kämpft gegeneinander bis auf den Tod. Die Sieger bekommen ein Pferd, Waffen, Sold, Freiheit und einen Platz in meiner Armee – einer Armee, die nach Rom marschieren wird.«

Ich sah, daß Magalus beim Übersetzen zögerte. Unter den Gefangenen gab es sicher Brüder, Blutsverwandte. Sie würden nicht gegeneinander die Hand erheben. Er sah mich an. Mein Wille war stets unbeugsam. Er übersetzte den Befehl. Die Tauriner wurden unruhig, wandten die Blicke ab.

Der Erste, der zu dem Berg Waffen ging, war ein kleiner, gedrungener Mann mit langem Haar, das blond und filzig war. Er nahm zwei Schilde und Schwerter und reichte jeweils eins davon einem Mann, der größer und schmaler war als er. Ein interessantes Gespann, dachte ich, als auch andere sich Gegner suchten, und ich zog mich zurück und sagte: »Fangt an.«

Jeder, der durch meine Ausbildung ging, lernte, daß ein guter Schwertkämpfer mehr zurückhält, als er austeilt. Man muß den Gegner sich verausgaben lassen, sich bloßstellen. Dann schlägt man zu. Parieren ist wichtiger als zuschlagen. Die Tauriner kannten diese Taktik nicht, sondern hieben mit brutaler Gewalt aufeinander ein und wurden rasch erschöpft.

Bald waren die meisten Tauriner verwundet. Einer verlor sein Schwert und die Hand, mit der er es gehalten hatte, und trotzdem stürmte er auf seinen Gegner los, bis sie zu Boden stürzten und dort weiterrangen. Der Stämmige, der als erster vorgetreten war, unterlag zunächst der größeren Reichweite seines Widersachers. Doch als er geschickt einem unbeholfenen Schlag auswich, konnte er seinerseits angreifen und sein Schwert dem anderen in den Unterleib bohren.

Schließlich standen zwanzig Überlebende auf dem blutigen Feld. »Bring sie fort«, sagte ich Castello. »Teile jeden einem anderen *dekardachos* zu.« Ich ging in den Kreis zurück und stellte mich zwischen den toten und sterbenden Taurinern auf. Jetzt sprach ich mit lauterer Stimme, in flüssigerem Griechisch: »Soldaten Karthagos. Was ihr gesehen habt, diente nicht zu eurer Unterhaltung. Es hat euch unsere Situation verdeutlicht. Die Tauriner haben gekämpft, weil sie keine Wahl hatten – siegen oder sterben. In dieser Lage befinden wir uns auch. Wer von euch möchte in Schande kehrtmachen? Wer von euch will überleben? Unser Plan geht auf. Ihr habt bereits gehört, daß die zweite römische Armee aus Sizilien abgezogen wurde. Sicher können sie es kaum erwarten, uns zu begegnen. Jetzt wollen wir sie nicht enttäuschen! Marschieren wir weiter, in den Sieg, nach Rom.« Ich hatte einigen *dekardachoi* Anweisung erteilt, in Jubel auszubrechen. Das war nicht nötig gewesen.

Als wir wieder mit dem Drill begannen, zeigten die Männer neuen Eifer. Aber daß Sempronius nach Norditalien kam, bedeutete, daß wir zahlenmäßig weit unterlegen waren. Ich brauchte mehr Soldaten. Es sollten keine Gallier sein; ich hatte mich gegen sie entschieden. Ich hatte keine Zeit, sie auszubilden – wenn sie denn auszubilden waren. Ligurer und Kelten waren Soldaten, wie ich sie brauchte; sie hatten seit alters als Söldner Karthagos gedient. Aber um sie zu bekommen, mußte ich mich nach Südosten wenden, und zwischen mir und dem Südosten waren die Römer stationiert, zwei- oder dreimal so viele wie wir, selbst wenn ich davon ausging, daß eine Legion von den Boiern gebunden wurde.

Ich brauchte einen Sieg. Keine große Schlacht, eine kleinere genügte. Kavallerie. Das konnte mir nur mit meiner schweren Reiterei gelingen. Insgesamt hatte ich sechstausend, aber zwölfhundert von ihnen waren leichte numidische Reiter. Und wie viele Pferde der restlichen waren einsatzfähig? Ich ging zum Lager der Kavallerie. Belleus erkannte mich und wieherte. Er sah jetzt besser aus; auf den kahlen Stellen seines Fells wuchs bereits glänzend neues Haar. Ich redete, ihn streichelnd, auf ihn ein, als ich eine Hand auf meiner Hüfte spürte.

Similce stand neben mir, elend, schwach und abgemagert. Ich legte den Arm um sie, sie lehnte den Kopf auf meine Schulter. Wir schwiegen, teilten den Schmerz, der uns verband. Als ich die Hand ausstreckte, um sie enger an mich zu drücken, berührten meine Finger unversehens ihre Brust. Sie zuckte zusammen und sah mich mit müden Augen an. »Das ist die Milch«, sagte sie, »die Milch für ...« »Fuabal.« Es war kaum ein Flüstern. Ihr Blick wanderte in die Ferne.

»Gem ...« Sie räusperte sich. »Gemüse«, sagte sie leise.

»Was?« fragte ich, unsicher, ob ich sie recht verstanden hatte. Sie wandte den Kopf und sah wieder zu mir. Ich bemerkte, daß ihre Augen blutunterlaufen waren, daß neue, tiefe Falten ihre Haut durchzogen, ihre Lippen aufgerissen waren und rauh.

»Gemüse. Auch die Pferde. Wir alle brauchen Gemüse.«

Ich muß lächeln, wenn ich daran zurückdenke. Berge davon, Rettiche, Sellerie, rote Bete, Bocksbart, Fenchel, Bohnen, Schalotten, Broccoli, Queller, Kürbisse, Gänsedisteln, Kardonen, zarte Sprossen des Mäusedorns, schwarze und weiße Zaunrüben. In der ganzen Umgebung ließ Similce die Pflanzen sammeln, sogar Knollen der Gladiolen und Narzissen, der wilden Orchideen, des Blausterns, die sie in ihre Suppen tat. Und dann Kräuter, die Blätter des Männertreu, Portulak, Melde, Amarant, Sauerklee, Gemüseampfer, Scharfkraut, Heliotrop, tagelang beschäftigte sie sich damit und machte riesige Kessel voll dampfenden Tees, den sie mit Honig süßte, und jeder Soldat mußte davon trinken. Sie machten Scherze, weigerten sich zum Schein, aber sie tranken doch. Hannibals Armee genas durch das Gemüse seiner Frau.

War es zwölf Tage später oder mehr? Ich wußte, daß wir bereit waren. Diese Dinge weiß man instinktiv. Wir brachen das Lager ab und marschierten eineinhalb Tage. Als ich einen halben Tagesmarsch westlich von Placentia den Befehl ausgab: »Anhalten und Lager errichten!«, kam Castello zu mir.

»Wir sind in einem Gebiet, wo römische Späher uns auskundschaften können, Hannibal«, sagte er verwirrt.

»Genau das, Castello, ist meine Absicht. Vertrau mir.«

Ich vertraute mir selbst, das war noch wichtiger, vertraute meiner Überzeugung, daß Scipio oder Sempronius oder beide der Versuchung nicht widerstehen würden, ihr Lager zu verlassen und uns anzugreifen. Deshalb befahl ich, bei Einbruch der

Nacht viele Feuer zu entzünden. Ihren Spähern sollte jede Mühe erspart werden.

Ich wollte, daß die Römer den Fluß überquerten und nicht ich. Sie waren keine Volcae. Ich zwang sie dazu. Doch zuvor zwang ich sie, sich aufzuteilen, indem ich mein Heer aufspaltete. Maharbal schickte ich nach Süden zum Fluß Trebia, Castello nach Norden den Ticinus hinauf, beide mit dem Befehl, zu tun, als würden sie die Flußläufe überqueren und dazu Bäume fällen und Flöße bauen. Eine kleine Abordnung meiner Hammertruppe ließ ich im Lager mit Similce, Bostar und den Elefanten, die noch nicht einsatzfähig waren. Ich selbst ritt mit viertausend Kavalleristen – zwei Schwadrone Numider, der Rest Panzerreiter – auf den Po und Placentia zu. Es war fast gewiß, daß sie dort übersetzen würden, dachte ich mir, wenn auch nur aus dem einfachen Grund, weil es in Placentia eine Brücke gab.

Ich sah den Staub der römischen Kolonne. Mein Instinkt empfahl mir anzugreifen. Das Gelände war eben, ideal. Aber unsere Pferde waren noch geschwächt. Wart, Hannibal, wart ab. Ich befahl Delta-Formation, die Numider nach hinten, während ich auf Belleus in der Vorhut stand.

Ich sah sie kommen, um einen kleinen Hügel biegen, meine erste Truppe römischer Soldaten – Berittene. Ich zählte die Standarten, eine für jede Schwadron, acht, zehn. Dreitausend waren es also, weniger als wir.

Ich sah eine Standarte in Rot und Blau. Das war nicht möglich. Die Augen reibend, sah ich erneut hinüber. Doch, rot und blau. Ich hatte von Epikydes viel gelernt. Er war ein Fachmann in diesen Dingen. Sie interessierten ihn. Er wollte, daß ich meinen Truppen jeweils eine bestimmte Farbe zuwies. Es konnte doch nur, es war – die Standarte eines römischen Konsuls.

Ich holte meinen Wurfspeer hervor, entrollte den Lederriemen. Die Römer hielten inne. Ich hörte die Trompeten. Sie stellten sich in einer lange Linie auf, drei Mann tief. Sie wollten also versuchen, uns einfach zu umzingeln. Ich lachte auf, wandte mich um, gab meine wortlosen Befehle – die ausgebreiteten Arme für »fliegen«, dann, mit einer Geste auf die Numider, gekreuzte Unterarme zum Zeichen, sich zurückzuhalten. Ihr *hemiloxarchos*, wie hieß er nur, ich sollte es mir merken, beugte sich über den Hals seines Pferdes und zeigte damit, daß er verstanden hatte. Das hatten wir viele Male geübt.

Ich blieb wartend stehen, sah die Römer herantraben. Dann verfielen sie in Galopp, und ich schloß die Augen. Ich dachte an meinen Vater, an Fuabal. Ich ließ die Wut in mir wachsen. Ich nahm sie an, ließ mich von ihr erfüllen. Wir ritten los, zum Angriff auf die Römer, und unsere Formation so eng, daß ich jedes Pferd war, jeder Mann in unserer Linie, und sie waren ich. Ich richtete mich auf Belleus auf, breitete die Arme aus, und wie bei einem Vogel entfalteten sich die Flügel meines Deltas zu einer Linie so lang wie die der Römer, die nur noch hundert Schritt von uns entfernt waren. Ich schleuderte den Wurfspeer, flehte, er möge treffen.

Ich traf den Reiter, der die Konsulnstandarte trug, genau unterhalb der Kehle. Belleus stürmte durch die römische Linie, als ich das Schwingen des Schwertes spürte, ich entzog mich reitend, machte kehrt. Ich sah Römer absitzen, sich um einen Verwundeten am Boden scharen, die Lanzen spitz nach außen gedreht, um ihn zu beschützen, aber ich war an ihnen vorbei, drehend, schlagend, parierend mit meinem Schild, und wir waren vierzig, fünfzig Knäuel von Männern und Pferden im Kampf. Kommt, dachte ich, jetzt kommt!

Ich konnte sie nicht sehen, aber ich hörte sie wohl, die Schreie aus den Kehlen der Numider, von den Nachtruppen der Römer her, und dann wußte ich, daß wir sie im Staub und Lärm gefangen hielten.

Die eine Gruppe Römer ließ sich nicht beirren. Dreimal griff ich an, dreimal wurde ich abgefangen und drehte bei. Kein Pferd konnte bestehen gegen solche Lanzen. Ich sprang zu Boden und lief, schrie »Bar-kas!« noch während Belleus sich vom Ausfall umwandte. Mit mir waren acht oder zehn meiner Leute in dem Tumult, wir suchten den Konsul, und ich durchbrach die erste Lanzenreihe. Heute kann ich mich nur an zwei Männer dieser Linie erinnern, die mich von hinten überfielen, und an die Schreie des Spaniers neben mir, den eine Lanze im Unterleib durchbohrte, und kurz dahinter die Standarte des Konsuls, die im Boden steckte. Durch das Tosen hindurch rief jemand »Han-ni-bal! Han-ni-bal!« und ich sah auf.

Jung, achtzehn Jahre vielleicht, schlank, anmutig, all das erfaßte ich mit einem Blick auf den Mann, der jetzt zwei Manipel oder mehr gegen uns führte. Ein Trupp unter Maharbal griff an, doch sie ritten weiter hinter erhobenen Schilden, direkt auf uns zu. Die Lanzer um mich riefen »Sci-pi-o!« und wieder, lauter, und da wußte ich, wer dort am Boden lag. Aber ich mußte mich dem Tumult entziehen, mußte die Truppen neu formieren. Die Römer traten geordnet den Rückzug an, als ich endlich Belleus wiederfand und eine Art Ordnung hergestellt hatte.

Wir nahmen den gefallenen Römern ihre Waffen und Panzer ab, und dabei dachte ich, das war ein tapferer Mann. Einer der römischen Lanzer war noch am Leben, blutete aus einer Schulterwunde. »Wer hat die Manipel angeführt?« fragte ich ihn.

»Das war Scipio.«

Ich hielt ihm den Dolch an die Kehle. »Scipio lag verletzt dort drüben am Boden. Ich werde dich nicht zweimal fragen. Wer war das?«

»Scipio«, wiederholte er, spuckte Blut. »Erat etiam Scipio minor, consulis filius – das war Scipio minor, der Sohn des Konsuls.« Ich schnitt ihm die Kehle durch, das war für Fuabal.

Die Stimmung der Männer war überschäumend, als wir ins Lager zurückkehrten. Ich ließ sie prahlen und singen. »Die Römer sterben auch nur wie jeder andere«, scherzte ich mit ihnen. Über sechshundert römische Gefallene, achtzig Gefangene, und wir hatten nur einhundert der Unseren verloren. Aber ich wußte, daß es lediglich ein Scharmützel gewesen war, mehr nicht. Ich hatte die Überlegenheit meiner Kavallerie unter Beweis gestellt, und unserer Ausbildung. Doch noch hatten wir uns keinem Angriff der römischen Infanterie gestellt. Es war an der Zeit, daß wir es taten – doch zu unseren Bedingungen. Und ich hatte mich geirrt. Beim nächsten Mal wollte ich mich nicht selbst am Kampf beteiligen. Ich mußte planen, beobachten, die Übersicht behalten.

Die Tat des jungen Scipio verstörte mich. Er hatte das Leben seines Vaters gerettet. Der meine hatte das seine verloren, um mich zu retten. Ich ließ Bostar holen. »Wer sind diese Scipios?« fragte ich.

»Epikydes weiß mehr über sie«, sagte er.

»Bring ihn zu mir.«

Er erzählte mir, es sei eine alte, vornehme Familie, die Rom seit Generationen diene. »Einer von ihnen ist jetzt verwundet. Vielleicht können wir dem Sohn bald dasselbe Schicksal bereiten und dem Dienst der Scipios an Rom ein Ende setzen.«

»Vielleicht. Aber was ist mit dem Onkel? Wo ist er?«

»Dem Onkel? Welchem Onkel?«

»Es gibt noch einen anderen Scipio, Hannibal, Gnaeus Cornelius Scipio Calvus. Vor etwa drei Jahren hat er die gallischen Insubrer geschlagen. Hat man ihn nicht nach Spanien geschickt?«

Ich wußte es nicht. »Danke, Epikydes«, sagte ich. »Mit unserer Hilfe wird bald kein Scipio mehr in irgendein Land geschickt, und auch kein anderer Römer.«

Maharbal und Castello kehrten wieder. Die Römer hatten sie nicht verfolgt. »Sie sind vorsichtiger, als ich mir wünschen würde«, sagte ich. »Bostar, verhör die Gefangenen. Ich will wissen, was für ein Mensch dieser Sempronius ist. Da Scipio verwundet ist, wird er allein den Befehl übernehmen. Castello, begleite ihn. Vielleicht muß man ein wenig nachhelfen.«

»Sempronius ist ein Hitzkopf«, berichtete Bostar später. »Ein *cerebrosus fervidusque* auf Latein. Das sind ihre Worte. Interessante Worte.«

»Ein interessanter Charakterzug, Bostar«, warf ich ein.

Maharbals Späher kamen zurück. Die Römer hatten sich in Placentia neu gruppiert, die Brücke hinter sich abgebrochen.

»Zumindest haben wir keine Ausrüstung, die uns behindert«, scherzte ich, als ich mit Maharbal nach Norden ritt.

»Und diese kleinere Armee ist auch schneller«, sagte er.

Ich hatte geplant, dem Ticinus zwei Tage nach Norden zu folgen, ihn zu überqueren und dann zwei weitere Tage nach Osten zu marschieren, den Po zu durchqueren und hinter Placentia aufzutauchen. Es dauerte insgesamt nur drei Tage, vor allem auch, weil ich Castello und zweihundert der Hammertruppen vorausschickte, um Nahrung zu erbeuten. Von einem Ohr zum anderen grinsend, kehrte Castello am zweiten Tag mit Getreide und Fleisch zurück, mit mehreren hundert Pferden und einer Truppe neuer Rekruten. Es waren Cenomaner, in Felle gekleidet und mit Axt und Tartsche bewaffnet. Sie kämpften nicht, so sagten sie, für Geld, sondern gegen Rom. Dies sei meine Einstellung auch, erklärte ich. »Behalt sie im Auge«, befahl ich Castello. Aber sie erwiesen sich als gute Soldaten Hannibals.

Von Placentia marschierten wir einen Tag nach Süden, wo wir abschwenkten. Wir errichteten ein mit Schanzpfählen geschütztes Lager. Die Schreie unserer Wachtposten schollen deutlich hörbar durch die stille Abendluft. Insgesamt waren es vielleicht zweitausend, alles Kelten, alle von Scipios Hilfstruppen desertiert, und in ihrer Begleitung trafen zehn Wagen mit Getreide und gepökeltem Rinderfleisch ein. Ich war zufrieden. Die Botschaft ging um, daß Hannibal gekommen war, Rom zu vernichten, das sagten sie mir in ihrem sonderbaren Latein. Sie hatten den Getreidespeicher in Clastidium verlassen vorgefunden und sich gedacht, sie wollten mir die Mühe sparen, ihn selbst zu plündern. Alle Römer, so berichteten sie, seien hinter den Mauern Placentias stationiert. Ich sagte es niemandem, weder Maharbal noch Similce, doch ich empfand Erleichterung. Die Dinge standen immer besser für mich.

Vor Sonnenaufgang ritten Maharbal und ich allein hinaus. Ich brauchte eine ideale Stätte, und den ganzen Tag lang ohne Rast suchten Maharbal und ich nach dem Gelände, das ich finden mußte.

Wir erklommen die Felswand einer Schlucht. Sie war mit wilden Rosen überwuchert, Dorngestrüpp, und noch heute erinnere ich mich an ihren süßen, zarten Duft. Maharbal fluchte, als er stolperte und in die Dornen stürzte. »Laß uns umkehren, Hannibal!« rief er, »ich bin doch keine Ziege!«

»Ein Jammerlappen bist du!« schrie ich zurück. »Komm, mach voran!« Er holte mich ein, verkratzt, schweißnaß, keuchend, und dann standen wir nebeneinander, von gleicher Größe und Gestalt, zwischen den roten und gelben Rosen Norditaliens. »Du siehst auf das Gelände, Hannibal, als würde dein Leben davon abhängen«, sagte er.

Ich legte ihm die Hände auf die Schultern, sah ihn an. »Ja, *anda*, das tut es auch.«

Von seinen Quellen im Süden, im Apennin, fließt der Fluß Trebia in den Po, einige Meilen westlich von Placentia. Die hohen Ufer sind dicht mit Gestrüpp bewachsen, und tiefe Schluchten führen zu ihm hin, Wasserläufe für die Winterfluten, die mit der Sommersonne trocknen. Das Überqueren von Flüssen war uns zur Gewohnheit geworden. Die Trebia war kalt, aber nicht reißend und auch nicht tief. Wir wateten ans andere Ufer, Similce auf meinem Rücken. Jenseits des Steilufers im Westen schlugen wir ein Lager auf. Ich überprüfte jeden Zoll des Geländes, plante meine Schlachtordnung, wartete, daß Maharbal die Falle stellte.

Mit zweitausend Pferden sollte er die Römer aus der Stadt locken, indem er vor die Tore ritt. Sicher würde Sempronius sich dieser Herausforderung nicht entziehen. Einen Tag lang blieb Maharbal fort. An jenem Vormittag ließ ich Castello und eine Syntagma schwerer Reiterei rasten und essen. Am Nachmittag befahl ich ihnen, den Fluß zu überqueren und ihre Stellung in einer tiefen Talschlucht einzunehmen, die von Osten in die Trebia führte, im Norden unserer gegenwärtigen Position. »Eure erste Mahlzeit morgen wird kalt sein, aber am Abend erwartet euch ein Festessen, Castello« sagte ich, und er lächelte.

Maharbal war aufgeregt und atemlos – das war er oft –, als er am späten Nachmittag wiederkam. »Der Plan gelingt, Hannibal, gelingt! Die Römer sind wohl eine Stunde hinter uns. Ich habe getan, genau wie du es sagtest: Vorhut angreifen und zurückziehen, Vorhut angreifen und zurückziehen. Ein paar unserer Leute habe ich verloren, aber nicht sehr viele.«

»Das hast du gut gemacht, *anda*«, und ich drückte ihn an mich. »Jetzt geh und wasch dich.«

Am frühen Abend tauchten sie am Ostufer auf. Ich hatte die Hälfte meiner Armee und die dreiundzwanzig kampftauglichen Elefanten verborgen hinter der Anhöhe aufgestellt. Und dann war natürlich Castello da. Ich hatte die Talschlucht selbst inspiziert. Das Buschwerk war so dicht, daß sie ihn nie finden würden, selbst wenn sie Ausschau hielten. Am Fluß ihnen gegenüber sahen die Römer vielleicht zehntausend Mann, ein Viertel ihrer Zahl – ich zählte die Standarten ihrer Manipel. Insgesamt vier Legionen, also beide Heere der Konsuln. Sie zogen sich nach Osten zurück, um ihr Lager zu errichten. Später sah ich ihre Feuer, hörte die Trompeten, die die Nacht hindurch die Wachen ablösten.

Ich schlief nicht. Immer wieder ging ich im Kopf die Aufstellung durch: spanische und afrikanische Infanterie im Zentrum, schwere Reiterei und Elefanten jeweils an den Flanken. Ich mußte die römischen Flanken in ihr eigenes Zentrum treiben, bevor sie das meine durchbrachen; denn das würden sie zweifelsohne angesichts ihrer Überzahl. Ich ging zum Lager zurück. Similce war beim Kochen, eine weitere ihrer berühmten Suppen, und dazu Brot aus römischem Getreide. Sie küßte mich, ich weiß es noch, rasch auf den Hals. »Ich dachte, das tue ich besser, bevor du den Helm aufsetzt«, sagte sie. »Und nein, frag nicht! Sie werden das Essen rechtzeitig bekommen. Jetzt geh und kümmere dich um deine Wachtposten.«

Sie bekamen rechtzeitig ihr Essen, sie alle, die Ersten, wie geplant, drei Stunden vor dem Morgengrauen. Die Numider faßten als erste, da sie als erste in die Schlacht ritten, dann die übrigen, jeder eine Schüssel dicker Suppe und Brot; dann, im Schutz der Dunkelheit und mit gedämpften Waffen, bezogen sie ihre Positionen. Dunkel war es auch, als zweitausend Numider über den Fluß setzten. Ich hatte ihnen geraten, zum Schutz vor dem kalten Wasser den Körper mit Olivenöl einzureiben.

»Vergeßt nicht, macht viel Lärm. Greift ihre Außenposten an. Anreiten, dann zurückziehen«, befahl ich dem verantwortlichen *loxarchos*. Er nickte nur. Ein Freund der vielen Worte waren sie nie, die Numider.

Im Morgengrauen hörte ich den Lärm, die Rufe, dann die Trompeten, sah die Numider, die über die Trebia zurückdrängten, die Römer ihnen auf den Fersen, und ich saß auf Belleus oben am Ufer über meiner Armee, deren wahre Größe, so hoffte ich, im grauen Licht noch nicht zu erkennen war.

Sie rückten näher, die Legionäre Roms, wateten durch die eisige Trebia, ohne etwas gegessen zu haben, genau, wie ich es geplant hatte. Ich wartete; wartete, um meinen Schleuderern auf den Flanken das Signal zu geben, wartete, daß die römischen Manipel sich formierten. Ich wußte, daß sie noch außerhalb der Reichweite meiner Balearen waren, und trotzdem hatte der Steinhagel, den ich sie abschleudern ließ, die gewünschte Wirkung. Die Römer erhoben schützend ihre Schilde, und so fiel es ihnen schwerer, das Ufer zu erklimmen.

Die Römer schleuderten keine *pila* an das Ufer zurück. Es war ihnen nicht möglich, auch das hatte ich geplant. Ich hatte geglaubt, die Speere meines Fußvolks würden viele Opfer fordern, aber sie prallten von dem Wall erhobener Schilde ab. Es war ein furchteinflößender Anblick, die Römer heranmarschieren zu sehen. Auf Kommando griff mein Zentrum an, drängte die *velites* zurück. Aber sie konnten die römische Linie nicht durchbrechen, sie war zu tief. Ich gab das Signal zum Vorrücken der Elefanten, als Zangen von den Flanken. Vielleicht waren die Tiere noch zu matt, denn sie waren langsam, ohne Kraft. Ich weiß noch, daß ich dachte, ich hätte den Lenkern befehlen sollen, sie betrunken zu machen. Einen sah ich fallen, mit zerschnittenen Achillessehnen, dann noch einen, aber zumindest behinderten ihre Leiber den Vormarsch der Römer, und langsam, immer langsamer, rückten sie näher. »Jetzt!« rief ich, aber natürlich konnte keiner die Worte hören, und so gab ich die Signale.

Eine Syntagma schwerer Reiter von jedem der beiden Flügel

stürmte in perfekter Ordnung den Hang hinab, Maharbal linker Hand an der Spitze. Wir durchbrachen die Römerlinie und drängten sie zurück, immer weiter, auf diejenigen, die noch das Ufer hinaufzusteigen suchten, und »Gut!« rief ich, als ich meine *dekardarchoi* sah, wie sie die römischen Trompeter aufspürten und töteten. Die Legionäre konnten sich nicht zur Linie formieren. Im mittlerweile hellen Tageslicht sah ich einen Römer auf einem Schimmel die Trebia überqueren, begleitet von einer Manipel rechts und links. Das muß Sempronius sein, dachte ich, als Castello sie von hinten anritt.

Es drängte mich mit aller Macht, hinabzureiten und zu töten. Ich mußte bleiben. Kommandieren. Kontrollieren. Ich habe viele Schlachten geschlagen, die schlimmsten aber mit mir selbst. Ich wäre geblieben, zweifellos, hätte nicht Sempronius sein aufbäumendes Pferd gewendet, wäre er nicht flußaufwärts gezogen, um Castello und seinen Leuten zu entkommen und mit vier anderen Berittenen zu fliehen. Ich hatte eine Schwadron meiner Hammertruppen zurückgelassen, zum Schutz Similces und des Lagers. Das war nun überflüssig geworden. Ich gab den Leuten ein Zeichen, sah sie näherkommen, und dann stürmte ich das Ufer hinab, um Sempronius zu verfolgen. Mein Schrei »Bar-kas!« hallte an den Felswänden wider.

Rechtes Denken führt zur rechten Tat, pflegte Bostar zu sagen. Die Nachtruppen und Flanken der Römer waren gestellt. Die Schlacht war gewonnen. Jetzt blieb nur noch das blutige Gemetzel. Wenn ich den Konsul gefangennahm, würde mein Sieg zum Triumph werden. War das nicht rechtes Denken?

Und so verfolgte ich Sempronius, ich mit meiner Schwadron. Doch all die frischen Pferde waren den Reitern an unseren Flügeln zugeteilt worden. Ich spürte sofort, daß Belleus ermüdet war. Ich beugte mich über seinen Hals, flüsterte »Mehr!«, aber er hatte nicht mehr zu geben, und der Staub der Römer verlor sich in der Ferne. Warum bin ich nicht umgekehrt? Vielleicht wäre ich noch rechtzeitig gekommen. Wir ritten weiter, bis ich allein war, nur Belleus war noch nicht gestolpert, dann erst kehrte ich um, von Zorn erfüllt.

Es war dunkel, als wir im Lager eintrafen. Was hatte ich erwartet? In Gedanken war ich weit fort, plante, grübelte. »Es brennen keine Feuer«, das bemerkte ich als erstes. Mein Puls schlug schneller. Belleus scheute vor dem kalten Wasser der Trebia. Ich trieb ihn sacht hinein, hinüber. Die Toten lagen, wo sie gefallen waren, auf dem jenseitigen Ufer. Belleus stolperte über einen Buckelschild. Warum waren die Waffen der Römer nicht geplündert worden? Maharbal kannte doch meine Befehle. Und dann sah ich ihn, allein am Boden sitzend. Ich saß ab. »Maharbal, was ...?«

Die Stimme war mir nicht vertraut, mit der er die zwei Worte sprach: »*Anda*, komm.«

Er griff nach meinem Arm. Wir stiegen das Ufer hinauf, stolpernd, schweigend, gingen schneller, mit Grauen im Herzen, im ausgedörrten Mund, in der trockenen Kehle. Wir gingen weiter, zu dem, was einst das Lager gewesen war. Drei Fackeln brannten dort, drei, im Boden aufgepflanzt, und auch jetzt sehe ich sie, diese drei Fackeln, sie brennen in meinem Kopf.

Sie lag dort, wo sie sie gefunden, die Römer sie gefesselt hatten, meine Frau, nackt, entblößt, entweiht, hingestreckt, gebunden an Händen und an Füßen. Ich sehe das Blut, das leuchtend helle und das dunkle Blut, wie damals sehe ich die vielen Farben des Bluts zwischen ihren Beinen und der Rundung ihres Bauches, den ich besser kannte als den eigenen. Trocknend gerann auf ihren Brüsten, die ich geküßt, geleckt, an denen ich gesogen hatte, braunes und schwarzrotes Blut, das sah ich vor mir, meine Frau vergewaltigt, gefesselt an Pfählen neben ihren Knöcheln und den Händen. Und rechts von ihr sehe ich, jetzt wie allzu viele Male zuvor, vier größere Pfähle, an die Bostar und Epikydes, Hippokrates und ein Spanier gebunden waren. Rings um sie und die Fackeln, bis ins Dunkel und die tanzenden Schatten reichend, standen die Sieger von Trebia, die gewonnen, aber etwas Heiliges, Geweihtes verloren hatten. Nur einmal habe ich das absolut Böse gesehen, und das war damals; ich kenne seinen Geruch und Geschmack, sein Gefühl, und ja, ich, Hannibal, der große Hannibal, ich hatte Angst.

Ich konnte mich nicht regen. Ich konnte nicht begreifen. Die Augen sehen, doch der Geist will es nicht glauben. Sie ächzte, wälzte den Kopf hin und her. Ich lief. Zerfetzt lag neben ihr ein Kleid, ihr Kleid, und ich bedeckte sie damit und ließ mich auf den Boden fallen, den blutigen Boden neben ihr, und sanft, ganz sanft, nahm ich ihre Hand, in der das Leben noch pulsierte. Ich weiß es nicht, wie lange ich dort lag, den Staub Italiens zwischen meinen Lippen. Ich wandte das Gesicht zum Spanier und zu Bostar und keuchte »Erzählt!« Bostar begann zu stöhnen und den Kopf hin und her zu werfen, hin und her, im Wahn; er kämpfte, um seinen Verstand nicht zu verlieren, in jenem Augenblick, das einzige Mal, daß Bostar sich mir versagte. »Du«, flüsterte ich zu dem Spanier, »du«, aus tiefster Kehle, und dann gellend: »Sag's mir!« und er schluchzte, weinte, und da erkannte ich ihn, ein schlichter Mann, ein Koch. Er raste, wütete, der Sturzbach einer Stimme des Wahns. Nur jetzt, zum ersten- und zum letztenmal, werde ich wiederholen, was er damals sagte.

»Wir waren beim Kochen. Beim Kochen. Sie wollte ein gutes Essen bereiten. Sie sagte, wir würden einen Sieg zu feiern haben. Ich weiß nicht, woher sie kamen, aber plötzlich packten sie uns und hielten sie fest, rissen ihr die Kleider vom Leib, fesselten sie und stellten sich drängend vor ihr auf, das waren die Römer, und sie schrie und schrie und wehrte sich, und einer schlug sie, ein anderer stopfte ihr Tücher in den Mund, und dann kam einer nach dem anderen und, und ...«

»Sag's!« schrie ich.

Jetzt sprach er mit leiser Stimme. Die Fackeln flackerten im Wind. »Einer nach dem anderen legten sie sich auf sie. Sie drangen in sie ein, stöhnten und ächzten und pumpten. Wenn einer zu lange brauchte, zerrten die anderen ihn fort, aber jeder von ihnen kam an die Reihe, immer und immer wieder.

Aber das war ihnen nicht genug«, schluchzte er schaudernd, »nicht ge-genug. Sie hatten eine Stange bei sich, eine bemalte Stange.« Eine Standarte. Die Standarte einer Legion. In mir stieg giftig Galle auf, und deshalb kann ich sagen, ich kenne den

Geschmack des Bösen. Die Stimme des Kochs war zum Flüstern erstorben. »Als sie fertig waren, nahm einer von ihnen die Stange und stieß sie in sie hinein, immer wieder, bis rotes Blut von seinen Armen lief. Sie, sie« – und jetzt konnte ich seine Stimme kaum noch hören – »sie lachten noch, als sie davongingen.«

Sie starb in dieser Nacht, auf einer Trage in einem eilends errichteten Zelt, in das ich sie reglos getragen hatte. Ich konnte das Bluten nicht eindämmen. Ich legte meinen Kopf zwischen ihre Beine und flehte, das Bluten möge aufhören, aber immer weiter floß es über meinen Kopf und mein Gesicht, brannte mir in den Augen. Ich wurde gesalbt mit ihrem Blut, und wieder koste ich es jetzt, koste den Geschmack meiner Tränen, die sich mit dem Blut Similces, meiner Frau, vermischten.

Als sie tot war, glitt sie einfach fort. Ich legte mich auf sie und fuhr mit den Fingern über die Wunden an ihrer Seite, durch ihr verklebtes, blutiges Haar, verbarg meinen Kopf an ihrem Hals. Ich schlief nicht. Ich starb. Es gibt so viele Arten des Todes.

Von weiter Ferne, so schien es mir, hörte ich die Stimme »Hannibal«, dringlich, leise. Er rief mich nicht oft bei meinem Namen. Eine Bewegung war es nur, wie ich mich aufrichtete, ihn zu Boden riß und auf ihm kniete, ein Knie auf jeder seiner Schultern, den Dolch gezückt. Ich glaube immer noch, daß ich ihn getötet hätte, wären nicht diese Augen gewesen, diese stummen, vertrauensvollen Augen, und ohne Widerstand zu leisten, hob er das Kinn, um mir die Kehle darzubieten. Ich sah, ich starrte ihn an, das Blut raste mir in den Ohren. Ich warf den Dolch beiseite, schlug auf ihn, hieb auf ihn ein, schrie auf ihn ein: »Warum, warum, warum?«

Die Raserei verging. Ich fühlte mich unsagbar ermattet, müde, zermürbt. Ich hockte mich auf seinen Bauch, schloß die Augen, und Maharbal begann zu sprechen, in monotoner Stimme. »Ich sah sie sich davonstehlen, der Großteil einer Manipel. Es müssen Hastaten gewesen sein, sie waren jung. Ich sah, wie sie das Ufer hinaufstiegen, aber ich kämpfte unten am Fluß. Mein Pferd war unter mir getötet worden. Um mich her waren viele Römer. Und ich wußte, daß du eine Schwadron zurückgelassen hattest. Ich sah keine Gefahr darin, hundert Römer in den sicheren Tod marschieren zu lassen.«

»Aber du mußt doch gesehen haben, wie ich wegritt, Maharbal, wie ich wegritt, und dann die Truppe!« rief ich, preßte fest die Augen zu, kämpfte mit meinem Schmerz.

Er nahm die Finger meiner Rechten in die seine. Gleichmäßig, aufrichtig: »Nein, *anda*, nein. Ich habe nichts gesehen und nichts gehört. Ich sah nur Römer, die ich töten sollte. Hannibal, ich, ich ...«

Ich wußte es. Er liebte sie ebenfalls. Er liebte mich. Ich war es gewesen. Ich hatte Similce getötet. Kontrollieren, kommandieren, kommunizieren. In diesen Dingen hatte ich versagt. Ich hatte versagt bei meiner Frau, und was nun begann, war Buße für dieses Versagen, diesen Schmerz.

»Hast du Gefangene gemacht?« fragte ich flüsternd Maharbal, der noch immer unter mir lag. Es war nur Rache, die mich nicht untergehen ließ, die meine Rettung war.

»Ja, viele. Soll ich ...«

Ohne etwas wahrzunehmen, starrte ich mit offenen Augen. »Geh sie holen.«

Mehr als vierhundert waren es. Ich befahl einhundert meiner Leute, eine Grube auszuheben. Die vielen anderen, die freiwillig mithalfen, hielt ich nicht zurück. Sie gruben den ganzen Tag und die Nacht hindurch im Schein der Fackeln, während ich dabeistand, ungewaschen. Es war eine tiefe, dunkle Grube, und ebenso war mir zumute. Wir kastrierten die römischen Gefangenen; vier Männer hielten sie, einer setzte das Messer an. Ich brauchte nicht zu befehlen, daß sie stöhnend in die Grube geworfen wurden. Doch ich befahl, daß jeder meiner Männer Erde auf sie warf. Über den verstümmelten Römern errichteten wir rasch einen Scheiterhaufen. Darauf verbrannten wir Similce, und dann verließen wir den Ort, folgten unserem einsamen Weg.

Ich hörte auf, ein Mensch zu sein. Die Leere ergriff mich und ließ mich nicht mehr los. Ich aß, ich trank, ich schlief, ich pißte, schiß, ich gab Befehle, aber ich empfand nichts, gar nichts. Wie aus weiter Ferne entsinne ich mich vieler Dinge, doch sind sie unbedeutsam. Victumulae ist wichtig, weil ich mich schäme für das, was ich dort tat. Nein, das ist falsch. Ich schäme mich nicht meinet-, sondern der Menschheit wegen.

Wir brauchten Nahrungsmittel, Rekruten, Gold und Pferde, viele Dinge. All das bekamen wir in Victumulae. Dort aber nährte ich auch meine Rachsucht. Ich verschonte die Italer jener Stadt, die ich auf meinem Weg zum Apennin, nach Rom, in Schutt und Asche legte. Ich schickte sie nach Hause und sagte, mit ihnen hätte ich keinen Streit, ich sei gekommen, sie und ihresgleichen zu befreien von der römischen Tyrannei. Doch in Victumulae gab es auch viele Römer, Kaufleute, Steuereintreiber, Beamte. Ich weiß noch, wie ich sie betrachtete, dort eingepfercht auf dem Markt der Stadt, wie ich den Haß noch wachsen ließ.

Sie war klein. Ihr Haar war braun, ihr Gesicht oval, das Kleid aus blauer Wolle. Es war ihr Bauch. Ich bemerkte ihren schwangeren Bauch. Zu Maharbal, der neben mir ging, sagte ich: »Find mehr wie sie, such alle Frauen, die schwanger sind. Den Rest laß pfählen.« Viele Jahre nach Similces Tod sprach ich nur, um zu befehlen. Mir wurde stets gehorcht.

Wir waren bereit zum Abmarsch. Acht schwangere römische Frauen waren es, eine jede im Griff von vier meiner Männer. Vier Gliedmaßen, die vier Gliedmaßen Similces gefesselt an Pfählen. Ich schüttelte das Bild ab. Ich benutzte den Dolch. Auf jenem Marktplatz, umgeben von den gepfählten, ächzenden Römern, schnitt ich in diese schwangeren römischen Frauen, wie man in eine Melonenhälfte schneidet, die Frucht herauslöst. Sauber und schnell schnitt ich und zog die Föten aus dem Bauch, für Fuabal, für Similce, für meinen Schmerz. Ich ließ sie liegen im Staub, inmitten der Fliegen, der Geier, die am Himmel ihre Kreise zogen, acht sterbende römische Föten, durch pulsierende Schnüre mit ihren sterbenden Müttern verbunden.

Ich war unberührbar, unbesiegbar, hart. Ein Mensch kann wie ein Gott sein. Ich weiß es, denn ich war es, ein Gott des

Blutes und des Todes. Selbst Maharbal, der lebensfrohe Maharbal, wandelte sich, als er im Schatten meiner Düsterkeit lebte. Er ging mit Spähtrupps aus, er überbrachte mir Berichte. Wir marschierten weiter, nach Süden, Rom.

Die Elefanten erkrankten an einem Fieber, alle bis auf einen, den Bullen namens Surus. Die Schwachen überließen wir dem Tod. Viele Knochen säumen den Weg des Hannibal. Wenn Leute mich fragen, auf welcher Route ich die Alpen überquerte, pflege ich zu sagen: »Geht und haltet Ausschau. Ausschau nach den Knochen.«

Es zeigt mir, was ich damals war, wenn ich sage, daß ich nichts empfand, als auch Belleus starb. Wenn das Leben nichts zählt, was ist dann der Tod? Es sei sein Herz gewesen, sagte Maharbal. Ich wußte, daß ich ihn zu sehr getrieben hatte bei der Verfolgung des Sempronius. »Sollen wir Belleus begraben?« fragte Castello mich. Ich starrte ihn nur an, bis er sich zum Gehen wandte. Und dann bestieg ich Surus und ritt in der Vorhut weiter.

Ich wußte alles über die Römer, die ob ihrer Tapferkeit berühmt sind. Jeden Tag bekam ich mehr Soldaten und damit neue Nachrichten, von Deserteuren, vorwiegend Kelten und Ligurern aus den Hilfstruppen. Die Römer hielten sich bedeckt. Scipio war in Ariminum, Sempronius in Arretium. Beide, so erfuhr ich, hatten neue Legionen erhalten, und beide hatten ihre gegen die Boier ausgesandten Truppen zurückbeordert. Unter Magalus schlossen sich zweitausend ihrer Stammesleute mir an. »Viele Römer haben wir getötet, Hannibal«, prahlte Magalus, als er zu mir kam.

»Nicht genug«, erwiderte ich und schickte ihn hinaus.

Viele unserer Pferde hatten wieder Räude, auf ihrem Fell zeigten sich kahle Stellen nässender Haut. Es kümmerte mich nicht. Ich wäre weitermarschiert, den ganzen Winter hindurch.

Wir hatten unser Lager bei einem kleinen Dorf in Ligurien errichtet; des Namens kann ich mich nicht entsinnen. Ich schlief. Castello weckte mich. »Hannibal, eine Gruppe von Galliern plündert den Ort, vergewaltigt die Frauen, betrinkt sich am Wein.« Für das letzte Vergehen allein ließ ich dreißig der Männer kreuzigen. Doch zu denken gaben mir die Vergewaltigungen. Selbst jetzt noch muß ich lächeln ob dieser Ironie. Mein ganzes Leben war ich so grausam wie jeder andere Mann. Ich habe alles getan, wozu ein Mann nur fähig ist, um Rom und den Römern Schaden zuzufügen, doch nie, niemals nach dem, was mit Similce geschah, konnte ich Schändungen verzeihen.

Die Unzucht ließ mich erkennen, daß ich mit diesem Haufen, diesen disziplinlosen, untrainierten Männern nicht auf Rom marschieren konnte. Ich machte kehrt. Für den Winter schlugen wir unser Quartier östlich von Bononia auf, der Hauptstadt der Boier. Wir errichteten feste Unterkünfte, Plätze zum Exerzieren. Ich drillte meine Männer ohne Gnade. Die Untauglichen entließ ich einfach. Stammesleute kamen zu uns, um sich uns anzuschließen. Die Kleinwüchsigen, die Alten schickte ich fort. Als wir Bononia im Frühjahr verließen, hatte ich wieder eine Armee, ein neues Heer aus Ligurern, Kelten und einigen Etruskern; das Herzstück bildeten die Altgedienten. Diese, die zweite Armee, die ich aufbaute, war eine Armee der Kälte und der Unbarmherzigkeit, die ich in meinem Herzen trug. Vor Bononia wäre ich allein nach Rom gezogen.

Ich erhielt Nachricht von meinen Brüdern. Beinahe hatte ich die beiden vergessen seit Trebia und ... und dem, was dort geschah. Ich überflog die Zeilen: »Als wir erfuhren, die Römer wollten mit einer Flotte in Neu-Karthago anlanden, kehrten wir dorthin zurück ... Die Hälfte unserer Truppen ließen wir unter Ezena zurück. Er, und wir, entwickelten mehr Selbstvertrauen, sobald du fort warst und uns nicht mehr leiten konntest ...« Der Versuch eines Scherzes, so es denn einer war, glitt an mir ab. »Schickten Ezena nördlich des Ebro ... strategische Gründe ... Stadt Cissa seine Basis.« Cissa? Ja, landeinwärts von Emporiae. Kein schlechter Ort, vermute ich. Ich selbst hätte wohl Emporiae gewählt. Aber ich hatte meinen Brüdern nur karge Anweisungen gegeben: Haltet Spanien. Sonst hatte ich das Land vergessen. Bis die Römer dort etwas bewirken konnten, würde ich vor den Toren ihrer Hauptstadt stehen.

»Aber die Römer, unter Gnaeus Scipio, landeten in Emporiae, nicht Neu-Karthago. Wir waren getäuscht worden... sie marschierten nach Cissa... Ezena besiegt, getötet... spanische Häuptlinge als Geiseln genommen...« Ich stöhnte auf. Rom, Rom. Ich war noch so weit von Rom entfernt. Ich mußte meine Truppen inspizieren. Fast hätte ich nicht weitergelesen. Aber dann veränderte sich die Schrift; es war nicht mehr die des gelehrten Mago, sondern eine mir unbekannte: die Hasdrubals.

»Wir meinten, du würdest die Niederlage nicht ungerächt lassen wollen, und da wir durch dich die Freuden eines winterlichen Feldzugs erfahren hatten, marschierte ich mit vier Syntagmata von Neu-Karthago ab. Wir setzen über den Ebro und griffen die Römer an, die auf dem Rückweg nach Emporiae waren... ich wählte das Gelände... trieb die Römer heraus, schwere Verluste ihrerseits...« Sieh an, sieh an, dachte ich im stillen. Fast hätte ich gelächelt, die erste Leichtigkeit in mir seit, seit Similce – gestorben war. Dann habe nicht nur ich das Soldatenblut der Barkiden!

Ich ließ Castello rufen. »Die Truppen wart...«

»Ich weiß. Lies das.« Castello zögerte. »Natürlich.« Die Botschaft war in punisch abgefaßt. »Laß dir von Bostar übersetzen. Dann gib bekannt, daß selbst ein Gelehrter wie Hasdrubal Rom besiegen kann.«

Am Ende meiner Inspektion war Maharbal vom Kundschaften zurückgekehrt. Er stocherte in einer dicken Suppe. Keiner von uns aß viel in dieser Zeit. »Sie sind noch immer dort, in Ariminum und Arretium.«

Ich nickte. »Danke.« Ich ging ins Zelt, zog die Plane zu. Dann holte ich die Landkarten vor. Ariminum und Arretium waren so augenfällig zum Schutz der Straßen nach Rom gedacht; die eine Stadt lag an der Adria, die andere südlich der unbeschwerlichen Pässe durch den Apennin.

Ich rief Magalus, der die Gegend kannte, dann Castello und auch Maharbal. Ich deutete auf eine Stadt Pistoia, entlang des Wegs von Ariminum nach Arretium, jenseits des Flusses Arno. »Wir nehmen diese Route. Noch Fragen?«

»Ja, das ist unmöglich, Hannibal!« rief Magalus. »Durch diese Sümpfe führen keine Wege. Wir können nicht...« Ein Blick von mir ließ ihn verstummen. In diesen Jahren brannte in meinen Augen ein leuchtender Wahn.

»Keine Wege, Magalus? Wir wissen, wo Rom ist.«

Nur Castello trug noch etwas vor. »Du kannst nicht zwei römische Armeen im Rücken haben.«

»Ich werde sie nicht im Rücken haben, Castello«, sagte ich, »ich werde sie führen. Und jetzt brecht das Lager ab.«

Fast hätte Magalus recht behalten mit den Sümpfen. Ich erinnere mich wohl dieser stinkenden Sümpfe und der Fliegenschwärme. Es kümmerte mich nicht. Mein Heer folgte, gebunden an meinen Willen. Die Männer und die Pferde, die im schmatzenden Schlamm ertranken, waren mir gleichgültig. Gleichgültig war mir auch der Schmerz, als ich mein linkes Auge verlor. Triefäugigkeit, so nannte Magalus das; es würde von Fliegen übertragen. Die Schmerzen, das Pochen und Pulsieren des Schmerzes waren eine Wohltat. Mit geschwollener Zunge leckte ich am Eiter, der aus dem Auge strömte. Mehr Freude habe ich am Essen nie verspürt. »Komm, komm, du kannst mich nicht erreichen«, das sagte ich dem Schmerz. Ich fragte mich, ob dies die Schmerzen seien, wie Similce sie empfunden hatte.

Ich quetschte den fauligen Augapfel selbst heraus, drückte mit beiden Daumen vor all den Männern, die mir sagten, ich könne nicht mehr weitergehen. In die leere Höhle stopfte ich ein Tuch. Es näßte tagelang, und Blut gerann in meinem Bart zwischen den Fliegen in der Sonne. Es blutet weniger, als Similce blutete, dachte ich. Ich befahl dem Bluten aufzuhören. Bostar und seine Umschläge wies ich zurück. Es schien richtig, daß Hannibal nicht beide Augen haben sollte. Auch mit einem habe ich genug gesehen und erfahren.

Vor einer Stadt namens Faesulae nahmen wir vier Römer, Kundschafter, gefangen. Ich selbst brachte die Männer zum Reden. Sie sagten, die neuen Konsuln des Jahres seien Flaminius und Servilius, und der erstere sei jetzt bei dem Heer in Arretium.

»Und wo ist Scipio, Publius Scipio?«

»Er wurde nach Spanien geschickt, zur Verstärkung seines Bruders.«

»Quod milites – wie viele Männer?«

Sie sagten, das wüßten sie nicht.

»Et aliquid novi apud Siciliam – und was passiert in Sizilien?« Seit jener Zeit hat mein Lateinisch sich verbessert.

Wieder sagten sie, sie wüßten es nicht. Ich glaubte ihnen. Außerdem war es mir egal.

Zwischen Faesulae und Arretium lagen reiche, fruchtbare Höfe. Ich steckte sie alle in Brand, schlachtete alle Tiere, die wir nicht essen oder mitführen konnten. Das dauerte seine Zeit. Ich spürte Maharbals Ungeduld, als ich eine ganze Einheit meiner Truppe abstellte, einige Stiere einzufangen, die ausgebrochen waren. »Leute, die hungrig sind, können nicht kämpfen«, klärte ich Maharbal auf. Und dann zog ich mit meinem Heer direkt vor Flaminius entlang. Natürlich folgte er mir nach Süden. Sie kamen so langsam voran, die Römer, mit ihren Lagern und Küchen, die sie jede Nacht errichteten, daß ich mein Tempo verringern mußte. Wir waren auf der Höhe Cortonas.

Ich ritt zum Kundschaften voraus. Der See, der vor mir lag, hieß Trasimenus. Ich ließ Maharbal mit viertausend Fußsoldaten die Nachhut übernehmen, um die Römer anzulocken. Den Rest meiner Armee führte ich im normalen Tempo weiter. Wir hatten einen Teil des Tages und die ganze Nacht, um uns bereitzumachen.

Am Nordufer des Sees liegt ein schmales Tal, fast schon eine Schlucht. Die Römer folgten Maharbal dorthin. Ich habe sagen hören, an jenem Morgen sei dichter Nebel gelegen, Flaminius hätte nie eine solche Falle betreten, wenn er sie hätte sehen können. Das ist Lüge. Es war ein strahlend klarer Tag.

In dieser Schlacht gab ich nur zwei Befehle. Der erste waren drei Lichtzeichen mit dem Bronzespiegel zu jeder Seite, die das Tal versperrte, im Osten und im Westen: an jedem Ende eine Syntagma schwerer spanischer Infanterie, zehn Männer tief. Nichts konnte diese Linie durchbrechen. Der zweite Befehl, drei weitere Spiegelsignale hundert Herzschläge später, ließ mein Heer beide Abhänge hinab auf die Römer stürmen, die unten noch in einer Kolonne marschierten.

Die Römer konnten keine Linie bilden. Ihre Legionäre fanden keinen Platz. Ich hörte die Geräusche der Schlacht. Selbst der Lärm des Kampfes war eingekesselt. Die Cenomaner wüteten tödlich mit ihren Äxten in den ersten Reihen der eingepferchten Römer, ebenso wie die Kelten, nackt bis zur Taille, Entermesser schwingend und hauend mit Kriegsgeschrei. Auf die im Zentrum ließen meinen Schleuderer von beiden Seiten einen unaufhörlichen Hagel todbringender Steine niedergehen, und die Römer, dicht gedrängt, konnten nicht einmal schützend ihre Schilde heben. Tausende fielen, ohne das Schwert, das *pilum* einzusetzen.

Ich beobachtete, lernte, kalt und distanziert. Hätte ich das gleiche in Trebia getan... Ich verbot mir den Gedanken. Als sich die Reihen der Römer lichteten, gelang es den noch Lebenden, sich auf die Leichen stellend zu Manipeln zu formieren. Neun dieser Gruppen erhoben die Schilde und brachen aus, um den südlichen Abhang des Tals zu ersteigen. Zweifellos wußten sie nicht, daß dahinter der Trasimenus lag. Ich brauchte kein Signal zu geben. Mit seinen Galliern setzte Magalus ihnen nach. Er trieb sie einfach in den See, berichtete er mir später, und ließ sie ertrinken.

An jenem Tag töteten wir mehr als fünfzehntausend Römer. Ich weiß es. Wir zählten sie, während wir ihnen Waffen und Panzer abnahmen. Ein insubrischer Gallier – hieß er nicht Ducarius? – brachte mir den Kopf des Flaminius. Das ist der Grund, warum ich trotz aller Zweifel die Insubrer aufgenommen hatte, als sie zu mir kamen, bevor ich den Arno überquerte. Ihr Land, das wußte ich, war von Rom verwüstet worden. Sie würden Rache üben wollen. Ich kenne die Kraft, die Rachedurst verleiht.

Abends aß ich mit dem Kopf des Flaminius vor mir am Boden. Wie so oft, wollte sich Bostar mit seinem Teller zu mir gesellen. Beim Essen führten wir oft Gespräche, machten Pläne.

Er kam näher, sah plötzlich den Kopf dort liegen. Er hielt inne, angespannt, wandte sich zum Gehen. »Bostar!« rief ich. »Wohin gehst du?« Die Männer um mich wurden still.

»Ich esse lieber in Gesellschaft der Lebenden, Hannibal.«

»Aber wir haben einen Konsul getötet, Bostar, einen Konsul der römischen Armee!«

Er trat zwei Schritte auf mich zu. »Einen hast du jetzt getötet. Es wird noch viele weitere geben. Darf ich jetzt gehen?«

Ich nickte. Er ging. Vielleicht hätte ich ihn tadeln, ihn zum Bleiben zwingen sollen, aber seine Äußerung beeinflußte die Männer nicht. Sie waren überschäumend. Ich hörte sie reden, scherzen, über die Schätze, die sie in Rom erbeuten würden. Sie konnten Bostar nicht verstehen. Ich konnte es damals ebensowenig.

Wir machten keine Gefangenen am Trasimenus, auch nicht unter den *extraordinarii*, den Verbündeten. So lautete mein Befehl. Doch am nächsten Tag erhielten wir welche, völlig unerwartet. Wir entkleideten die römischen Toten, begruben unsere eigenen, von denen es sehr wenig gab. Wachtposten, die ich im Norden stationiert hatte, ritten zu mir, zwei Numider, die Männer und ihre Pferde schweißnaß vom Galopp. »Eine römische Kolonne. Reiter«, keuchte einer.

»Wie viele?«

»Viertausend, vielleicht mehr.« Das mußte die Vorhut der zweiten Konsulnarmee unter Servilius sein. Mir gefiel es, unter den Toten zu arbeiten, den toten breiten Stirnen, den toten braunen, stieren Augen der römischen Toten; ich stellte mir vor, daß solche wie sie Similce vergewaltigt hatten. Einem schnitt ich die Nase ab und warf sie den Raben zum Fraß. Ich wischte das Blut vom Dolch am Ärmel ab. »Geh, *anda*«, sagte ich. »Geh mit der ganzen Reiterei.« Das waren achttausend Männer. Die meisten waren gut ausgebildet. Am Trasimenus waren sie nicht zum Einsatz gekommen.

Am nächsten Tag brachte er achtzehnhundert Gefangene zurück, ihre Hände an ihre Pferde gefesselt. »Die Pferde sind frisch und kräftig, Hannibal. Das ist der Grund ...«

Ich fiel ihm ins Wort. »Ich verstehe.« Ich selbst verhörte den befehlshabenden Prätor. Er hieß Caius Centenius. Ihn zu foltern war überflüssig. Er war selbstbewußt, sehr arrogant.

»Du wirst vernichtet werden, Karthager, vernichtet.« Ich ließ ihn zu Ende reden. Ich erfuhr vieles von ihm, über die Stellungen der Römer und ihre Pläne, bevor ich seine Zunge herausschnitt und ihm die Augen ausstach. »Und jetzt, Römer«, flüsterte ich ihm ins Ohr, als er am Boden lag. »Jetzt wirst du nicht mehr berichten können, wie du Hannibal begegnet bist, und auch nicht die Ruinen sehen, die er von Rom hinterlassen wird.« Ich bedeutete Maharbal zu kommen. »Gib ihm ein Pferd und eine Eskorte. Sieh zu, daß er Rom erreicht. Und, Maharbal – viele seiner Leute sind *extraordinarii*, nicht Römer. Laß sie frei.« Der Unterkiefer fiel ihm herab. »Wir sind gekommen, sie zu befreien, Maharbal, und nicht, sie zu Gefangenen zu machen. Sag ihnen, sie sollen nach Hause gehen und verkünden, daß Hannibal der Tyrannei Roms ein Ende bereitet.«

Rom, Rom. Oft wurde ich gefragt, warum ich nach Trasimenus nicht nach Rom marschierte. Ich habe Fehler, wie jeder andere Mensch, aber nie bin ich ein Tor gewesen. Ich wußte, ich mußte zuvor den römischen Bund zerschmettern. Bislang hatte noch keine italische Stadt für mich Partei ergriffen. Zu Verbündeten hatte ich nur die Gallier, denen ich nicht vertraute. Und mein Heer war klein, kaum vierzigtausend Mann. Rom hatte, das wußte ich von Centenius, bereits zehn Legionen ausgehoben und bewaffnet, weit mehr als das Doppelte meiner Männer, und unterhielt in vielen Orten starke, befestigte Garnisonen. Und ich mußte den Geist der Römer brechen. Trebia und Trasimenus genügten noch lange nicht. »Nun, bin ich Pyrrhus?« hatte ich Bostar nach Trasimenus gefragt.

»Du bist Pyrrhus nach Heraclea. Möge dir kein Asculum beschieden sein.«

Als ich eine Woche später von Deserteuren hörte, was in Rom über die Schlacht am Trasimenus verkündet worden war, wußte ich, daß ich recht hatte. Das Volk hatte eine lange Rede erwartet, eine Erklärung. »Pugna magna victi sumus – wir wurden in einer großen Schlacht besiegt«, war alles, was der Prätor Marcus Pomponius zur Niederlage zu sagen hatte, und verließ darauf die Rostra. So wurde mir berichtet.

Bostar nickte nur, als ich ihm dies erzählte. »Ja, das ist der Geist der Römer«, sagte er.

»Und diesen Geist werde ich brechen, Bostar, brechen.«

Und dann Rom selbst. Ich wußte von den mächtigen Mauern der Stadt. Ja, ich hätte Belagerungsgeräte bauen können, aber wie Silenus mich viele Jahre zuvor gelehrt hatte, lernt nur ein Narr aus seinen eigenen Fehlern. Demetrius Poliorcetes. Er war es, an den ich dachte, sein Fehler war es, von dem ich lernte. Hundert Jahre vor meiner Zeit hatte er geplant, Rhodos zu belagern. In seinem Zug führte er alles Belagerungsgerät mit, dessen er habhaft werden konnte, und doch war er gescheitert, weil Rhodos auch weiterhin vom Meer her versorgt werden konnte. Rom konnte von Ostia versorgt werden. Ich hatte keine Flotte. Allein deswegen, und aus vielen anderen Gründen, marschierte ich nicht auf Rom.

Ist das die Wahrheit? Ja, so gingen die Überlegungen in meinem Kopf. Doch ein anderer Teil von mir verlangte nach einer Bestattung, der Bestattung Similces. Und so gab ich ihr die größte Bestattung, die jemand nur erhalten konnte, die Bestattung von Cannae. Vielleicht ist das der Grund, weswegen ich der Nachricht aus Karthago kaum Beachtung schenkte.

Bomilkars Bote hatte zwei Monate nach mir gesucht, bevor er mich schließlich fand, auch wenn eine Galeere ihn nach Genua gebracht hatte. »Zuerst bin ich nach Westen gegangen, Hannibal. Ich dachte nicht...«

»Was immer du dachtest, es war verkehrt. Und jetzt erfüll endlich deine Pflicht. Ist Rurio in Sizilien gelandet? Ist die Insel in seiner Hand?«

Der Mann lief rot an, verschränkte verlegen die Hände.

»Sprich, Mann!«

»Hannibal, Rurio und seine Leute sind in Karthago. Zumindest...«

»In Karthago!« fuhr ich auf. »Auf wessen Befehl?«

»Auf den Befehl Bomilkars, vielmehr des Rats der Ältesten. Sie fürchteten einen Angriff Roms.«

»Jeder Angriff Roms wird von Sizilien her kommen, du Narr! Weiß Bomilkar denn gar nichts?«

Es war nicht meiner Mühe wert. Rom würde ich ihnen geben. Ich erfuhr, daß Bomilkar doch einige meiner Männer ausgeschickt hatte, aber nach Sardinien; die Insel war bedeutungslos. Anscheinend hatten einige Sarden sich gegen Rom erhoben und Karthago um Hilfe gebeten. »Die haben wir ihnen gewährt«, erklärte der Bote stolz.

»Wie viele der Ältesten haben Güter dort?« fragte ich ironisch. Plötzlich war ich müde. »Geh nach Karthago zurück. Sag Bomilkar, Sizilien ist der Schlüssel. Nein, laß es. Sag ihm, daß von den vielen Köpfen Roms ich den größten abschlagen werde. Wenn er mir eine Flotte erübrigen könnte, wäre meine Aufgabe leichter.«

»Aber, aber ...«

»Ja, ich weiß.« Was war der Sinn? »›Karthago braucht die Flotte für den Handel und den eigenen Schutz.‹ Geh.«

Ich verbannte jeden Gedanken an Karthago. Sollen andere über meine Verwüstungen Umbriens berichten, wie ich mich dann nach Süden wandte und in Apulien, Luceria, Arpi und Campanien ähnlich brandschatzte, immer gefolgt von Fabius, den die Römer zum Diktator ernannt hatten, Fabius und seine vier Legionen, die sich auf keinen Kampf einließen. Es war gut so. Ich dachte nach, ließ meine Wunden heilen. Immer seltener träumte ich von Similce. Ich wollte nicht kämpfen – noch nicht.

Aber Castello war aufs Kämpfen aus. Wir ritten zusammen auf unserem Marsch über den Ager Falernus. Zahlreiche Wein- und Olivengüter vernichteten wir dort. »Das ist der reichste Landstrich Italiens«, sagte Castello, »und Fabius läßt ihn einfach verbrennen.« Ich warf einen Blick zurück, sah den Staub, den die Armee des Fabius, mir auf den Fersen, aufwirbelte. Castello spuckte aus. »Dieser Fabius ist ein Waschweib!«

»Wenn er das ist, Castello«, sagte ich, »ist er ein weises.«

Aus vielen Quellen hatte ich erfahren, daß Fabius den Römern Zeit gewinnen wollte. Sie verstärkten die Befestigungen Roms, so hörte ich, rissen die Tiberbrücken nieder, flickten Mauern. Sie hoben neue Legionäre aus. Indem Fabius die Schlacht verweigerte, trug er vielleicht nicht den Sieg davon. Doch erlitt er auch keine Niederlage.

Fabius' Taktik kam mir entgegen. »Wachsen Apfelbäume in deinem spanischen Garten, Castello?« fragte ich.

»Was? Ja, aber ...«

»Wann ißt du diese Äpfel?«

»Ja, wenn« – der arme Castello war noch mehr verwundert –, »wenn sie reif sind, natürlich.«

»Genau. Castello, wir müssen den römischen Apfel reifen lassen, bevor wir zubeißen.«

Auch wir waren noch nicht reif. Das ist der Grund, warum ich wartete. Jeden Tag hoffte ich, eine römische Stadt würde mir ihre Tore öffnen. Epikydes hatte Vettern in Capua. Mit Gold beladen, schickte ich ihn dorthin. Sein Bericht war hoffnungsvoll, gab Mut. Die Ländereien Capuas in Campanien steckte ich nicht in Brand; ebenso schonte ich später die Landgüter des Fabius.

Denn ich hatte einen Plan. Von Spähern, Deserteuren, Spionen wußte ich alles über Marcus Minutius Rufus, den Befehlshaber der Reiterei. Er war ebenfalls ein Hitzkopf. Wenn ich kämpfte, wollte ich jemanden wie ihn und keinen Fabius zum Gegner haben. Ich hoffte, Fabius würde entlassen werden.

Also steckten wir alles in Brand. Und nach dem Brandschatzen gingen wir an die Arbeit. Auf meinem Zug durch Italien verwendete ich viel Sorgfalt auf das Drillen meines Heeres. Vier Syntagmata ließ ich mit den römischen Waffen ausstatten, die wir am Trasimenus erbeutet hatten. Ich trainierte diese Männer so lange, bis sie ihre Waffen so gut kannten wie sich selbst.

Das gleiche tat Maharbal mit den Pferden, die er nach Trasimenus erbeutet hatte. Klein waren sie, aber stämmig, und paßten sich rasch unserem Kampfstil an. Monat um Monat sahen

Fabius' Späher uns beim Üben zu. Im Heer der Römer gab es nur wenig Aktivitäten, berichteten unsere Kundschafter. »Vielleicht brauchen sie nicht zu exerzieren«, meinte Castello.

»Mag sein«, erwiderte ich. »Wir müssen.«

Bei Teanum schritt Fabius schließlich zur Tat. Er versuchte, mir eine Falle zu stellen. Selbst dann verweigerte ich den Kampf. Ich vertrieb seine Legion, die den Talausgang meines Lagers versperrte, nicht mit Männern, sondern mit Ochsen. Zweitausend rasende Tiere, brennende Fackeln an die Hörner gebunden, mitten in der Nacht. Leise machten wir uns auf den Weitermarsch. Später ließ ich die Ochsen einsammeln. Den ganzen Winter hindurch ernährten wir uns von ihnen, und ich wartete, wuchs. »Vergeßt nicht, die Kuh, die ihr eßt, hat die Römer in die Flucht geschlagen«, sagte ich den Männern. Sie waren zuversichtlich, ruhig, wohlgenährt und gut bezahlt. In Italien gab es keinen Mangel an guten Dingen. Schließlich bewilligte ich sogar einige Frauen im Gefolge für die Männer. Ich überließ es Castello, das zu arrangieren. Die balearischen Schleuderer waren besonders dankbar, so hieß es.

Von Zeit zu Zeit trieb ich mit den Römern einen Scherz, zum Teil natürlich auch, damit meine Männer in Übung blieben. Zweimal setzte ich die Numider ein. Wir lösten unser Lager auf und machten uns auf den Weg, während die Numider sich verborgen hielten; sie hatten ihre Positionen noch im Dunkel der Nacht bezogen. Fabius würde mir folgen, und dann würden die Numider unter Maharbal den Römern von hinten Stiche versetzen.

Dann erfuhr ich, Fabius sei nach Rom beordert worden, um sich für seine Taktiken zu rechtfertigen, für sein Fiasko in Teanum. Minutius erhielt den Oberbefehl. Ich war fast bereit, legte meine Pläne gerade Castello und Maharbal dar, als Minutius zum Angriff auf einen meiner Spähtrupps ritt.

Die Römer feierten dies als großen Sieg, so hieß es. Dreißig meiner Männer waren gefallen. Minutius wurde gemeinsam mit Fabius, der wiederkehrte, der Oberbefehl übertragen. »Wir haben unsere Gelegenheit verpaßt«, sagte Maharbal.

»Mag sein«, sagte ich darauf.

Aber dann, so hörten wir, teilten Minutius und Fabius ihr Kommando auf. Jedem von ihnen wurden zwei der vier Legionen übertragen. Wir waren nah einer Stadt namens Larinum. Minutius und Fabius hatten getrennte Lager aufgeschlagen. Ich brütete noch, ich heilte noch meine Wunden und träumte von Similce, aber ich fand, es sei an der Zeit, die Römer tanzen zu lassen.

Ich ging allein auf Kundschaft aus. Vor Minutius' Lager erhob sich ein Berg, davor unebenes Gelände. Perfekt! Ich lachte auf bei dieser Vorstellung, die erste Heiterkeit im Herzen seit, seit – nein, Hannibal, nein.

Nachts schickte ich Castello mit achthundert Fußsoldaten zu dem Berg, Maharbal und vier Syntagmata auf das unebene Gelände. »Mach dir keine Sorgen, Hannibal. Sie werden uns nicht bemerken. Wir werden wie Gebüsch wirken.« Uns alle hatte Aufregung befallen.

»Ihr sollt nicht nur wie Büsche wirken, Maharbal, ihr sollt wie Büsche sein!«

Am frühen Morgen reagierte Minutius auf den Anblick und den Lärm Castellos auf dem Hügel. Am Anfang war er zögerlich und schickte nur wenige hinaus, aber als er sie fallen sah, griff er mit immer größeren Truppen an, einer ganzen Legion, bis schließlich auch die zweite erschien, um über den Hügel auszuschwärmen.

Erst dann gab ich das Signal. Die Falle schnappte zu. Als Maharbal zum Angriff auf Flanken und Rücken der überraschten Römer ritt, schickte ich zwei weitere Syntagmata hinaus. Ich war versucht, mich ihnen anzuschließen. Doch es war gut, daß ich auf der Erhebung blieb.

Gerade rechtzeitig sah ich die Legionen des Fabius, wie sie von Norden herbeimarschierten. Wir würden zahlenmäßig weit unterlegen sein. Meine besten Truppen waren im Kampf gebunden. Ein Angriff in ihrem Rücken drohte. Es war nicht die Zeit für stumme Befehle. »Reitet, rasch!« rief ich meinen Trompetern zu. »Gebt das Zeichen zum Rückzug!«

Fabius verfolgte uns nicht. Wir hatten dreihundert Mann verloren. »Nicht so viele wie die Römer, *anda*!« rief Maharbal erfreut. Allmählich kehrte seine gute Laune wieder. Ich sagte nichts, doch ich war froh darüber.

»Du hattest recht, Hannibal«, sagte Castello nur. »Der Apfel war ein wenig sauer.«

Ich ging nach Cannae, weil wir Verpflegung brauchten. Dort gab es große römische Speicher. Wir aßen uns satt, während, wie meine Späher berichteten, die beiden Heere unter den neuen Konsuln Varro und Aemilius heranrückten mit dem Befehl, uns zur Schlacht zu zwingen. Die Diktatur war beendet worden. Von Fabius und Minutius hörte ich nichts mehr.

Ich machte mir keine Sorgen, als ich erfuhr, daß die Armeen der römischen Konsuln verdoppelt worden waren und jede nun vier Legionen umfaßte. Ich war daran gewohnt, in der Minderzahl zu sein. Ich ließ die Drillübungen einstellen, das Exerzieren. »Die Männer sollen sich erholen«, lautete mein Befehl. Es gefiel mir, sie zu sehen, wie sie in der Sommersonne dösten. Die Stille war tödlich. Die Zeit war gekommen. Ich rief all meine Befehlshaber zu mir. Ich erklärte, legte meine Pläne dar, ging sie durch, immer und immer wieder.

Und nicht nur mit meinen Befehlshabern. Während die Römer am Nordufer des Flusses Aufidus Aufstellung nahmen, ließ ich jeden *dekadarchos* seinen Leuten meinen Schlachtplan darlegen. Ich spürte ihre Zuversicht, wie sie die meine. Am frühen Abend stand ich mit Castello vor meiner spanischen Infanterie im Zentrum unserer Linie, sah über das ebene Gelände zum Treiben im römischen Lager hinüber. Die Männer in meinem Rücken scherzten und sprachen, spielten Würfel.

»Es sind sehr viele, Hannibal«, sagte Castello.

»Wohl wahr, Castello, wohl wahr«, erwiderte ich. Mein eines Auge wanderte über die Linie der Römer. Ich weiß noch, daß ich die leere Höhle des zweiten kratzen wollte. Es versucht noch immer, dem sehenden Auge zu folgen, auch wenn es nicht mehr existiert. Und zum ersten Mal seit jener Nacht, in der Similce starb, empfand ich wieder wahre Wärme. »Aber an eines hast du nicht gedacht, Castello«, sagte ich. »Unter all den Römern gibt es auch nicht einen, der Castello heißt.«

Er brach in Gelächter aus, schlug sich auf die Schenkel. Ich hörte, wie diese Geschichte die Nacht hindurch unter den Männern umging, hörte ihr zustimmendes Jubeln und Lachen. Das war der Geist, mit dem die Schlacht von Cannae geschlagen wurde.

Über die Schlacht selbst gibt es zahllose Berichte. Ich glaube, heute studieren sie sie an militärischen Schulen. Unsere Linie folgte dem Fluß. Mir war die Gewißheit, keinen Angriff im Rücken befürchten zu müssen, lieber als die Gefahr, in den Aufidus gedrängt zu werden.

Wieder ließ ich das Essen am frühen Morgen ausgeben. Im ersten Tageslicht schickte ich meine Numider über die Fläche, die die beiden Heere trennte. Wie ich gehofft hatte, trieb Varro seine *velites* ihnen entgegen – an diesem Tag hatte er den Oberbefehl –, und von meinem rechten Flügel kam Maharbal mit seiner schweren Reiterei im Sturm und trieb sie in die Flucht. Dann rückten die römischen Manipel vor.

Ich stand in unserem Zentrum inmitten der spanischen Fußtruppen. Bei Cannae blieb ich nicht im Hintergrund, um aus der Ferne zu befehlen. Es war eine einfache Order, die ich gab. Ich selbst führte das Zentrum hinaus, im Schutz der Schilde vor dem *pila*-Regen, und die Römer stießen auf keine gerade Linie, wie sie es kannten, sondern auf einen konvex gebogenen Halbmond. Wir schleuderten ihnen ihre unbenutzten *pila* von Trasimenus entgegen, und viele starben, noch bevor unsere beiden Linien sich vereinen konnten. Ich tötete einige Gegner, die den Wall meiner Truppe durchbrachen, doch zum Großteil blockierten und parierten wir nur, wie ich es angeordnet hatte, denn wir lockten sie hervor und zogen uns im rechten Augenblick zurück, und noch heute weiß ich jeden berechneten, sorgsamen Schritt, mit dem ich die konvexe zu einer konkaven Linie machte und die Römer in die Zange nahm.

Maharbal hatte abgewartet, im Westen stehend, wie geplant. Nun ließ er die Falle zuschnappen, die Reiter saßen ab, bewaffnet, und fielen den Römern in den Rücken. Ich warf meinen Schild von mir, weit in das Gewühl der römischen Soldaten. Mit Schwert und Dolch in der Hand hielt ich inne, rief »Si-milce!« und hörte den Schrei aufgegriffen von meinen Männern.

Auf dem Schlachtfeld von Cannae wurden die Römer eingekesselt, und dort starben sie zu Tausenden unter der sengenden Sonne, aus Haß und Rache, denn wie süß, so süß, ist Rache.

Ich liebe die Weichheit des Unterleibs, wenn mein scharfes Schwert sich in die Eingeweide bohrt. Ich liebe den schnellen Schnitt des Dolches durch die Kehle. Ich kenne die Poesie des Todes. Das ist die Erinnerung, die ich von Cannae in mir trage, das und den strömenden Schweiß unter dem Helm, dem Panzer, den ganzen langen Todestag hindurch. Mein Schwert zerbrach an einer Römerrüstung. Ich nahm ein neues, dann die Axt. Bei jedem Gegner, den ich tötete, war mein Gedanke, nun gibt es noch mehr Römer, die keinen Vater, Gatten, Freund mehr haben. Stunden kämpften wir und töteten, ein Leben lang, bis keine Römer mehr zu töten waren, und rings um mich, bis in weite Ferne, lagen die Berge der römischen Toten im Sonnenuntergang.

Italien gehörte mir.

# VIII
# Verzug

Vielleicht war es Erschöpfung. Vielleicht darf kein Mensch so große Macht erfahren. Vielleicht war es das Dunkel, das mich so lange umfangen hatte. Vielleicht waren es die Wunden; beim Kämpfen hatte ich sie nicht bemerkt.

Ich verließ meine Männer, die schreiend, lachend, jubelnd im Fluß badeten. Allein ging ich durch den Aufidus, ging allein zu unserem verwaisten Lager. Dort nahm ich den Helm ab, der Dellen bekommen hatte; meine Hände verkrustet mit rotem Römerblut. Ich legte mich auf Felle nieder. Braun waren sie und getupft. Eine Stunde, ein ganzes Leben lang lag ich dort, schlief und träumte.

»Nun, Hannibal, hast du den Sieg davongetragen.« Eine Stimme, die leise, tiefe Stimme Bostars.

Ich wandte den Kopf. »Ja, Bostar, jetzt habe ich den Sieg davongetragen.« Ich setzte mich auf, war steif und wund. Ich sah das Blut, das mir vom Bauch herabrann, von den Armen, den Beinen. Ich dachte an das Blut Similces. Sollte ihr Geist jetzt nicht Frieden gefunden haben? Hatte sie jetzt nicht das jenseitige Ufer Ashrokets erreicht?

Ich hörte den Lärm des Sieges. Die Männer sangen, Fetzen ihrer Lieder trug der Abendwind zu mir herüber. Sieg?

Unversehens kamen die Tränen, lautlos rollend, brannten in den Rissen und Schnitten auf meiner Haut. Die Worte brachen aus mir hervor, qualvoll, aus einem Teil von mir, von dem ich nicht wußte, daß es ihn gab. Die Stimme, mit der ich sprach, war eben, gleichmäßig. Eine andere Art, den unerträglichen Schmerz zu bewältigen, gab es nicht. Es war nicht der Körper, der schmerzte, es war der Geist. »Aber jetzt weiß ich, Bostar, es gibt, es gibt...« Ich konnte es nicht eingestehen.

»Was gibt es?« Vor seiner Sanftmut war kein Entrinnen.

»Es gibt Schlimmeres als eine verlorene Schlacht.«

»Ja? Und was ist das, Hannibal?« Er wußte es. Er wußte, er mußte den Schmerz herausziehen aus mir. Ich wäre zerborsten ohne ihn.

»Schlimmer als eine verlorene Schlacht, Bostar, ist eine gewonnene.«

Nur Bostar weiß, wie ich dann weinte, wie ich schluchzte, zerrissen von Tränen der Qual. Er nahm mich in den Arm. Später legte ich mich nieder, war ausgehöhlt. Er versorgte die Wunden meines Körpers. »Sie sind nicht tief. Doch die anderen Wunden, Hannibal«, so hörte ich ihn sagen, »die kann ich dir nicht heilen.«

In Cannae verlor ich etwas, von dem ich gar nicht wußte, daß ich es besaß, um es zu verlieren, etwas, das ich niemals wiederfand. Ich verlor die Fähigkeit, mich zu verändern, die Unschuld und die Demut, mich zu verwandeln.

Doch einen Augenblick gab es, einen Augenblick nur. Es war dunkel. Ich hörte Pferdehufe donnern. »*Anda, anda!*« rief Maharbal, rief mich in die Welt zurück.

»Welche Welt?« fragte Hannibal.

»Die Welt«, erwiderte ein anderer Hannibal, »die Welt, die du geschaffen hast.«

»Aber ich wußte nicht, was ich da schuf!«

»Was du gelernt hast, kannst du nie mehr verlernen.«

Atemlos saß Maharbal ab, war dringlich. »Das Römerlager, Hannibal! Die Männer plündern das römische Lager! Sie haben Wein und Frauen! Du mußt kommen!«

Ich wollte nicht, daß Maharbal meine Schwäche sah. Deshalb ging ich mit ihm. Ich kam aus einer anderen Welt – ich fürchte, aus einer besseren – und ging zum Römerlager. Fünfunddreißig Jahre sind seither in Haß und Blutvergießen vergangen, nur weil ich, Hannibal, der große Hannibal, kein bloßer Mensch sein konnte.

Sobald die Männer mich sahen, hielten sie beim Plündern inne. Sie umringten mich, einander rempelnd, jubelnd, bis sie das Drohen in meiner Stimme hörten. »Wer hat damit begonnen?« fragte ich auf punisch, lauter dann auf iberisch und auf griechisch. Mein Kopf dröhnte, meine Wunden pochten. Ein *loxarchos*, den ich erkannte, trat vor.

»Hannibal, es fing mit meinen Männern an. Ich dachte ...«

»Ich will nicht wissen, was du dachtest!« fuhr ich ihn an. »Kümmere dich um sie! Dann kümmere ich mich um dich. Du kennst meine Befehle. Maharbal, verbrenn das Lager.«

»Aber die Wagen, Hannibal, die Rinder!«

»Verbrenn es, Maharbal. Steck es in Brand.«

Gewohnheit setzte ein, Gewohnheit und die Pflicht, Befehle auszugeben, und das verbarg mein leeres Herz. War ich nicht dafür geboren? Vier Tage waren wir beschäftigt, die Tausende römischer Verbündeten zu zählen und ihnen die Waffen, die Panzer abzunehmen, dann sieben mal siebentausend römischen Toten. Sieben für meine Ehe. Sieben für die Rache meiner Ehe. Rache war süß. Rache war bitter. Ich hörte das Jubeln, Lachen, als sie die Leiche eines Senators fanden, eines Prätors, die eines Konsuls gar. »Wo sind seine Wunden?« fragte ich Castello, als er mir das berichtete.

»Er hat viele – auf der Brust, am Hals, den Armen.«

»Und keine sind am Rücken?«

»Nein, keine.«

»Dann ist er ehrenhaft gestorben, hat seinem Land gedient.«

Castello spuckte aus. »Pah! Er war ein Römer!« Um Castello, der größer war als ich, zu packen, mußte ich mich strecken. Ich griff nach seinem Hals, zog ihn zu mir und sagte leise: »Castello, er war ein Mensch.«

In dieser Stimmung ritt ich allein hinaus. Lange Stunden ritt ich durch das menschenleere Land, weit fort von Cannae und dem Blut. Ich hörte Stimmen, Lachen, Kreischen. Ich saß ab, folgte dem Geräusch einen Waldabhang hinab.

Unter mir floß still ein Bach durchs Tal. Im Schatten der Bäume sah ich sie im Wasser spielen, den jungen italischen Bauernburschen und das Mädchen, sechzehn vielleicht beide. Das Mädchen rannte aus dem Wasser, nackt, die Haut im Sonnenlicht funkelnd. Ich sah ihre festen Brüste, den festen Bauch. Ich fühlte die Verheißung, die Kraft und den Drang der Jugend. Der Junge setzte ihr nach. Sie liefen das Ufer entlang, verschwanden aus meinem Blickfeld, aber ihr Lachen hing noch lange in der Luft.

Das ist der Grund, warum ich tat, was ich dann tat. Ich wollte meinen Willen stählen, das Mitleid in mir ausmerzen, nicht das Mitleid für die Römer, das Mitleid für die Menschheit. Um das Alte wiederaufzunehmen, mich nicht dem Schrecken des Neuen zu stellen. Ich hatte Angst, den Hannibal, der war, aufzugeben für einen, der er vielleicht nie werden würde.

Ich kannte die Bäume, die gefällt als Schnittbretter dienen würden. Ich wußte, daß die Äxte der Gallier und der Cenomaner sich gut für diese Arbeit eigneten. Trotzdem dauerte es sehr lange, zwanzigtausend römischen Leichen die Hände abzuschneiden. »Wie viele Gefangene haben wir, Maharbal?« fragte ich, als wir fertig waren.

»Sechstausend wenigstens, vielleicht auch mehr.«

»Bring tausend von ihnen her. Wirf ihre Hände zu den anderen.« Ich deutete auf die Wagen beladen mit den Händen der Toten. Blut tropfte durch den Bretterboden über die Räder der Wagen. Similces Blut war viel röter gewesen. »Dann laß ihre Stümpfe verbinden. Schick sie mit den Wagen nach Rom und sag ihnen, sie sollen folgendes melden: ›Hannibal der Karthager gibt Rom zwei der acht Legionen zurück, die er vernichtet hat.‹«

War das die Tat eines Wahnsinnigen? War das die Frucht des Hasses? Es ist so schwer zu wissen. Mein Verstand hatte einen Riß bekommen, war am Entgleiten, und außer Bostar würde nie jemand davon wissen. Was hätte ich denn sagen können, zu Maharbal, Castello, zu den vielen Männern? Daß ich eine große Schlacht gewonnen hatte und deshalb nicht weitergehen konnte?

In der Einsamkeit nach Cannae wandte ich mich meiner Heimat zu. War es wirklich meine Heimat? Ich wußte es nicht, ebensowenig wie jetzt. Ich hatte keine andere als die Stadt, die vor langer Zeit ein Vater seinem Sohn gezeigt hatte. »Nie, nie darfst du dich ihrem Ruf entziehen.« Ich glaubte, daß sie mich jetzt rief. Ich antwortete mit Ringen, vier Scheffeln goldener römischer Ringe, die ich den toten römischen Kriegern allein in Cannae abnehmen ließ. Ich schickte sie nach Karthago auf einem Schiff, das wir im Hafen von Salapia erbeutet hatten, ganz nah bei Cannae. Zusammen mit den Ringen schickte ich einen Ligurer, Fierelus war sein Name, dem ich meine Botschaft mündlich auftrug. Schreiben konnte ich sie nicht, das weiß ich noch; meine Hände waren steif, geschwollen, vom Greifen der vielen Waffen, der vielen Toten. Einen Griffel konnten die Finger nicht halten.

»Sag, daß ich Karthago grüßen lasse«, trug ich Fierelus auf. »Berichte den Ältesten alles, was wir hier errungen haben. Sag, daß ich Geld brauche und Männer. Aber vor allem, das sag ihnen, brauche ich Schiffe. Wenn sie mir Schiffe geben, vergiß nicht, das zu sagen, bekommen sie Rom von mir.«

Er wandte sich zum Gehen. »Fierelus«, rief ich ihn zurück. »Und finde heraus, wie es Silenus ergeht.« Verwundert sah er mich an. Natürlich, wie sollte er Silenus kennen. Er war erst nach der Trebia zu mir gekommen. »Silenus von Caleacte. Er war mein Lehrer. Frag nach ihm«, trug ich ihm auf. »Es gibt viele, die ihn kennen.«

Ich überwachte gerade das Verstauen der römischen Waffen, die wir in Cannae erbeutet hatten. Der Bote der nördlichen Boier war ein Wilder. Ich weiß noch, wie er stank, sich kratzte. »Zwei Legionen, in der Nähe von Modena, tot.« Er grinste zahnlos, abstoßend. »In den Wäldern überraschten wir sie. Wir alle haben aus dem Siegeskelch getrunken, zu dem der Schädel des Prätors gefertigt wurde.«

Ein weiteres, kleineres Cannae. Jetzt mußte Rom sich doch ergeben. Als Botschaft schickte ich hundert römische Gefangene zu ihnen. Das Lösegeld, das ich für die restlichen verlangte, die fünftausend Männer, war sehr gering. Sollte ich denn betteln?

Nach drei Tagen war die Hundertschaft wieder bei mir. Lange hatte Rom ihnen nicht zugehört. Der Senat habe erwidert, so sagten sie, daß Rom keine derart erbärmlichen Soldaten brauche, wie Hannibal sie jetzt habe. Leise sagte ich mir die Antwort nochmals vor: Rom braucht keine derart erbärmlichen Soldaten, wie Hannibal sie jetzt hat.

»Warum seid ihr wiedergekommen?« fragte ich sie schließlich ruhig, »mit einer solchen Antwort! Fürchtet ihr nicht den Tod?«

Der Zenturio begegnete meinem Blick mit aufrichtigen, schlichten Augen. »Civis Romanus sum – ich bin ein römischer Bürger.« Mehr sagte er nicht. Vor Cannae hätte ich ihn getötet. Jetzt setzte ich ihn frei.

Ich hätte keine Versammlung halten sollen nach diesen Dingen, als mein Kopf noch wirr und unklar war. Doch Cannae war vorüber, unsere Toten begraben und verbrannt, die Verwundeten versorgt, die Ordnung wiederhergestellt. Ich wußte, daß die Truppen unruhig waren. Ich hörte sie reden: »Rom, jetzt nach Rom!«

Maharbal sprach als erster. »In fünf Tagen, Hannibal«, sagte er, »sitzt du im Kapitol in Rom.« Sein Gesicht, vor Stolz gerötet, so saß er vor mir, im Kreis Castellos und der *loxarchoi*. Die Markise, unter der wir hockten, flatterte im Wind. Noch jetzt höre ich es, dieses flatternde Flattern in den Gräben meines Denkens.

Ich hätte Erklärungen geben sollen – die fehlenden Schiffe, das mangelnde Belagerungsgerät. Ich hätte sagen sollen, vierzigtausend Männer könnten niemals Rom belagern. Selbst Alexander, das hätte ich sagen sollen, selbst der goldene Alexander hätte es nie gewagt. Aber war ich jetzt nicht größer noch als der große Alexander?

Oder hätte ich nur sagen sollen, daß ich den Willen nicht besaß, daß ich dem Abgrund meiner Rache begegnet war?

So stand ich vor ihnen, den Männern, die ich über die Alpen führte, um Rom zu zerstören. Leise sagte ich: »Nein«. Das eine Wort. »Nein«.

Maharbal sprang auf. Er sprach mit lauter Stimme, zornig. Nie zuvor, kein einziges Mal, hatte er mir widersprochen. »Wie ich sehe, verleihen die Götter nicht alle Gaben, die sie geben können, einem einzigen Mann. Hannibal, du weißt, wie man einen Sieg erringt. Aber du weißt nicht, Hannibal, weißt nicht, davon Gebrauch zu machen.« Und er stürmte fort.

Castello und die anderen blieben sitzen, waren verwundert. »Ich, es...« Was wollte ich sagen? Daß es mir leid tat? »Castello, Drillübungen für alle Männer. Gib so vielen wie möglich römische Waffen. Wir sprechen uns später. Jetzt geh.«

Ich ging, Maharbal zu suchen. Ich wollte ihm erklären, mit ihm reden. Ich wollte, brauchte seine Hilfe. Ich fand ihn bei den Pferden, trinkend, betrunken lag er da. Er wolle vergessen, sagte er, nur noch vergessen. Jetzt kann ich das verstehen. Damals nicht.

»Vergessen, Maharbal, vergessen? Es sind die Schwachen, die vergessen. Die Starken erinnern sich.«

»Dann geh, du starker Hannibal«, stammelte mein *anda*, »geh und sei stark. Erinnere dich für uns beide.«

Bostar war in seinem Zelt. Er arbeitete an einer Karte. Ich setzte mich neben ihn. »Weißt du noch, Bostar, wie ich dich um eine Landkarte des römischen Denkens bat? Jetzt brauche ich eine Karte meines eigenen.«

»Was geht in deinem Denken um, Hannibal?« Ich sah auf, blickte fort. Ich fühlte, ich...

»Nichts, alles. Ich, ich – ich weiß es nicht, Bostar. Ich weiß nicht, was ich tun soll. Zum erstenmal in meinem Leben weiß ich es nicht.«

Bostar rollte seine Landkarte zusammen, wandte sich mir zu. »Du weißt nicht, was du tun sollst, Hannibal? Lautet deine Frage nicht vielmehr, warum du es tun sollst?«

»Beides weiß ich nicht. Ich habe getan, wozu ich geboren bin. Jetzt, glaube ich, könnte ich Rom vernichten. Die Stadt zu belagern, würde lange dauern, aber es gibt auch andere Wege. Und Karthago – jetzt wird Karthago mir sicher helfen.«

»Blick nicht nach Karthago, Hannibal. Blick in dich selbst. Was siehst du dort?«

Bereits die Frage war mir fremd. Ich dachte an die Legende

über die Wahrheit, die ganz hoch oben wohnt, über Felsen, die schwer zu erklimmen sind; nicht jeder Sterbliche darf sie betrachten, sondern nur der, der mit angespannter Achtsamkeit und schweißgebadet den Gipfel erreicht. »Ich sehe Angst, Bostar«, sagte ich schließlich.

»Wovor?«

»Angst vor Dingen, die ich nicht verstehe, vor Dingen, die ich noch nicht einmal gedacht habe.«

»Was sind das für Dinge?«

»Angenommen, wir marschieren jetzt nach Rom. Ja, noch besitzen die Römer sechs Legionen. Aber die könnte ich besiegen, und dann würde Rom sich ergeben.«

»Vielleicht, Hannibal, vielleicht. Und weiter?«

»Doch was dann? Das ist meine Angst. Angst vor meiner eigenen Unwissenheit. Ich bin ein Soldat gewesen, mehr nicht. Was täte ich mit einer Welt ohne Rom? Wie würde sie regiert, von wem? Es ist das Ausmaß dessen, was vor mir liegt, Bostar, das ist meine Angst.«

So redeten wir spät, bis in die Nacht. Eulen riefen, tauchten im Flug in die Dunkelheit ein. »Kennst du das griechische Wort *hamartia*, Hannibal, und was es heißt?«

»Ja«, erwiderte ich verwundert. »Irrtum, Fehler. Silenus sagte mir, es trage die Bedeutung von Unschuld in sich. Wird es nicht in den griechischen Tragödien verwendet, bei Ödipus, der in aller Unschuld seinen Vater tötete und zur Frau seine Mutter nahm?«

»Dein Lehrer war sehr gut. Aber nicht nur Ödipus trug *hamartia* in sich, den tragischen Irrtum. Ajax, Orestes und viele mehr vollbrachten etwas, ohne die Folgen ihres Tuns zu kennen. Du wurdest geboren, das zu tun, was du jetzt vollbracht hast. Vielleicht hast du nun die Möglichkeit, dich zu verändern.« Ich war so müde, so verwirrt. *Hamartia*? »Hannibal, jetzt mußt du schlafen.«

»Ja, schlafen. Doch was soll ich tun?«

»Warten. Etwas anderes kannst du nicht. Such nicht nach der Antwort. Wenn die Antwort reif ist, wird sie zu dir kommen.«

Ich wartete. Ohne auf Widerstand zu stoßen, marschierte ich mit meinem Heer durch Samnium bis nach Campanien hinein. Dörfer und Städte öffneten mir ihre Tore. Die Männer erwähnten Rom nicht mehr so häufig. Maharbal und Castello sprachen kaum mit mir. Es kümmerte mich nicht. Sie trugen meine Befehle aus. Ich ließ Belagerungsgeräte bauen, um einen Glauben zu nähren, der nur zum Teil der meine war. Einmal im Monat, wenn nicht öfter, schrieb ich nach Karthago. Antwort traf nie ein.

Ich hörte auf, Soldat zu sein. Was war aus mir geworden? Ich möchte sagen können, ein Staatsmann, ein Verwalter. Doch das ist nicht die Wahrheit. Ich war nur mehr ein Händler, ein Schacherer. Die Wahrheit ist, wie Odysseus wanderte ich und wartete, um meine Heimat zu erreichen.

Nach Cannae wurden meine Haare grau. Wochen und Monate vergingen. An einiges erinnere ich mich deutlich. Ein Hafen. Ich brauchte einen Hafen. Ich versuchte es mit Puteoli. Ich weiß noch, wie die Leute auf den Mauern standen, schweigend, und mich beobachteten. Ich schickte einen Boten in die Stadt, ein Etrusker war es. »Sag ihnen, daß ich gekommen bin, um sie vom römischen Joch zu befreien«, befahl ich ihm. Ihre Antwort war kurz und klar. Es sei, sagte der Etrusker, ein römisches Sprichwort. »Non generant aquilae columbas – aus Adlern werden keine Tauben.«

Weiter die Küste entlang marschierte ich nach Neapolis. Dort wurde ich mit Pfeilhagel begrüßt. Ich ließ die Bauern aus dem Umland zusammentreiben und ihnen die Gedärme herausschneiden, warf das Gekröse in den Bach, der unter den Mauern in die Stadt hineinfloß. Drei Tage wartete ich. Dann kam eine Botschaft. »Die Bewohner von Neapolis danken Hannibal dem Karthager, daß er ihr Wasser verunreinigt hat. Früher als erwartet greifen sie nun auf ihre Brunnen und Zisternen zurück. Das Wasser ist süß und klar.«

Alles steckte ich in Brand. Alles brannte, jede Hütte, jedes Feld, jeder Baum und jeder Rebstock. Meine Männer waren mürrisch, störrisch, hungrig. Ich auch. Wer kann sich vorstellen, was es hieß, der Eroberer von Cannae zu sein und zu entdecken, daß nichts, gar nichts gewonnen war? Ich wußte, wo die Römer standen, wartend, beobachtend, stumm. Ich war ein Pyrrhus, ein Pyrrhus, der eine Schlacht gewonnen hatte, aber einen Krieg verlor – einen Krieg des Geistes.

Maharbal streifte nun fast stets zu Pferd durch die Umgebung, schon seit der Nacht, als ich mich in der Versammlung weigerte, den Abmarsch nach Rom zu befehlen. Er wurde düster, hager, eingefallen. Jeder Bericht, den er mir brachte, war ein stiller Vorwurf. Ich wußte, daß er wußte; eine Antwort hatte ich noch immer nicht.

Aus Karthago erhielt ich keine Kunde. Die ersten Winterregen fielen, die Winde kamen auf. Epikydes kehrte zurück. Ob wegen des Goldes oder aus Überzeugung, ich weiß es nicht, aber Capua öffnete Hannibal seine Tore. Zumindest Capua wandte Rom den Rücken zu. Die Männer waren froh. So gewann ich Zeit.

Capua mißfiel mir vom ersten Anblick an, als ich im schwächer werdenden, fahlen Sonnenlicht den Marmor schimmern sah. Die Ältesten der Stadt hofierten mich, als ich das Tor durchschritt. Ein Bankett zu meinen Ehren gaben sie. War ich einen Tag in Capua gewesen, eine Woche, vier? Die Gänge waren endlos. Ich aß wenig, konnte den Gastgebern aber nicht verbieten, überschwenglich Erklärungen abzugeben. Seeigel, Austern und Spargel, Seenesseln, Feigendrosseln, Reh- und Wildschweinlenden, Geflügel in parfümierter Paste, eingelegte Flußfische, junge Hasen, gebratenes Geflügel, ein Gericht aus Hechtleber, Fasangehirn, Flamingozunge und Neunaugenmilz, und dann Kuchen von – wie stolz sie darauf waren – von den Sümpfen um Ancona. »So essen sie nicht einmal in Rom«, prahlte der feiste, schwitzende Capuaner neben mir. »Und sie haben auch nichts Vergleichbares, um den Befreier Italiens zu feiern.«

Noch jetzt sehe ich seine Wangen, seine hängende, fleischige Kinnpartie. Es war das Mädchen, das tanzende Mädchen, das dann kam. Ich sah nur, von einem anderen Bankett vor langer Zeit, ein anderes Mädchen, einen anderen Tanz. Dies war nicht Similce. Dies war eine Hure, grell wie ihre Stadt, die ihre wallenden, wogenden Brüste vor mir wiegte, ihre hoffärtigen Hüften vor mir hob und senkte. Es stieß mich ab. Als Castello sich die Lippen leckte, dachte ich, wie viele Männer haben diese Frau gekannt, haben diese Brüste geküßt, ihren Penis in diesen schmollenden Mund gesteckt? Ich weiß, ich weiß von den Dingen, die Männer tun. Ich habe über fünfzig Jahre Seite an Seite mit Soldaten gelebt. Ich weiß noch heute die Zeilen Anakreons, an die ich damals dachte, die Zeilen, die Silenus mich gelehrt hatte, und ich, Hannibal in Capua, ich fühlte mich plötzlich allein und hatte Angst: »Sanft, wie ein junges Rehkitz, erst vor kurzem geboren, noch säugend, das von seiner Mutter im Wald getrennt ist und bebt, von Grauen erfüllt und stumm.«

Das war es, was mich damals ausmachte. Das Gegenteil des tanzenden Mädchens und der Stadt Capua.

Ich ging noch in derselben Nacht. Ich ließ meine Armee zurück, die sich an den Huren, dem Wein erfreuen wollte. Ja, selbst das erlaubte ich meinen Männern. Wie sonst sollte ich sie bei Laune halten, wo sie so weit von ihrer Heimat waren? »Keine Vergewaltigungen«, das war mein einziger Befehl. Allein ging ich zum Berg Tifata.

Noch bevor wir in Capua eingezogen waren, hatte ich mir Tifata als Stützpunkt gewählt. Die grasbewachsene Hochebene lag oberhalb der Ebenen und der Pässe, die ich bewachen wollte. Dort hatte ich meine Hammertruppe stationiert, um die Römer zu beobachten, wie sie uns beobachteten. Ihr Lager war auf dem Hügel jenseits des Tals. Ich wollte es zerstören. Wann?

Der Wille der Römer wuchs, während der meine schwand. Ich konnte den Schatten spüren. Überlegten sie sich nie, sich zu ergeben? Viele Geschichten wurden mir hinterbracht. Nach Cannae ließ der Senat alles Weinen und Klagen verbieten. Den Witwen von Cannae war Trauern untersagt. Die Römer befragten ihre Götter, ihre heiligen Bücher. Sie führten ein Opfer durch, ein Menschenopfer. »Und uns nennen sie Barbaren!« fuhr ich auf, als ich das hörte. Zwei Männer und zwei Frauen waren bei lebendigem Leib begraben worden auf dem römischen Kapitol, zwei Griechen und zwei Gallier. »Wogegen kämpfe ich?« wollte ich von Bostar wissen. »Gegen Zauberer oder Menschen?«

»Gegen keins von beiden, Hannibal. Du weißt doch, das römische Wesen, der römische Geist.«

Es war am folgenden Morgen in Tifata. Maharbahl führte sie zu mir, vier Römer, die er bei einem Überfall gefangengenommen hatte. Das tat er immer häufiger, meist ohne mich zu fragen. Er und hundert seiner Numider, die er liebte, ritten auf Kundschaft, zu Scharmützeln, um zu töten.

Diese römischen Soldaten waren anders. Ärmlich ausgestattet, die Rüstung von jedem der Vier eine andere. »Estisne milites?« fragte ich sie verwundert. »Seid ihr Soldaten?« Sie nickten, hatten Angst. »*Auxilarii*?« Um solche mußte es sich handeln.

»Nullo modo«, sagte einer. »Keineswegs. Novae legionis servilis sumus – wir gehören zur neuen Legion der Sklaven.«

»Kann das wahr sein?« sagte ich erstaunt. »Hebt Rom seine Legionen jetzt bei den Sklaven aus?«

Einer von Maharbals Numidern beantwortete die Frage, die ich niemand Bestimmtem gestellt hatte. »Das habe ich erfahren, Hannibal, von einem Zenturio, den wir – den wir nicht mitbrachten. Die Römer haben achttausend kräftige Sklaven ihren Besitzern abgekauft, bezahlt mit öffentlichen Geldern. Aus den Gefängnissen haben sie Verbrecher und Schuldner freigelassen und sie gezwungen, Waffen herzustellen. Sie...«

Abwehrend hob ich die Hand. »Mehr will ich nicht wissen. Maharbal, laß sie gehen.«

»Aber sie sind Römer, Hannibal!«

»Römer mögen sie sein, Maharbal, aber einen Krieg gegen Sklaven führe ich nicht.« Ein Teil von mir, so glaube ich, versuchte noch, sich zu verändern.

Endlich erhielt ich Nachricht aus Karthago. Fierelus kehrte zurück. Eine lange Schriftrolle reichte er mir, auch diese in altem Proto-Punisch abgefaßt. Das verärgerte mich. Wußten sie nicht, daß ich tagein, tagaus stets nur Iberisch sprach und hörte, Numidisch, Lateinisch, Griechisch, Ligurisch, Gallisch, sogar das Kauderwelsch der Kelten? Mit wem sollte ich das Punisch meiner Kindheit sprechen, ganz zu schweigen von ihrem alten Punisch? Sie wußten nicht, wer Hannibal geworden war. War das der Grund für meinen Zorn? Oder vielmehr, weil ich es auch nicht wußte?

Bostar diente mir als Übersetzer. »Vor uns am Boden im Senat liegen die Ringe von Cannae, der Beweis, wie du sagst, von einem großen Sieg. Und doch bittest du um Verstärkung, um Gold, um Schiffe. Worum hättest du denn gebeten, wenn du verloren hättest, nicht gewonnen? Du nennst die Städte, die sich mit dir verbündet haben – Trebula und Saticula, Telesia, Compsa, Melae, Fulfulae, Orbitanum, Blanda und Aecae. Doch finden sich darunter keine Römerstädte, ja nicht einmal Orte der Latiner. Unser Befehl an dich lautete, nach Karthago zurückzukehren. Statt dessen hast du Saguntum vernichtet und uns diesen Krieg beschert. Der Rat ist geteilter Meinung, doch eine geringe Mehrheit glaubt, daß du beenden sollst, was du begonnen hast. Wir haben keine Schiffe, die wir dir schicken könnten. Wir brauchen sie selbst für unseren Handel. Hol sie dir von den Römern, wenn deine Position so stark ist. An Männern entsenden wir zweitausend Fußsoldaten, doch nicht zu dir, sondern nach Spanien. Dort liegen die Minen und die Interessen Karthagos, und die Römer, so hören wir, planen deinetwegen, die Halbinsel zu erobern. Für dich können wir viertausend Numider und vierzig Elefanten erübrigen. Laß uns wissen, wenn du einen Hafen hast, zu dem wir sie schicken können.«

Fierelus hatte Bostars Übersetzung schweigend zugehört. »Was ist mit Silenus?« Mehr fragte ich ihn nicht.

»Silenus, Hannibal, ist tot.«

»Ich verstehe.« So ruhig antwortete ich darauf. »Wo liegt sein Grab?«

»Das wußte niemand, Hannibal. Die meisten wandten sich

von mir ab, als ich nur nach ihm fragte. Es schien, sie hatten Angst.«

Ich nickte, entließ ihn mit einer Geste. Dann stand ich auf, verbrannte die Nachricht der Ältesten Karthagos. Es freute mich, die graue Asche zu sehen.

Ringsum war ich von lautlosen Römerheeren umgeben. Und doch bekam ich meinen Hafen. Nein, so war es nicht. Ich schickte Castello nach Bruttium im Süden, mit der Hälfte meiner Männer. Dort gab es keine römischen Soldaten. Er eroberte Petelia und machte es dem Erdboden gleich, dann Cosentia, Crotona und Locri. Dort hatten wir unseren Hafen, in dem die Hilfe Karthagos eintraf, wenn es denn eine Hilfe war. Die Elefanten waren nicht ausgebildet, die Numider frisch rekrutiert. Ich seufzte. Wie viele Armeen sollte ich noch trainieren? Castello ließ mir sagen, er habe vier römische Galeeren erbeutet. Solle er sie zur Blockade nach Ostia schicken?

Lieber gar keine Schiffe als vier, dachte ich. Um den Hafen Ostia abzuriegeln, brauchte ich hundert Schiffe, keine vier. Ich befahl Castello, sie an Land zu bringen und bewachen zu lassen, Truppen in den Städten zu stationieren und zu mir zurückzukehren. Bei der mächtigen Ulme am Ufer des Ashroket ist eine Quelle, deren Wasser in den See der Erinnerung mündet. Alle, die den Fluß überqueren wollen, müssen zu den Wächtern sagen: »Ich bin ein Kind der Erde und des sternbesetzten Himmels, aber meine Generation gehört dem Himmel an. Das wißt auch ihr. Jetzt verdorre ich vor Durst, und ich sterbe. So gebt mir rasch vom Wasser, das kalt aus dem See der Erinnerung fließt.« Dann reichen sie ihm von dem heiligen Wasser, und er kann in Frieden den Fluß überqueren.

Doch das Wasser meiner Erinnerung jener Jahre nach Cannae ist nicht kalt und klar, sondern warm und dunkel. Jeder Tag warf neue, belanglose Fragen auf. Ich erinnere mich an viele Gesandtschaften, wie jene der Ateller. Die Stadt Atella war dem Beispiel Capuas gefolgt und hatte sich mir angeschlossen. Sie suchten mich in Tifata auf. Sie wollten über Münzen reden.

»Münzen?« fragte ich. »Über Münzen wollt ihr reden?«

»Ja«, bestätigte ihr Anführer. »Wir prägen soeben neue Gold- und Silbermünzen zum Gedächtnis an unser Bündnis mit dir. Wir möchten, daß der Kopf des Hannibal sie ziert.«

Er war salbungsvoll. Ich war ermüdet. Er wich meinen Blikken aus. Ich kenne es, wie Leute mein blindes Auge sehen und wegblicken. So viele Römerlegionen standen auf dem Feld, und sie, sie wollten über Münzen reden. »Prägt auf eure Münzen, was ihr wollt«, sagte ich. »Jetzt geht.«

Später sah ich einige dieser Münzen. Auf der einen Seite war Sol, der Ateller-Gott, zu sehen, auf der anderen ein Elefant. Ein Elefant. All meine alten Elefanten waren gestorben. Die neuen waren nicht einsatzfähig. Karthago hatte nicht daran gedacht, Lenker für sie mitzuschicken.

Mittlerweile trafen regelmäßig Nachrichten aus Karthago ein. Keine davon konnte mein Herz erwärmen. Ich hatte sie immer wieder – warum? aus Gewohnheit? – nach Männern, Schiffen und Gold gedrängt. Bomilkar hatte nach wie vor die Oberhand. »Der Krieg deines Vaters in Spanien trug sich selbst. Warum nicht auch der deine?«

»Der Krieg ist nicht der *meine*«, schrieb ich zurück, »sondern der *unsere*. Um eine Schlange zu töten, muß man ihr den Kopf abschlagen.« Doch schon beim Schreiben dieser Zeilen empfand ich Verwirrung. Ich glaubte an das, was ich schrieb, aber entsprach es auch der Wahrheit? Wessen Krieg war es wirklich? Er konnte, er durfte nicht nur der meine sein.

Er hätte auch zum Krieg des Philipp werden können. Eine ganze Woche, nachdem die Gesandten Philipps, des Königs von Makedonien, mich verlassen hatten, war ich frohen Mutes, fühlte mich kraftvoll und stark. Philipp hatte von Cannae gehört, sagten die Gesandten. Auch ihm war Rom verhaßt. Verständlicherweise, dachte ich. Seit geraumer Zeit schnupperte Rom an Griechenland wie ein Hund an einer läufigen Hündin; sie hatten Demetrius aus Pharos vertrieben, ließen in Epirus und Dalmatien die Muskeln spielen. Es würde nicht lange dauern, bis die Römer auch Makedonien begehrten, die Pässe im Norden und im Osten. Ja, dachte ich, die Römer würden schon jetzt an Philipps Pforte klopfen, wenn nicht ich sie beschäftigt hielt.

Philipp wollte einen Vertrag mit mir schließen. War dies die Antwort? Ein Bund all jener, die Rom mit Haß verfolgten? Im Osten gab es weitere Königreiche. Dann könnte ich Karthago vergessen!

»Sagt Philipp, ich grüße ihn und danke ihm. Sagt ihm, er möge kommen.« Wir besprachen die Bedingungen des Vertrages. Sie gefielen mir, diese Makedonier. Sie waren direkt und offenherzig. Jetzt fand ich wieder Interesse an meiner Armee, wollte sie weiter drillen. Ich ließ bekanntgeben, daß die Makedonier kommen würden.

Das Schiff der Gesandten wurde von den Römern abgefangen. Unter Folter gaben die Männer ihr Wissen preis. Rom stellte eine Flotte ab, um die Adriaküste zu bewachen, damit Philipp dort nicht an Land gehen konnte. Aber sie warteten nicht nur auf ihn. Sie schickten eine Flotte nach Apollonia und setzten die makedonischen Galeeren in Brand. Hannibal blieb allein.

Mehr schmerzte es mich, daß Männer desertierten. Castello überbrachte mir die Nachricht. »Zwölfhundert, Hannibal, Gallier. Und Pferde.«

»Wann?«

»Gestern nacht.«

»Und die Wachen?«

»Haben durchtrennte Kehlen.«

»Ich verstehe.«

Ich wollte nach dem Warum fragen. Aber ich wußte es. In der Werft von Gades hatte ich einmal eine alte Handelsgaleere Hasdrubals vor Anker liegen sehen. Ihre Kalfaterung war abgeblättert, ihr Mast gebrochen. Sie sollte abgetakelt, die noch tauglichen Teile gerettet werden. Irgendwie wußten die auf ihr lebenden Ratten Bescheid. Noch bevor das Schiff an Land gezogen wurde, sprangen sie ins Wasser und schwammen davon.

Und so stellte ich Castello eine präzisere Frage. »Gibt es einen besonderen Grund, Castello?«

»Geholfen hat es nicht.« Er trat von einem Fuß auf den anderen. Dann spuckte er das Wort aus. »Sold.«

»Sold? Was ist damit?«

»Sie sind nicht bezahlt worden. Und das Plündern hast du untersagt.«

Ich seufzte. »Erzähl mir mehr.« Ich wußte nichts davon. Ein ganzes Drittel meiner Armee hatte keinen Sold bekommen. »Castello, in Salapia liegen drei erbeutete Galeeren. Nimm sie, dazu so viele Männer, wie du brauchst. Eile dich. Geh zu Fuano. Bring Gold zurück.«

Er nickte, war verschwunden.

Ich war mehr verwundert über mich als ärgerlich. So vieles war mir im Kopf umhergegangen. Zum Beispiel die zwei neuen römischen Legionen in Sizilien. Ich hörte, daß Karthago fünfundzwanzigtausend Mann und dreitausend Berittene dorthin geschickt hatte. Ein Teil von mir war aufgebracht, daß Karthago sie nicht mir überlassen hatte. Einen Teil von mir bekümmerte es nicht.

Es war der erste Teil von mir, der mich handeln ließ. Schon allzulange hatten wir den Römern keine Nadelstiche mehr versetzt. Maharbal war überrascht, erfreut. Fünfhundert Numider begleiteten uns. Ich wollte nur kundschaften, denken, schauen. In der Dunkelheit des frühen Morgens brachen wir von Tifata auf, um die römischen Wachtposten vor Tageseinbruch zu passieren.

Wir waren müde. Viele von uns schliefen fast beim Reiten. Ohne Warnung überfielen sie uns in großer Zahl, im raschen Ritt. Ich sah ihn, meinen Freund Maharbal, umzingelt, wild um sich schlagend, heftig, aber auch ich war im Kampf gebunden. Wir trugen alle dasselbe, schon seit vielen Jahren, waren wie schlichte Soldaten gekleidet. Nur Maharbal trug, wie stets, einen auffälligen böotischen Helm. Aus diesem Grund, vielleicht, hielten sie ihn für mich und umringten ihn in Scharen, seine Truppe war gefallen, römische Soldaten zu Pferd und zu Fuß, bedrängten ihn in Hundertschaften. Nichts gab es, was ich noch tun konnte. Ich brach aus, führte selbst die Männer an, und wir griffen an, griffen sie wieder an und zersprengten sie. Ich fand ihn, Blut von seinem Rundschild strömend. Die Riemen, das weiß ich noch, waren nicht verknotet worden. Er lächelte mich an, mein *anda*, mein Freund Maharbal.

»Wir haben nicht mehr geredet, Hannibal«, brachte er hervor. »Ich glaube, ich bin zu langsam geworden. Viel mehr tote Römer sollten um mich liegen.« Er hustete. Das Licht brach sich im blutigen Schaum auf seinen Lippen. »Aber Hannibal«, es war ein Flüstern nur, »kannst du Rom wirklich vergessen haben? Wirst du...« Sein Blick wanderte, irrte, seine Augen schlossen sich.

Nur einmal zuvor war ich zu zweit auf einem Pferd gesessen, mit meinem toten Vater. Jetzt ritt ich mit dem sterbenden Maharbal nach Tifata zurück. Es ist erstaunlich, daß er noch so lange lebte. Davon habe ich bereits berichtet, nicht aber von der Dunkelheit, die darauf folgte.

Tage und Nächte lang lag ich in meinem Zelt, dort oben auf dem Berg Tifata. »Niemand soll mich stören, niemand«, trug ich dem Wachtposten auf. Als ich mich schließlich von meiner Bettstatt erhob, war ich geschwächt. Mein Kopf war klar. Ich öffnete die Zeltplane. Der Wachtposten war verstört. »Bring Bostar zu mir.« Der Mann starrte mich an, verständnislos. Ich räusperte mich. »Bring Bostar zu mir, verstehst du?«

Ich lag auf meiner Ruhestatt, als Bostar zu mir kam. Es war Nacht. Als er eintrat, setzte ich mich auf, bedeutete ihm, Platz zu nehmen. »Bostar, ich habe die Antwort gefunden. Am Morgen reitest du nach Rom. Im Namen Hannibals des Karthagers wirst du Rom den Frieden anbieten.«

Er sagte nichts. Die Fackel flackerte im Dunkel. Ich ließ mich wieder auf das Lager sinken.

»Zu welchen Bedingungen, Hannibal?«

Ich sah nicht auf. »Zu den Bedingungen, die du für richtig hältst, Bostar, zu allen, die du für richtig hältst.«

Er bewegte sich immer so lautlos. Ich hörte kaum, wie er das Zelt verließ. Ein Koch brachte mir Suppe und Brot. Ich dankte ihm. Ich aß.

Dann schlief ich wohl. Halb nahm ich die Signale der Trompeten wahr. Als ich die Rufe hörte, war ich schon ganz wach. »Hannibal, Hannibal!« Castellos Stimme. So rasch war er wieder da? Er stürzte herein. »Hannibal...« Er sah erschöpft aus, war verschmutzt, er hinkte.

»Castello, setz dich. Hast du das Gold bei dir, Castello?«

Er starrte mich an. »Hannibal, du siehst hager aus und eingefallen. Bist du krank?«

Gereizt hob ich die Hand. »Hast du das Gold dabei? Sie müssen ihren Sold erhalten, bevor, bevor...« Meine Stimme erstarb.

Castello legte den Kopf in seine Hände. Er wollte nicht meinem Blick begegnen. »Nein, Hannibal, ich habe es nicht mitgebracht.«

»Was sagst du?«

»Hannibal«. Seine Stimme ware jetzt lauter, dringlicher. »Fuano ist tot; er ist ermordet worden. Und es kommt noch schlimmer. Die Brüder Scipio haben deine Brüder in einer großen Schlacht besiegt. Wir haben viele Männer verloren. Dann griffen die Römer die uns ergebenen Stämme an...«

Als er alles berichtet hatte, saßen wir schweigend da. Schließlich sagte ich: »Um so besser.«

»Was heißt ›um so besser‹, Hannibal! Spanien geht verloren! Und du sagst nur ›um so besser‹! Habe ich dir aus diesem Grund gedient?«

Ich stand auf und ging zu ihm. Vor Castello hockte ich mich nieder und hielt ihn mit meinem Blick gefangen. »Castello, morgen reitet Bostar nach Rom, um ihnen den Frieden anzubieten.«

Castello zuckte zurück. Er fiel in sich zusammen. Zuerst sein Gesicht, dann entspannten sich auch seine Glieder. Er schloß die Augen. Und Castello, der Veteran Castello, begann zu weinen. Ich setzte mich auf den Boden vor ihn hin und ließ ihn weinen, lange Zeit. Ich fühlte nichts als einen stillen, fernen Frieden. Es war der Frieden Maharbals, denn auch ich war tot.

Allmählich hörte Castello zu schluchzen auf. Selbst der tiefste Schmerz hat irgendwann ein Ende. Mit roten Augen, zitterndem Körper griff Castello nach meinem rechten Arm und hielt ihn knapp oberhalb des Handgelenks umklammert. »Hannibal, eins muß ich dir noch berichten.«

»Ja, Castello?« Ich war ganz ruhig. »Und was?«

Sein Blick wanderte zu Boden. Er löste den Griff um meinen Arm – nie zuvor hatten wir uns berührt, dachte ich, ich und dieser Mann, den ich kaum kenne –, stand auf und ging zum anderen Zeltende. Den Rücken zu mir gewandt, mit mühsam beherrschter Stimme, setzte er an.

»Die Römer konnten Neu-Karthago nicht erobern, Hannibal. Das haben deine Brüder zu verhindern gewußt. Aber sie schlugen ihr Lager vor den Toren auf. Sie fanden« – fast erstarb seine Stimme –, »sie fanden das Grab deines Vaters. Sie, sie ...«

»Red weiter, Castello.«

»Sie nahmen seine Gebeine aus der Urne und warfen sie ins Meer. Und dann, und dann« – jetzt stotternd – »hat ein Zenturio nach dem anderen in die leere Urne gepißt. Sie haben den Grabhügel Hamilkars eingeebnet, mit Ochsen und Pflug, und Salz darüber gestreut, und dann kamen Priester, um den Ort zu verfluchen und den Namen der Barkiden.«

Es begann in meinen Zehen. Ich zog den Zorn aus der Erde selbst, er fuhr mir durch die Beine und weiter hinauf, prickelnd zuerst, dann fließend, rasend erfüllte er mich, zerbarst mir im Gehirn und im ganzen Körper, rund um mich. Ich fing zu zittern an, zu taumeln. Das Stöhnen kam aus dem Magen, schwoll an, wuchs immer weiter. Es gipfelte in einem gellenden Schrei, der durch das Lager hallte.

Lange Zeit bekämpfte ich den Zorn, um ihn zu begrenzen, einzuhalten. Langsam zog ich ihn zurück, ganz langsam, wie ich jeden Schritt die eisigen Alpen hinauf, hinüber, hinab gezählt hatte, bis er mir gehorchte.

Wie aus großer Höhe sah ich auf mich selbst herab. Ich hörte meine Stimme. »Danke, Castello. Jetzt mußt du essen, schlafen. Doch zuvor sollst du zu Bostar gehen. Sag ihm, der Befehl ist aufgehoben. Ist das klar – aufgehoben? Im ersten Tageslicht sollen alle *loxarchoi* sich hier einfinden. Alle. Mittags werde ich das ganze Heer inspizieren. Jetzt geh.«

Die wahre Antwort war gekommen. Sollten andere an ein Weltreich denken, an Regierung, Handel, Politik. Ich war Soldat. Ich war der Sohn des Hamilkar. Ich würde sein, wer und was ich war. Ich würde *hamartia* widerlegen, die Philosophie verwirren. Ich würde Rom vernichten.

# IX

# Niederlage

Zuerst sprach ich zu den *loxarchoi*, dann zum ganzen Heer. Ich berichtete, was die Römer getan hatten. »Ich bin zu euch zurückgekommen«, sagte ich. »Entsinnt euch, wie auch ich es tue, wie wir an der Trebia gewannen, am Trasimenus, bei Cannae. Jetzt werden wir das Begonnene vollenden.

Was euern Sold betrifft, ich weiß, daß er bei vielen von euch aussteht. Das werde ich wiedergutmachen, zehn- und zwanzigfach. Ich werde euch aus den römischen Schatzkammern bezahlen. Wenn jemand unter euch an meinen Worten zweifelt, möge er seine Waffen packen und gehen.«

Ein Murmeln ging durch die Menge, Blicke flogen hin und her. Ich weiß nicht, wer als erster jubelte. Es begann ganz hinten in den Reihen, wurde allmählich aufgegriffen, bis die gesamte Armee in den Jubel einfiel.

»Genauso werden wir auch kämpfen«, fuhr ich fort, als der Lärm verebbte. »So, wie ihr gejubelt habt – wie wir bei Cannae kämpften.«

Vier Tage lang tat ich nichts, als Informationen aufzunehmen und Pläne zu entwerfen, während die ganze Armee unter Castello am Fuße des Berges Tifata trainierte. Bostar, Epikydes und Hippokrates wußten viele Dinge. Ich tadelte Bostar, daß er mir nicht früher davon gesprochen hatte. »Dinge, die jemand nicht wissen will, Hannibal, kann man ihm nicht sagen.«

Mittlerweile hatten die Römer zwanzig Legionen unter Waffen. Ich schrieb alles nieder, um mir Klarheit zu verschaffen. Hatte ich den Nutzen von Listen nicht erfahren bei meinem Vater, dessen Entweihung ich nun rächen würde? Zwei Legionen waren in Sizilien, zwei in Sardinien, zwei in Spanien, eine in Brundisium an der italischen Südostküste und zwei in Gallien. Die Legion in Brundisium konnte ich verstehen. Noch immer hoffte ich, Philipp würde kommen. Die Römer rechneten mit ihm, das war offensichtlich. »Es heißt, er baue eine neue Flotte«, sagte Bostar.

»Aber zwei in Gallien? Warum?«

»Um zu verhindern, daß Verstärkung aus Spanien dich erreicht«, erklärte Epikydes. Zwei Legionen waren in Rom selbst stationiert, neun weitere in ganz Italien verteilt.

»Sie glauben, sie hätten mich gestellt. Warum, dann, greifen sie nicht an?« wollte ich von Bostar wissen.

»Das ist das römische Denken, Hannibal. Du glaubtest, du hättest bei Cannae gewonnen. Du hast die Römer getroffen, zweifelsohne, schlimmer, als sie je getroffen wurden. Doch damit hast du sie auch auf sich selbst verwiesen. Jetzt wollen sie nichts, als dich einengen, dir jede Hoffnung auf Hilfe zunichte machen.«

»Werden sie auch Karthago selbst angreifen?«

»Das glaube ich, ja – sobald sie Sizilien beherrschen.«

»Dort kann ich kaum etwas bewirken«, sagte ich.

»Aber vielleicht mehr, als du glaubst«, antwortete Epikydes. »Laß mich und Hippokrates nach Sizilien fahren.«

König Hiero war gestorben. Sein Nachfolger war ein junger Mann, sein Enkel Hieronymus, der im sicheren Syrakus Rom weiterhin die Treue hielt. »Doch ohne Hieronymus sähen die Dinge völlig anders aus, Hannibal. Karthago hat in Syrakus noch viele Freunde.«

»Ohne Hieronymus, Epikydes?« fragte ich ausdruckslos.

»Derlei Dinge lassen sich – richten.«

Ich verstand. »Dann geht«, sagte ich, mehr nicht.

Ich fühlte mich stark und klar, als ich mit meiner Armee von Tifata abmarschierte. Ich hatte alles gegessen, was mir vorgesetzt worden war. Ich dachte an Similces Suppen und mußte lächeln. Castello ritt neben mir her. »Rom, Hannibal?«

»Bald, Castello, bald.« Das Messer war scharf. Ich wollte es vor Rom noch weiter wetzen.

Wir zogen nach Venusia. Warum die Stadt Venusia, die unbedeutend war und auch kein Gold besaß? Weil sie latinisch war. Lange genug hatte ich gewartet, daß die Latiner Rom die Freundschaft kündigten. Ich wollte Venusia zerstören und den Latinern zeigen, welchen Preis der Friede mit Rom für sie hatte. Zwischen uns und Venusia lagen die Armeen beider Konsuln, zu meiner Rechten bei Tarentum zwei weitere Legionen. Eine von ihnen verfolgte mich. Es war das gleiche Spiel wie bei Fabius.

Ich ritt allein als Kundschafter aus, in aller Frühe eines Morgens. Kurz vor dem Dorf Petelia fand ich das Römerlager. Ich sah das in der Nähe liegende Tal, durch das ich in der kommenden Nacht zu schlüpfen gedachte. Ich ging gerade durch ein Weinfeld. Der Himmel war verhangen. Doch ein verirrter Sonnenstrahl fiel auf die Rebstöcke, und in dem Licht sah ich die Trauben daran hängen. Sie waren blau.

Die Schlacht von Petelia war nicht, wie oft berichtet wurde, ein sorgsam abgewogener, brillanter, kühler Plan. Ich habe sie geschlagen um der blauen Trauben willen. Seit der Zeit betrachte ich Weintrauben immer mit Bedacht. Ich kenne sie schwarz und smaragden, grau und purpurfarben. Aber seit Petelia habe ich sie nie wieder so blau gesehen.

Wir trieben die Legion in diesen Talkessel hinein. Eine andere Möglichkeit gab es nicht. Ich schickte eine Syntagma in aller Stille hinter das römische Lager, eine weitere die Abhänge hinauf. Ich wartete, vertrieb die Zeit mit Drill und Übungen. Jetzt ließen sich die Römer nicht mehr drängen, wie damals an der Trebia. Ich selbst führte den Angriff an, als sie endlich geordnet den Abmarsch begannen; der Himmel über mir war aufgeklart, war blau.

Sie folgten, als ich innehielt und kehrtmachte, folgten in das Tal hinein, wie am Trasimenus. Doch dieses Tal war breiter, und die Römer formierten sich zur Schlacht und hielten diese Ordnung bei, auch gegen meine Balearen und die Truppen, die jetzt die Abhänge herunterstürmten. Die Reihen der Hastaten konnten wir durchbrechen, doch die der Principes hielten stand. Ich hieb und schwang um mich, ich tötete. Hannibal tötete jetzt noch besser als einst mit beiden Augen. Ich brauchte nichts zu sehen, ich ahnte mehr, als daß ich sah. Nun kämpfte ich gern mit einer Axt in der Linken, um, sie schleudernd, den Gegner zu Fall zu bringen, dann das Schwert in der Rechten in die Kehle, den Unterleib des anderen zu stoßen. Ich wußte, es würde kein Sieg wie in Cannae sein, aber ich wußte, am Morgen waren die Trauben blau gewesen. Dann sah ich ihn, den römischen Konsul, hinter seinen Triariern, umringt von Legaten und Trompetern, und rechter Hand bemerkte ich zwischen dem Gedränge kämpfender Soldaten ein sich aufbäumendes Pferd ohne Reiter.

Den Schild als Rammbock nutzend, schlug ich mich durch die Linien. Mit einem Sprung war ich aufgesessen, und das Pferd begriff sofort, daß ich kein gewöhnlicher Reiter war. Galoppierend woben wir uns durch die Manipel. Ich fühlte mich stolz und unsichtbar, wie es sich gebührt für einen, der Rache für seinen Vater nimmt. Meine Axt traf das Konsulnpferd genau zwischen die Augen. Sein Hirn bespritzte mein Gesicht, sein Blut meinen Buckelschild. Der Konsul fiel zu Boden, und ich war neben ihm, mein rechter Fuß auf ihm, rief »Bar-kas!«, und die blutverschmierte Axt trennte mit einem Schlag den Kopf von seinem Leib.

Da brachen die Römer ab, doch fliehen konnten sie nicht. Für diesen Tag war die Schlacht vorüber, doch sie starben, bis keine Sonne mehr am Himmel stand. Ich weiß noch, ich saß auf einem Rotfuchs, den Kopf des römischen Konsuls an den Haaren haltend. Es war *ein* Kopf nur einer gewaltigen Hydra, das wußte ich. Doch vielleicht war ich wie Herakles und würde siegen. Ich warf den Kopf des Konsuls zu Boden und ritt davon.

Die versiegte Quelle in mir begann sich wieder zu füllen. Auf der Ebene bei Ausculum besiegte ich die Römer, die mir im Wege waren, erneut. Dort kämpften wir gegen drei Legionen. Meine Haupttruppe hieß ich zurückzubleiben. Nur mit meiner Hammertruppe und einer Syntagma Panzerreiter griff ich an, nur einer gegen die drei Legionen. Die Pferde, auf denen wir saßen, waren schlecht und schlecht trainiert, und doch ritten wir aus dem Schutz des Hügels ins Tageslicht hinaus. Viermal durchbrachen wir die Linie der Römer, stürmend, um uns hauend, tötend bei Angriff und Kontermarsch. Wir setzten das römische Lager in Brand und ritten fort.

Der Bote meiner Brüder fand uns auf dem Weg nach Capua. Ich hatte gehört, die Römer wollten diese Stadt belagern. Ich würde sie vertreiben. »Ein großer Sieg, Hannibal!« Der Mann war entfernt mit Similce verwandt.

»Es tut mir leid wegen Fuano«, sagte ich.

»Wir haben sie dafür bezahlen lassen«, fuhr er fort. »Am Baetis haben wir eine römische Armee geschlagen, eine zweite bei Ilorci. Und dort, Hannibal, dort ist auch Scipio gefallen!« »Scipio? Welcher von ihnen?«

»Gnaeus, Gnaeus Scipio.«

Ich hatte nicht geglaubt, daß ein Tod mir so große Freude noch bereiten konnte. »Das ist eine gute Nachricht, in der Tat. Wie ist dein Name?«

»Salio.«

»Salio, du bist ein guter Bote. Reit mit mir und berichte mir von meinen Brüdern. Castello, laß alle Männer davon wissen.« Er wendete sein Pferd. Ich rief ihn zurück. »Castello, noch etwas. Sag ihnen, daß wir jetzt marschieren – nach Rom.«

Mit einem Aufschrei stürmte er davon. Es dauerte einige Zeit, bis ich mit Salio reden konnte, so laut gellten die Schreie. »Rom, Rom, Rom!«

Wir alle hörten die Rufe hinter den Mauern, die Rufe »Hannibalis ad portas! Hannibalis ad portas! – Hannibal ist an den Toren!«, die Befehle, den Alarm. Ich ließ die Flüsse verseuchen. Ich fand die beiden Aquädukte, die in Tunnels nach Rom hinein führten, und ließ sie unterbrechen. Ich ließ das Umland plündern, räubern, brennen. Auf den Stadtmauern Roms herrschte Stille, als wir die Tiberbrücke instand setzten. Ja, durch das Tor wollte ich die Stadt betreten; und bis zum vierten Tag herrschte Stille auf den Mauern.

Mit eigenen Augen sah ich die Menschen, die sich auf den Zinnen drängten, oberhalb des Tors Collina. Soldaten bemerkte ich keine unter ihnen. Etwas Geplantes, Öffentliches schien dort vor sich zu gehen. Bruchstücke der Gespräche trug der Wind zu mir herüber. Neben mir stand ein *loxarchos*, wie hieß er noch, ein Etrusker und tapfer obendrein. »Sprichst du Lateinisch?« fragte ich.

Er spuckte aus. »Nichts als Lateinisch durften wir reden, wir Etrusker, bis du gekommen bist.«

»Wähl zwanzig deiner Männer, und nimm lange Schilde. Keine Waffen. *Synapismos*, geht geduckt. So nah, bis ihr versteht, was vor sich geht.« Ich wandte mich und gab Befehle an die Balearen aus; es konnte eine Falle sein.

Keine Geschosse von den Zinnen hielten meine Leute auf. Niemand achtete auch nur auf sie. Die Römer begannen sich zu zerstreuen. Was immer sie getan hatten, es war vorüber. Bei seiner Rückkehr sah der *loxarchos* verwundert aus. »Nun?« fragte ich.

»Hannibal, sie haben, sie haben ...« Er schüttelte den Kopf.

»Sprich!«

»Sie haben eine *Versteigerung* abgehalten.« Er sprach das griechische Wort *apokeruximon*, als wäre es der Name eines fremden Keltengottes, eines Wassergeistes.

»Eine Versteigerung? Was haben sie denn versteigert?«

»Den Grund, auf dem wir lagern.«

»Und haben sich Käufer dafür gefunden?«

»In der Tat. Hannibal, sie sagten, die Preise, die geboten wurden, seien so hoch wie sonst.«

Ich lief allein zum Tor, schleuderte den Wurfspieß mit einer Kraft wie nie zuvor. Die Spitze durchdrang die bronzene Vertäfelung und bohrte sich tief ins splitternde Holz. Der Schaft zitterte, zitterte und brach.

Die Späher erschraken, die Pferde scheuten. »Hannibal! Drei Armeen! Einen Tagesmarsch entfernt!« Gegen diese gewaltige Überzahl konnte ich nicht auf offener Ebene kämpfen. Ich rief nach Salio. »Geh zu meinen Brüdern. Sag ihnen, sie müssen kommen.«

Die Männer waren mutlos, mürrisch, als wir nach Norden zogen, weiter dann nach Osten. Meine Stimmung war düster, unsere Bäuche leer. Überall, wohin wir kamen, fanden wir dasselbe vor: Die Römer hatten befohlen, alles Getreide hinter Stadtmauern zu verwahren oder zu verbrennen. Wie Tiere mußten wir Nahrung suchen; gruben wie Minensklaven nach unterirdischen Getreidespeichern. Die römischen Legionen verfolgten uns wie Schatten. Castello fragte mich, was passieren sollte. »Gegen diese Überzahl können wir nicht kämpfen. Und sie, die Römer, wollen nicht. Wir müssen auf Hilfe aus Spanien warten.«

Und doch trug ich noch oft den Sieg davon. In Tarentum etwa, wo Hannibal bewies, daß die Angst der Römer nicht unbegründet war. Tarentum nahm ich mit einer List, die mich noch heute mit Stolz erfüllt. Die Römer hatten Truppen dort stationiert. Es war eine griechische Stadt, Karthago seit alters freundschaftlich durch Handel verbunden. Ich erfuhr die Grausamkeiten, deren die Römer fähig waren, als ich den Winter dort verbrachte, in der Nähe Metapontums. Jeder, an dessen Ergebenheit sie zweifelten, wurde hingerichtet, sein Hab und Gut beschlagnahmt, seine Frau ins Legionärsbordell getrieben.

Doch alle Griechen, die sie sich treu ergeben glaubten, durften vor die Tore, um Jagd auf Schwarzwild, auf Hirsche zu machen. Meine Wachtposten nahmen einige dieser Jäger gefangen und brachten sie zu mir. Ich erinnere mich vor allem an Philomenus. Er war erstaunt, wie gut ich Griechisch sprach. Ich erzählte ihm von Silenus. Philomenus war ein guter Mann, und kultiviert. »Die Römer, Hannibal, sie sind Barbaren. Sie kennen weder Literatur noch Wissenschaft, weder Architektur noch Philosophie. Alles, was sie denken, so sie jemals denken, haben sie von uns Griechen.«

Beim Reden formte ich einen Plan.

Wir kamen überein, daß Philomenus und seine Freunde um Erlaubnis bitten würden, Tarentum alle fünf Tage zu verlassen, um auf Jagd zu gehen. »Vergiß nicht, dem *legatus*, dem Kommandeur der Garnison, stets die besten Stücke zu geben.« Der Gedanke gefiel mir, daß der Römer gut genährt sein würde, wenn ich ihn tötete.

Zwei Monate lang ging Philomenus jagen, jagen zu meinem Lager. Immer lag das Fleisch für ihn bereit, frisch erlegt. »Jetzt öffnen sie die Tore auf unser Pfeifen hin, wenn wir am frühen Abend nach Hause kehren«, sagte er. Fast lachte ich.

Nur fünfzig Männer nahm ich mit, alle Gesichter mit Ruß geschwärzt, die Waffen in Tücher gehüllt, als wir in der Dämmerung zum Nordtor von Tarentum schlichen, um uns im Schutz der Mauern zu verbergen. Philomenus pfiff wie üblich. Ich hörte die Wachtposten lachen und scherzen, die schweren Riegel öffnen, und mein Herz schlug wild, aber mein Kopf war klar und blau. »Helft uns!« rief Philomenus den Posten zu. »Wir haben drei Keiler erlegt. Sie sind zu schwer, wir können sie nicht tragen.« »Verdammte Griechenmemmem, verdammte ...« Mehr konnte er nicht sagen, der Wachtposten, der so fluchte, weil ich von hinten kam und ihm das Messer in die Kehle trieb, wie meine Männer es mit seinen drei Gesellen taten.

Jetzt pfiff ich, und meine Syntagma kam, eigenhändig hatte ich sie ausgesucht, lief leise durch die Nacht, und so eroberte ich Tarentum und tötete die römische Garnison, jeden einzelnen der Soldaten, und damit gab ich meinen Männern neuen Mut und schrieb nach diesem Sieg erneut nach Karthago – wie schon so oft zuvor –, damit sie mir Hilfe schickten für die Zerstörung Roms.

Natürlich konnte ich Tarentum nicht halten. Das wußte ich, noch ehe ich die Stadt einnahm. Bald war sie wieder in Römerhand, zusammen mit dem Belagerungsgerät und den Legionen, und Capua ebenfalls. Aber trotzdem hatte ich noch Hoffnung. Ich hörte von Epikydes. Hieronymus war ermordet worden – von wem, das teilte er nicht mit –, und die Bewohner von Syrakus hatten sich erhoben, die römische Garnison getötet. Gut, dachte ich. Dann sind die Römer gezwungen, Legionen aus Italien abzuziehen.

Ich war in Bruttium, dem Landstrich, den sie den Zeh Italiens nennen, als neue Kunde aus Sizilien kam. Die Römer hatten Syrakus belagert. Unter einem gewissen Himilco hatte Karthago weitere Truppen geschickt. Sie eroberten Agrigentum von den Römern, konnten die Belagerung jedoch nicht aufheben. Statt dessen waren sie in Agrigentum nun selbst belagert. Eine weitere Einheit wurde von Konsul Marcellus bei Panormus in einen Hinterhalt gelockt. Die Römer waren mit Himilco verfahren wie ich mit ihnen am Trasimenus. Sie lernen also, dachte ich. Schließlich, und das war unglaublich, war Syrakus selbst gefallen, trotz der Verteidigungsanlagen des Archimedes. Beim Plündern hatten die Römer auch ihn getötet.

»Jetzt, Brüder, jetzt müßt ihr kommen!« Mittlerweile war es Sommer. Ich hatte von ihnen nichts gehört. Hatten sie die Alpen im Frühjahr überquert? Ich zog wieder nach Norden, zurück nach Tifata. Weitere Männer waren desertiert. Ich ließ Castello verkünden, meine Brüder seien im Anzug. Gemeinsam würden wir erneut auf Rom marschieren.

In jener Nacht am Tifata hörte ich die Alarmrufe. Unsere Vorposten waren aufgestört worden. Castello selbst überbrachte mir den Grund dafür. Vorsichtig legte er ihn vor mich auf den Boden, im flackernden Fackellicht der Nacht. Es war der Kopf Hasdrubals, meines Bruders, das Gesicht noch im Grauen verzerrt, blutig, entstellt, geschunden, purpurrot und blau; das Rückgrat stak daraus hervor, und darauf rollte der Kopf hin und her. Ich sah, ich sah, aber ich fühlte nichts. »Sie ritten zum Palisadenzaun, warfen ihn hinüber und verschwanden wieder«, berichtete Castello. Ich nickte nur, und er ging fort.

War es makaber, den Kopf bei mir zu behalten? Ich hoffte wohl, er würde mich wieder fühlen lassen, würde mich töten oder leben oder sterben lassen, ich weiß es nicht. In meines Bruders Kopf sah ich das Schicksal Karthagos. Ich mußte zusehen, wie er verfaulte, sich zersetzte. Jeden Morgen, wenn ich aufwachte, betrachtete ich ihn. »Fühl, Hannibal, fühl!« sagte ich. Aber ich empfand nichts, und die Haut auf dem Kopf meines Bruders färbte sich von Rot zu Braun und dann zu Grau.

Wir zogen südwärts. Ich trug nicht einmal eine Rüstung, als ich, an jenem Tag bei Locri in unserem Lager, die fünf römischen Manipel sah, die auf unsere Schanzpfähle zumarschierten. Es war Gewohnheit, bloße Übung, wie die Kolonnen meiner Männer hinausmarschierten. Den Römern einen Nadelstich versetzen und dann den Rückzug angetreten. Rot, vor meinem Auge war alles rot: Rot in all seinen Farben und Tönen, grell, schreiend, leuchtend, sanft, weich, karmesin, rubin, matt, orange, patiniert, tödlich, todbringend rot.

Ich griff nach einem Schwert und folgte im Laufschritt den Männern, lief über sie hinaus, lief immer weiter. Ich rief: »Ich bin Hannibal, *Aegherghi*, Römer, kommt zu mir, teilt das Rot mit mir!« Und ich lief gegen all die vielen Manipel, der Neophyt von Rot und Tod.

Warm war das *pilum*, das weiß ich noch, als wollte es mich begrüßen. An Schmerz kann ich mich nicht erinnern, nur an Wärme, und sie war rot. Ein Meer, ein Mutterschoß, ein Blutgefäß, eine Welt von Blut war es, und mein Herz pumpte eine Schwärze in der Farbe Rot.

Der Teil von mir, der noch am Leben war, war sehr weit fort. Immer wieder glaubte ich, die Stimme eines Mannes zu hören, Bostars Stimme wohl, die aus dem wachen Raum unter mir meinen Namen rief. Frei wie das Wasser, klar wie das Feuer, leicht wie die Luft wanderte ich, suchend, forschend in der singenden Stille, und endlos war der Raum jenseits der Gestirne. Dann hörte ich eine Stimme, doch nicht die von einem Menschen, und sie war weich, kraftvoll, dringend, wie sie in der lichten, leuchtenden Luft nach mir rief. Da wußte ich, daß es meine Stimme war, die Stimme meines Lebens, die sich fortbewegte, in große Fernen. Sie flehte nicht, sie fragte, fragte, ob ich mir denn sicher sei.

Ich hätte eine Wahl, das sagte mir die Stimme, die Wahl des Friedens, nach dem so viel von mir verlangte, doch diese Wahl war die des Scheiterns. Die andere war, zu meinem Leib zurückzukehren, weit unter mir. Und ich verband mich mit meinem Vater, mit Similce, mit Maharbal und meinem Bruder, mit dem, was ich von ihnen lernte, und ich schämte mich und war auch wißbegierig, und ich wählte den Kampf, der Leben heißt, der unter mir lag.

Viele Wochen lag ich in jener Hütte in unserem Lager bei Crotona, Wochen des Fiebers, der Vision, des Heilens, und Bostar pflegte mich. Auch jetzt, beim Schreiben, sehe ich die Narbe auf dem Bauch, purpur, wulstig, gelb, fahl, weiß und gelb gefleckt selbst nach all den Jahren, und sie ist tief.

Jetzt trafen häufig Boten ein. Karthago hatte Sorgen. Plötzlich besaßen sie die Schiffe, um das Meer zu überqueren und Hannibal Nachrichten zuzustellen. Ich hörte, Scipio, der junge Scipio, sei in Afrika gelandet. Und trotzdem wollte ich nicht gehen. Der Zeh Italiens hielt mich noch gefangen, das Italien, wo ich schon so lange war, und trotz der zwölf Legionen, die mich umgaben, wagte Rom den Vorstoß nicht.

In den Nachrichten, nun in schlichtem Punisch abgefaßt, ließ der Rat mich wissen, wie es Karthago ergangen war. Bei der Schlacht der Großen Ebenen hatte Scipio ihre gerühmte Armee vernichtet, die Armee, die sie mir nicht überlassen hatten. Ich wollte wissen, wie Scipio den Sieg errungen hatte. Ich fragte. Ausführlich erstatteten sie mir Bericht. Ich las, was Scipio getan, was er gelernt hatte – von mir.

Es war einfach, glänzend, mutig. Diesen Mann hatte ich am Ticinus gesehen. Ich wußte, unsere Schicksale waren eins. Er hatte von mir gelernt, aber auch von sich selbst. Auf den Großen Ebenen hatte er die römischen Taktiken der alten Zeit verworfen. Die Armeen waren aufeinandergestoßen. Als seine Hastaten die Linie hielten, tat er etwas Unerhörtes, auf das selbst ich sehr stolz gewesen wäre. Statt die Principes und die Triarier an ihrem Platz zu belassen für den Fall, die erste Linie könnte ins Wanken geraten, ließ er sie in die Flanken ausschwärmen. Unser Heer wurde umzingelt, fiel bis zum letzten Mann.

Jetzt war Karthago selbst belagert. Nur ich könne die Stadt retten, hieß es in den Schreiben. Die Ältesten erinnerten mich daran, was mein Vater einst bei den Söldnern getan hatte – er war gekommen, als Karthago nach ihm rief. Widerwärtige Speichellecker, dachte ich. Ich erwiderte, sie könnten sich überlegen, einen eigenen Frieden mit Rom zu schließen, mich in dieser Frage übergehen, wie sie es auch sonst stets taten.

Es überraschte mich nicht zu hören, daß sie mit diesem Vorhaben bereits gescheitert waren. Auch der Grund der Römer, den Frieden abzulehnen, verwunderte mich nicht – sie würden ihn nicht in Erwägung ziehen, solange Hannibal auf römischem Boden war. Da traf der Befehl der Ratsältesten ein, ich müsse kommen.

Noch immer war ich unentschlossen. Jeden Tag ging ich hinaus, um meine Truppen zu inspizieren. Hatten sie den Willen? Nein, nicht für Afrika, aber doch für einen Zug nach Norden. Ein neues Karthago irgendwo im Norden, in Spanien vielleicht, wo Hannibal herrschen und leben konnte?

Unser Lager hatte ein Gefolge bekommen. Das war nur natürlich. Ich selbst verabscheute Hurerei, Bordelle. Diejenigen meiner Männer, die Vergewaltigungen begingen, wurden sofort hingerichtet. Aber in jenen letzten Jahren lebten vielfach Frauen mit meinen Männern, wenn nicht als Vermählte, so doch als Mann und Frau, Griechen und Illyrer, Korkyrer, Lokriner, Syrer, Italer. Ich konnte keinen Schaden darin sehen. Es gefiel mir, während ich in Crotona genas, zwischen ihnen zu gehen, sie leben zu sehen, die Männer und die Frauen, wie sie Wäsche wuschen, lachten und redeten in der Sonne.

Tychaeus war der Name des Soldaten, Numider und ein guter Reiter, einer der wenigen Verbliebenen, die schon immer bei mir waren. Er war als *oikaner* bekannt im derben Griechisch, das mein Heer als Umgangssprache pflegte, *Hausmann* bedeutet es, weil er sich mit einem italischen Mädchen, Flavia, zusammengefunden hatte. Sie lebten in einer kleinen Hütte gerade jenseits der Pferdeställe, und nach der Arbeit ging Tychaeus oft dorthin, überließ seinen Kameraden das Würfeln, Streiten, Spielen. Einmal suchte ich die Hütte auf und sah, daß er einen Tisch für sie gezimmert hatte aus unbehauenem Holz, Stühle und andere häusliche Dinge. Den Kelten und Galliern gefiel das nicht. Sie haßten die Italer und die Römer. Für Tychaeus und sein Volk, Söldner seit vielen Generationen, war der Krieg Hannibals nur einer unter vielen.

Ich hatte gehört, daß Tychaeus und Flavia ein Kind bekommen hatten. In Begleitung seiner Freunde brachte mir Tychaeus das, was von dem kleinen Mädchen geblieben war.

Daß sie ein Säugling gewesen war, konnte ich noch erkennen. Tychaeus zeigte mir einen winzigen, nackten Rumpf, mehr nicht. Dann breitete er ein Tuch am Boden aus, darin lagen zwei Ärmchen, zwei Beine. »*Dikasterion*«, sagte er. Mit diesem Wort verlangte man in meinem Heer, daß ein Unrecht geahndet werde.

Ich berief eine Versammlung ein, bei der ich selbst den Vorsitz übernahm. So lange war ich abwesend gewesen, hatte im Tod geweilt; es war Zeit, daß meine Truppen mich wieder als einen der Ihren sahen. Kein Mann, der das verstümmelte Kleinkind nicht als großes Recht oder Unrecht sah. Der Gallier Amulgo, ein *loxarchos*, nichts Geringeres, gestand, der Anführer gewesen zu sein. »Ich schäme mich nicht für meine Tat«, sagte er. »Im Gegenteil, stolz bin ich darauf!« Und alle Gallier jubelten, stimmten lauthals schreiend zu. Es ging um mehr als nur ein totes Mädchen. Wer dreißigtausend Soldaten zur Untätigkeit verdammt, muß damit rechnen, daß ihre eifersüchtigen Streitereien, ihre Gegnerschaften überkochen. Das zu verhindern ist schwer genug im Krieg und auf dem Marsch. Fünfzehn Jahre lang hatte ich eine Armee aus ebenso vielen Stämmen befehligt und bislang noch nie solche Schwierigkeiten erlebt.

»Das soll diese Schwarzgesichter lehren, daß die Italer nur ein Abschaum sind! Es gibt von ihnen schon reichlich genug, als daß noch mehr gezeugt werden müssen. Außerdem dachte ich, die Schwarzgesichter mögen ihre Frauen lieber hintenrum!«

»Frauen?« rief ein Kelte. »Ich dachte, sie treiben es nur mit Hunden!«

So ging es weiter. Ich ließ sie alle reden. Dann befahl ich Tychaeus zu berichten.

Er war auf Patrouille unterwegs gewesen. Sein Mädchen hatte das Kind verlassen, um Wasser holen zu gehen. Er deutete auf seine Tochter, die am Boden lag. »Wir alle sind Kinder des einen Vaters. Ihre Mutter ist italisch, aber trotzdem eine Frau, und sie war die Tochter eines Mannes.« Er warf sein Schwert zu

Boden. »Ich verlange, Hannibal, ich verlange *aextheran.*« *Aextheran*, ein punisches Wort, war ein alter Brauch in unserem Heer, der Gerechtigkeit gewähren sollte: ein ritueller Einzelkampf bis zum Tod, um das Unrecht zu vergelten.

»Nimmst du die Herausforderung an, Amulgo?« fragte ich. Er lachte, ein riesiger Mann mit flachsblondem Bart, noch jung und stark. Tychaeus war typisch für sein Volk, schmächtig, zart und drahtig, schon älter, ein völlig anderer Mann. So lange wie es braucht, ein schwitzendes Pferd zu striegeln, so lange kämpften sie, so lange es braucht, einen Buckelschild zu flicken. Amulgo vergeudete seine Kraft vergeblich, denn so oft er seinen Widersacher treffen, niederstechen wollte, war der Numider ihm schon ausgewichen. Trotzdem, er konnte ihn verletzen, und Tychaeus' Blut floß aus Wunden, die das Schwert und die Axt des Galliers ihm beigebracht hatten, als Amulgo schließlich keuchend am blutgetränkten Boden lag und wußte, daß er sterben würde. In einer Hand nur hielt Tychaeus das Schwert, das er in die Luft erhob, und rief zu den dunklen Göttern der Wüste, die er so lange nicht gesehen hatte, und stieß dann, ungehindert, ohne Widerstand, sein Schwert der Rache in die Kehle seines Gegners.

Als alles vorüber war, blieb ich in der Sonne stehen und sah auf das armlose, beinlose Kind, von Fliegenschwärmen umschwirrt, während Tychaeus' Freunde ihm aufhalfen und mit ihm fortgingen. Mit eigenen Händen grub ich das Grab des Kindes. So viel Unrecht, so viel Leben habe ich gesehen, das begann und wieder verging. Ich wußte, daß ich einen neuen Anfang machen mußte.

Als die Ältesten wieder einen Boten zu mir schickten, sagte ich zu ihm: »Sag den Ältesten, Hannibal wird kommen. Sag ihnen, ich komme wegen eines Kinderrumpfes. Du wirst das Grab erkennen, wenn du aus dem Lager gehst.«

Die Schiffe, die wir brauchten, bauten wir rasch. Warum habe ich das nicht viel früher getan, dachte ich immer wieder, als ich in den bewaldeten Bergen des Sila stand und zusah, wie Bäume gefällt, wie Holz gespalten wurde. Wie seltsam, dachte ich, daß mein Krieg an Land geführt und zu See verloren wurde, wo er doch nie auf dem Meer ausgetragen worden war.

Und dann, in einem Tempel auf jener Klippe oberhalb des Meeres, das nicht genügend Platz bot für die Macht, in die ich geboren worden war, die Macht Karthago, und die Macht Rom, die gerade erst begann, dort hinterließ ich, welche Taten ich auf italischem Boden vollbracht hatte, damit alle Menschen davon erfahren konnten. Auf punisch und auf griechisch schrieb ich auf Bronzeplatten die Zahlen meiner Leute und die der Tausendschaften Roms.

Die letzte meiner Handlungen dort in Italien war, daß ich viele meiner Soldaten freisetzte. Zum Großteil waren es Gallier und Kelten, erklärte Feinde Roms. Ich wußte, daß sie in Afrika zu murren beginnen würden. Ohne mich, würden die Römer sie an Kreuze schlagen. So ließ ich sie töten, dort am Strand, mehr als viertausend an der Zahl.

Im frühen Abendlicht fuhren wir aufs Meer hinaus. Die Segel waren aus Tuch, aus Baumwollstoffen, Fellen, Leder, aus allem, was wir finden konnten. Ich hatte so vieles in Italien verloren. Vielleicht, so dachte ich, vielleicht habe ich aber mehr noch gefunden. Der Steuermann nahm Kurs. Wir fingen die Abendbrise ein. Ich sah mich um, sah die Flotte meiner Schiffe, die Männer und die Pferde. »Wo ist Bostar?« fragte ich die Männer um mich. Keiner wußte es.

Ich wandte mich und sah ihn mit meinem einem Auge stehen, allein am Strand, der immer ferner wurde. Da erhob er seine Rechte, drehte die Handfläche zu mir, höher, näher in der Dämmerung. Es war eine Elegie, eine Eulogie, ein Segen. Ich begriff. Ich ging zurück zum Heck des Schiffes, bahnte mir meinen Weg durch Männer, die dort aßen. Ich stand und sah ihn, sah Bostar, wie er da stand, bis er aus der Sicht entschwand.

In jener Nacht schlief ich unter Bostars Segen, schlief, wie ich lange Jahre nicht geschlafen hatte, bis der Steuermann mich weckte. »Dort ist Karthago, Hannibal, dort!« Was bedeutete es ihm? Er war ein Syrer. War es für ihn nicht nur ein weiterer Hafen? Und was bedeutete es mir?

Ich hatte vorgehabt, direkt in den Hafen hineinzusegeln. Es war sehr früh am Morgen. Die Römerflotte, so hatte ich geglaubt, würde am Strand und nicht im Wasser liegen. Aber ich mußte Afrika wiederfinden. Ich brauchte Hadrumetum, um das wiederzufinden, was ich einst gewesen war, um zu denken und mich bereit zu machen.

Es war, wie ich es aus der Kindheit kannte, ein langer Sandstrand, wo es Schildkröten gab, Palmen und Höhlen. Die Erinnerung war um so teurer ob der langen Jahre. Wir legten an, und ich als erster setzte meinen Fuß auf den Boden Karthagos. Landeinwärts schlugen wir ein Lager auf, es war ein Hochplateau, von dem man rundum Ausblick hatte. Und eine Quelle gab es dort. Die Männer aßen Fisch, den sie frisch gefangen hatten, in Mengen, und dazu Datteln. Es war ein guter Ort, an dem wir lagerten.

Zehn meiner Leute schickte ich eilig nach Karthago. Es waren Numider, die die geheimen Wege kannten. Zu ihnen gehörte auch Tychaeus. Ich bat um Männer und um Waffen, um Nahrungsmittel. Scipio hatte drei Legionen, soviel wußte ich bereits. Ich hatte drei Syntagmata und achthundert Berittene. Ich drillte, ich trainierte sie, während wir dort warteten. Wir waren in schlechtem Zustand aus Bruttium abgereist. Libyer und Mauren kamen, sich mir anzuschließen, gebrochene Männer, die weder Karthago noch Rom aufnehmen wollte. Seufzend reihte ich sie in meine Truppen ein.

»Können wir sie ausbilden?« fragte ich Castello. »Wir können es versuchen«, erwiderte er nur. Er besaß Erfahrung, Soldaten auszubilden, auch wenn er nun ein alter, gebeugter Mann geworden war.

Karthago überließ mir zwei Syntagmata von Keltiberern, neu rekrutiert aus dem spanischen Westen, den Rom noch nicht erobert hatte. Für sie hat Karthago Schiffe erübrigt, dachte ich. Doch für derlei Gedanken blieb genügend Zeit, wenn die Schlacht gewonnen war. Es waren gute Soldaten, diszpliniert, erprobt und tapfer. Dazu kamen achtzig Elefanten mitsamt ihren Lenkern von den Stadtmauern Karthagos, alle in voller Rüstung. Weniger erfreuten mich die auffälligen Schabracken. Ich ließ sie allesamt entfernen. Wenn meine Armee marschierte, sollte sie einheitliche Farbe tragen. Ich wählte Schwarz. Alle Waffen, alle Panzer befahl ich einzureiben mit Asche, vermischt mit Krakentinte.

Die Ältesten schickten mir auch Gold. Damit bezahlte ich meine Truppen. Jeden Tag traf eine neue Botschaft ein: Wann kommst du? Und jedesmal erwiderte ich: Hannibal kommt, wenn er bereit ist zu kommen.

Dies würde eine andere Art von Schlachtenführung werden, hier, auf der weiten Ebene. Ich trainierte meine Truppen, wollte sie flexibler machen; ausschwärmen, fliegen wie die Vögel, das sollten sie. Meine Hoffnung, die Überzahl des Gegners wettzumachen, bestand einzig in den Elefanten. Mit ihnen wollte ich die Hastatenlinien Scipios durchbrechen. Ich fragte mich, ob das genügte.

Auch etwas anderes hielt mich noch zurück. Ich sprach nie davon, zu keinem, doch jeder Schritt bereitete mir Schmerzen, jeder Atemzug war eine Qual. Immer war ich inmitten meiner Leute gewesen, hatte mich in ihrer Gesellschaft gewaschen und gebadet, hatte in der Sonne fast nackt mit ihnen gearbeitet. Jetzt gab ich acht, daß niemand sah, was unter meiner Tunika verborgen war.

Dort, wo das römische *pilum* mich getroffen hatte, wo die lange Narbe glänzte, pochte, dort war der Schmerz. Der Bauch war zwar geheilt, doch nun klebte er mir an den Rippen. Wie das Fell einer Trommel war mein Unterleib gespannt. Nur im Liegen empfand ich keinen Schmerz. Und oft drehte sich mir der Kopf, denn ich konnte keine Nahrung bei mir behalten. Heimlich in der Nacht machte ich die Tees, wie Bostar mich gelehrt hatte, aus gemahlenen Wieselknochen, Majoran und Thymian. Sobald ich feste Nahrung zu mir nahm, erbrach mein Magen sie wieder. Ich war noch nicht bereit, als Scipio zu mir kam. Meine Kundschafter berichteten, seine Armee marschiere auf eine Stadt südöstlich von Karthago zu, eine Stadt mit Namen Zama, gerühmt wegen ihrer Oliven und ihres Weins. Ich ging ihm entgegen, wollte, wenn möglich, das Gelände der Entscheidung wählen.

Ich hörte, daß Scipios *extraordinarii* Numider aus dem fernen Westen seien, geführt von ihrem König Masinissa. Ich mußte Scipios Pläne kennen, seine Absichten. Ich rief Tychaeus, befahl ihm, sich den Numidern anzuschließen und in Scipios Lager vorzudringen. Er lachte auf, das weiß ich noch, denn bei seinem Volk kommt das nur selten vor. »So soll ich jetzt zum Spion werden, Hannibal! Ich tue, was ich kann.«

Er kam zurück, vier Tage später, heiter und gelassen. »Was hast du erfahren?«

»Was habe ich nicht erfahren?« Er berichtete mir ausführlich von Scipios Waffen, seinen Männern und seinen Plänen. Insgesamt zwölftausend Berittene habe er. »So viele?« Sofort begann ich zu planen. »Das ist beachtlich, Tychaeus. Wie hast du das erfahren?«

»Ich hatte einen Führer, wie man ihn besser sich nicht wünschen kann.«

»Wer war das?«

»Scipio selbst, derjenige, der die Römer anführt.«

Tychaeus war entdeckt und vor Scipio geführt worden, um bestraft zu werden. Tychaeus berichtete dem Römer von meinem Auftrag. Scipio sagte: »Laßt ihn frei. Und jetzt, Numider, komm!« und hatte ihn durch das Lager geführt. »Sag deinem Herrn«, trug Scipio ihm auf, bevor er ihn zu mir zurückschickte, »sag deinem Herrn, daß ich mich freue auf die Schlacht. Sag ihm, daß ich glaube, unsere Schicksale sind eins.«

»Wie ist er, dieser Scipio?« wollte ich von Tychaeus wissen. Sie haben eine weise Art, die Numider, so karg und unaufdringlich wie ihre Heimat in der Wüste.

»Scipio?« antwortete Tychaeus bedächtig, und noch heute weiß ich die griechischen Worte, die er wählte. »*Ti de tis, ti de oo tis.* Was ist er, was ist er nicht? Scipio ist ein Mann.«

Trotzdem war ich überrascht, als Scipio bat, mit mir zu sprechen, am Tag, bevor die Schlacht begann. Er hatte die gute Stellung am Berg von Dhoudiat Bexthene vor mir erreicht; nein, besser war sie nicht, aber Wasser gab es dort. Zwischen unseren Heeren zog sich eine Ebene hin; ich lagerte ihm gegenüber auf dem Khat Bourene. Es überraschte mich wohl selbst, daß ich in das Treffen einwilligte.

Ich ging alleine fort, ihm zu begegnen, wie auch er alleine kam. Ich trug meine geschwärzte Rüstung, er war in Weiß gekleidet, die Toga mit dem Purpur seines Rangs besetzt. Für einen Römer war seine Haut sehr hell, die Haare lockig, die Augen blau. Schmächtig wirkte er, wie er leichten Fußes auf mich zutrat. Wie sah ich wohl aus, stämmig, kleiner, hoffend, daß ich nicht hinken würde, während mein Magen mich bei jedem Schritt zerriß? Zehn Jahre, vermute ich, zählte er weniger als ich.

Wir sprachen auf Lateinisch. Das seine war elegant, zurückhaltend. Ich redete nach meiner Art derb, direkt. Zum ersten und zum einzigen Mal sprach ich von gleich zu gleich mit einem Römer. Ich bin froh, daß kein weiteres folgte. Wo ist der Haß geblieben, fragte ich mich nur. Zu Scipio sagte ich: »Ich werde dich töten, wenn ich kann.«

»Ich habe dich am Ticinus kämpfen sehen«, antwortete er. »Ich freue mich, daß wir uns wiedersehen. Ich bin dein Schüler gewesen, Hannibal. Vieles habe ich gelernt von dir.«

Er hatte lange, schmale Hände, das fiel mir auf. Er wischte eine Fliege aus dem Gesicht. »Müssen wir einander wirklich bekämpfen, Hannibal?« fragte er. »Kannst du Rom nicht den Frieden anbieten?«

»Das liegt nicht an mir und ist auch nicht in meinem Wesen. Spanien und Sizilien, Scipio, habt ihr schon. Ich kann nicht ruhen, solange Rom noch steht.«

»Warum das, Hannibal?«

Ich blickte über ihn hinweg, sah seine Legaten, seine Prätoren stehen, auf ihren Pferden sitzen, schwitzend in der Sonne. Beinahe hätte ich gesagt: »Weil ... was ihr Similce angetan habt, dem Grab meines Vaters. Weil ...« In Wahrheit wußte ich selbst die Antwort nicht. »Weil ich nichts anderes kenne, Scipio.«

»Ja«, sagte er, »der Schüler und der Meister. Kennst du Platons *Gastmahl*?« Ich kannte es; Silenus hatte ich dafür zu danken. Und so sprachen Scipio und Hannibal vor der Schlacht bei Zama über Platon. »Platons Welt ist eine bessere als diese, bist du nicht auch der Meinung, Hannibal?«

»Doch, Scipio, das bin ich.« Ich erkannte, daß er wie ich ein Mann war. Nur das Schicksal, die Umstände betimmten, daß wir uns bekämpfen mußten, das Schicksal unserer Geburt. Sonst nichts.

Am nächsten Morgen marschierten wir in die Schlacht. Ich hatte einen frühen Scheinangriff geplant. Doch als meine leichten Reiter im Dunkel der Nacht Essen fassen wollten, berichteten meine Späher, Scipio täte dasselbe. Zug und Gegenzug. Ich lächelte, ließ den Befehl widerrufen. Alle schliefen wir bis zum Morgengrauen. Ich hätte keine Suppe zu mir nehmen dürfen. Mein Magen gurgelte, blähte sich, schwoll an.

Doch die Aufstellung behielt ich bei, wie geplant, als unsere beiden Heere zur Ebene hinabzogen. Ich bildete vier Linien, erwartete bei den Römern drei. Die vierte und letzte war die Hälfte meiner Veteranen Italiens, zweihundert Schritt hinter den restlichen, falls Scipio seine Principes und Triarier ausschwärmen lassen sollte, wie bei der Schlacht der Großen Ebenen.

Doch damit war meine vorderste Front, die Hälfte der Keltiberer und der Mauren, der Libyer, die sich mir angeschlossen hatten, stark in der Minderzahl und nur zwei Mann tief. In der ersten Römerlinie, das sah ich, als sie näherrückte, standen fünf Mann hintereinander. Castello führte die unsere an. Fünfmal ließ er den Spiegel aufblitzen. Ich nickte. Ich hatte es bereits gesehen.

Ich sah die römische Reiterei, sehr viele, die in den Flügeln warteten. Ich schickte die meine, weitaus weniger, um sie anzugreifen. War es zu früh? Vielleicht. Doch was ist vielleicht? Das Kleinste kann in einer Schlacht von entscheidender Bedeutung sein. Ich sah sie abschwenken nach Westen, die Römer ihnen auf den Fersen. Das Blatt kann sich noch wenden, Scipio! dachte ich. Jetzt will ich sehen, wozu du fähig bist!

Noch trennte ein zu großer Raum die beiden Linien, um Steine, das *pilum* zu schleudern, da gab ich meinen Befehl, und es passierte, genau nach meinem Plan. Auf den Stoß meiner Kriegshörner hin flog meine erste Linie aus, doch nach innen. Von ihrer einen langen Linie sahen sich die Römer jetzt zehn Kolonnen auf dem Vormarsch gegenüber. Zwischen jeder dieser Kolonnen traten die angestachelten, rasenden, wütenden Elefanten hervor, unter den knappen, klaren Befehlen ihrer Lenker; meine einzige Hoffnung gegen die gewaltige Überzahl. »Durchbrecht die erste Linie der Hasteten, zertrümmert und zertrampelt sie. Wenn ihr zur zweiten vordringt, tut dasselbe.«

Die Raschheit, die Leichtigkeit, mit der Scipio darauf reagierte, ist das Wunderbarste, was ich in fünfzig Jahren Krieg erlebte. Es war getan, so schien es, noch bevor die römischen Trompeten verstummten. Vom Schachbrettmuster gingen Scipios Manipel zur Form einer geraden Linie über, im selben Augenblick, als meine Elefanten zum Angriff ansetzten. In der Zeit, die es zum Überwinden dieser Entfernung braucht, in dieser Zeit änderten die Römer ihre Formation, und meine Elefanten trafen nur auf lanzenstarrende Kolonnen, getrennt durch breite Lücken. Als ich sah, wie die massigen Tiere fast unbehindert durch diese Gassen stürmten, wußte ich, daß ich auf einen Gegner gestoßen war, der von mir gelernt hatte. Ein Krampf zerfetzte mir den Magen. Ich krümmte mich, sah fort. Als ich den Kopf wieder wandte, verringerte sich der Abstand, waren die vordersten Linien in einen Laufschritt verfallen. Das Lärmen und Tosen ihres Aufeinanderpralls war mir vertraut, war stechend wie mein sauer-süßer Schweißgeruch. Der Magen quälte mich, als ich den Helm aufsetzte. Ich fühlte meine alten Freunde, Schwert und Schild und Dolch, Axt und Wurfspieß. Ich grüßte sie. Ich empfand den Trost, den sie mir gaben. Ich machte mich bereit, mich in die Schlacht zu stürzen.

Mit diesen Taktiken wurde die Schlacht von Zama geschlagen, Taktiken, derlei die Welt noch nie gesehen. Doch nach dem Manöver Scipios verlief der Kampf wie viele Schlachten vor dieser Zeit, und wie, da bin ich sicher, viele noch verlaufen werden. Es war ein erbitterter Kampf von Mann zu Mann. Nichts Großartiges mehr, keine Brillanz. Die ersten Linien metzelten sich gegenseitig nieder. Die zweiten Linien kämpften auf den Leichen der ersten. Meine dritte Linie geriet gegen die aufgepflanzten *pila* der Triarier ins Wanken, doch die durchbrach ich mit meiner erfahrenen vierten. Vielleicht hätte ich es dennoch geschafft, ich war selbst am Kampf beteiligt, auch wenn ich müde wurde, der Magen krampfte, der Kopf sich drehte, im Blutbad hieb und stach ich um mich. In der Linie, wo ich stand, waren wir am Siegen, wir töteten, trieben sie zurück. Schwenken, blockieren, vorwärts, schwenken, blockieren, vorwärts, und die sich lichtende Römerlinie wich zurück.

Immer wieder warf ich einen Blick zu Scipio, der hoch zu Pferd oben am Hügel stand. Fragte er sich, während er den Kampf verfolgte, ob er mich noch besiegen könne?

Oder wußte er von der Reiterei? Das kann nicht sein. Vielleicht glaubte er nur, und hoffte. Auf jeden Fall, sie kamen, die römischen Berittenen, und als ich sie hörte, sie fühlte, sie in unserem Rücken sah, wußte ich, was kommen würde. Schreiend gab ich Befehle aus. Genügend hörten mich, verstanden. Geordnet, mehr als zwei Syntagmata, kämpften wir uns hinaus und zogen uns zurück, hinauf nach Khat Bourene, zwischen das Gestein, wohin die römischen Pferde uns nicht folgen konnten.

Es war Nacht, als wir Karthago erreichten. Ich hatte die Stadt verlassen als Sohn des Hamilkar, jung und voller Tatendrang. Jetzt kehrte ich zurück, geschlagen, müde, alt. Ich befahl den Wachtposten, den Männern Unterkünfte zu verschaffen und die Ältesten zu mir zu schicken. Allein ging ich in die Megara.

Ich entsinne mich noch heute der klappernden Fensterläden im Wind, des wuchernden Unkrauts, des Verfalls. Im Sternenlicht der dunklen Nacht sah ich den großen Gong, der in seinem Rahmen im Hof der Barkiden hing. Ich fand den Hammer, schlug und schlug dagegen, bis das Donnern meinen Kopf erfüllte. Neben den Gong, den noch dröhnenden Gong, legte ich mich nieder, lag erschöpft, allein, dachte an die Schlacht, an Scipio, an meine Kindheit, meinen Vater, an Similce, an Rom.

Ich kannte sie nicht, die Männer, die zu mir kamen. Für sie war ich ein bloßer Name. Sie beschuldigten mich, klagten, ich hätte Karthago verraten, hätte die Stadt den Römern zum Geschenk gemacht. Ich war wie Odysseus unter den Freiern. »Ich hätte gewonnen, wenn ihr...« Es hatte keinen Sinn. »Wir schließen Frieden«, sagte ich statt dessen. »Frieden mit Rom.«

Zwei Tage blieb ich dort, vielleicht auch mehr, schlief in dem, was einst mein Zuhause gewesen war, blieb verborgen. Ich hörte sie kommen, nach mir rufen. Es verlangte mich danach, allein zu sein, durch die mitternächtlichen Säle zu wandeln, die dunklen Gänge, Räume des Verfalls und lautloser Seufzer.

Ich fand die geheime Pforte, die aus dem Garten führte, auf überwucherten Wegen war ich dorthin gelangt. Der Kies knirschte nicht unter meinen Füßen, wie ich es gehofft hatte. Die Pfade waren mit Unkraut überwachsen, verlassen. Die kleine Tür ging auf. Ich stieg hinauf, und wieder sah ich sie, erwachend im frühen Sonnenaufgang. Größer als ich war sie, viel größer; ich mußte ihr dienen, solange ich noch atmete.

Kinder liefen von mir fort, Erwachsene starrten mich an, als ich durch morgendliche Straßen ging; sie trauerten um eine Schlacht, von der sie glaubten, ich hätte sie gewinnen können. Die Schlachten, die ich führte, waren andere, an anderen Orten waren sie. All das war schweigend, stumm in mir. Ich fand meine Männer, gab Befehle, ging weiter zu dem großen Platz, vorbei an der Stelle, wo Hanno gekreuzigt worden war, vorbei.

»Wo ist Astegal?« fragte ich den in Roben gekleideten Mann an der Pforte zum Saal des Rates.

»Astegal ist gestorben. Jetzt bin ich Hofmeister des Rates.«

»Und wo ist der Sufet Bomilkar?«

»Auch er ist tot.«

»Das ist schade. Ich hätte ihn gerne kennengelernt. Hofmeister, ruf den Ältestenrat zusammen. Sag ihnen, daß Hannibal gekommen ist.«

»Aber es ist noch früh, sie...«

»Tu's, Mann, sonst schneide ich dir die Zunge heraus.«

Ich saß auf dem hohen Thron, als sie hereinkamen, schläfrig, aufgebracht, allein und in kleinen Gruppen. Ich weiß noch das Gewirr ihrer vielen Stimmen, die mir sagten, was zu tun und was zu lassen sei. Ich ließ sie reden, schreien, wüten. Ich habe das Geschnatter vieler Menschen gehört.

Endlich schwiegen sie, beschämt. Dann sprach einer klar und deutlich. »Ich bin Salicar, der Oberste Sufet. Ich sage, laßt uns einen richtigen Rat einberufen und entscheiden, was wir tun.« Er schritt zu mir herüber, quer durch den Raum, die heiligen Stufen aus Gold und Elfenbein hinauf, zu mir her, der ich auf dem großen Thron saß. Heute sagen sie, ich hätte den Thron Karthagos an mich gerissen. Das ist nicht wahr. Ich weigerte mich nur, ihn herzugeben. »Du wirst dich beugen vor mir, dem Sufeten!« rief Salicar.

»Das tue ich nicht«, und ließ meinen Befehl ertönen. *»Bainomen!«* auf griechisch, »Rückt an!« wie schon so viele, so sehr viele Male zuvor. Noch immer in ihren geschwärzten Panzern, traten meine Männer durch die silberne Tür.

»Das ist tollkühn, Wahnsinn, Schande!« riefen die Ältesten. Ich befahl ihnen heimzukehren.

In den zwei Jahren, die dann folgten, bemühte ich mich sehr, ein Mann des Friedens, nicht des Kriegs zu sein. Zuerst sprachen wir über die Bedingungen für den Frieden mit Scipios Gesandten. Sie waren großzügig. Karthago sollte unabhängig bleiben. Wir durften keine Flotte bauen, die mehr als zehn Kriegsschiffe zählte. Es war uns verboten, gegen irgendein Volk außerhalb Afrikas Krieg zu führen, und ohne die Zustimmung Roms auch mit keinem afrikanischen Volk. Sie sagten, Scipio wolle ein Ende finden, in Rom seinen Triumph begehen. Ich sage, das ist nicht wahr. Ein solcher Mann ist Scipio nicht. Selbst die Entschädigung, die er verlangte, war nicht erdrückend. Zehntausend Talente im Verlauf von fünfzig Jahren. Ich war durch ganz Karthago gegangen, hatte den Wohlstand gesehen, den viele besaßen. Wenn sie gaben, wäre es reichlich für eine neue Flotte, ein neues Heer. Nur mit beiden würde ich wieder einen Versuch wagen. Ich erinnerte mich gut an den Eid, mit dem ich Feindschaft gegen Rom geschworen hatte. Und jetzt schwor ich, daß dieser Eid nicht sterben würde, solange noch Leben in mir war. Doch für alles gibt es die richtige Zeit.

Nicht ich war es also, der die römischen Gesandten tötete auf ihrem Weg nach Rom, wo der Senat den Vertrag unterzeichnen sollte, den Vertrag, der Frieden zwischen Karthago und Rom verhieß. Fabius, Baebius und Sergius hießen sie mit Namen. Ich ließ die einzigen drei Trieren, die wir besaßen – so glaubte ich –, sie begleiten. Die Römer sagen, ich hätte die Gesandten umgebracht, die Karthager, ich hätte ihnen drei Schiffe verloren. Nur zwölf der Seeleute dieser Schiffe kehrten nach Karthago zurück, um vom Vorgefallenen zu berichten.

Als sie den Fluß Bagradas verließen und die Segel hißten, um das Meer zu überqueren, tauchten unversehens drei Penteren auf, die sie rammten, um ihre Matrosen tötend auf den Trieren abzusetzen.

Vieles hatte ich in Karthago unternommen, hatte Ordnung wiederhergestellt, Hoffnung neu belebt, Vorräte angelegt. Ich ließ den äußeren Hafen neu ausheben. Ich hatte angefangen, die Felder zu bestellen, die Scipio gebrandschatzt hatte. Viel hatte ich getan, doch all das zählte nicht, als Kunde vom Mord an den Gesandten kam. Karthago kannte mich nicht mehr. Auf all meine Fragen über die Toten erhielt ich zur Antwort nur Schweigen, Vorwürfe.

Salicar zumindest war aufrichtig beim Lügen. »Das hast du getan, Hannibal, das wissen wir«, sagte er im Ältestenrat.

»Du bist wahrlich ein Sohn Bomilkars«, erwiderte ich ruhig.

»Wie wagst du, seinen Namen auszusprechen!« rief er. »Du, der du so großen Schaden angerichtet hast. Du hast ihn nicht einmal gekannt!«

»Ich weiß, daß jemand Hasdrubal ermorden ließ, in Neu-Karthago vor vielen Jahren. Der Mord an den Gesandten ist etwas anderes nicht.« Es gibt im Punischen ein Sprichwort, das ich ihnen vorhielt, von Hunden, die das Fleisch verweigern. »Wer von euch«, fragte ich, »ist mit wem in Rom verschworen?«

Natürlich erhielt ich keine Antwort. Ich war so müde. Ich war dafür geboren und konnte es doch nicht verstehen. Ich war ein Teil des Ganzen und doch getrennt davon. Ich war der Herr, und doch ein Diener. Was bereitete mir größere Qual – mein Magen, mein Herz, mein Kopf?

Ich wäre geblieben, trotz allem, bis sie mir den Tod bereiteten, durch schleichendes Gift oder einen Messerstich im Dunkeln. Ich wäre geblieben, bis das Werk vollbracht war, bis Karthago einen ehrenhaften Frieden hatte und wieder wachsen, die Wunden heilen konnten.

Das waren die Träume eines erwachsenen Mannes, nicht die des Knaben, der gegen Rom gezogen war. Rom war sicherlich erschöpft, ebenso wie Karthago. Ich vor allen anderen sollte das wohl wissen. Trotzdem kämpften sie noch gegen die Boier, breiteten sich in Spanien aus. Antiochus, der König Syriens, plante eine Verschwörung gegen Rom. Der Krieg war unausweichlich. In der Zwischenzeit hatte Rom Philipp bei der großen Schlacht von Cynoscephalae geschlagen. Jetzt gehörte Makedonien ihnen. Es war nicht möglich, daß Rom noch begehrlich nach Afrika blickte, wenn Afrika Rom in Ruhe ließ. All dies, und mehr noch, erfuhren wir von den Handelsschiffen, die wieder in unseren Hafen kamen, wie die Schwalben im frühen Sommer.

Doch dann ließen die Römer nach mir schicken. Der Senat hatte bestimmt, Frieden könne es nur geben, wenn ich ein Gefangener Roms wäre. Über Frieden würden sie erst sprechen, wenn der Mann, der ihre Gesandten des Friedens getötet hatte, sich in ihrer Macht befände, »perdomitus in vinculis – verachtet und in Ketten.« War dies in Karthago beschlossen worden, bei einer Ratssitzung in einem Saal, von einem feisten, stinkenden Mann?

Castello war bei Zama gefallen, Hamilax schon lange tot. Um meine Männer war ich nicht besorgt. Karthago hat seinen Soldaten stets den Sold bezahlt. Sie würden, war ich nur fort, auch die meinen achten und entlohnen. Etwas anderes hatte ich nicht. Das Haus meines Vaters in der Megara, verfallen, leer, barg nur Erinnerungen an eine Knabenliebe für Karthago, die vergangen war, entschwunden.

Die geheime Schatzkammer meines Vaters hatten sie nicht gefunden, tief unter den Porphyrplatten, unter dem hallenden Saal verborgen. Soviel ich tragen konnte, wollte ich davon mit mir nehmen. Eines nur gab es noch für mich zu tun. Ich hatte erfahren, wie es Silenus in Karthago ergangen war. Er war verachtet worden, ausgestoßen, und das meinetwegen. Sie weigerten sich, ihm Unterhalt zu zahlen, und so hängte er sein Mäntelchen in den Wind, wie Griechen es zu tun pflegen.

Er hatte Arbeit und ein Bett in einem feuchten, verkommenen Winkel des Färberviertels Malqua gefunden, und dort führte er Rechnungsbücher für Zuhälter von Lustknaben und Huren. Zu nächtlicher Stunde fand ich sein Zimmer dort, weckte die krätzige Alte, die laut fluchte. Ich hieß sie, mir Talg zu geben, eine Kerze. »Wo sind seine Sachen?« herrschte ich sie an.

»Was glaubst du denn? Ich habe sie verkauft. Er war ein Grieche, alt, gebeugt, voll Falten. Er hatte keine Freunde, keine Anverwandten.«

»Wenn du weiter von ihm so sprichst, du Schlampe, werde ich dich töten. Ich werde deinen Schatten zu ihm schicken, damit du ihm dort dienst.« Da hütete sie ihre Zunge, auch wenn mir ernst mit meiner Drohung gewesen war. »Wo sind seine Sachen?«

»Ich habe dir gesagt, sie sind verkauft. Nur einige Schriftrollen sind noch da, für die niemand etwas zahlen wollte. Selbst Axhnego habe ich sie angeboten, dem Syrer, der Wachstafeln und Papyrus verkauft, für einen Kupferxtheten, aber er lachte nur und ging.«

Ich fragte sie, wo sie die Dinge aufbewahrte, und sie zeigte mir den Ort. Im flackernden Licht der Kerze sah ich, was sie in Händen hielt. Eine brüchige, vertrocknete Schriftrolle mit Platons *Theaetet*. »Das habe ich nie verstanden, Silenus«, sagte ich. »Jetzt bin ich hier, zu deinen Ehren. Kannst du mich hören in der Ferne?« Sophokles, Euripides, auch Aeschylus überraschten mich nicht, aber dann fand ich, was ich erwartet hatte, erhofft. Die *Ilias* Homers, in einer Kalbshauthülle, die geliebten Schriftrollen abgenutzt. Eine entrollte sich fast von selbst, und ich stand in der ärmlichen Hütte und las, las für Silenus, für meinen Vater, für Similce, für Karthago, für meine Seele. Hektor erklärt seiner Frau Andromache, warum er hinausgehen muß in den Kampf, auch wenn er weiß, daß er dort fallen wird: »Einst wird kommen der Tag, an dem das heilige Troja fällt, und Priamos und das Volk des Priamos vom eschenen Speer.«

So nahm ich Abschied. Das Alte war vorüber. Jetzt fing das Neue an.

# X

# Tod

Die Welt lag vor mir, ich war mir selbst der Führer. Das Boot wartete auf mich. Das hatte ich vorbereitet – ein Fischerboot, gedeckt, aus gutem Holz und stark. Drei Männer arbeiteten darauf, doch konnte es, so sagten sie, von einem nur gesegelt werden. Der Letzte der Barkiden hatte noch immer Freunde unter den Fischern von Karthago.

In jener Nacht fuhr ich nur nach Cercina, der Insel vor der Küste. Dort, so nah Karthagos, würden sie nicht nach mir suchen. Und ich, ich brauchte Zeit, die Grundbegriffe der Seefahrt zu erlernen. In einer Nacht wird aus dem Soldaten Hannibal ein Seemann, dachte ich ironisch, als ich die Segel setzte. Doch am Morgen überraschten mich die Männer eines Handelsschiffs. Sicher würden sie von mir berichten.

Ich bat sie, mein Morgenmahl mit mir zu teilen, Datteln und Oliven, Pökelfisch und Brot. Sie lachten über den Brei, den ich mir daraus bereitete, mit Wasser und einem Mörser. Ich sagte nichts von den Schmerzen in meinem Bauch. Beiläufig erklärte ich, ich hätte Gaumenfäule. Und über Gaumen redeten wir dann lange, den Gaumen der Matrosen. Auf langen Fahrten schwillt er oft an, wirft kleine Blasen, so sagten sie, wenn man nicht Zitronen ißt, Limonen.

Sie wollten Frieden, sagten sie, um Handel treiben zu können. Ich fühlte mich seltsam, demütig. Hatte ich Krieg geführt für Menschen, die nur Handel treiben wollten? Handel war das Leben derer, die ich mein Volk nannte. Rom würde sie ihren Handel treiben lassen. Diese Menschen kümmerte es nicht, ob sie wirklich frei und unabhängig waren. Daß ich mein Los nicht mit Dienerschaft vertauschen wollte – war das nicht die Art von Leben, nach der nur mich verlangte?

»Die Sonne brennt immer heißer«, sagte ich zu ihnen. »Laßt

uns sitzen und reden. Aber wir brauchen eine Plane, die uns Schatten wirft. Mein Segel ist zu klein für unsere große Zahl. Bringt das eure zu mir herüber.« Es gefiel ihnen, den Tag in meiner Gesellschaft zu verbringen. Günstige Winde hatten sie von Tyrus rasch an unsere Küste gebracht. Sie und ihre Ladung von Zinnober, Silphion, grünem Porphyr und Datteln wurden erst am folgenden Tag in Karthago erwartet. Es dauerte sehr lange, wie sie ihr Segel einholten. Ebensolange, dachte ich, wird es dauern, es wieder zu setzen. Früh am nächsten Morgen fuhr ich von Cercina ab; bis die Händler fortsegeln und in Karthago von mir berichten konnten, würde ich in weiter Ferne sein.

Kreta war mein Ziel. Es war eine leichte Überfahrt, neun oder zehn Tage nur; ich schlief, indem ich die Ruderpinne nach vorne zeigend an den Masttopp band. Nicht umsonst hatte ich, als ich meine Abfahrt plante, Seeleute gefragt nach den Winden, den Strömungen, den Wegen.

Knossos war ein großer, reger Hafen, der Mittelpunkt der Insel. Mein Boot war eines nur von vielen, und in der Stadt, den Straßen und den Märkten, in den schlichten Unterkünften, in denen ich schlief, war Hannibal ein Mann nur unter vielen. Nie zuvor war ich niemand gewesen. Es waren geruhsame Tage ohne Denken, mit viel Warten, ein Leben wie ein Mensch, wie eine Wüstenquelle. Langsam nur, sehr langsam füllt sie sich wieder, wenn ein Mann, ein Tier, zuviel aus ihr getrunken hat.

Es gefiel mir, durch die Straßen von Knossos zu wandern, die verfallenden mächtigen Mauern zu sehen, zu fühlen und zu berühren. Hier war das Zentrum eines wohlhabenden, großen Reichs gewesen, das Reich der Minoer, die untergegangen waren. Wie Menschen, wie Blätter im Wald, vergehen auch Völker, werden ausgelöscht. Einst würde der Tag kommen, an dem auch Rom nur eine bloße Erinnerung noch war, auch wenn seine Macht jetzt mit jedem Jahr wuchs.

So viele von ihnen gab es in Knossos, die vor Rom geflohen waren. Vor allem in einer Taverna saßen sie beisammen, tranken kretischen Wein und redeten. Oft aß ich dort, denn das Mahl war schlicht und nahrhaft, und hörte zu, was andere sagten. Drei Männer insbesondere lernte ich mit Namen kennen, indem ich, allein an meinem Tisch, ihren Gesprächen lauschte.

Hamiscora war ein Sarde, Malalas ein Illyrer; Abgar kam aus Makedonien. Alle sprachen sie auf griechisch davon, wie die Römer sie aus ihren Heimatstädten vertrieben hätten. Manchmal, wenn sie tranken, wurden sie weinerlich. »Alles habe ich verloren, alles!« klagte Hamiscora. »Und Rom ist unbesiegbar!«

»Ja, das habe ich in der Schlacht von Cynoscephalae erfahren«, stimmte Abgar zu. »Die verfluchten Römer besiegten sogar unsere großen makedonischen Phalanxen.«

»Aber nur, weil sie es gelernt haben«, sagte Malalas.

»Gelernt?« wollte Abgar wissen. »Von wem?«

»Von Hannibal natürlich, Narr«, gab Abgar zurück. »Sie hätten bei Cynoscephalae nie gesiegt, wenn sie nicht von ihm gelernt hätten, allen voran der General Scipio. Und Hannibal hat bewiesen, daß sie nicht unbesiegbar sind, Hamiscora. Neulich traf ich einen Illyrer, der bei Cannae zu den römischen *extraordinarii* gehörte. Was Hannibal in Cannae tat, war großartig...«

»Pah!« warf Hamiscora ein. »Aber was hat er letztlich damit gemacht? Es heißt, er ist aus Karthago geflohen. Angeblich ist er gefangen worden, wie er sich in Numidien herumtrieb.« Fast hätte ich laut aufgelacht.

Hamiscora fuhr fort. »Nichts, das sage ich dir, kann Rom noch aufhalten...«

Es tat mir gut, nicht erkannt zu werden, zu sehen, ob der Hannibal, von dem gesprochen wurde, derselbe war, wie ich ihn kannte. Ich kaufte gerade Feigen und Halva auf dem Markt, ich weiß es noch, als ein Mann mich doch erkannte und mich beim Namen rief. Er war ein großer, derber Seemann, O-beinig, ein Schiffsbesitzer, dachte ich, als eine Erinnerung aus Karthago in mir aufstieg. »Hannibal, ich kenne dich! Auf deinen Kopf ist eine Summe ausgesetzt.« Nun stand er direkt neben mir. Hinter ihm warteten seine Männer.

»Und wie groß ist diese Summe, die sie auf Hannibal ausgesetzt haben?« fragte ich.

»Zweitausend Goldxtheten für deine Leiche, fünf für dich lebend und in Ketten.«

Er schielte mit den Augen, das weiß ich noch. Pockennarben überzogen sein Gesicht, und viele Falten, tief eingegraben durch Salz und Sonne. Ich wollte ihn nicht töten. Ich wollte ihn fragen, warum er mich verschachern wollte wie einen Baumwollballen: wegen des Geldes, sicherlich; aber warum wollte er, daß Hannibal, Karthager wie er selbst, sterben sollte? Vielleicht hatte mein Krieg seinem Handel geschadet. Mein Ziel war es gewesen, Karthago zu befreien aus dem Schatten Roms. Vielleicht ist den meisten Menschen ein Schatten lieber, ob nun der Schatten Roms oder eines anderen Reiches, und die Bequemlichkeit des täglichen Brots.

Jetzt war ich von seinen Leuten umringt. »Kommst du mit, oder muß ich dich zwingen?«

Ich gab mir nicht die Mühe, darauf zu erwidern. Der Markt leerte sich, die Händler schlossen ihre Buden. Er nickte. Ich fühlte, wie zwei von ihnen hinter mir die Hände nach mir streckten. Ich verdrehte mich, krümmte mich zusammen, die alte List, auch wenn mein Magen mich zerriß. Ich zog das Schwert und schlug, mich aufrichtend, nach ihm aus, dann nach einem zweiten; die anderen liefen fort. Jetzt, dachte ich, hat Hannibal einen Karthager getötet. Noch blutig steckte ich das Schwert in seine Scheide. Die Wanderung begann.

Viele Jahre wanderte ich, viele Orte und Völker wurden mir vertraut. Am besten gefiel es mir zu sein, wo niemand mich erkannte, zuerst die Inseln, wo ich eine Woche blieb, die Dauer eines Mondes, einen Sommer oder Winter; nach Kasos kam ich, Karpathos, Saria, nach Kalymnos, Levitha und Kos. Nur einmal begegneten die Menschen mir mit Unfreundlichkeit; das war auf der Insel Sifnos, im winterlichen Regen.

Es war ein mürrisches Volk, von Inzest durchsetzt und arm. Ihre Ernährung war so kärglich wie ihr Land. Das Gold, die Edelsteine aus Karthago hatte ich bei mir. Ich war besorgt deswegen, bemerkte die vielen Blicke, hörte das Flüstern über die Schätze des Mannes mit dem einem Auge und ohne Namen.

Noch die ärmste griechische Insel hat einen Tempel; manche sind aus Lehm, andere aus Stein. Die Griechen glauben, daß die Götter unter ihnen weilen. Für sie sind ihre Götter menschlich. Das hat mich immer angesprochen. Bei Homer liest man, wie sie kämpfen, betrügen, lügen, wie jeder Sterbliche auch. Und das gefiel mir in meinen Wanderjahren. Meine Götter waren nach wie vor diejenigen Karthagos, aber ich sah, daß sie Gottheiten unfühlender Abstraktion waren, eine Idee nur, gleich ihrer Stadt.

Der Tempel von Sifnos war der Jägerin Artemis geweiht. Ich kaufte zwei Amphoren, um sie dort zu hinterlassen. »Sie enthalten Dinge von großem Wert«, sagte ich der Priesterin, während ich die Krüge vor ihr mit Wachs versiegelte; sie waren gefüllt mit nichts als Sand und Muscheln. Die drei Beutel voll Gold und Edelsteinen hatte ich an anderer Stelle aufbewahrt. Ich hörte die Geräusche, sah die Fackeln, als die Menschen von Sifnos kamen, um zu holen, was sie für meine Schätze hielten. Mein Boot war bereit. Im stürmischen Meer, in der Dunkelheit brach ich auf, um an einer anderen Insel anzulegen. Wie mein Herz, so verbarg ich von nun an auch meine Schätze. Was jetzt davon noch übrig ist, liegt am Boden neben mir, offen auf einem Tuch. Soll Prusias es haben, die Römer, sollen es sich holen wie ein Hund den Knochen.

Und auf der langen Reise fühlte ich, wie langsam ein Sinn wieder in mir wuchs, wie er aufstieg gleich dem Saft der Bäume nach einem Regenfall. Die Wurzeln Roms lagen tief in mir vergraben. Was in mir aufstieg, reiner, ruhiger jetzt, war wiederum der Haß auf Rom. Wo war ich? Ich weiß es nicht, doch es war Morgen, noch bevor der Wind sich regt, und ich ging an einem Strand entlang. Draußen auf dem Meer tauchte ein einzelner Delphin durch die Wasserfläche auf, schimmernd, glitzernd, frei. Mehr als das gibt es nicht zu sagen. Warum verkaufte ich mich dann wieder als Söldner im Kampf gegen Rom? Weil ich zu meiner Natur zurückgefunden hatte, wie ein Delphin im Meer.

Überall, wo ich gewesen war, war Rede von Antiochus gewesen, dem König Syriens und Gründer eines Reiches, so heißt es, das selbst Rom verschlingen würde. Ich schiffte mich nach Antiochia ein. Ich verkaufte mein getreues Fischerboot.

Es hieß, Antiochus prahle damit, er habe Antiochia aus Ziegeln erbaut vorgefunden, um es in Marmor zu hinterlassen. Es war erstaunlich, das muß selbst ich gestehen. Doch Gebäude haben mir nie etwas bedeutet. Diese, so kam es mir vor, waren des Scheins wegen errichtet. Das gleiche galt für ihren Erbauer, den König.

Die ersten Wachtposten an den Toren ließen mich passieren, weil ich sie einfach anstarrte, als sich mich befragten. Ich kannte noch die Macht, die ich einst besessen hatte. Nur die Posten vor den Türen des Palastes selbst stellten sich mir entgegen. Mein Umhang war verschmutzt, wie auch mein *chiton*, die Sandalen alt und abgetragen, der schwere Beutel in meiner Hand gegerbt und abgenutzt. »Du!« lachten sie. »Du willst Antiochus sehen, den König!«

»Sag ihm«, trug ich dem Befehlshabenden auf, »sag ihm, daß ein Mann gekommen ist, um ihn zu sehen, und dieser Mann heißt Hannibal.«

»Du, du bist...« Wenige nur konnten es ertragen, länger in mein eines Auge zu blicken. Er ging fort. Bald wies er mir den Weg.

Ja, dachte ich, ja, jetzt bin ich zu einem Namen geworden.

Weit, immer weiter gingen wir, das weiß ich noch, bis wir zum Thronsaal des Königs gelangten. Zahllose Höflinge und Konkubinen flüsterten und lächelten in hochgewölbten Sälen. Er stand auf, mich zu begrüßen; das sei eine große Ehre, wurde mir gesagt. Er war hochgewachsen, gut aussehend, doch wußte er das auch, und auf seinem Kopf trug er sogar die Krone. »Du also bist Hannibal, der Karthager«, sagte er in geziertem Griechisch. Seine Stimme war hoch und sehr gepreßt.

»Ja, Antiochus, der bin ich. Ich bin gekommen, um mit dir gegen Rom zu kämpfen.«

»So einfach?«

»Ja, so einfach.«

Ich habe Gespräche nie geliebt. Die Unterhaltung, die nun folgte, war die längste, die ich je führen mußte. Sie drehte sich vor allem um des Antiochus ehrgeizige Pläne. Wir gingen in seinen Kartenraum, mit seinen Generälen, wir sprachen von...

Der Haushofmeister Prusias' ist soeben hiergewesen, um es mir zu sagen. Prusias selbst schämt sich zu sehr. Seit vielen Wochen schon hat er mich nicht mehr aufgesucht. Die Römer sind gekommen. Mit zehn Trieren haben sie im Hafen angelegt. Sie glauben, es bräuchte eine ganze Kohorte, um mich zu verhaften, mich, Hannibal, den alten, müden Mann. Ich weiß, wie lange sie marschieren werden, um vom Hafen hierher zu kommen. Ich kann den Bericht zu Ende schreiben; dann ist alles getan.

Antiochus machte mich zum Admiral, nicht zum General. Ein solcher Mann war er. Ich hatte ihm gesagt, mein Krieg mit Rom sei dort verloren worden, wo er nie geführt worden war – auf dem Meer. Er gab mir eine Flotte. Er würde auf dem Land befehligen, ich auf hoher See. Seine Flotte lag in Tyros. Ich segelte dorthin, um sie nach Ephesus zu bringen. Die Römer erfuhren von dem Plan. Die Flotte der Insel Rhodos, mit Rom verbündet, griff uns unvermittelt an. Die rhodischen Schiffe waren ausgestattet mit römischen *corvi*, Enterbrücken, die sie an unseren Schiffen einhängten, und über diese Planken kamen ihre Soldaten zu uns an Bord. Nun hatten die Römer also gelernt, eine Seeschlacht wie an Land zu führen. Und in beiden Arten des Kämpfens entwickelten sie sich weiter, machten viele Neuerungen.

Meine Besatzung aber waren Matrosen, nicht Soldaten. Ich schüttelte den Kopf und segelte davon; vierzig Galeeren überließ ich als Beute den Rhodesern. All dies erklärte ich Antiochus, sagte ihm, wir müßten unsere Flotte trainieren, auch auf diese Art zu kämpfen. Er stimmte zu. Er hatte immer ein anderes Vorhaben, das ihn beschäftigte. Er ließ mich in Ephesus, um die Seeleute zu Soldaten auszubilden. Er selbst zog fort, inmitten der vielen Wimpel seiner goldglänzenden, stolzierenden Armee. Seine Lieblingstruppen trugen Panzer aus Alligatorenhaut. Ich sagte ihm, Bronze biete einen weitaus besseren Schutz vor den *pila* der Römer. »Der Anblick von so viel Bronze ermüdet mich, Hannibal«, sagte er. »Die Haut der Alligatoren ist um vieles eleganter.«

Die Römer schlugen ihn bei den Thermopylae in Griechenland und dann bei Magnesia in der Nähe Smyrnas. Er versuchte, seine vergoldeten Kriegswagen in den Bergen einzusetzen. Dann bat er um Frieden. Eine der zahllosen Bedingungen brauchte er mir nicht eigens mitzuteilen. »Hannibal der Karthager muß an Rom ausgeliefert werden.« Zumindest hielt Antiochus mich nicht zurück. Ich ging, wie ich gekommen war, obwohl mein Umhang und mein *chiton* neu und sauber waren.

Auf einem Kamel durchquerte ich Armenia. König Artaxias war mit Antiochus verwandt. Ich baute eine Stadt für ihn, sie hieß Artaxata, aber nicht ich wählte ihren Namen. Von dort gelangte ich, wo ich nun bin, nach Bithynien, ein Land, in dem Prusias als König herrscht. Zwar führte er keinen Krieg mit Rom, doch zumindest, so dachte ich, kämpft er gegen Eumenes von Pergamum, einen Verbündeten der Römer.

Für Prusias gewann ich meine letzte Schlacht, wenn Schlacht man sie denn nennen kann. Er hatte eine Flotte guter Schiffe, doch fehlte es ihm an Soldaten. Ich fand sie für ihn. Ich fand viele Schlangen, Vipern, Ottern, jadegrün und smaragdfarben, zischend, züngelnd, und ich ließ sie in irdene Krüge geben, so daß wir ohne Soldaten gegen Eumenes segelten, nur mit Ruderern, die Sklaven waren, und mit Krügen voller Schlangen. Als die Schiffe aufeinandertrafen, warfen wir sie auf die Decks der Galeeren von Eumenes, und mit Schlangen trugen wir an diesem Tag den Sieg davon.

Roms Macht war groß geworden und wuchs beständig weiter. Noch immer wollte ich den Versuch wagen. Die Bergvölker Bithyniens gefielen mir. Aus ihnen hätte ich ein Heer trainieren, die Römer bei ihrer Ankunft überraschen können. Doch sie erfuhren von meinem Drill, hörten durch Pergamum von mir. »Ich weiß, Prusias«, sagte ich zu ihm, als er kam, mir das zu sagen; nicht ganz einen Monat ist das her. »Sie haben

Hannibal in Ketten verlangt.« Ich warf es, werfe es ihm nicht vor. »Du brauchst nicht Angst zu haben, Prusias«, sagte ich. »Ich bin wie ein Vogel, der zu alt geworden ist, um noch zu fliegen.«

Rom wird immer mächtiger. Jeder, der Rom fürchtet oder haßt, kann nur in seinem Schatten stehen. Auch dieses Reich wird seinen Zenit erreichen. Selbst die Sonne Roms wird irgendwann den Himmel überqueren und untergehen.

Ich muß eilen. Sollen die Römer mich bekommen. Ich danke dem Licht und der Liebe, die ich kannte. Ich sitze aufrecht auf dem Stuhl. Meine Beine sind gespreizt. Mein Rücken ist gerade. Meine Füßen ruhen fest auf dem Boden unter mir. Der Dolch, mit dem ich mir die Kehle durchschneiden werde, ist scharf und liegt bereit. Ich fürchte mich nicht zu sterben. Ich muß nur diese vielen Tafeln, auf denen ich dieses geschrieben habe, noch entfernen, so daß mein Blut sie nicht bespritzt.

Mögen die Schatten der vielen, vielen Toten mir vergeben. Möge ich auf der anderen Seite Similce wiedersehen. Der Fluß. Was liegt am anderen Ufer?

Grenzenlos und maßlos ist das Leben, ein Strom, dessen Wasser kein Gefäß halten kann. Ich träumte von der Zerstörung Roms. Es ist keine Schande, daß ich gescheitert bin. Mögen die Menschen an mich denken, meiner gedenken. Ist mein Scheitern die Folge von *hamartia*? Und wenn, was ist sie gewesen? Ich weiß es nicht. Als Mensch war Hannibal der Schatten eines Traumes.

# Epilog

*Quintus Furius Bibaculus, Coss., Pr., Aed., Tr., Pl., Senatui Populoque Romano. Si valetis, bene est. Ego exercitusque valemus. In Bithyniam itinere feliciter confecto, Hannibalem Carthaginiensem reperimus emortuum . . .*

Quintus Furius Bibaculus an . . . den Senat und das Volk Roms. Wir sind ohne Zwischenfälle in Bithynien gelandet. Wir haben Hannibal den Karthager gefunden, aber er war tot. Er hatte sich die Kehle durchgeschnitten. Er war unbekleidet und allein. Nichts deutet darauf hin, daß Prusias oder jemand anderer an seinem Tod beteiligt war.

Auf dem Tisch, an dem er lag, fanden wir viele Tafeln in seinem eigenen Blut liegen. Sie sind griechisch beschrieben und enthalten offenbar eine Art Bericht. Es lagen einige Kleider in dem Zimmer, der Dolch, mit dem er sich entleibte, und ein Schwert. Und dann waren Goldbarren, mit einem Skorpion geprägt, und viele Edelsteine offen auf dem Boden.

Ich hatte nicht erwartet, einen Mann zu finden, der so alt war, und so häßlich. War dies wirklich der Feind Roms? Hier herrscht sehr große Hitze. Die Leiche wird rasch verwesen. Da ich weiß, daß Ihr Hannibal dem Karthager kein richtiges Begräbnis bereiten würdet, werde ich seinen Leichnam in die Abfallgrube der Stadt werfen lassen. Dann werden wir einige Geiseln nehmen zur Strafe, daß sie diesen Hannibal beherbergt haben, und wie befohlen nach Rom zurückkehren.

# Nachwort

Beim Schreiben dieses Romans habe ich auf alle noch existierenden klassischen Quellen über das Leben und die Zeit Hannibals zurückgegriffen, allen voran auf Polybius, Livius und Appian. Plutarchs *Viten* von Fabius Maximus und Claudius Marcellus waren hilfreich, ebenso wie Cornelius Nepos' *Hamilcar* und Diodorus Siculus. Das epische Gedicht *Punica* von Silius Italicus ist großartig, selbst wenn man sich Plinius' Urteil anschließt – *maiore cura quam ingenio*, mehr zu bewundern ist die Mühe als der Schöpfergeist. Plautus' *Poenulus* ist aufschlußreich. Doch all diese Quellen sind pro-römisch. Das kann Hannibal kaum gewesen sein. Von der Kultur, der er entsprang, wissen wir wenig, trotz herausragender Werke wie B. H. Warmingtons oder Serge Lancels *Carthage* und Gavin de Beers *Hannibal*. Die Römer gingen stets sehr gründlich vor, und Karthago ist eine bloße Erinnerung.

Professor Michael Whitby bewahrte mich vor mehreren Irrtümern. Wenn ich, trotz seines Rats, Kontroversen hervorrufe, indem ich Hannibal Vertrautheit mit Alexanders *Ephemeriden* unterstelle, so bin ich entzückt. Wenn Gelehrte sich an meinen Ausführungen über Kartographie stoßen, verweise ich sie *inter alia* auf Aristophanes' *Nub.*, 200 ff. Wenn sie die Disziplinlosigkeit anzweifeln, die bei der Vergewaltigung Similces begangen wurde, so erinnere ich sie an die Unruhen, denen Scipio sich in Spanien stellen mußte, oder auf das Vorgehen des Pleminius in Locri. Die Armee der frühen Römischen Republik war meiner Ansicht nach nicht vergleichbar mit der Armee nach Marius.

Ich habe mir noch weitere Freiheiten mit der Geschichte erlaubt, wie Romanautoren es zu tun pflegen. Wenn ich zum Verständnis Hannibals beigetragen habe, *satis superque* – das genügt und ist sogar mehr als genug.

Danken möchte ich dem Scottish Arts Council, dessen Stipendien mir die Fertigstellung dieses Buches ermöglichten, und den vielen Freunden, die mich ermutigt haben, meiner Mutter und meinem Vater für ihre nie versiegende Unterstützung und dem Verlag Canongate für die sorgfältige Betreuung des Buches.

Edinburgh Juli 1995 *Ross Leckie*

# Glossar

**Ager**: Grundbesitz, Ländereien
**Agthes**: die heutige südfranzösische Stadt Agde
**Algechiras**: heute Algeciras, Ort auf der spanischen Seite der Straße von Gibraltar
**Anaphora**: bewußte Wiederholung eines Wortes oder Satzteils
***anda***: »Freund«, »Blutsbruder« in der nicht näher definierten Sprache Maharbals, des engsten Vertrauten Hannibals
**Agrigentum**: das heutige Agrigent auf Sizilien
**Antiochia**: die heutige Stadt Antakya in der Südtürkei
**Apollonia**: antiker Ort auf der heute griechischen Halbinsel Chalkidike
**Ariminum**: die heutige Stadt Rimini
**Armenia**: das heutige Armenien
**Arretium**: die heutige Stadt Arezzo
**Artaxata**: die heutige armenische Stadt Artaschat
**Asyndeton**: Aneinanderreihung gleicher Wörter ohne verbindende Konjunktion
**Aufidus**: der Fluß mit dem heutigen Namen Ofanto in Apulien
**Ausculum**: die heutige Stadt Ascoli Satriano in Apulien
**Baetis**: der antike Name des spanischen Flusses Guadalquivir
**Baria**: die heutige spanische Stadt Vera
**Bithynien**: antiker Name eines kleinasiatischen Landstrichs am Schwarzen Meer
**Brundisium**: die heutige Stadt Brindisi
**Byrsa**: das Zentrum der Stadt Karthago, Sitz der Tempel, der Gerichtshöfe und des Ältestenrats
**Calliope**: griechische Muse, die dem heroischen Gesang Kraft verleiht
**Carteia**: antike Stadt an der Südküste Spaniens

**Chalcedon**: antike Stadt am Bosporus; auch Name eines Schmucksteins

***chiton***: langes, lose fallendes Gewand, von Männern und Frauen gleichermaßen getragen

**Colchis**: Landschaft am Schwarzen Meer

**Cosentia**: die heutige kalabrische Stadt Cosenza

**Crotona**: die heutige süditalienische Hafenstadt Crotone

**Cubitus**: römisches Längenmaß

**Dacia**: die heutige Region Dakien zwischen Donau, Theiß und Karpatenbogen

***dekadarchos***, Plural ***dekadarchoi***: Rottenführer

**Dyrrhacium**: die heute in Albanien gelegene Stadt Durrës

**Ebusos**: die Baleareninsel Ibiza

**Emporiae**: antike Stadt an der Nordostküste Spaniens

**Epirus**: antike Landschaft am Ionischen Meer

**Eryx**: Berg an der äußersten Nordwestküste Siziliens

***extraordinarii***: Reserve von nicht-römischen Hilfstruppen, die aus den Dörfern und Städten der Regionen des römischen Bundes stammten

**Faesulae**: das heutige Fiesole

**Falerno**: Wein aus der Region nördlich von Neapel, der in der Antike hochgeschätzt war

**Gades**: das heutige Cádiz

**Garum**: kräftige, sehr salzige Würzpaste mit starkem Fischgeruch

**Gnadenloser Krieg**: der Name, den der griechische Geschichtsschreiber Polybios für den Söldnerkrieg Karthagos verwendet

**Helepolis**, Plural **Helepoleis**: Belagerungsturm

***hemiloxarchos***: Dienstgrad unter dem Hauptmann

**Hierosolyma**: das heutige Jerusalem

**hyperboreisch**: »im hohen Norden gelegen«

**Kassiteriden**: Zinn-Inseln. Es ist unklar, ob es sich dabei um die Südengland vorgelagerten Scilly Inseln handelt, um Inseln an der spanischen Nordwestküste oder um Inseln an der bretonischen Küste

**Kikar**: Währungseinheit

**Kohorte**: eine Kohorte = drei Manipel

**Korynx**: karthagisches Kriegshorn

**Kyrenaika**: Landstrich in Libyen

**Kyrene**: Hauptstadt der Region Kyrenaika in Nordafrika

**Larinum**: der antike Name für die apulische Stadt Larino

**Leuctra**: Ort auf dem griechischen Festland, wo 371 v. Chr. eine bedeutende Schlacht stattfand

**Legion**: wörtlich »Auslese«; eine Legion = zehn Kohorten

**Lilybaeum**: die heutige Stadt Marsala an der Westküste Siziliens; in der Antike eine starke Seefestung

***loxarchos***: Hauptmann

**Luceria**: der antike Name für die apulische Stadt Lucera

**Macaras**: Fluß, der durch Karthago fließt

**Malqua**: das Viertel der Färber in Karthago

**Manipel**: wörtlich »eine Handvoll Leute«; Untergliederung der Kohorte bestehend aus ca. 120 bis 200 Mann

**Mappalia**: Töpferviertel der Stadt Karthago

**Mediolanum**: die heutige Stadt Mailand

**Megara**: Stadtteil Karthagos

**Melpomene**: griechische Muse der Tragödie

**Metapontum**: antike Stadt am süditalienischen Golf von Tarent

**Narxhonect**: das heutige Narbonne

**Neapolis**: Neapel

**Neophyt**: Neubekehrter

**Neu-Karthago**: die heutige spanische Stadt Cartagena

**Onager**: wörtlich »Wildesel«; ein großes, einarmiges Katapult

**Panormus**: die heutige Stadt Palermo

**Peltast**: leichtbewaffneter Soldat, von griechisch *pelte* für leichten Schild

**Pentere**: »Fünfruderer«; ein Schiff mit fünf Ruderbänken

***pilum***, Plural ***pila***: langer, schwerer Wurfspeer

**Pireneos**: die Pyrenäen

**Placentia**: das heutige Piacenza

**Prätor**: der höchste Beamte im römischen Staat
**Puteoli**: die heutige süditalienische Stadt Pozzuoli
**Rostra**: Rednerbühne
**Saguntum**: die heutige spanische Stadt Valencia
**Samnium**: Region im heutigen Mittelitalien
**Sarmizegetusa**: Hauptstadt Dacias
**Säulen des Herkules**: antike Bezeichnung für Gibraltar
**Seute**: die heutige Stadt Sète
**Sila**: Gebirge im äußersten Süden Italiens
**Silphion**: Pflanze aus Kyrene, die als Heilmittel und Gewürz verwendet wurde und sehr kostbar war
**Skorpion**: großes Geschütz nach Art einer Armbrust, mit dem Pfeile, Blei- und Steinkugeln verschossen wurden; auch das Symbol der Barkiden
***synapismos***: Schildkrötenformation. Die Soldaten stehen in enger Formation im Karree; die am Rand Stehenden halten ihre Schilde nach außen, die im Innern erheben sie über die Köpfe
**Synesis**: sinngemäß richtige, aber grammatikalisch nicht ganz korrekte Wortfügung
**Syntagma**, Plural **Syntagmata**: ein Karree mit Seiten aus zwei Reihen zu je sechzehn Mann
**Tago**: der heutige Fluß Tajo
**Tarentum**: die heutige süditalienische Stadt Tarent
**Tartessus**: antike Stadt an der Südwestküste Spaniens, deren genaue Lage unbekannt ist
**Tartsche**: ein Schild von unregelmäßig rechteckiger Form
***testudo***, Plural ***testudine***: Breschhütten, die bei der Belagerung feindlicher Städte zum Einsatz kamen
**Ticinus**: linker Nebenfluß des Po mit dem heutigen Namen Tessin
**Tmesis**: bewußte Trennung eigentlich zusammengehörender Wortteile
**Tollenone**: Belagerungsturm
**Torino**: das heutige Turin
**Trasimenus**: der Trasimener See

**Trebia**: rechter Nebenfluß des Po mit dem heutigen Namen Trebbia

**Triere**: »Dreiruderer«; ein Schiff mit drei Ruderbänken

**Tyros**: Hafenstadt der Phönizier im Vorderen Orient; heutiger Name Sur

***velites***: im römischen Heer die aus Bürgern bestehenden Truppen leichtbewaffneter Soldaten

**Vellum**: feine Tierhaut, die als Beschreibstoff diente

**Venusia**: die heutige süditalienische Stadt Venosa

**Vermillon**: Zinnoberfarbe

**Waid**: blaue Pflanzenfarbe

**Xthet**: Währungseinheit

**Zama**: Ort in Nordafrika, vermutlich in der Nähe der heutigen tunesischen Stadt Maktar gelegen

**Zenturio**: Befehlshaber einer Zenturie (Hundertschaft) von Soldaten; im übertragenen Sinn ein altgedienter, kampferprobter Soldat

**Zeter**: Flächenmaß

DIE WELT DES HANNIBAL

SERIE PIPER

## Antonio Gala

### *Die Handschrift von Granada*

*Historischer Roman. Aus dem Spanischen von Lisa Grüneisen. 736 Seiten. SP 2295*

Granada 1492: Eine Epoche beispielloser Toleranz geht zu Ende, als Boabdil, der letzte maurische Herrscher, die Stadt dem katholischen Königspaar Isabel und Ferdinand übergeben muß. Machtpolitik, religiöser Fanatisimus, Geldgier und Inquisation vernichten eine faszinierende, hochstehende Kultur, von der die europäisch-christliche Zivilisation maßgeblich mitgeprägt wurde.

An die verzauberte Atmosphäre aus 1001 Nacht erinnert die Erzählung aus dem bewegten Leben Sultan Boabdils, des letzten maurischen Herrschers von Granada, und zeichnet zugleich ein Bild vom Untergang einer höchst verfeinerten und toleranten Kultur. Auf dem karmesinroten Kanzleipapier der Alhambra schildert Boabdil eine Welt, in der Architektur und Kunst höchste Vollendung erreicht hatten.

## Henri Gougaud

### *Im Schatten der Kathedrale*

*Roman. Aus dem Französischen von Wieland Grommes. 335 Seiten. SP 2432*

Toulouse im Frühjahr 1321: Zwischen dem Schatten der Kathedrale und dem bunten Treiben in den Gassen, zwischen der Stille des Klosters und dem Lärm fanatischen Gemetzels, zwischen christlichem Bekehrungswahn und der Gelassenheit jüdischer Weisheit entfaltet Henri Gougaud ein eindrucksvolles Epochengemälde: Der junge, karrieresüchtige Jacques Novelli, von unerbittlicher Strenge gegen sich und die Welt, ist Großinquisitor der Stadt. Sein Ehrgeiz wird nur übertroffen von seinem Rivalen Jean Le Hongre, dem Anführer einer wilden Horde religiöser Eiferer. Novelli nimmt Stephanie, die schöne Schwester Le Hongres, als Geisel. Mit ihr erfährt er die wunderbaren Wonnen der Liebe. Schließlich öffnet ihm der weise Jude Salomon d'Ondes die Augen für die Welt: Der fanatische Gottesmann wird in der Gosse des Lebens zum Menschen.

SERIE PIPER

Barbara Chase-Riboud

*Das Echo des Löwen*
*Roman. Aus dem Amerikanischen von Christel Wiemken. 414 Seiten. SP 2441*

Eine dramatische Episode aus der amerikanischen Geschichte bildet den Stoff, aus dem Barbara Chase-Riboud diesen ergreifenden historischen Roman gemacht hat: Am 22. August 1839 trieb ein scheinbar herrenloses Schiff vor der Küste von Long Island, die Segel zerfetzt und bemannt mit 53 halbverdursteten Schwarzen. Ihr Name »Amistad« wirft Licht auf ein dunkles Kapitel der Neuen Welt. Er steht für den einzigen erfolgreichen Sklavenaufstand in Amerika. Angeführt von Joseph Cinque hatten die Männer den Kapitän des Sklaventransporters getötet und wollten nach Afrika zurücksegeln. Doch da sie von Navigation nichts verstanden, landeten sie im Herrschaftsgebiet der USA am Vorabend des Bürgerkriegs, wo Sklavenhalter und Sklavengegner in erbittertem Widerstreit lagen ...

***Frei, vogelfrei***
*Ein Südstaaten-Roman. Aus dem Amerikanischen von Charlotte Breuer. 559 Seiten. SP 2448*

Sie hatte rote Haare und einen blassen Teint, aber nach dem Gesetz ist sie eine »Schwarze«: Harriet Hemings, die schöne Tochter des amerikanischen Präsidenten Jefferson und seiner farbigen Geliebten Sally. An ihrem 21. Geburtstag, so hatte es ihr Vater versprochen, sollte Harriet den Familienbesitz Monticello verlassen und eine neue Identität annehmen dürfen, als leibliches Kind anerkannt, als Freigelassene ausgewiesen. Doch dann verweigert er Harriet die Papiere – er möchte sie in Monticello behalten. Und so bedeuten Harriets Schritt in die Freiheit und ihr Versuch, in einer neuen Identität unterzutauchen, nichts anderes, als weiterhin Sklavin, also vogelfrei zu sein. – Vor dem Hintergrund des amerikanischen Bürgerkrieges zeichnet die mehrfach preisgekrönte Schriftstellerin Barbara Chase-Riboud mit diesem historischen Roman ein meisterhaft komponiertes Zeit- und Gesellschaftsbild des Amerika zwischen den Idealen der Menschenrechte und den Interessen, denen Sklavenhaltertum und Rassendiskriminierung dienten.

SERIE PIPER

## Peter Gustav Bartschat

### *Die Nacht des Kalifen*

*Roman aus dem alten Bagdad. 449 Seiten. SP 1966*

Man schreibt das Jahr 1160: Bagdad bereitet sich auf die prunkvolle Hochzeit des Kalifen al-Muqtafi mit der Prinzessin Selina vor. Doch Braut und Bräutigam werden in der Hochzeitsnacht ermordet. Wie war das im schwerbewachten Palast, in dem von innen verriegelten Schlafzimmer möglich? Ein großes Problem, das dem weisen Richter Slugi da gestellt wird, und er ist gut beraten, als er sich den Teppichhändler Usama zu Hilfe holt, denn der scheint von mehr eine Ahnung zu haben als vom Verkauf gefälschter Perserteppiche.

»Bartschats List- und Tücke-Helden erinnern zuweilen an jene von Karl May, Arthur Conan Doyle, Ellery Queen und Umberto Eco, verschonen den Leser aber mit dem Bildungsgespreize des Letztgenannten. Flott und schwungvoll geschrieben, ist ›Die Nacht des Kalifen‹... genau eines jener Bücher, mit denen man sich für ein, zwei Tage ins Bett verzieht.«

Tip, Berlin

## Jean-Pierre Néraudau

### *Das Geheimnis des römischen Gartens*

*Roman. Aus dem Französischen von Christiane Filius-Jehne. 283 Seiten. SP 1868*

Rom in ersten Jahrhundert n. Chr. In einem Garten voll duftender Blumen wird der bis zur Unkenntlichkeit verstümmelte Leichnam Apronias, der jungen Gattin des Marcus Plautius, gefunden. War ihr Fenstersturz ein Unfall, Suizid oder gar Mord? Das jedenfalls behauptet ein anonymes »Manuskript«, das beinahe jeden, vom Ehemann der Toten bis hin zu Kaiser Tiberius persönlich, als Mörder in Betracht zieht. Die Sklavin Corinna und Hylas, ein Schauspieler, wollen die Wahrheit ans Licht bringen. Dabei überschlagen sich die Ereignisse. Ein schillerndes Kaleidoskop römischer Intrigen.

»Jean-Pierre Néraudau, Spezialist der Kunst und der Geschichte Roms, hatte die geniale Idee, einen ›antiken Thriller‹ zu schreiben... er ist raffiniert, spannend, lehrreich und dabei niemals pedantisch, und er zeigt die unterschwellige Grausamkeit jener Epoche.«

Libération

SERIE PIPER

Brigitte Riebe

***Palast der blauen Delphine***

*Ein Roman aus dem alten Kreta.*
*494 Seiten. SP 2274*

Der berühmte Mythos vom kretischen Labyrinth, die wohl spannendste und geheimnisvollste Sage des Abendlandes – erzählt aus der Perspektive der matriarchalisch orientierten kretischen Kultur. Der Held ist Asterios, Sohn der Königin Pasiphaë und eines Stiertänzers. Er wird der erste männliche Priester, der den Orakeln zufolge Kreta vor dem Untergang retten soll. Nach einer tragischen Liebesgeschichte mit seiner Halbschwester Ariadne und dem beinahe tödlich endenden Zweikampf mit dem attischen Thronfolger Theseus scheint Asterios jedoch an seiner Mission zu scheitern…

»Zu den schönsten historischen Romanen zählt für mich Brigitte Riebes Buch ›Palast der blauen Delphine‹. Sagen, Mythen und historische Fakten werden hier zu einer spannenden Handlung verflochten. Brigitte Riebe beschwört die alte Welt der Großen Göttin, die zu jener Zeit noch mächtiger war als alle männlichen Götter des griechischen Olymp und die damals über das minoische Kreta herrschte. Es war die Epoche des Matriarchats, die mit den Eroberungszügen der Stämme vom Festland endete.«

Norddeutscher Rundfunk

»Der Roman von Brigitte Riebe wirkt wie eine traumhafte Rückkehr in die Kindheit, als wir noch an Märchen glaubten oder zumindest nicht ausschließen wollten, daß sie wahr sind.«

Sender Freies Berlin

»Die Historikerin Brigitte Riebe, die sich mit von Frauen beherrschten Kulturen beschäftigt, erzählt die Sage aus dem Blickwinkel der matriarchalisch orientierten kretischen Mythen. Entstanden ist ein mitreißender historischer Roman über Liebe, Politik und den Untergang einer Kultur.

Gala

»Eine Geschichte – so spannend wie ein Krimi.«

Madame

**Kathleen Robinson**

***Dominicus***

*Ein Roman aus dem alten Rom. Aus dem Amerikanischen von Michael Hofmann. 511 Seiten. SP 1924*

Gallien im Jahr 395 n. Chr. Mit der Geburt des zwergwüchsigen Knaben Dominicus beginnt dieser abenteuerliche Unterhaltungsroman, der den Leser mitnimmt auf eine spannende Reise durch die Spätantike. Nach dem frühen Tod seiner Eltern wird Dominicus von seinem Vormund an eine fahrende Gauklertruppe verkauft. Das Schicksal führt den Wanderzirkus von Gallien in das vor Leben übersprudelnde dekadente Rom, wo sich die Künstler unter der Obhut eines ehrgeizigen römischen Senators in kürzester Zeit einen Namen machen. Doch das Glück bleibt den Zirkusleuten nicht hold: Sie fallen in Ungnade, und Dominicus kann als einziger den Häschern entkommen…
Kathleen Robinsons üppig erzählter, detail- und stimmungsreicher Roman führt uns in die aufregende Zeit des alten Rom, in Amphitheater mit fackelerleuchteten Bühnen, in das Gallien der Gladiatoren, in die winkligen Gassen Alexandrias, durch die der Wüstenwind weht, in die farbenprächtigen Basare Konstantinopels…
»Dominicus« ist ein mitreißender historischer Roman, der die Zeit der Spätantike, ihre Kultur und ihre Menschen lebendig werden läßt: Eine faszinierende Lesereise in eine exotische, märchenhafte Welt voller Glück und Abenteuer, voller Liebe und Grausamkeit.

»Ein gut recherchierter, gut erzählter Plot, der überzeugende, liebenswerte Charaktere und prächtige Ansichten antiker Städte zeichnet. Und das Ganze hat Tempo!«
Kirkus Review

»Ein intelligenter historischer Roman mit viel Hindergrund, flotten Dialogen und einer Vielzahl faszinierender Schurken.«
Brigitte

»So schillernd, märchenhaft und phantastisch der Roman von Kathleen Robinson ist, so vergnüglich ist er auch. Genüßlich ausgemalte Ungeheuerlichkeiten und amüsante Episoden sorgen für Abwechslung in diesem Roman, der genau der richtige Schmöker für lange Abende ist.«
Kieler Nachrichten

SERIE PIPER

# Der grosse Roman des Islam

Kairo, Damaskus und Jerusalem: das sind die Lebensstationen des Sultans Saladin, der die fränkischen Kreuzritter schlug und Jerusalem unter muslimische Herrschaft brachte. Ein Roman von großer orientalischer Sinnlichkeit, der ein plastisches Bild des Islam entstehen läßt mit seinen Sitten, seiner religiösen Botschaft und seinen Menschen.

Tariq Ali
**Das Buch Saladin**
Historischer Roman
416 Seiten

DIEDERICHS